OPERAÇÃO FAMÍLIA

SARAH MORGAN

OPERAÇÃO FAMÍLIA

Tradução
Silvia Moreira

Rio de Janeiro, 2022

Título original: Family for Beginners

A Harlequin é um selo da HarperCollins Brasil.

Contatos: Rua da Quitanda, 86, sala 218 — Centro — 20091-005
Rio de Janeiro — RJ
Tel.: (21) 3175-1030

Diretora editorial: *Raquel Cozer*
Editora: *Julia Barreto*
Copidesque: *Marina Góes*
Revisão: *Daniela Georgeto e Julia Páteo*
Design de capa: *Osmane Garcia*
Diagramação: *Abreu's System*

CIP-Brasil. Catalogação na Publicação
Sindicato Nacional dos Editores de Livros, RJ

M846o

Morgan, Sarah
Operação família / Sarah Morgan ; tradução Silvia Moreira. – 1. ed. – Rio de Janeiro : Harlequin, 2022.
400 p.

Tradução de: Family for beginners
ISBN 978-65-5970-162-9

1. Romance inglês. I. Moreira, Silvia. II. Título.

22-76929 CDD: 823
CDU: 82-31(410)

Gabriela Faray Ferreira Lopes – Bibliotecária – CRB-7/6643

Para RaeAnne Thayne, que é tão querida e maravilhosa quanto seus livros.

Prólogo

Clare

A DESTRUIÇÃO DE PROVAS É crime em qualquer circunstância?

Clare enfiou a carta no bolso e saiu andando pelo gramado molhado em direção ao lago. Chovera durante a semana inteira e era possível sentir a terra macia sob as botas. O vento soprava o cabelo em seu rosto, e ela o afastava para enxergar melhor.

Não havia sido feita para lidar com dilemas morais, mas agora se via diante de uma escolha entre as duas coisas que mais valorizava: lealdade e honestidade.

Ela parou quando o gramado terminou numa faixa de areia estreita. Mais à frente, aninhada entre os juncos altos na margem oeste do lago, havia uma casa de barcos. A floresta densa ao fundo proporcionava uma privacidade invejável. Na infância, ela e Becca, sua melhor amiga, brincavam de pirata por lá, desviando das tábuas soltas e das teias de aranha. Lançavam canoas no lago, que espirravam água gelada por todo lado, e soltavam gritinhos amedrontados e felizes sempre que prendiam as pernas em algas emaranhadas.

Sua filha também brincara ali quando criança, apesar de Clare não ter sido tão descuidada quanto os pais. Talvez porque entendesse melhor a aventura que era estar ali, sempre insistia em coletes salva-vidas e uma supervisão constante.

Clare tinha morado em Londres e Paris por um tempo, mas aquele cantinho da Inglaterra repleto de lagos e montanhas era o único lugar onde se sentia verdadeiramente em casa.

Ela havia se mudado para lá com Todd depois que seu pai morrera para ficar mais perto da mãe. Todd tivera a ideia de transformar a casa de barcos numa propriedade luxuosa. Como arquiteto, ele via o potencial das construções mais arruinadas, e aquele caso fora particularmente inspirador. Tábuas lascadas e janelas quebradas foram substituídas por pedras, cedro e acres de vidro. Os caixotes virados, que antes serviam de cadeiras rústicas, desapareceram. Agora, quando Clare tinha tempo de se sentar, descansava em sofás de linho, macios e luxuosos. No entanto, o maior luxo era a localização. O cenário pacífico diante da água atraía os viajantes mais exigentes, pessoas que queriam escapar do estresse do mundo moderno e mergulhar nos prazeres sibaríticos da vida diante do lago, onde os vizinhos mais próximos eram patos e libélulas. Havia muita gente disposta a pagar uma boa quantia para desfrutar daquele grau de isolamento. Clare e Todd alugavam a casa de barcos por várias semanas, o que lhes garantia uma boa renda anual.

Só era possível enxergá-la de um canto do jardim, e às vezes Clare via os hóspedes sentados no deque, saboreando um gole de champanhe, enquanto observavam os galeirões e pelicanos abrigando-se na vegetação às margens do lago. Os sons noturnos resumiam-se ao sussurro do vento, ao piar de uma coruja e, de vez em quando, ao respingar da água quando um pássaro planava pela superfície do lago em busca de alimento.

A privacidade era garantida, já que o único acesso era pelo Lake Lodge. A entrada para a casa principal passava despercebida da estrada, a menos que se soubesse onde virar. Dois enormes portões de ferro ficavam escondidos por imensos arbustos de azaleias e rododendros, e logo depois estava a Gatehouse, onde Carolyn, a mãe de Clare, morava. Daquele ponto, uma longa estrada de cascalho serpenteava até a casa.

A mãe de Clare havia se mudado para a Gatehouse logo depois que o marido morrera, insistindo para que a filha e Todd se mudassem para a propriedade maior. Quase que por impulso, os dois venderam o pequeno apartamento em Londres e voltaram para o lugar, onde a vida passava mais lentamente. Assim como outras pessoas, começaram a respirar o ar puro, andar pelas montanhas e velejar pelos vários lagos da região.

A amizade com Becca crescera e amadurecera ali. Talvez também acabasse ali, mas Clare jamais saberia, já que Becca havia partido.

Não havia indícios na casa de barcos da última conversa que as duas tiveram, e ela estava feliz por isso.

Mas restaram provas escritas, enviadas na véspera do falecimento de Becca.

Eu gostaria de nunca ter contado a você.

Clare desejava a mesma coisa.

Os olhos dela arderam. Dor. Frustração. Gostaria de não ter tido aquela última conversa, porque era a única que permanecera na memória. De alguma forma, décadas de amizade tinham se transformado naquela última hora estressante. Ela ficara tão brava com a amiga que a lealdade de Clare se partiu.

Ela não fazia ideia de que aquele verão seria o último que passariam juntas. Será que, se soubesse, teria se esforçado mais para transpor o abismo que se abrira entre as duas? Talvez não. Tinha ficado furiosa, mas agora a raiva estava sombreada pela culpa, que costumava acompanhar a morte.

Será que lealdade ainda importava depois da morte? A honestidade era importante quando tudo que gerava era dor?

— Clare! — A voz de sua mãe ecoou pelo jardim. — O que está fazendo aí na chuva? Vem pra cá.

Clare ergueu a mão, mas não se virou. Precisava tomar uma decisão e sempre pensava melhor perto da água. Considerava-se uma pessoa ética e moral. Na escola, gostavam de provocá-la por sempre fazer a "coisa certa", então era ainda mais extraordinário que sua melhor amiga fosse quem sempre escolhia a "coisa errada".

E agora Becca a deixara com esse dilema.

Estava tão imersa em pensamentos que só percebeu que a mãe se aproximara ao sentir a mão dela no ombro.

— Você sabe que não precisa ir, né?

Clare olhava fixamente para o lago, cuja superfície estava escura e salpicada pela chuva. No verão seria uma visão idílica, mas naquele momento nuvens furiosas aglomerando-se no céu e marolas quebrando na praia tornavam a paisagem ameaçadora, o que combinava com o humor dela.

— Ela era minha melhor amiga.

— As pessoas se distanciam. A vida é assim. Aos 40 anos de idade você não é mais a mesma pessoa que era aos 14. Às vezes é preciso aceitar isso.

Será que sua mãe havia percebido a tensão entre as duas amigas na última visita? Ela havia saído da Gatehouse para oferecer ajuda quando Becca e Jack estavam carregando o carro com as malas e ajeitando as crianças.

Clare tivera esperança de que o caos tivesse disfarçado a atmosfera frágil, mas sua mãe sempre fora emocionalmente intuitiva. Por sorte, Jack e Todd estavam ocupados demais conversando sobre carros e motores para perceber alguma coisa. Antes de partirem, Becca encostou o rosto no de Clare, que ficou com a impressão de ouvi-la murmurar "*Me desculpa*", mas não tinha certeza. Como Becca nunca se desculpava, parecia pouco provável.

— Não me lembro de uma única vez que ela não tenha estado presente na minha vida.

Clare sentiu a mãe tocar seu braço.

— E vocês sempre foram tão diferentes.

— Eu sei. Becca brilhava, e eu era sem graça.

— Não! — exclamou Carolyn com veemência. — Não era nada disso.

Talvez *sem graça* não fosse a expressão adequada. Séria? Confiável? *Chata?*

— Tudo bem, eu me conheço. Estou confortável comigo mesma.

Até pouco tempo, ela conseguia dormir à noite, feliz com as escolhas que fizera. Até Becca lhe apresentar uma escolha impossível.

— Você a ajudava a manter os pés no chão, e ela despertava seu lado mais aventureiro. Becca te tirava da zona de conforto.

Por que isso sempre era visto como algo bom? Nesse caso específico, não havia sido.

Clare estava tão longe de sua zona de conforto que não conseguiria encontrar o caminho de volta nem com uma bússola ou GPS. Queria se agarrar em algo familiar, por isso fixou o olhar na casa de barcos. Mas, apesar dos momentos felizes, só conseguiu enxergar Becca com o lindo rosto encharcado de lágrimas enquanto desabafava.

— Sei que alguma coisa aconteceu entre vocês. Se quiser me contar, sou uma boa ouvinte.

Carolyn abriu um guarda-chuva e enganchou o braço no de Clare, protegendo as duas.

Será que devia contar para a mãe? Não, não seria justo. Odiava estar naquela posição. A última coisa que faria seria incluir outra pessoa naquilo.

Afinal, já tinha passado da idade de pedir a ajuda da mãe para resolver seus problemas e tomar decisões por ela.

— Já reservei meu voo para ir ao enterro.

A mãe apertou o cabo do guarda-chuva.

— Eu sabia que iria, porque você é você, e sempre faz o que é certo. Mas gostaria que não fosse.

— E se a gente não souber o que é certo?

— Você sempre sabe.

Não, Clare não sabia, e esse era o problema. Não dessa vez.

— Já avisei a eles que vou.

A mãe suspirou.

— Não se pode dizer que Becca saberá ou se importará com sua presença no funeral.

A chuva batia forte no guarda-chuva. Era como se o céu soluçasse em solidariedade, enviando pingos indolentes nas costas do casaco de Clare.

— Não vou pela Becca. Sou madrinha da Izzy. Quero estar lá para confortá-la.

— Pobres crianças. Não consigo nem pensar nisso. E o Jack… pobre Jack.

Pobre Jack.

Clare deixou o olhar se perder no horizonte.

— O que vou dizer?

Ela sabia que sua mãe não lhe daria a resposta de que precisava, mesmo porque não havia perguntado o que queria.

— Eles vão sair dessa. — Carolyn era energética. — A vida não nos dá mais do que podemos aguentar.

Clare olhou para a mãe e viu linhas e sinais da idade que não estavam ali antes de seu pai falecer.

— Você acredita mesmo nisso?

— Não, mas sempre acho que soa bem quando dizem para mim. É reconfortante.

Clare sorriu pela primeira vez em dias. Abraçou a mãe em um impulso, sem se importar com o casaco ensopado e os pingos incansáveis caindo do guarda-chuva.

— Eu te amo, mãe.

— Também te amo — disse Carolyn, apertando o ombro da filha do mesmo jeito que fazia quando Clare era criança e enfrentava uma dificuldade. *Você consegue.* — Todd também vai?

— Não quero que ele vá. Ainda está trabalhando naquele projeto grande.

Na verdade, Todd havia insistido em ir, dizendo que largaria tudo para acompanhá-la, mas Clare recusou. Seria mais fácil enfrentar a situação sozinha.

— Só ficarei fora por quatro dias.

— Você vai ficar na casa deles?

Clare balançou a cabeça. Jack havia sugerido que ela ficasse com eles no Brooklyn, mas ela recusara, dizendo que não queria dar mais trabalho, mas a verdade era que ainda não estava preparada para vê-lo. Lembrava-se da primeira vez que Becca o mencionara. *Conheci um cara.*

Becca tinha conhecido muitos caras, por isso Clare nem levou muito a sério. Esperava que o relacionamento fosse breve como os outros.

Ele é um cara legal.

As duas começaram a rir porque até então Becca nunca tinha se interessado por caras *legais*. Ela gostava dos complicados e sempre culpava sua criação. Dizia que não saberia o que fazer com um homem que a tratasse bem, mas pelo visto descobriu com Jack.

Clare lembrou a primeira vez que Becca a levara para um tour em sua casa no Brooklyn. *Olhe para mim, como evoluí... quatro quartos, três banheiros e um closet para meus sapatos. Estou praticamente domesticada.*

Praticamente...

Havia um brilho nos olhos dela, o mesmo brilho que tantas vezes a ajudara a se livrar dos problemas na escola com um sorriso.

Clare apertou a carta.

Ir ao funeral não seria difícil. O pior seria fingir que nada tinha mudado entre ela e Becca. Beijar Jack no rosto, tendo que disfarçar aquele nó de informação indesejado no peito.

A mãe dela passou a mão no casaco para tirar os pingos de chuva.

— Você acha que a família virá no próximo verão?

— Não sei. Provavelmente não.

Nos últimos vinte anos, as duas famílias tinham passado três semanas juntas em Lake Lodge. Casamento, filhos, a vida em geral... nada disso interferia naqueles dias. Era um tempo só deles. Uma parte sagrada da amizade. Um momento para colocar a conversa sobre a vida em dia.

E então houve aquela conversa. Que deixou tudo de ponta-cabeça.

E a carta, claro. Por que uma carta? Quem escrevia uma carta hoje em dia se existia e-mail ou aplicativos de mensagens instantâneas?

Clare havia encontrado a carta na caixa de correio, enfiada no meio de correspondências de banco e um panfleto de delivery de pizza. Ela reconheceu a letra ousada e confusa na hora. Na escola, Becca havia frustrado os professores com sua inabilidade para se ajustar. A letra era como tudo o que ela fazia... única. Becca fazia as coisas do jeito que queria.

Clare tinha levado a carta de volta para casa e a colocado sobre a mesa da cozinha. Uma hora se passou até que ela enfim abrisse o envelope, e agora gostaria que não o tivesse feito. Não era verdade que cartas se perdiam no correio? Mas não aquela. Já sabia qual era o conteúdo, mas por escrito ficava pior.

Ela quase soltou um palavrão quando leu, mas nunca havia xingado em voz alta.

Enquanto segurava a carta, ouvia a voz de Becca dizendo:

Diga foda-se, Clare! Anda, fala! Essa é a melhor hora para você desabafar.

— Você está se molhando toda. — Ela beijou a mãe no rosto, já decidida sobre o que faria. — Vamos entrar. Chá quente, muffins e depois reservo meu voo.

A mãe passou o braço no dela.

— É tudo muito triste. Lembre-se de que você foi uma boa amiga, Clare.

Será mesmo? Uma boa amiga contava a verdade a qualquer custo? Ou uma boa amiga oferecia apoio mesmo achando algo terrivelmente errado?

Elas chegaram em casa e entraram às pressas para fugir da chuva.

A mãe de Clare deixou o guarda-chuva pingando no piso de pedra e seguiu para a cozinha.

— Vou colocar a chaleira no fogo.

— Estarei aí em um minuto. Preciso fazer uma coisa antes.

Clare pendurou o casaco, tirou a carta do bolso e foi até a sala, onde a lareira estava acesa. Nos finais de tarde, a família inteira se reunia ali, para jogar ou assistir à televisão. *Encantadoramente antiquado*, teria dito Becca naquele tom ambíguo que usava para elogiar e zombar ao mesmo tempo.

Clare parou por um instante, pensando na amiga e nas vezes que tinham se sentado naquela sala, rindo juntas.

Respirou fundo e jogou a carta no fogo, observando as pontas escurecendo, se enrolando e desfazendo com as chamas.

Becca estava morta, e a carta e seu conteúdo deviam morrer com ela.

A decisão fora tomada, e ela aprenderia a conviver com isso.

1

Flora

Na primeira vez em que o viu, ele estava em pé diante da loja, olhando as flores da vitrine, com as mãos no bolso do casaco, a gola virada para cima para se proteger do golpe selvagem do inverno de Nova York. Era um dia de frio congelante que transformava a respiração numa nuvem fofa e branca, o céu taciturno e ameaçador. As pessoas passavam apressadas de cabeça baixa, indo trabalhar com uma determinação austera.

Mas aquele homem, não. Em vez de empurrar a porta para entrar e se proteger do frio, como muitos já tinham feito antes dele naquela manhã, ele se demorou ali, com uma expressão neutra no rosto, enquanto observava a gama de flores que salpicavam cores naquele inverno monocromático.

— Flores da culpa. — Julia puxou doze rosas de caule longo do balde e as colocou no balcão. — Ele vai comprar as flores da culpa. Aposto dez dólares que teve um caso e está escolhendo flores, imaginando quais são as melhores para compor um belo pedido de desculpas, suficiente para não ser chutado para fora de casa.

Flora não aceitou a aposta, e não só porque sabia que Julia não tinha dez dólares para desperdiçar. Talvez aquele homem não tivesse tido um caso, mas certamente não comemorava nada. Seu semblante era tenso, e a fina linha dos lábios sugeria que havia se esquecido de como sorrir.

— Por que tem que ser um caso? Talvez esteja apaixonado e não seja correspondido. Talvez compre flores de amor para distribuí-las por todos os ambientes.

As duas sempre conversavam sobre as motivações do comprador.

As explicações de Julia eram sempre sombrias. Flora nunca entendeu a razão, já que sua colega e amiga tinha um casamento feliz com um bombeiro e era mãe de três adolescentes amorosos, embora exigentes.

Flora tinha uma abordagem mais esperançosa. Se chovia de manhã, não significava que choveria à tarde.

— Você acha que ele parece um apaixonado? — Julia cortou os caules na diagonal, do jeito que Flora havia ensinado. — Tem pouca gente lá fora. As pessoas só saem por necessidade, para comprar coisas que não conseguem viver sem. Tipo chocolate.

— Também não dá para viver sem flores.

— Eu arriscaria congelar por chocolate. Por flores, não. Flores não são essenciais.

— Flores são essenciais para a *minha* vida. Tire essas folhas. Vão apodrecer se ficarem debaixo d'água, as bactérias vão colar no caule e as flores morrerão.

— Quem diria que seria tão complicado. — Julia tirou as folhas com cuidado e olhou para a vitrine de novo. — Você não acha que ele parece perdido? Cometeu um erro grave e está pensando no tamanho do buquê que pode fazê-la esquecer.

— Ou fazê-lo.

— Ou fazê-lo. — Julia inclinou a cabeça. — Parece que ele está cansado, estressado. Talvez preferisse estar quentinho em casa, mas está morrendo de frio diante da nossa vitrine, o que me diz que errou feio. Talvez seu companheiro ou companheira tenha descoberto sobre o caso e agora ele está pensando se vale a pena gastar dinheiro em um relacionamento fadado ao fracasso.

— Talvez esteja casado há trinta anos e queira celebrar o momento.

— Ou, quem sabe — disse Julia —, esteja comprando flores para pedir desculpas por ter arruinado a vida de alguém. O que foi? — Ela fez uma pausa para respirar. — Foi você que me ensinou que flores contam histórias.

— Mas suas histórias são sempre de terror. — Flora resgatou uma rosa que estava prestes a cair e sentiu uma onda de perfume. Procurou não tocar os botões, mas imaginou a suavidade aveludada nos dedos. Enquanto as pessoas usavam aplicativos de meditação para relaxar, ela preferia flores. — Existem outros tipos de histórias, as felizes.

Celia, a dona da loja, passou por elas, cambaleando em saltos ridiculamente altos com os braços carregados de lírios. Para Flora, o rosto rosado e ligeiramente achatado de Celia parecia uma dália. Contudo, a personalidade era mais espinhosa do que uma rosa, embora seu jeito ativo e prático fosse bom para lidar com noivas indecisas.

— Você precisa correr com essas rosas se quiser entregá-las a tempo do jantar da sra. Martin esta noite. Sabe como ela é exigente.

— Estarão prontas a tempo, Celia, não se preocupe.

Flora sorriu com toda a calma apaziguadora que era natural dela. Ela já acalmara mais tempestades em copo d'água do que tomara copos d'água na vida.

— Nossa missão é prestar o melhor atendimento ao cliente e oferecer as flores mais bonitas.

— E é o que faremos.

Flora podia ouvir os dentes de Julia rangendo perto dela. Desejou que a chefe fosse embora antes que a amiga explodisse.

Celia fez uma pausa e mudou de irritada para amável.

— Você pode trabalhar no sábado, Flora? Sei que trabalhou no último, mas...

— … mas não tenho compromisso com família.

Flora ainda não tinha se acostumado ao fato de não precisar mais visitar a tia nos fins de semana. Mesmo que a tia já não tivesse mais consciência da presença da sobrinha em seu último ano de vida, as visitas tinham feito parte da rotina de Flora. Era uma sensação estranha não precisar mais ir vê-la. Surpreendia-se com o luto que sentia. As duas não tinham sido próximas, apesar dos esforços de Flora.

— Tudo bem, Celia. Fico feliz em trabalhar.

Flora sabia que Celia estava se aproveitando e poderia ter negado, mas não suportaria o mau humor da chefe depois. O estresse seria menor se fosse trabalhar, e ela realmente não se importava muito. Os fins de semana sempre eram mais difíceis para ela, e não entendia bem a razão.

Mudar-se para um apartamento próprio tinha sido o auge de um sonho. Era tudo o que almejara, mas ficou chocada ao descobrir que conseguir o que se quer nem sempre te faz feliz. A vida não parecia ser do jeito que esperava. Era como chegar em Roma e descobrir que seu guia era para Paris. Não tinha certeza se a culpa era do apartamento ou de suas expectativas.

Sua mãe sempre enfatizara que cabe à pessoa decidir o que fazer com a própria vida, mas Flora achava que tudo dependia dos ingredientes que recebia. Nem o melhor chef poderia fazer milagre com vegetais mofados.

Depois de conseguir o que queria, Celia saiu, e Julia cortou os caules de algumas rosas com mais violência que antes.

— Achei que você fosse parar de fazer tudo que as pessoas pedem.

— E vou. Mas é uma coisa gradual.

— Não vejo nada de gradual, só ela se aproveitando de você… de novo.

Julia fora a primeira pessoa a comentar aquele traço particular de Flora e a primeira a desafiá-la a enfrentar o problema.

— Eu não ligo. Estou guardando minha assertividade para uma coisa grande e importante.

— Você precisa começar com algo pequeno e ir aumentando. Por que tem tanto medo de enfrentá-la?

O coração de Flora bateu mais forte só de pensar na possibilidade.

— Porque ela me demitiria. Não sou boa para lidar com conflitos.

Ou rejeição, que era seu maior problema.

— Ela não vai demitir ninguém, Flora. Você é o maior trunfo dela. Metade dos clientes só vem aqui por sua causa, então você não precisa deixá-la feliz o tempo todo.

— Acho que isso é um tipo de ressaca por tentar tanto agradar a minha tia. Meu mundo era bem melhor quando ela estava feliz.

Apesar de a tia nunca ter sido *feliz* de verdade. Tinha mais a ver com a oscilação dos níveis de censura dela.

Flora tinha adquirido uma experiência útil lidando com a tia. Ela tinha facilidade em lidar com pessoas difíceis. Conseguira até que a tia sorrisse em raras ocasiões… O maior desafio que alguém louco para agradar às pessoas poderia enfrentar.

Conseguir que Gillian esboçasse um sorriso fora o auge da conquista. Para pessoas como Flora, era o equivalente a chegar ao pico do Everest, vencer a corrida dos cem metros rasos ou remar no Atlântico. Como o mundo estava cheio de pessoas difíceis, Flora podia muito bem ser grata à tia por ter lhe proporcionado tanta prática.

Julia não concordava.

— Ensino meus filhos a defender o que querem e acreditam, e que são responsáveis pela própria felicidade.

— Exatamente. Minha maior alegria é quando as pessoas ao meu redor estão felizes.

— Concordar não deixa você feliz, mas sim a outra pessoa, e a afasta do conflito. E você se sente mal consigo mesma por não ter coragem para dizer não.

— Obrigada, Ju. Eu não estava mal, mas agora fiquei.

— Estou sendo honesta. Se eu tivesse conhecido sua tia, teria dito o que acho dela.

Flora estremeceu ao imaginar o confronto.

— É verdade que minha tia não era exatamente afetuosa e carinhosa, mas era a minha família. Ela me acolheu quando eu não tinha ninguém, por isso sentia que eu estava em dívida com ela. E estava certa.

— Não acho que deva existir "dívida" entre familiares, mas, mesmo se for o caso, você pagou mil vezes a mais. Ok, entendi, ela deu um lar para você, mas ganhou uma cuidadora em tempo integral. E Celia não é sua tia.

— Se eu tivesse dito não, ela teria pedido a você. E você tem o evento de atletismo do Freddie neste domingo. Geoff não está trabalhando, o que significa que sua sogra vai para sua casa. Além do mais, você prometeu a Kaitlin que a levaria para comprar um vestido para aquela reunião de família na Páscoa.

Julia arfou quando um espinho picou seu dedo.

— Como é que você sabe meus horários melhor do que eu? Ouvir isso em voz alta me faz perceber a loucura que é minha vida.

Flora não disse nada. Faria o que fosse preciso, qualquer coisa mesmo, por um pedacinho do que Julia tinha. Não a loucura — ela já conseguia reproduzir aquilo facilmente —, mas a proximidade. Os fios entrelaçados de uma família saudável e funcional geravam algo maior que o individual. Algo forte e duradouro. Flora tinha sido um fio solto na vida da tia. Algo para ser deixado de lado.

— Você tem uma família linda.

— É brincadeira, né? Minha família é um saco. Freddie arrumou uma namorada e agora ficam jogados no sofá toda noite de mãos dadas, olhando um para o outro, e Eric não para de provocá-lo, então já dá para ter uma ideia do que vem depois. Kaitlin… bem, eu poderia continuar por horas. Digamos que eu a invejo por não precisar dividir seu espaço com ninguém. Quando você chega em casa, não tem ninguém te perturbando.

— Verdade.

Flora observou Julia arrumando as rosas com cuidado, dando forma ao buquê. Aquela era a vida que sonhara quando dividia a casa com a tia. Um apartamento próprio, pequeno, sem charme, mas todo seu. Deveria estar grata e feliz por ter amigos, a agenda cheia de atividades e convites. Tinha sorte, sorte, sorte.

— Quando você chega em casa à noite, tudo está exatamente onde deixou. Ninguém mudou suas coisas de lugar ou enterrou debaixo da bagunça deles. Você não tropeça em uma porção de pares de tênis quando passa pelas portas, ninguém bate na porta e grita "Mãe!" quando você está usando o banheiro e não tem ninguém esparramado no sofá.

— Você tem razão, ninguém bate na minha porta e o sofá é só meu. — Flora tirou algumas folhas perdidas que Julia tinha deixado passar. — É ótimo mesmo, posso esticar minhas pernas e deitar no sofá como um polvo que ninguém reclama.

— Estou rodeada pelo caos. Você tem um silêncio abençoado.

— Abençoado…

— Você sempre compra flores lindas para sua casa. Se eu tiver sorte, ganho um buquê de supermercado do Geoff.

Mas pelo menos ele levava flores para ela. Ninguém nunca levara flores para Flora. Ela passava o dia produzindo arranjos deslumbrantes para outras pessoas, mas nunca recebia um.

— Li outro dia que as mulheres solteiras, sem filhos, são mais felizes do que qualquer pessoa.

— Humm...

Quem era a fonte daquela pesquisa?

— Você tem uma vida perfeita. Mas quero que encontre alguém. Você precisa de um homem.

Flora não estava tão convencida. Todos os homens com quem saíra só estavam interessados em um certo tipo de intimidade. E tudo bem. Era mais do que bom de vez em quando, mas era como se empanturrar de sorvete quando o corpo ansiava por algo mais nutritivo, que alimentasse de verdade. Satisfação a curto prazo não provia sustento a longo. Não era isso o que ela queria, mas sim ser importante para alguém do jeito que fora para sua mãe. Queria ser importante para alguém. Ter conexões, igual a Julia. Queria apoiar e ser apoiada. Queria alguém que a conhecesse e sentisse saudade quando Flora estava longe. Qual a razão de viver se ninguém precisa de você? Se você não fizer diferença na vida de ninguém?

Tinha tanto para dar, mas ninguém para receber.

Ela se sentia sozinha, mas nunca contaria isso para ninguém. Se alguém admite se sentir só, os outros acham que há algo errado com essa pessoa. A mídia falava sobre uma epidemia de solidão, mas admitir que se sentia assim era, de qualquer jeito, um atestado de fracasso. Estava com 30 anos, desapegada e morando na cidade mais animada do mundo. As pessoas presumiam que sua vida fosse como um dia em um set de filmagem de uma série de comédia, e de fora provavelmente parecia mesmo, mas seu apartamento estava mais para o cenário de um filme de mistério e assassinato. E no fundo? Bem no fundo do coração sentia-se terrivelmente sozinha, mas se dividisse isso com alguém seria julgada e teria que ouvir tudo o que estava fazendo de errado. Ou a convidariam para sair, e Flora sabia que o problema não era esse. O importante não era o número de pessoas que conhecera socialmente, mas sim a profundidade com que as conhecia.

Quando lhe perguntavam, ela respondia o que queriam ouvir, porque qualquer outra coisa que dissesse os deixaria desconfortáveis.

Sim, fiquei em casa ontem à noite e foi incrível. Tive uma tarde relaxante e coloquei as ligações em dia.

Minha vida social é muito agitada, é bom ter uma noite para não fazer nada.

Os dias de semana eram mais fáceis do que os fins de semana, quando o tempo parecia se arrastar e tudo o que fazia a deixava bem ciente de sua solidão. Correr no parque significava ser testemunha da intimidade dos outros. Evitava mães com crianças, casais de mãos dadas, grupos de amigos rindo e tomando café em um banco. Ir às compras era o mesmo que cruzar com mulheres escolhendo roupas para uma noite emocionante.

Flora fazia o possível para evitar enfrentar aquele silêncio que Julia valorizava tanto. Saía para correr com amigos, conversava no celular, almoçava ou jantava com eles, participava de aulas de cerâmica, artes, ouvia músicas, podcasts e via filmes. Às vezes ligava a escova elétrica no banheiro só pelo barulho, mas vez por outra deitava-se, fechava os olhos e o silêncio a envolvia como uma nuvem sufocante. Não se podia dizer que seu apartamento fosse silencioso. Longe disso. No andar de cima havia uma família italiana que andava de um cômodo a outro com passos retumbantes, brigavam com vozes capazes de romper a barreira do som, e o casal vizinho fazia sexo barulhento até a madrugada. Ela estava rodeada por sons de pessoas que viviam de maneira plena e feliz.

— Vou ficar bem. Vou relaxar no fim de semana. Tenho ioga. Brunch com amigos. Tudo bem. Você sabe que amo trabalhar aqui.

— Você ama a Celia?

— Amo as flores.

— Ufa. Cheguei a pensar que teria que sugerir ajuda profissional. Você tem razão, se tivesse se recusado a vir trabalhar nesse fim de semana, eu teria que vir, então agradeço por isso, mas um dia ainda quero ouvi-la dizer um sonoro "não" para Celia.

— Eu vou.

Flora bem sabia das desvantagens de tentar agradar às pessoas. Nos poucos relacionamentos que tivera, passava tanto tempo satisfazendo a outra pessoa que se esquecia da própria felicidade. Era nesse ponto que terminava com uma abordagem charmosa de "o problema não é você, sou eu" que não deixava rancores.

Flora aproveitou o momento de distração para fazer pequenos ajustes no arranjo.

— Celia é ansiosa. Não é fácil ter um negócio numa época desafiadora. Se já nos preocupamos demais com nossos empregos, imagine se também fôssemos responsáveis pelos empregos dos outros.

— Não acho que ela perca o sono pensando na gente. Não é à toa que vive sozinha. É bem provável que tenha devorado o primeiro marido, ou talvez o tenha dissolvido derrubando ácido nele. Se fosse uma planta, ela seria uma cicuta.

Julia tinha uma queda para o drama. Sempre sonhara em ser atriz, mas então conhecera o marido, e três filhos se seguiram em sucessão rápida. Ela fazia várias coisas ao mesmo tempo.

Flora agradeceria para sempre o dia em que entrara na loja para pedir emprego.

Julia admirou as rosas.

— Você não acha que estou melhorando?

Flora colocou mais alguns galhos de folhas e cortou alguns caules.

— Você tem olho para isso.

Não, Julia não tinha jeito com arranjos, mas Flora jamais a magoaria dizendo a verdade e sabia o quanto a amiga precisava do emprego.

— Nunca serei igual a você, mas ainda estou aprendendo. Você faz isso desde que aprendeu a andar. — Julia olhou para o homem do outro lado da vitrine. — Você acha que ele bateu na mulher e veio comprar flores de "desculpe se te magoei"?

— Espero que não.

— Você deveria vir me visitar no seu domingo de folga. Venha almoçar. Esse é meu jeito de agradecer.

— Eu gostaria de ir, sim.

Flora adorava almoçar na casa de Julia, apesar da estranha angústia que as brincadeiras da amiga e do marido lhe causavam. Ninguém a conhecia bem o suficiente para provocá-la.

— Eu a convidaria para passar a noite para tirá-la desse seu apartamento, mas você sabe que moramos em um espaço apertado. E, acredite, você *não* quer dividir a cama com Kaitlin. O proprietário do seu apartamento continua aumentando o aluguel?

— Sim.

Flora sentiu uma pontinha de ansiedade. Havia tentado procurar outro lugar, mas a diferença entre o que gostava e o que poderia pagar era enorme.

— Ele resolveu o problema das baratas?

— Ainda não, e são várias. — Flora deu de ombros.

— Como você pode ficar tão à vontade assim?

— Fico feliz por elas terem amigas.

— Veja a diferença entre nós. Eu já penso em exterminação, enquanto você pensa em um programa de namoro de baratas. Barata.com. Você falou sobre isso com ele?

— Mandei um e-mail exigindo uma solução.

— E o que ele respondeu?

— Nada... nem respondeu.

— Faz quanto tempo que você mandou?

— Um mês.

— Um *mês*? Conhecendo você, o e-mail deve ter sido assim: "Querido proprietário, seria muito inoportuno pedir para o senhor resolver o problema de umidade e das baratas no apartamento? Eu ficaria extremamente grata, mas não se preocupe se for muito incômodo".

— Fui mais direta que isso.

Mas não muito, e suas palavras não devem ter tido impacto algum.

— E a umidade? Ele encontrou a causa?

— Nem foi olhar. Estou preocupada porque a mancha no teto está aumentando.

— Talvez seu vizinho de cima tenha morrido e o corpo apodrecido esteja se decompondo devagar, vazando no seu apartamento.

— Não sabia que o processo de decomposição fazia tanto barulho. Ele estava cantando ópera ontem à noite. — Flora deu uma olhada no homem ainda diante da vitrine. Ele devia estar morrendo de frio. Será que deveria abrir a porta? Oferecer abrigo ou uma bebida quente? — Talvez seja o aniversário da mãe dele e ele ficou sem tempo de comprar um presente.

Acontecia com frequência, as pessoas entravam correndo, pegavam um buquê pronto sem pensar muito ou perder tempo em selecionar as flores. Flora não julgava ninguém. Ao contrário, tinha orgulho que aqueles buquês amarrados à mão cumprissem sua função naquela esquininha do quarteirão das flores de Manhattan. Assim como sua mãe, ela adorava criar um buquê para ocasiões especiais, mas também ficava feliz fazendo um que abreviasse o aborrecimento da escolha. Algumas pessoas ficavam nervosas ao comprar flores, atordoadas pelas opções, com medo de errar.

Na opinião de Flora, não havia como errar com flores. Sua mãe sempre insistia nas frescas. Não contente em passar o dia entre flores na loja onde trabalhava, ela enchia a casa com elas. Havia um grande arranjo na entrada, para receber convidados com uma nuvem de perfume, outro na sala de estar e pequenos vasinhos em todos os quartos. Violet Donovan via as flores como uma arte essencial. Se fosse preciso economizar, então seria em outras áreas, como roupas e jantares em restaurantes. A maioria das pessoas se lembrava dos eventos da primeira infância. As primeiras memórias de Flora eram a variedade de perfumes e cores.

Aquilo durara até os 8 anos, quando fora morar com a tia, que não compartilhava da obsessão da irmã por flores.

Por que gastar dinheiro com uma coisa que vai morrer?

Ainda sofrendo de um luto brutal, Flora tinha respondido que tudo morria, por isso o mais importante era tirar o máximo de proveito enquanto estivessem vivas. Até então saltitava pela vida, mas logo aprendeu a andar na ponta dos pés, pensando com cuidado como navegar por diferentes situações. Não demorou a aprender o que deixava a tia brava e o que simplesmente a fazia franzir o cenho.

De repente, o homem ergueu o olhar e encarou Flora. Era muito improvável que soubesse que era o assunto das duas, mas isso não a impediu de se sentir culpada o suficiente para corar como uma rosa vermelha.

Sorriu para dar as boas-vindas e se desculpar. Nem pensou em fingir que não o vira.

— Uau — murmurou Julia. — Viu o jeito que ele está olhando para você? Quando Geoff olhava para mim desse jeito, um mês depois eu estava grávida. Ou você será o amor da vida dele, ou a próxima vítima, dependendo se você prefere um romance ou um suspense. Talvez ele enterre seu corpo com pétalas de rosas. O corpo da esposa.

— Pare com isso!

— Quem sabe ele não esteja encarando seu vestido. Queria poder vestir algo assim. Enquanto você está moderna e na moda, eu ficaria horrenda num vestido vermelho e com meias roxas. Só você para combinar essas cores e ainda usá-las bem. Kaitlin se recusaria a sair comigo assim, mas te considera a pessoa mais descolada do planeta. Onde encontrou esses brincos?

— No mercado de pulgas.

— Que seja. Você arrasou nesse look. Se bem que a visão me faria mal se estivesse de ressaca.

— Gosto que as roupas sejam…

—… alegres, eu sei. Você é toda sorrisos. Todos que conheço só sabem reclamar, eu inclusive, mas você é como um oásis ensolarado no meio da vida sombria e tempestuosa.

— A tempestade na sua vida ficará mais forte se não terminar logo esse buquê.

Julia afastou o resto dos caules e olhou para a vitrine de novo.

— Ele continua no mesmo lugar. Esse homem vai congelar daqui a pouco. Reparou nos olhos dele? Cheios de mistério.

Flora não respondeu. Ela também tinha segredos. Segredos que nunca compartilhara. Mas aquilo não era o mais triste, o pior era que nunca ninguém tivera o mais remoto interesse em se aprofundar em seu íntimo para encontrá-los. Ninguém quisera conhecê-la a esse ponto.

— Talvez ele simplesmente não saiba que flores escolher.

— Bem, se existe alguém capaz de descobrir a verdade, essa pessoa é você. — Julia acrescentou mais folhagens e prendeu bem os caules para que quem recebesse o buquê só tivesse o trabalho de colocá-lo no vaso. — As pessoas sempre contam tudo a você, provavelmente por ser comedida demais para mandá-las calar a boca. — Ela soprou uma mecha de cabelo para longe dos olhos. — Você se importa.

Flora se importava mesmo. Assim como as flores, as pessoas eram de todos os tipos de cores, formas e tamanhos. Ela gostava de todas. Sua mãe tinha sido assim. As pessoas entravam na loja para comprar flores e ficavam para um cafezinho e um bate-papo. Quando pequena, Flora se sentava no meio das flores, envolvida pelo calor, perfume e o burburinho dos adultos conversando.

Finalmente a porta se abriu e o homem entrou na loja, trazendo uma rajada de ar frio e ansiedade. As pessoas se viraram. Houve uma pausa na conversa enquanto o estudavam, mas depois retornaram ao que estavam fazendo antes de ele entrar.

— Tudo bem, admito, ele é um gato. Aposto que é o melhor em tudo o que faz — Julia comentou. — Até entendo por que alguém teria um caso com ele. Fique à vontade, é todo seu, mas, se convidá-la para sair, não o chame para entrar em sua casa, a não ser que ele trabalhe em uma dedetizadora.

A ansiedade tomou conta de Flora. Aquele homem não era seu nem a convidaria para sair. Estava ali apenas para comprar flores.

— Posso ajudá-lo?

Flora puxou conversa, pensando no que Julia tinha dito. Não era problema seu se ele tivesse um caso. Afinal, todo ser humano tem defeitos. A vida era uma bagunça. E as flores estavam ali para aliviar a bagunça.

— Preciso comprar um presente para uma jovem. — Os olhos dele eram azul-claros, um contraste incrível com o cabelo muito escuro. — Uma jovem especial.

Talvez Julia estivesse certa e ele tivesse mesmo um caso.

Era possível enxergar todo o espectro da vida trabalhando numa floricultura, desde a comemoração até a compaixão. Flora não deveria ter se incomodado com isso, mas ficou desapontada.

— Trata-se de alguma ocasião especial? Aniversário? Pedido de desculpas?

— Pedido de desculpas? — perguntou ele, franzindo o cenho.

Flora não acreditou que tivesse perguntado aquilo em voz alta. Praguejou contra Julia por tê-la infectado com seu pessimismo.

— Se me disser qual é a ocasião, posso recomendar a flor perfeita para passar seu recado.

— Duvido.

— Experimente. Adoro desafios. O que quer que as flores digam?

Ele a estudou.

— Gostaria que servissem de desculpas por todas as vezes que pisei na bola nos últimos meses. Todas as vezes que disse ou fiz o que não devia, quando entrei no quarto sem respeitar a privacidade dela, ou a deixei sozinha quando precisava de companhia. Quero que as flores expressem o quanto a amo e sempre amarei, mesmo que não demonstre da maneira certa, que sinto muito por ela ter perdido a mãe e que, se pudesse, a traria de volta, ou desapareceria com a dor. Na realidade, gostaria que a mãe dela estivesse aqui agora, pois saberia o que comprar para o décimo sétimo aniversário da nossa filha, enquanto eu não faço ideia. — Ele fez uma pausa, percebendo que talvez tivesse falado demais. O rosto corou ligeiramente.

— Se você encontrar um jeito de dizer tudo isso com flores, significa que é mais inteligente que eu.

Flora sentiu uma pressão no peito e um nó na garganta. A dor dele se espalhou e a envolveu também. Fez-se silêncio no fundo da loja, sinal de que Julia estava ouvindo.

Esposa falecida.

— Então sua filha está fazendo 17 anos.

E ele estava comemorando o dia sem o amor de sua vida, mãe da filha e sua parceira. Flora teve vontade de juntar o que restava daquele homem e abraçá-lo. Queria abraçar a filha também. Sabia o que era perder alguém e o vazio dolorido que deixava na vida. Você era deixada para trás, tentando colar partes que não se encaixavam mais. A vida se tornava uma colcha de retalhos cheia de furos.

— Becca, minha esposa, saberia exatamente o que comprar. Ela sempre escolhia o presente perfeito para todas as ocasiões. Provavelmente teria dado algum tipo de festa, com as pessoas certas... mas não sou minha esposa, e infelizmente ela não deixou um manual de instrução. Foi uma morte súbita. Estou improvisando aqui.

Flora respirou bem devagar. Ele não precisava de mais uma pessoa chorando, mas sim de alguém que resolvesse o problema. Escolher um presente era sempre difícil. Flora se esforçava em acertar nos presentes que dava, embora soubesse que não era perfeita. Pelo visto, Becca era perfeita.

Flora já imaginou uma mulher loira descolada, carregando um notebook e anotando ideias de presente quando alguém mencionava um evento.

Comprar um lenço cor de pêssego de seda para Tasha no Natal.

No Natal, Tasha abriria o presente e suspiraria, sem acreditar na escolha perfeita.

Ninguém nunca devolveria um presente comprado por Becca.

Ninguém nunca olharia para o lenço e pensaria: *Já tenho três desses.*

Não era à toa que ele sentia falta da mulher. E dava para ver que tinha muita saudade.

Ele tinha uma presença física poderosa, mas por outro lado parecia meio perdido e atordoado. Flora não imaginava ser possível alguém parecer tão forte e centrado e ainda assim totalmente vulnerável.

— Flores de presente são sempre uma boa ideia. — Ela sentiu uma urgência repentina em aliviar o peso das costas dele. Alguém que vivia para agradar aos outros nem sempre agia de forma covarde. Às vezes significava apenas ter vontade de ajudar alguém. — Uma escolha perfeita.

Ele olhou de relance para o buquê que Julia tinha acabado de fazer.

— Rosas?

— Há escolhas melhores para um aniversário de 17 anos. Conte um pouco sobre sua filha. Do que ela gosta?

— Atualmente? Nem sei. Ela não se abre comigo. — Ele esfregou a testa com os dedos e virou a mão para cima em um gesto de desculpas. — Você deve achar que sou um péssimo pai.

— Só de estar aqui, tentando encontrar o presente perfeito para sua filha, já faz de você um bom pai. O luto é sempre difícil.

— Fala por experiência própria?

Sim. Tinha certeza de que conhecia bem o que ele e a filha estavam sentindo, apesar de ter passado por aquilo muito mais nova. Havia uma idade certa para perder um ente querido? Ela achava que não. Mesmo agora, anos depois, sentia o perfume de uma flor aleatória e tinha saudades da mãe.

— O que sua filha gosta de fazer para se distrair?

— Quando não está na escola, ela ajuda a cuidar da irmã, Molly, de 7 anos. Depois que chego em casa e Molly já está na cama, ela se fecha no quarto e não desgruda do celular. Existem flores que digam "Talvez seja melhor não passar tanto tempo nas redes sociais?". É um assunto espinhoso, talvez essas rosas sejam mais apropriadas do que você imagina. Quem sabe um cacto.

Então ainda restava senso de humor ali, provavelmente esquecido, mas sem dúvida existente.

— Podemos achar algo melhor que um cacto.

Ela saiu de trás do balcão e foi até a fileira dos baldes de flores.

Flora tinha ido ao mercado de flores do lado oeste, antes de o sol nascer, turbinada com cafeína enquanto procurava por pequenas perfeições, desviando dos caminhões que descarregavam engradados. Só mesmo flores para fazê-la sair da cama àquela hora da manhã. Alguns produtores focavam na vida útil em detrimento de cor e aroma, mas Celia confiava que Flora optaria por qualidade, e ela não se contentaria com menos. Sua mãe lhe ensinara a importância das estações e, naquele finalzinho de inverno, ela escolhera astromélias, amarílis, cravos e crisântemos. Pegava grandes maços de folhagens, flores secas, galhos de eucalipto e os colocava no recipiente de metal apropriado. Não conseguia passar pelos narcisos sem acrescentá-los à pilha cada vez maior. Em todos os estandes por onde passava, tocava, cheirava, enterrava o rosto nas flores, inalando o perfume e o frescor. Tratava as flores como outras pessoas tratariam vinhos, algo para ser experimentado e saboreado. A jornada matinal era um evento social para ela, não só porque conhecia muita gente, mas também porque muitos tinham conhecido sua mãe. Era um ambiente familiar, uma conexão com o passado que ela valorizava.

Quando finalmente terminava as compras, ajudava Carlos a carregar a van, usada para as entregas, e transportavam a carga preciosa para a loja. Ao chegar, a seleção de plantas era separada, as folhas e espinhos tirados e os caules cortados. A partir daí, a atenção era para os clientes, atendendo clientes esporádicos e habituais e pedidos pela internet. Já estava tão acostumada à dor nas pernas que mal a notava.

Flora passou os olhos pelos lírios e hortênsias, demorando mais nas astromélias antes de continuar. Pensou na própria adolescência e pegou um maço de gérberas em tons de amarelo reluzente e laranja profundo.

— Estas devem ser o foco principal.

Ele inclinou a cabeça para o lado.

— Bonitas.

— Os celtas acreditavam que as gérberas aliviavam a tristeza.

— Tomara que estivessem certos.

Flora percebeu que ele prestava atenção, enquanto ela selecionava tulipas e rosas, agrupando-as ao buquê. Não teve pressa para aparar os caules, acrescentar a folhagem, arrancar folhas e espinhos das rosas, cortando os caules na diagonal e avaliando o equilíbrio e a posição das flores, sempre sentindo que era observada.

— Você é boa nisso.

Ela identificou o ponto de amarração e prendeu o buquê.

— É o meu trabalho. Tenho certeza de que você é bom no que faz.

— Sou, e gosto do que faço. Deveria me sentir culpado por isso.

— Por quê? — Ela embrulhou as flores com cuidado, colocou água no pacote e amarrou tudo. — Não é errado gostar do que se faz o dia todo. Eu diria que é obrigatório.

Flora se perguntou qual seria a atividade dele.

Apesar de estar com dificuldades com a filha, ele passava uma certa confiança, sugerindo que não era indeciso em outras áreas da vida. A roupa sob o casaco era casual, então provavelmente não era advogado nem bancário.

Publicitário? Provável, embora ela não tivesse certeza. Alguma coisa a ver com tecnologia, talvez?

Sem dúvida Julia tinha várias opiniões e não teria vergonha de expressá-las.

Serial killer. Assaltante de banco.

— Eu me sinto culpado porque às vezes, enquanto trabalho, esqueço.

— Você deveria se sentir grato, não culpado. Trabalho pode ser uma distração, e isso é bom. Nem toda tristeza pode ser curada. Às vezes é uma questão de encontrar um jeito de melhorar cada momento. Estas flores devem durar mais de uma semana. Coloque um pouco de conservante floral, troque a água todo dia e tire as folhas que estão submersas. Isso vai manter as flores bonitas. — Ela entregou o buquê. — Ah, não se esqueça de tirar as pétalas guardiãs.

— Pétalas guardiãs?

— São estas aqui. — Ela apontou para a extremidade curvada e enrugada da pétala. — Parecem estragadas, mas estão aí para proteger a rosa. Tire-as quando chegar em casa e a flor ficará perfeita. Espero que sua filha goste.

— Eu também. — Ele tirou o cartão de crédito. — Já que é bem provável que você tenha salvado a minha vida, preciso ao menos saber seu nome.

— Flora. Flora Donovan.

Ela passou o cartão na maquininha, deu uma olhada no nome impresso e o devolveu.

Jack Parker. Combinava com ele.

— Flora é um nome bem apropriado. Você tem o dom para o que faz e fui agraciado por isso.

Flora se perguntou se Becca sabia fazer um arranjo de flores.

— Você vai dar uma festa para sua filha?

— Ela disse que não queria, que não seria a mesma coisa com a mãe ausente. Acreditei no que disse. — Ele colocou o cartão de volta no bolso. — Foi um erro?

Devia ser muito difícil tentar entender uma adolescente.

— Talvez uma festa não fosse o adequado. Quem sabe algo diferente, uma coisa que ela não tenha feito com a mãe.

— O quê, por exemplo?

— Não sei... — Flora pensou um pouco. — Ela é atlética? Vocês poderiam ir escalar uma parede artificial. Ou passar o dia fazendo objetos de cerâmica. Você poderia levá-la com as amigas para uma aula de dança. Façam alguma coisa juntos. Se ela estiver se sentindo perdida, é bem provável que goste de alguns bons momentos do seu lado.

— Não tenho tanta certeza. A presença dos pais é constrangedora para uma adolescente.

Seria bom se Flora tivesse passado pela mesma experiência para saber. Teria feito de tudo para poder ficar constrangida com o pai, mas ele a desprezara.

Você é o meu mundo, foi o que sua mãe sempre dissera, mas, depois que ela faleceu, Flora ficou pensando se a vida não teria sido mais fácil se o mundo das duas tivesse um pouco mais de gente.

Ela teve vontade de perguntar a ele mais detalhes sobre a filha, mas havia uma linha tênue que a separava de um cliente, e Celia já estava franzindo a testa do outro lado da loja.

Mas Jack não parecia estar com pressa.

— Há quanto tempo você trabalha aqui?

— Nem me lembro de quando não trabalhava aqui. — Ela passou os olhos pelo teto alto e para as grandes janelas. — Minha mãe também trabalhou aqui, antes de morrer. Eu a ajudava desde que aprendi a andar. A maioria dos nossos clientes era dela. Entregamos flores para toda a Manhattan.

Tinha orgulho de continuar o que a mãe havia começado. Era como se o passado viesse para os dias atuais e a confortasse.

— Quantos anos você tinha quando perdeu sua mãe?

— Oito.

Um pouco mais velha do que a filha caçula dele.

— E o seu pai? — O tom da pergunta foi mais suave, e ela se sentiu grata pela sensibilidade dele.

— Minha mãe me criou sozinha.

— Como você superou… a perda? — Ele puxou a respiração. — Desculpe, é uma pergunta imperdoavelmente invasiva, mas estou em busca de respostas por toda parte… algo que eu possa fazer, dizer… estou disposto a tentar qualquer coisa.

— Não tenho tanta certeza se superei. Aprendi a lidar com ela da melhor maneira que pude. — A vida dela tinha passado de dias quentes e ensolarados para frios e nublados. Havia se mudado de um lugar seguro e acolhedor para outro onde se sentia vulnerável e exposta. — Não sei se o que me deu força ajudaria outros.

— O que foi?

— Coisas que pareciam aproximá-la de mim. Flores. Era como se minha mãe estivesse a meu lado quando eu estava entre flores.

Ele a estudou, e Flora podia jurar que, por um breve momento, a tinha enxergado de verdade. Não por causa do vestido vermelho, ou as meias cor de flor de jacinto, ou o cabelo revolto que se recusava a se comportar de maneira previsível, para a irritação da tia, mas as lacunas de seu interior, os pedaços que estavam faltando.

E então ele sorriu, e foi como se um calor invadisse sua alma, preenchendo os vazios. O coração dela bateu mais forte e rápido.

Havia muito charme naquele sorriso. Ficou evidente que ele só ficaria sozinho se quisesse.

— Parece que você se saiu bem. — Ele se virou sem pressa de ir embora. — Tenho me preocupado se minhas meninas ficarão bem, se suas vidas não estão arruinadas. Mas olhe para você... Você me dá esperança de que vamos conseguir passar por isso.

— Você encontrará um jeito. — De repente ela ficou sem graça. — Desculpe. Isso soou banal, como aquelas frases de autoajuda que aparecem na internet. *Viva da melhor forma possível.*

Foi uma conquista fazê-lo sorrir.

— Detesto essas frases feitas. Principalmente aquelas que nos mandam não esperar a tempestade passar para dançar na chuva.

— Adoro dançar na chuva.

Melhor do que dançar no apartamento batendo os cotovelos contra as paredes e com os vizinhos reclamando do barulho.

Ele a prendeu pelo olhar e mais uma vez veio aquela sensação de calor.

— Você tem um intervalo de almoço? Gostaria de me acompanhar? Ou tomar um café?

O coração despertou. Ele a estaria convidando para sair?

— Bom...

— Você deve estar imaginando se sou um serial killer louco. Não sou. Mas você é a primeira pessoa com quem converso depois de muito tempo que parece entender.

Flora notou que os olhos dele eram verdes e não azuis, e pareciam cansados. Talvez ele tivesse consciência disso, porque esboçou um sorriso ao qual ela correspondeu. O breve momento de conexão a chocou. Era o mais próximo de uma experiência íntima com outra pessoa depois de muito tempo. Que ironia, pensou, que isso acontecesse com um desconhecido.

— Não acho que você seja louco nem um serial killer.

— Você é fácil de conversar, por isso fiz o convite. — O foco do olhar dele mudou para algo atrás dela. — Imagino que aquela mulher um tanto amedrontadora que não para de me encarar seja sua chefe, né?

Flora nem precisou olhar para trás.

— Isso mesmo.

— Sendo assim, não quero que seja demitida por continuar aqui conversando. Não quero esse peso na minha consciência. Obrigado por me ouvir, Flora. Agradeço o conselho também.

Ele estava lidando com duas meninas traumatizadas sozinho. Ferido.

Sofrendo.

Quem cuidava dele? Será que não havia ninguém o apoiando? Ele havia perdido a esposa que certamente tinha sido perfeita em todos os sentidos. *Becca.* Era muito injusto que pessoas, que tinham tido a oportunidade de se encontrar nesse mundo agitado e complexo, se perdessem umas das outras. Talvez fosse pior do que nunca encontrar alguém.

Flora não deveria se envolver. Café e bate-papo não resolveriam nada.

Mas quem podia negar o convite de um pai que tentava desesperadamente acertar com as filhas?

Não seria ela.

— Pode ser um café — disse. — Meu intervalo é daqui a uma hora.

2

Izzy

— Você vai trazer alguém para jantar? Está *namorando*? É brincadeira, né? Não faz nem um ano que a mamãe morreu e você já a esqueceu.

Izzy parou de dobrar a roupa lavada e apertou os lábios. Tinha mesmo falado em voz alta? Sentia-se culpada. Vinha se segurando tão bem, mas agora o pai havia aberto uma porta que ela mantivera fechada. As palavras dele haviam liberado todas as besteiras que tinha guardado para si, como o armário de Molly entulhado de brinquedos que Izzy mal conseguia fechar. Suas mãos começaram a tremer e a tristeza a envolveu com uma película de suor. Seu corpo tinha ficado estranho, como se tentasse ajustar-se na pele de outra pessoa. Izzy já tivera crises de tontura, momentos estranhos quando achou que estivesse desligada do mundo, lampejos de pânico, em que teve medo de pirar em público e passar vergonha. No começo, todos se preocupavam em saber se ela estava bem. *Como você está, Izzy?* Sempre respondia que estava bem. Aparentemente as pessoas acreditaram, e os comentários mudaram para: *Você é demais. Sua mãe ficaria muito orgulhosa se soubesse como você está lidando com a situação.* Se luto era um teste, aparentemente tirara uma boa nota. De vez em quando chegava a ficar orgulhosa de si mesma, uma emoção complicada demais para seu cérebro. Seria sobrevivência algo para se orgulhar?

Aos poucos as pessoas pararam de tratá-la cheias de dedos, voltaram ao normal e tocaram suas vidas. Raramente o assunto vinha à tona. Izzy achou que seria mais fácil, mas descobriu que não era. Elas tinham seguido em frente, mas Izzy não. A vida se tornara frangalhos que ela ainda tentava costurar sozinha com dedos feridos e sangrando, mas os remendos jamais cobririam o buraco enorme, no formato de sua mãe. Ela se empenhava em preenchê-lo, para o bem do pai e principalmente de Molly.

Será que seu pai tinha pensado no impacto que um namoro teria em Molly?

Como ele podia *fazer* isso? Ela não entendia o amor. Qual era seu valor se nem sequer deixava marcas? Seria possível trocar de pessoa com tanta facilidade?

Sabia que devia estar feliz pelo pai, mas seria uma emoção difícil de ser evocada. Se ele continuasse com sua vida, como ficariam como família? Onde *ela* ficaria?

O barulho externo diminuiu, enfatizando o retumbar do coração em seus ouvidos.

Sentia-se perdida e em pânico.

Talvez o relacionamento não fosse sério. Ela pensou em pegar o celular e digitar "relacionamentos de luto e recuperação" em um site de busca. Apesar de ele esconder bem, sabia que o pai estava vulnerável e sofrendo. Izzy não permitiria que nenhuma oportunista se valesse disso. A última coisa que Molly precisava era de um desfile de mulheres estranhas pela casa.

Jack passou o braço sobre os ombros de Izzy, mas ela se afastou, mesmo que um abraço fosse o que mais precisava.

— O que foi? — Ele parecia chocado. — Você não é assim.

— Desculpa. O dia foi longo.

Izzy cerrou os dentes, puxou outra toalha e a dobrou.

— Você acha mesmo que esqueci sua mãe?

— Não sei, mas parece que sim. Só estou falando.

A maneira como o pai estava calmo lhe dava vontade de surtar. Ela tentava ser a mesma pessoa de sempre, mas o padrão dele era elevado. Será que chorava? Será que gritava durante o banho como ela? As lágrimas caíam no ralo misturadas à água. Izzy queria saber que era normal, que não era a única a estar tão mal, mesmo que bem no fundo soubesse que ficaria assustada se o visse chorar.

Era uma situação de merda, mas, se o pai conseguia ser corajoso e impassível, ela também seria.

Se ele podia segurar a barra, ela também podia. Tinha lidado bem com tudo aquilo, afinal. Até agora.

Dobrou mais uma toalha, depois outra e mais outra, até formar uma pilha bem arrumada. Era impressionante como era reconfortante finalizar uma simples tarefa.

A sra. Cameron limpava a casa e lavava a roupa toda manhã, mas era Izzy quem a tirava da secadora e dobrava tudo. Ela não se importava, servia como um momento de meditação.

— Fiz hambúrgueres vegetarianos para o jantar.

— De novo? Nós não comemos isso há duas noites?

— São os favoritos da Molly.

Mas talvez devesse ter feito os favoritos do pai, e não da irmã.

Pressão, pressão, pressão...

— Foi uma boa decisão, Izz. Você é minha superestrela. Sua mãe teria ficado orgulhosa. — Ele pegou a pilha de toalhas que ela havia dobrado. — Molly não comeu o que fiz para ela hoje de manhã.

— Você colocou presunto? Ela odeia presunto.

— É mesmo? — O pai pareceu surpreso. — Vou tentar me lembrar. O que eu faria sem você? Você é uma ótima cozinheira e maravilhosa com Molly.

— Ela é minha irmã. Família, né?

Izzy vinha lutando para manter a família unida, e agora o pai pretendia convidar uma desconhecida para dentro de casa. Mesmo que a mulher não fosse uma estranha para ele. Será que tinham transado? Sentiu o rosto queimar e um aperto no peito. Uma garota na escola tinha ataques de pânico constantes. Izzy nunca os tivera, não de fato, mas tinha a impressão de que os ataques a rondavam. E se sofresse um enquanto tomava conta de Molly? Forçou-se a respirar devagar e tentou não imaginar o pai nu com outra mulher.

O problema é que as atitudes de um membro da família afetavam todos. O pai deveria se preocupar com isso, mas não era o caso.

— Não esqueci sua mãe, Izzy. — O tom de voz baixo cutucou aquele pontinho infeliz do coração dela, que não estava explodindo de raiva.

Talvez ele não a tivesse esquecido, mas seguia em frente. As perguntas fervilhavam na cabeça de Izzy, a maioria começando com "Por quê?".

Por que aquilo tinha acontecido com sua mãe? E por que o pai não se sentia culpado, quando Izzy se sentia assim *o tempo todo*? Culpada por todas as vezes que deixara de abraçar a mãe, ou de dizer o quanto a amava, culpada por nunca fazer a cama e deixar caixas de leite vazias na geladeira. Acima de tudo, culpada por aquela última briga, antes de a mãe sair de casa naquela noite. A briga sobre a qual não conseguia falar. Aquela que não tinha contado a ninguém, nem aos amigos e muito menos ao pai. Nem ousava dizer alguma coisa a ele. Caso tivesse... bem, não conseguiria. De jeito nenhum. Mudaria tudo. A família que estava lutando com tanto afinco para proteger seria destruída. Pensar no assunto era como espremer limão numa ferida.

— Quando ela vem? Vou levar Molly até o parque ou qualquer outro lugar.

— Não quero que faça isso. Eu a convidei para conhecer vocês duas.

Será que todos os homens eram sem-noção? Ela já estava acostumada com as pessoas fazendo e falando coisas erradas ao seu redor, acontecia o tempo todo, mas o próprio pai não enxergar o panorama geral machucava bastante.

— Você não acha que Molly vai ficar confusa?

— É só uma amiga. Vocês também trazem amigas para casa.

Izzy tirou o que sobrara de roupa da máquina de secar.

— Então vai ser uma festa do pijama? — perguntou, e viu o pai corar.

— É só um jantar.

Izzy teve vontade de sugerir que ele levasse a mulher para jantar fora, bem longe do ambiente familiar, mas considerou que seria melhor ficar por perto. Pelo menos poderia entender o que estava acontecendo. O que aquela mulher queria exatamente?

Pegou um lençol, que havia lavado mais cedo, e viu o pai franzir o cenho.

— Por que está lavando a roupa de cama de Molly? Essa é uma das tarefas da sra. Cameron.

— Molly derrubou suco.

A naturalidade com que mentiu era preocupante, mas não a afetou. Havia prometido a Molly que não diria a ninguém que ela havia molhado a cama pela quarta noite seguida. O único jeito de manter a promessa era ela mesma lavar o lençol.

Será que o pai tinha noção de que Molly ia para a cama da irmã no meio da noite quando molhava o lençol, levando um zoológico de bichinhos de pelúcia? Havia começado nas primeiras semanas depois da morte da mãe e se tornara um hábito.

Toda noite, Izzy, embriagada pela falta de sono, ajudava Molly a se lavar e a trocar de pijama, depois a aninhava na própria cama junto com Azirafa, a girafa de pelúcia. Molly adormecia na hora, mas Izzy ficava ali deitada durante horas, cochilando até o sol surgir no horizonte. Ia cansada para a escola, e as notas começaram a cair. Por duas vezes havia dormido na carteira e de vez em quando tropeçava na mobília.

Alguns dos colegas começaram a chamá-la de Izzy Azoada. O fato de o apelido lembrar o nome da girafa de pelúcia da irmã só piorava seu humor.

Os colegas, e tampouco o pai, não tinham a menor ideia de como era a sua vida, e ela não tinha nenhuma intenção de tocar no assunto. Havia aprendido mais sobre as pessoas desde que a mãe morrera do que durante a vida inteira. Descobrira que geralmente elas se focavam mais na própria vida do que na dos outros. E, quando pensavam nos outros, na maioria das vezes era em relação a si próprias. Os amigos não pensavam na vida de Izzy, a não ser quando ela não podia ir a algum programa porque precisava cuidar de Molly. Não era intencional ou por maldade. Era descuido. Falta de consideração. Duas características humanas que causavam mais dor do que as palavras sugeriam.

Seria falta de consideração trazer outra mulher para dentro de casa também?

Izzy não sabia muita coisa, mas tinha noção de que não seria bom para Molly ver outra mulher em casa. Ela própria também não se sentia bem com isso.

Em momentos como aquele sentia tanta falta da mãe que mal conseguia respirar. Se pudesse, voltaria no tempo. Havia tanta coisa que desejava ter dito e feito. Ninguém nunca lhe dissera que era possível ficar brava e triste ao mesmo tempo.

Izzy se lembrou da noite anterior à morte da mãe. Depois da briga horrível, a mãe tinha invadido o quarto dela para avisá-la que ela e Jack iriam sair.

O cabelo dela estava preso para cima em um coque elegante, e o vestido preto fluía como seda até o chão. Izzy queria muito ter continuado a conversa, só que sem gritos, mas, antes que pudesse falar alguma coisa, o pai tinha entrado no quarto e a oportunidade passara.

Izzy tinha ficado frustrada e ansiosa, jurando a si mesma que conversaria com a mãe no dia seguinte. Mas não houve dia seguinte. Sua mãe teve um colapso repentino por causa de um aneurisma não detectado no cérebro. Morreu antes de chegar ao hospital.

Naquela noite, o mundo deles entrara em colapso. Ainda permanecia em ruínas para Izzy, mas aparentemente o pai estivera ocupado reconstruindo o dele.

— É um jantar, Izzy. E só. Ela não está dividindo a cama comigo nem vai se mudar para cá, mas gosto dela. — Ele hesitou. — Gosto muito dela e acho que você e Molly também vão gostar.

Izzy tinha certeza de que não gostaria. Não tinha como estar pronta para ver o pai com outra pessoa, *nem pensar*. O que isso significaria para ela? Onde se encaixaria no novo cenário? Por enquanto o pai precisava dela, mas será que isso mudaria caso ele tivesse outra mulher em sua vida?

— Faz quanto tempo que vocês estão saindo? — Ela tentou imitar a calma dele. — Como a conheceu?

— Lembra-se das flores que eu trouxe no seu aniversário? Ela é florista. Aquele buquê que você amou foi obra dela.

Izzy tinha amado *mesmo* o buquê. Sentira-se muito adulta. Achou que tinha sido um gesto atencioso, mas agora descobrira que a escolha tinha sido feita por outra pessoa. O presente perdeu o brilho.

— Vocês têm saído desde o meu aniversário?

— Naquele dia fomos tomar um café. Ela também passou por momentos difíceis, perdeu a mãe quando tinha a idade próxima à de Molly.

Não era uma boa notícia. A mulher acharia que os entendia, o que com certeza não era o caso. Famílias, concluiu Izzy, são as coisas mais complicadas do planeta.

— Mas você a viu mais de uma vez.

— Ela trabalha perto do meu escritório. Saímos para almoçar algumas poucas vezes.

Poucas vezes, mas aparentemente já era o suficiente para levá-la para conhecer a família.

— Você nunca comentou nada.

— Não havia o que comentar.

— Mas agora há.

O pai deixou as toalhas de lado.

— Sei que é difícil e delicado, mas estou te pedindo para manter a mente aberta.

Molly tinha parado de chorar até dormir só recentemente. Será que ia começar de novo se o pai trouxesse uma pessoa nova para casa?

— E agora? Você quer que eu corra pela casa escondendo todas as fotos da mamãe?

Jack esfregou a testa com os dedos.

— Não, não é isso que eu quero. Sua mãe sempre fará parte das nossas vidas. — Ele baixou as mãos. — Izzy, você ficou da cor do lençol na sua mão. Está se sentindo bem mesmo?

— Estou ótima.

As palavras saíram sem hesitação. Ela já tinha dito a mesma coisa tantas vezes que quase acreditava, embora parte dela se perguntasse o porquê de aquilo estar acontecendo com ela. O que havia feito para merecer isso? Não era perfeita, mas não era horrível. Izzy reciclava. Tinha contribuído para salvar baleias em perigo. Não tinha gritado quando Molly derramara groselha preta no seu suéter preferido.

— Se um dia quiser conversar… — Jack fez uma pausa. — Não precisa ser comigo. O hospital me deu o nome de uma pessoa. Uma psicóloga. Falei nisso há algum tempo e você não se interessou, mas se mudar de ideia…

— Não mudei.

Para ela não haveria nada mais esquisito. De jeito nenhum diria a alguém o que se passava em sua cabeça. Era algo muito *grande*. Sem contar que não confiava em ninguém. Não podia nem escrever em seu blog, e contava tudo lá. Ele se chamava *A Verdadeira Adolescente* e ela escrevia sobre tudo, desde período menstrual a aquecimento global. O blog era anônimo, por isso tão libertador. Escrevia coisas ali que jamais diria em voz alta. Coisas que nunca diria ao pai ou aos amigos. Ela havia criado o blog para si mesma e surpreendeu-se com a rapidez com que ganhou seguidores. O número cresceu assustadoramente, e agora as pessoas costumavam deixar comentários. Às vezes era apenas uma frase do tipo "Meu Deus, eu sinto a mesma coisa", mas de vez em quando eram respostas mais longas, detalhando coisas de suas vidas e relatando o quanto o post dela havia ajudado. Era uma sensação boa saber que estava ajudando as pessoas. Ela gostava de escrever coisas que os outros temiam falar. Enquanto as amigas postavam selfies e escreviam sobre roupas e maquiagem, Izzy abordava coisas sérias. As palavras tinham muito poder. Era difícil entender por que poucas pessoas percebiam isso.

Ela já tinha decidido que queria ser jornalista. Não do tipo que entrevistava celebridades no tapete vermelho sobre assuntos que não interessavam a ninguém, mas aquela que iluminava cantos escuros. A ideia era dizer verdades e expor mentiras. Izzy queria mudar o mundo.

O pai a encarava.

— Estou preocupado com você.

— Não fique.

Izzy não queria que ele se preocupasse. Não desejava ser um fardo.

— Precisamos conversar sobre possíveis faculdades. Devíamos visitar algumas.

Ela ficou tensa.

— Temos muito tempo para isso. — Não queria dizer que estava considerando não ir. Não queria abandonar a família. — Podemos falar nisso outra hora?

— Claro. — Jack hesitou. — Era o que sua mãe iria querer.

Nem sempre as pessoas conseguiam o que desejavam, não é? Só que, ironicamente, sua mãe geralmente conseguia. Menos a morte, claro. Isso não fazia parte dos planos dela.

Jack pegou as toalhas de novo. Izzy teve a impressão de que ele procurava alguma coisa para fazer.

— Tem certeza de que quer cozinhar para Flora?

Então, esse era o nome dela…

— Quero cozinhar.

Izzy pretendia mostrar para aquela mulher que eles eram uma família unida. Não havia espaço para mais ninguém.

Não iria para a faculdade de jeito nenhum. Ficaria em casa e arrumaria um emprego, assim poderia ficar de olho em tudo. Quem sabe não monetizava o blog? Outras pessoas já haviam feito isso. Tinha gente que recebia para balançar bolsas estúpidas diante da câmera. Por que ela não podia ganhar por dizer coisas importantes? Quem comentava no blog admitia segredos. Falavam sobre coisas *reais*. Ajudaria se conseguisse aumentar o número de visualizações. Além disso, os empregadores gostavam de gente com experiências práticas.

— Obrigado, Izzy.

O pai a alcançou mais uma vez para abraçá-la e ela se esquivou. O risco de desmoronar nos braços dele era grande demais. Viu a dor no semblante dele e sentiu que perdia o fôlego. Seria uma pessoa horrível?

— Desculpa. Tenho um monte de coisa para fazer, só isso. Tenho que arrumar a mochila da Molly para amanhã, ler para ela e depois fazer uma tarefa da escola.

— Vou tentar persuadir Molly a me deixar ler para ela, assim sobra um tempo para você. Sei que não sou tão bom quanto você, mas vou tentar.

— Não tem problema.

Ela gostava de se sentir necessária, e o amor de Molly a acalentava.

— Estou preocupado com seu excesso de trabalho.

— Gosto do que faço.

Ela gostava de manter a rotina o mais normal possível, embora estivesse longe da vida que tinham tido. Gostava de ser útil. Necessária. Indispensável.

— Agradeço o seu trabalho e estou feliz que você vai conhecer a Flora. Não pretendo substituir sua mãe. Estou tentando continuar a viver, um dia de cada vez. Isso é tudo o que nós podemos fazer. — Ele parecia cansado. — Por sorte o amor é ilimitado e não precisa se restringir a uma pessoa. É como um rio que continua fluindo.

Alguns rios secavam. Era assim que ela se sentia. O excesso de lágrimas a tinha desidratado para sempre. E seu pai não sabia a metade do que se passava em sua cabeça. Não fazia ideia da dimensão da coisa, e ela não podia contar.

— Não estou tentando deletar sua mãe, Izzy. Longe disso. — Ele colocou uma mão no ombro dela. — Você não acha que merecemos ser felizes? Não imagina que sua mãe gostaria que fôssemos?

Izzy não sabia a resposta. Becca sempre fora o centro das atenções, uma estrela permanente, quer estivesse numa festa ou em um evento da escola. Becca Parker iluminava qualquer ambiente em que entrasse. As pessoas ficavam ofuscadas com seu brilho. Izzy tinha ouvido os pais serem descritos como um "lindo casal", o que era verdade, pois chamavam a atenção aonde quer que fossem, não só porque sua mãe insistia sempre em chegar atrasada e ser a última para tudo. Aquilo sempre enlouquecera Izzy, mas ela não se lembrava mais disso. A única coisa que ficara em sua memória era que todo mundo prestava atenção em sua mãe.

— Certo, mas tenha cuidado — disse casualmente. — Pode ser que ela esteja atrás do seu dinheiro.

— Será que essa é a única razão pela qual uma mulher ficaria comigo? — Pela primeira vez desde que entrara no quarto, o pai sorriu. — Sei julgar as pessoas. Relaxe, Izzy. Vocês vão gostar uma da outra. Vai ficar tudo bem.

Sério? Ele realmente achava que ia ficar tudo bem?

A família já estava um caos completo, e o pai planejava piorar a situação. Izzy não permitiria que isso acontecesse. Era preciso manter a família unida a qualquer custo. Não apenas para ela, claro, mas por Molly também. Molly confiava nela, e Izzy não iria decepcioná-la.

Seu objetivo não era fazer de tudo para Flora gostar dela, mas sim certificar-se de que aquela mulher nunca mais quisesse pôr os pés na casa deles de novo.

3

Flora

Era só um jantar descontraído.

Certo, ela já havia trocado de roupa três vezes, mas era só porque a noite seria importante. Era *essencial* que as filhas de Jack gostassem dela. Flora estava confiante de que atingiria esse objetivo. Ajudava bastante ter uma ideia do que eles estavam passando. A esperança era de que, um dia, pudesse ajudar um pouco. Deixaria claro que não tinha intenção alguma de atrapalhar a família, ou causar uma pequena fissura que fosse no mundo particular e seguro deles. Em nenhum momento pensaria em substituir a mãe das meninas e nem tentaria. Iria encorajá-las a enxergá-la apenas como uma amiga mais velha.

Imaginou Molly, a mais nova, subindo em seu colo para abraçá-la e Izzy aliviada por finalmente ter alguém com quem compartilhar pensamentos e sentimentos, coisas que só podiam ser divididas com outra mulher. Flora não tivera isso. A tia não fora do tipo de muitos abraços, e as conversas focavam nas coisas práticas. Flora ainda tinha dificuldade para falar sobre seus sentimentos, e presumia que era por falta de prática. Tivera que confortar a si mesma e descobrir tudo sozinha. Não queria que as filhas de Jack passassem pela mesma coisa.

Será que estava se precipitando? Era bem provável que sim, mas que mal havia em sonhar um pouquinho?

Jack.

Talvez estivesse se apaixonando, e a ideia a amedrontava e excitava na mesma proporção. Será que ele também estaria apaixonado? Não tinha certeza, mas sabia que, se o namoro ficasse mais sério, as filhas dele também precisariam gostar dela.

Jack havia deixado claro que precisavam ir devagar e ser discretos. E tudo bem por Flora, não apenas por causa das meninas, mas porque aqueles sentimentos também eram novos para ela.

Flora tinha saído com outros homens ocasionalmente nos últimos anos. O mais importante havia sido o sr. Gestor de Fundos de Cobertura, que conhecera quando cometera o erro de se matricular numa aula de ioga bem cedinho. O médico dele o mandara reduzir o nível de estresse, então ele decidira fazer ioga, mas não parecia entender que a posição "Cachorro Olhando para Baixo" não era para checar mensagens no celular. Aliás, o celular os acompanhara em todos os encontros, ficava sobre a mesa durante o jantar como se fosse uma dama de companhia. A única "cobertura" que ela conhecia era verde e tinha que ser podada. Apesar de seus esforços para aprender sobre mercado financeiro, não atingira os conhecimentos suficientes para manter uma conversa vagamente à altura dele. O relacionamento tinha despencado mais rápido do que a Bolsa de Valores.

O seguinte tinha sido Ray, professor e apaixonado por basquete. Flora já havia aguentado oito jogos quando ouviu a reclamação de que não estava "interessada". Foi uma afronta. Ela era mestre em fingir interesse nas coisas e, nesse caso em particular, fizera a lição de casa. Aprendera o que era passe de peito, de gancho e de saída, gritava e o imitava dando socos no ar. Na época, ela achou que estava espelhando as reações dele, mas Ray percebera que alguma coisa estava faltando debaixo daquele entusiasmo cuidadosamente coreografado.

Hoje Flora sabia que o que faltava era justamente motivação. Motivação para fazer o relacionamento dar certo. Ray tinha razão, ela não estava suficientemente envolvida. Não com ele, não com o sr. Fundos de Cobertura. Ela havia tentado se mostrar interessada no que eles gostavam, sem revelar as próprias preferências.

Mas então conhecera Jack. Inteligente, bonito e carinhoso. O primeiro café tinha se transformado em almoço e a partir daí começaram a se encontrar com frequência. A amizade ficou mais intensa, sentimentos calorosos foram chegando sorrateiros, sem aviso prévio. Flora não se lembrava da primeira vez que notara a mudança. Teria sido naquele dia no jardim botânico do Brooklyn, quando ele pegou na mão dela? Ou durante o primeiro beijo diante da fonte do Central Park?

Era a primeira vez que Flora tinha um relacionamento que não precisava se esforçar para manter, então foi uma descoberta perceber que podia ser espontânea com Jack. Não totalmente, claro. Ainda restava muito que ele não sabia, sentimentos que ela mantinha guardados a sete chaves, inacessíveis a todos menos a ela própria. Não tinha dúvida de que também não sabia muita coisa sobre ele, mas gostava do pouco que conhecia.

Jack dominava de tudo um pouco, então, em vez de pesquisar suas dúvidas em um site de busca, bastava perguntar a ele. Na visita ao museu de arte Coleção Frick, ela nem se deu ao trabalho de usar o guia de voz, porque Jack ia explicando um pouco de tudo, de tal modo que a arte ganhava vida. A mãe dela tinha o mesmo dom, e aquela simples conexão os aproximou mais, como se os unisse com pequenos fios invisíveis. Foram ao Bronx e visitaram o Jardim Botânico de Nova York, lugar que Flora frequentava sempre com a mãe. Ali, naquele oásis exuberante, entre botões e flores, a perita era ela, e Jack a encheu de perguntas. Que flor era aquela? Aquela árvore se adapta melhor a qual temperatura? O que ela plantaria em um jardim, se tivesse um? Jack era o primeiro homem com quem saía que se mostrava interessado em saber quem ela era e do que gostava. E o interesse era mútuo. Até aquele momento, Flora não precisara fazer nenhum curso relâmpago sobre as preferências dele para manter o relacionamento. Jack trabalhava como técnico sênior em uma empresa especializada em inteligência artificial. Uma simples tentativa em explicar o que fazia a deixou confusa. Por sorte, ele não parecia ter a necessidade de falar sobre trabalho quando estavam juntos e, aos poucos, ela parou de procurar por "tecnologia para iniciantes" na internet.

Não que não tivessem o que conversar. O único assunto proibido era a esposa dele. Jack falava sobre ela em relação às crianças e como elas estavam lidando com a situação, mas não mencionava os próprios sentimentos. Flora tivera todo o cuidado ao tocar no assunto, o mesmo que teria para tirar um curativo de uma ferida aberta, mas ele encerrava a conversa educadamente, e ela acabou desistindo de questionar. Respeitava o fato de existirem coisas sobre as quais Jack não queria conversar. Afinal, ela era igual.

Agora estava prestes a conhecer as filhas que, claro, vinham em primeiro lugar na vida dele.

Os dois tinham conversado a respeito do encontro um dia antes, sentados no banco favorito deles do parque. Flora nunca imaginou que sentiria uma sensação romântica de disparar o coração e causar tontura em um lugar como um parque, mas acabou descobrindo que o lugar não era importante, e sim a companhia. Onde quer que estivesse com Jack, o resto do mundo desaparecia.

O relacionamento físico era sutil, obviamente. Restringia-se a dedos entrelaçados e à pressão do contato das coxas. Não era muito, mas o suficiente para derreter o cérebro e o coração dela. Flora estava tão *ligada* nele que sua resposta era bastante fora de proporção, considerando o restrito contato físico que mantinham. Sentia-se melhor ao perceber que surtia o mesmo efeito em Jack, percebendo a tensão e o brilho ocasional de calor nos olhos dele. Não era à toa que sempre se encontravam em lugares públicos, um acordo mútuo silencioso, pois sabiam que a melhor maneira de ir devagar com o namoro era impor certas restrições.

— Você está nervosa? — ele havia perguntado quando se sentaram bem pertinho um do outro no banco do parque.

— Para conhecer as meninas? Um pouco. — Flora não quis mentir. — Estou animada também. Pelo que você me disse, elas são inteligentes, interessantes e especiais.

Gostava do jeito como Jack falava das filhas, cheio de orgulho. O fato de ser um pai presente dizia muito sobre seu caráter. Esperava que as meninas tivessem consciência da sorte que tinham.

O que mais a amedrontava, sendo bem sincera consigo mesma, era o quanto desejava que o namoro desse certo.

— Você é incrível, sabia?

Jack havia pegado e pressionado a mão dela na coxa, impossibilitando-a de prestar atenção na conversa.

— Eu?

— Seria muito difícil para a maioria das pessoas sair com um homem com duas filhas. Muitas mulheres fugiriam correndo de uma família pronta, mas você é aberta e otimista com tudo.

Flora não se descreveria como uma pessoa aberta, mas sim cautelosa, cuidadosa. Protegia-se. Mas com Jack era diferente.

Por querer tanto que o relacionamento não terminasse, ela já havia feito todas as perguntas possíveis. Sabia que Izzy queria ser jornalista, que Molly adorava desenhar e dançar, embora tivesse parado depois que Becca falecera. Flora também amava desenhar e pintar, por isso tinha esperança de que talvez, se fosse cautelosa, conseguisse persuadir Molly a desenharem juntas. Mesmo assim, sabia que precisava ser cuidadosa para não a forçar a fazer nada. A pressão que a tia impusera para que Flora "superasse e seguisse em frente" depois da morte da mãe a havia estressado demais.

Afastando o passado, Flora parou no final da rua, apertando as flores e uma garrafa de limonada caseira. Jack dissera que a filha faria o jantar, e Flora achou que limonada combinava com tudo. Não era profunda conhecedora de adolescentes, mas tinha ficado impressionada porque Izzy se encarregara de cozinhar.

Será que Becca havia sido uma boa cozinheira? Teria ensinado a filha? Flora a imaginou selecionando com todo o cuidado os cardápios e passando horas proporcionando refeições balanceadas e saudáveis às filhas.

Procurou se proteger da onda de insegurança que ameaçou abalar seu otimismo.

Jack não a compararia com a esposa, nem as filhas.

A viagem de metrô até a casa dele não durara nem quinze minutos, mas para ela tinha durado uma eternidade. Ali era a região mais histórica do Brooklyn, com ruas largas, arborizadas e vistas incríveis do horizonte de Manhattan do outro lado do East River.

Naquela época, na primavera, as flores preenchiam o céu com nuvens perfumadas e as ruas de paralelepípedos ficavam cobertas com pétalas macias.

Enquanto verificava o endereço no celular, Flora pulou para o lado para evitar uma menina dirigindo uma scooter e sorriu para a jovem mãe que corria atrás dela, tentando acompanhá-la. Era um bairro familiar e bem mais sofisticado que o dela. No caminho, ela tinha passado por alguns bistrôs e butiques. Imaginou-se morando em um lugar como aquele, comprando uma sacola de pêssegos no caminho de casa, trocando sorrisos e piadas com o vendedor de rua. Até os nomes de ruas eram charmosos. Ela passou por Cranberry Street, Pineapple Street e Orange Street. Os moradores do bairro ganhavam o dia só andando por ali, pensou. Até mesmo o ar parecia mais fresco. Sua própria rua cheirava a lixo.

Flora estava dez minutos adiantada. Faria alguma diferença?

Estava com os nervos à flor da pele, mas sempre se sentia assim antes de se encontrar com Jack. Um homem passou por ela e se afastou, talvez porque ela estivesse sorrindo sozinha.

Confiante, Flora subiu a escada e tocou a campainha. Prometeu a si mesma que um dia também teria uma porta da frente decente, talvez ladeada por oliveiras ou trepadeiras.

Jack abriu a porta. Estava usando jeans e camisa com o colarinho desabotoado, descalço e com uma leve barba por fazer. Parecia mais jovem e à vontade.

— Foi fácil encontrar o endereço?

Quando os olhares de ambos se encontraram, Flora sentiu a química entre eles de maneira tão intensa que quase caiu. Entrou na casa um pouco desorientada. Os dedos de Jack roçaram nos seus, um toque ligeiro, mas suficiente para que uma centelha de calor percorresse todo o seu corpo. Em um breve devaneio apaixonado, ela achou que ele simplesmente fecharia a porta com o pé e a agarraria. No entanto, sem olhar para ela, Jack fechou a porta com extremo cuidado, apoiando-se e respirando fundo. O momento em que voltaram a se fitar foi inquietante, carregado de tensão sexual.

Flora abriu um sorriso simpático e desabotoou o casaco.

— Como vão as coisas por aqui?

— Nada que um longo banho gelado não cure. Você está ótima nesse vestido — disse Jack em voz baixa. — Adoro quando seu cabelo fica cacheado assim.

— Costumo chamar o estilo de Indecisão. — Flora deu o casaco a ele. — Passei o vestido pela cabeça tantas vezes, decidindo o que usaria, que acabei produzindo eletricidade suficiente para abastecer o bairro inteiro.

A risada dele quebrou o clima de tensão.

— Estou feliz que tenha vindo. As meninas estão ansiosas para conhecer você.

— Mal posso esperar para conhecê-las também.

Enquanto Jack pendurava o casaco dela, Flora deu uma olhada ao redor. Havia imaginado uma casa de família aconchegante e um pouco bagunçada. Talvez com alguns sinais de um homem que lutava para lidar com a nova realidade. Mas não era nada disso.

As paredes da sala tinham tons suaves de branco e creme, que refletiam a luz e aumentavam a sensação de espaço. Ela nunca estivera em um ambiente tão organizado, remetia a um spa. Parecia que uma mulher de jaleco branco surgiria para passar o cartão de crédito dela e a escoltaria à sala de tratamento facial.

Um aparador ostentava um vaso repleto de copos-de-leite. Flora sentiu as mãos coçando para arrumar as flores, mas nada ali precisava ser tocado. Não havia bagunça. Nenhuma correspondência aberta para ser organizada, chaves de casa ou lixinho esquecido que precisasse ser jogado fora. Estava tudo no lugar certo.

— A casa está à venda? — perguntou sem pensar e viu Jack erguer as sobrancelhas.

— Não. Por que a pergunta?

Porque ela tinha a boca maior que o cérebro.

— Está organizado demais. Só vejo lugares assim quando estão à exposição. Às vezes recebemos pedidos de flores para ajudar a vender o imóvel.

— Mamãe gostava de tudo limpo. Tentamos manter do jeito que ela gostava. — A voz tímida veio da escada.

Quando Flora se virou, viu uma menininha de cabelo escuro preso em um rabo de cavalo irregular. O vestidinho azul cobria o corpo magro, e ela segurava uma girafa sem uma perna que provavelmente nunca tinha ido para a máquina de lavar. Ela encarou Flora sem saber se estava diante de uma amiga ou inimiga.

— Olá. Você deve ser a Molly.

Flora ofereceu um sorriso afetuoso, mas, quando deu um passo à frente, a garotinha se encolheu, apertando a girafa contra o peito.

— Vem aqui, Molly. — Jack estendeu a mão. — Vem dar oi.

Em vez de dizer "oi", Molly correu para Jack como se procurasse um bote salva-vidas e Flora fosse a tempestade.

Jack pegou a filha e o brinquedo no colo.

— O que foi, querida?

— Ela está de sapatos. — A voz dela era quase inaudível. — Mamãe não deixa usar sapatos em casa.

Os olhares de Jack e Flora se cruzaram acima da cabeça de Molly. Flora se abaixou para tirar os tênis, sentindo o rosto pegar fogo.

— Eu estava tão ansiosa para ver você que acabei me esquecendo de tirá-los.

Flora desamarrou o laço do cadarço. Era como se tivesse voltado aos 8 anos de idade, atrapalhada com o casaco sob o semblante de desaprovação da tia.

Preferi não me casar e ter filhos, então temos de encontrar um jeito de tolerar uma à outra.

O que mais estressava Flora era ser tolerada. Sua vontade era ser aceita. Bem-vinda. Amada.

Protegida pelos braços do pai, Molly ficou mais confiante.

— Você usa sapatos na sua casa?

— Eu moro em um apartamento, não em uma casa. Mas não é meu, é alugado. Ele é de outra pessoa, e ela não se importa com coisas como vazamentos e umidade. — E baratas. — Não é tão especial quanto a sua casa.

Só de pensar nas pessoas e na atividade sobre o piso de seu apartamento sentia vontade de andar de botas de cano alto e roupa de proteção, jamais com os pés no chão.

Mesmo assim, quando sonhava com uma casa de família, não se parecia com a deles.

Flora ajeitou os tênis do lado da porta de entrada.

— Temos um armário de sapatos — informou Molly, apontando.

Flora seguiu as instruções, abriu a porta e deparou-se com um grande armário escondido e repleto de prateleiras de sapatos.

— Nossa, olha isso. — Flora colocou os sapatos numa prateleira. — Aposto que é um lugar ótimo para brincar de esconde-esconde.

Molly olhou desconfiada.

— É um armário. Você se sujaria.

— Mas às vezes é divertido se sujar, e... — Flora fez uma pausa. — É verdade, você se sujaria e seria uma pena empoeirar um vestido tão bonito.

Uma das coisas que mais enfurecia a tia dela era o fato de Flora não conseguir ficar limpa por mais de cinco minutos.

— Seu vestido é muito brilhante e legal.

— Obrigada. — Flora olhou para o vestido. — Eu que fiz.

Molly franziu a testa.

— Por quê? Você não tinha dinheiro para comprar um?

Jack tossiu de leve.

— Flora fez o vestido porque é talentosa. Acho que é melhor mudar de assunto, mocinha. Vamos direto para a cozinha para ver como sua irmã está se saindo com o jantar e checar se ela precisa de ajuda.

Jack colocou Molly no chão e desculpou-se com Flora pelo olhar.

Flora sorriu, sinalizando que não havia problema, mas claro que havia.

Tentando se lembrar de que a aproximação não seria rápida, ela os seguiu para a parte de trás da casa. Se estivera sendo testada, infelizmente falhara miseravelmente.

No caminho para a cozinha, deu uma olhada na sala de estar por uma porta aberta e notou sofás brancos elegantes. Sofás brancos? Como que não sujavam? Torceu para que não fosse convidada para ir até aquela sala. Ficaria apavorada em se sentar e manchar o tecido. Havia uma seleção de livros de artes empilhados numa mesinha baixa e um grande tapete creme cobrindo o piso de carvalho.

Parecia uma sala tirada de uma revista de decoração. Se não soubesse que uma família morava ali, ela teria imaginado que os moradores fossem um casal de viciados em trabalho que passava a maior parte do tempo no escritório ou entretendo amigos que não deixariam vinho tinto respingar.

A casa tinha um ar descolado e elegante, com arte e fotografias grandes espalhadas pelas paredes. Olhando de perto, ela percebeu que todas retratavam a mesma pessoa, uma bailarina, graciosa e etérea. A câmera tinha capturado um salto alto no ar como o de uma gazela, os braços elegantemente esticados e a curva dos pés enquanto ela se equilibrava *en pointe*. Os movimentos pareciam ter sido executados sem esforço algum.

Flora virou o rosto e percebeu que Molly a observava.

— É a minha mãe. Ela foi uma bailarina famosa.

Bailarina.

De repente as peças se encaixaram. Becca. A esposa de Jack era Becca Parker. *A* Becca Parker, a queridinha da imprensa que lotara espetáculos com amantes de balé no mundo inteiro. A bailarina que exibia uma combinação perfeita de capacidade atlética e graça, força e equilíbrio. Aquelas fotos mostravam a glória e nenhum esforço. Retratavam apenas o começo da história de Becca.

A carreira ainda estava em ascensão quando ela machucou o joelho e não pôde mais dançar. Qualquer outra pessoa teria entrado em depressão. Não Becca. Ela havia transformado a recuperação em sucesso, criando um programa fitness que chamara de *Em forma com Becca*. Investira primeiro em um estúdio, depois em outro, até a empresa estar dando aulas nas maiores cidades dos Estados Unidos.

Flora nunca tinha assistido a uma aula do programa. Não tivera nem meios nem motivação. E definitivamente seu corpo não era perfeito. Olhando para as fotos, imaginou-se como um elefante pequeno e desajeitado. Teve a sensação de que Becca não teria se impressionado com ela.

Flora sabia que era boa em muitas coisas, mas seria a primeira a reconhecer que não era nada *impressionante*. Podia ressuscitar uma planta, criar um buquê deslumbrante, dançar tango, dar um salto estrela perfeito, pintar em aquarela e giz e transformar retalhos em roupas. Mas não conseguia manter sua casa limpíssima e arrumada, jogar um livro fora ou engolir uma ostra. E nem em um milhão de anos gostaria de administrar um negócio próprio.

Flora endireitou os ombros e encolheu a barriga.

— Sua mãe era muito bonita.

— Ela era perfeita em todos os sentidos. — A voz fria veio da porta da cozinha.

Flora se virou e viu uma garota a estudando. Estava de calça jeans skinny, rasgada no joelho, e uma blusa que deixava à mostra a barriga lisa e suave. Os olhos eram verdes como os do pai, a pele marfim quase sem nenhuma imperfeição. Era mais velha que Molly, uma adolescente, então só podia ser Izzy.

Flora a tinha imaginado ferida, sensível e insegura. Supôs que se tratava de uma família devastada a qual ela poderia ajudar a se curar. Mas a garota não estava arrasada, ao contrário, o olhar amedrontadoramente frio e a força indicavam que ela não precisava de ajuda, ou sequer queria.

Izzy estava de pé numa posição de bailarina descontraída, um pé repousando sobre o outro. O cabelo, escuro como o do pai, liso e brilhante, caía por cima de um ombro, macio e bem-comportado. Em um gesto impensado, Flora afastou um dos cachos do rosto, que balançava feliz no estilo aleatório que ela tentara aplicar mais cedo. Nem em um milhão de anos o seu seria tão descolado quanto daquela garota.

— Izzy, venha conhecer Flora. — Jack estendeu a mão. — Flora, essa é a minha Izzy — chamou ele com orgulho na voz e amor reluzindo nos olhos.

A garota abriu um sorriso rápido para o pai antes de voltar a atenção para Flora.

— Isabella.

Ela estendeu a mão com uma formalidade que fez Flora lembrar de uma entrevista de emprego.

— Você odeia ser chamada de Isabella — disse Molly e então mordeu o dedo.

— Pelas pessoas próximas, mas prefiro que as que não conheço me chamem pelo nome inteiro. — Izzy brincou com o cabelo da irmã afetuosamente e a puxou para mais perto. — Não morda os dedos. Você ainda não pegou seu livro de leitura?

— Está em cima da cama.

— Boa menina. Vamos ler juntas mais tarde.

Flora entendeu o recado de Izzy: somos uma pessoa só. Um time. Não permitimos estranhos.

Ela sentiu o nervosismo aumentar exponencialmente, de algumas borboletas passando para um bando delas. A expectativa era encontrar duas crianças perdidas e um pouco desoladas. Pensou que poderia ajudar. Como pudera ser tão ingênua? Sua presença não era bem-vinda ali. Ficou paralisada, tentando reprimir o instinto de sair correndo.

Lembrou-se da descrição de Izzy sobre a mãe.

Perfeita em todos os sentidos.

Era como se ela tivesse dito: *Não tem como você chegar aos pés dela, portanto nem tente.*

Flora respirou fundo. Não pretendia substituir nem ser igual a Becca. Tampouco pretendia ser alguém que não era. Não dessa vez. Não com Jack.

Decidiu focar na irmã mais nova, a menos assustadora das duas.

— Você sabe dançar, Molly?

A menina se encolheu ainda mais para perto da irmã.

— Molly é uma linda dançarina — disse Jack. — Mas faz tempo que não dança.

Flora também não tinha dançado depois da morte da mãe.

— Eu adoraria vê-la dançar um dia.

Molly enterrou o rosto no peito de Izzy.

— Ei… — Izzy afagou Molly com carinho. — Você não precisa fazer nada que não queira, mas não precisa se esconder. Enfrentamos as coisas que nos dão mais medo, certo? Venha me ajudar a terminar o jantar.

Flora ficou sem jeito. Estaria incluída nas coisas que elas temiam?

Molly pegou a mão da irmã e a acompanhou, arrastando os pés até a cozinha.

Flora as seguiu.

— Que cozinha linda!

A cozinha estava iluminada pelo sol do fim de tarde. Pela janela via-se o jardim sombreado por árvores altas, um oásis naquele deserto urbano implacável. Perto da casa havia um pátio de ardósia, rodeado por árvores de plátano e cerejeiras japonesas, além de vasos a serem preenchidos por plantas. Flora imaginou o jardim no verão, com cascatas de cores caindo daqueles vasos.

Molly a observava.

— Mamãe adorava o jardim.

Flora sentiu uma fagulha de esperança. Pelo menos a garotinha estava falando com ela, apesar de continuar pendurada na irmã.

— Eu também gosto muito de jardins. Trabalho com flores. Se você quiser, posso plantar algo naqueles vasos.

— Você é visita. Visitas não trabalham no jardim. Por favor, sente-se. — O sorriso de Izzy era ao mesmo tempo reluzente e frágil.

— Verdade, Flora. Você não vai plantar vaso nenhum. É sua noite de folga. Quando estamos só nós três, comemos no balcão do café da manhã, mas pusemos a mesa em sua homenagem.

Jack gesticulou na direção da mesa disposta com jogos americanos e guardanapos, sem, aparentemente, perceber nada de diferente no comportamento de Izzy.

Flora pensou se não estava sendo hipersensível. Ninguém ficava totalmente à vontade em um primeiro encontro, algo que ela sabia muito bem.

Sentou-se à mesa e olhou para Jack, desesperada por um vestígio de cordialidade ou conexão, mas ele não estava olhando em sua direção.

— O que você gostaria de beber?

Ele estava sendo amigável, e nada mais.

Flora admirava e entendia o autocontrole de Jack, mesmo assim sentia falta da intimidade sempre presente durante o tempo que passavam juntos. Era estranho não o tocar, deslizar os dedos por entre os dele e sentir o calor do aperto das mãos. A tensão que pairava no ar ali era diferente. Ela não conseguia distinguir entre expectativa e ameaça. Parecia que a casa toda prendia a respiração.

Talvez Jack tivesse aceitado a tensão como inevitável. Flora era a culpada por presumir que seria fácil. Geralmente famílias não aceitavam estranhos com facilidade. Ela, mais do que qualquer um, deveria saber disso.

Ainda assim, estava disposta a tentar. Afinal, era boa em se enturmar e agradar às pessoas. Flora iria conquistá-los. *Sabia* como fazê-lo.

Ela tirou a garrafa da bolsa grande.

— Fiz limonada para nós.

— Que delícia, obrigado. — Jack abriu a porta de vidro de um armário e tirou copos altos. — Meninas? Vocês vão de limonada?

— Eu não, obrigada. — Izzy sorriu educadamente, enquanto ocupava-se em preparar a comida. — Evito tomar coisas com açúcar.

Foi a cortada mais doce de todas. Flora já tinha se machucado manipulando rosas, mas por alguma razão aquele espinho penetrou fundo, lembrando-a da tia. *Por que você perdeu tempo e dinheiro com isso?*

— Ontem você não se conteve com os chocolates. — Jack soou mais divertido do que irritado.

— Por isso mesmo não vou comer nem beber nada doce hoje. Vou tomar água.

Izzy foi até a geladeira com um copo na mão e o encheu de gelo e água. Ela parecia exalar inocência.

Jack empurrou o copo de Molly na direção de Flora.

— Limonada é a bebida favorita de Molly. Você vai adorar essa, querida.

Molly não ficou muito entusiasmada, mas não rejeitou a ideia, então Flora a serviu e prendeu a respiração. Não existia público mais exigente do que uma criança de 7 anos.

Molly deu um golinho devagar.

Flora não respirou até a menininha tomar o segundo gole.

Molly esboçou um sorriso.

— Está gostoso.

Flora se sentiu como se tivesse sido promovida e ganhado um aumento ao mesmo tempo. Teve vontade de abraçar Molly e chorar de gratidão, mas conseguiu se controlar.

— Fico feliz que tenha gostado.

Izzy deu as costas e bateu uma panela no fogão.

— Teremos hambúrgueres vegetarianos. Espero que tudo bem para você.

— Detesto hambúrgueres vegetarianos — protestou Molly.

Flora conseguiu dar uma espiada na personalidade sobre as várias camadas de timidez e ficou esperançosa.

Irritada, Izzy olhou para a irmã.

— Desde quando? Na semana passada eram os seus favoritos. Além do mais, hoje é sábado. Sempre comemos hambúrgueres vegetarianos aos sábados.

— Isso porque mamãe adorava. Eu detesto.

— Como você pode odiar uma coisa tão gostosa? Izzy é um gênio na cozinha, Flora. — Jack sorriu para a filha. — Você devia experimentar as panquecas que ela faz. É impossível que o dia seja ruim se começar com uma delas.

O sorriso que Izzy tinha aberto para o pai desapareceu em um segundo.

— Só as faço no café da manhã.

A maneira como enrijeceu o corpo deixou evidente que, por ela, Flora nunca seria convidada para o café da manhã. Flora preferiu deixar o assunto de lado.

— Hambúrguer vegetariano está ótimo. Foi você quem fez? Estou impressionada. Preciso da receita, adoro cozinhar.

— É uma receita secreta da minha mãe.

O comentário empurrou Flora um pouco mais longe do círculo familiar. Izzy esperou que os hambúrgueres assobiassem na grelha para virá-los habilidosamente. Assustada pela competência calma da adolescente, Flora concentrou-se em Molly.

— Sua escola é perto daqui, Molly?

Jack tirou a mão de Molly da boca com carinho.

— Não vai responder para Flora?

Flora imaginou que Molly iria apenas balançar a cabeça, mas a menina respondeu:

— Dá para ir andando. Izzy me leva porque é perto da escola dela.

— Muito gentil da parte dela.

— Ela é minha irmã. É assim que irmãs devem agir — disse Izzy.

Flora achou que Izzy exercia mais o papel de mãe do que de irmã, mas não tinha experiência para poder julgar.

— Ela me leva porque quando acordo papai já saiu — completou Molly. — Ele vai trabalhar cedo, mas às vezes chega cedo também para me ver antes de eu ir para a cama.

A quantidade de informações rendeu mais um olhar frustrado da irmã.

— Já lavou as mãos, Moll?

— Sim. Olhe, limpinhas. — Molly balançou as mãos para cima. — Quero mais limonada.

— *Posso* tomar mais? — corrigiu Izzy. — Não ouvi um "por favor".

— Posso tomar mais, por favor?

Molly empurrou o copo e Flora encheu-o até a borda.

Ainda bem que Molly existia.

— Minha matéria favorita na escola era Artes, e a sua?

— Eu gostava de desenhar. — Molly tomou um golinho de limonada. — Mas não desenho mais.

— Eu adoro. — Encorajada pela resposta, Flora puxou da bolsa um caderno de desenho e um lápis, que carregava para todo lado. — Qual é o seu animal preferido?

Molly a encarou.

— Raposa.

— É a girafa. — Izzy franziu a testa.

— É a raposa — afirmou Molly, e Flora rapidamente rabiscou uma raposa e umas árvores no fundo.

— Pronto. Se quiser, pode ficar com esse e colorir depois.

Flora empurrou o desenho sobre a mesa na esperança de instigar a menininha, mas, antes que Molly estendesse a mão, Izzy o pegou.

— Molly não gosta de colorir. — Izzy levou o desenho para a cozinha. Por um breve momento, Flora achou que a folha fosse para o lixo reciclável, mas no último segundo Izzy a colocou sobre o balcão. — Molly, pegue a salada. Está na geladeira. Pegue o ketchup também. Os hambúrgueres estão quase prontos.

Flora pensou no que tinha feito de errado. Por que Izzy não queria que Molly colorisse a figura?

Izzy torrou uns pães de hambúrguer e colocou-os em um prato no centro da mesa com as cumbucas de salada.

— Não coloquei tudo junto para que cada um se sirva conforme preferir.

Flora resolveu que o único jeito de se aproximar de Izzy seria elogiar a comida. Estava prestes a pegar um pão quando Izzy interveio:

— Eu não tinha certeza se você ia querer pão, Flora. Minha mãe nunca comia. Ela evitava carboidratos.

Flora desviou a mão e se serviu de salada e um hambúrguer.

— Eu também não como pão.

O estômago dela protestou alto com a decisão. O cérebro também, mas sem tanta ênfase. Sério mesmo que agiria assim? Estava disposta a mudar seus hábitos para cativar aquela garota? Sim, estava. Podia ouvir a voz de Julia reprimindo-a por não ser mais assertiva, mas não havia razão alguma em ser assertiva se a atitude destruísse todas as chances de desenvolver um relacionamento. Era só um simples pão de hambúrguer, não faria mal algum evitar os carboidratos daquela vez.

Molly deu uma mordida no hambúrguer com pão torrado.

— Vai ter sorvete depois?

— Teria, mas, depois que você tomou essa limonada açucarada, a sobremesa vai ser fruta.

Izzy se serviu, deixando Flora lidar com toda a força da decepção de Molly.

Agora Flora era a assassina dos momentos de sorvete. A morte da felicidade.

Por sua vez, Izzy estava tranquila e composta.

Flora a estudou, tentando descobrir quais emoções borbulhavam sob a compostura da menina. Ressentimento? Tristeza? Nada transparecia, até que viu a mão de Izzy tremer ao servi-la, revelando o nervosismo.

Os nervos de Flora se acalmaram na mesma hora, e ela teve vontade de garantir que era uma amiga e não inimiga.

Queria dizer a Izzy que entendia pelo que ela estava passando, pelo menos em parte. Olhou de lado para Jack para ver se ele havia notado a tensão da filha, mas, se tinha percebido, não demonstrou. Estava ocupado com o hambúrguer e prestando atenção em Molly, ouvindo-a contar sobre o dia.

— Marcy vai dar uma festa do pijama no aniversário dela, mas não quero ir.

Jack se serviu de mais salada.

— Você não acha que será divertido? Você ama a Marcy.

Molly cutucou o sanduíche.

— Quero ficar em casa.

Flora foi invadida pela compaixão. Lembrava muito bem dos sentimentos de insegurança que a mantinham presa dentro de casa.

Jack franziu o cenho.

— Mas…

—… ela não precisa ir se não quiser. — Izzy continuou comendo de maneira delicada. — Se quiser, ela pode convidar Marcy para vir aqui no dia seguinte, ou algo assim. Não tire a alface do seu sanduíche, Moll.

Molly enfiou a alface de volta no hambúrguer e mordeu como se fosse um martírio.

— Tem gosto de grama.

— Você nunca comeu grama. — Os olhos de Izzy enrugaram-se nos cantos ao sorrir para a irmã. Depois voltou a prestar atenção em Flora, e seu sorriso desapareceu tão de repente como as luzes em um apagão. — Então, Flora, meu pai disse que você é florista.

A formalidade chegava a ser ridícula, parecia que ela estava ticando itens de uma conversa adequada que tinha em mente.

Flora se manteve firme.

— Isso mesmo. Acho que herdei da minha mãe o amor pelas flores. Ela era uma florista muito talentosa. Não havia planta ou flor que não reconhecesse. — Ela hesitou antes de continuar: — Eu tinha mais ou menos a idade de Molly quando perdi minha mãe.

Molly alcançou o ketchup.

— Onde você perdeu ela?

— Quer dizer… ela morreu.

Izzy ficou paralisada por um microssegundo e Molly apertou o ketchup na mesa.

Errei, Flora pensou em pânico. Um erro grande, *enorme*.

Molly arregalou os olhos brilhando de lágrimas.

— Nossa mãe morreu…

Izzy jogou um guardanapo sobre a mancha vermelha, olhou furiosa para Flora e passou o braço nos ombros da irmã.

— Está tudo bem, meu amor. Estou aqui.

Flora sentiu-se enjoada. O que tinha feito? Estava tudo indo bem até ela estragar tudo.

— Sinto muito que vocês também tenham passado por isso.

Por que, ah, por que não tinha ficado quieta? Ela nem sequer gostava de falar das próprias experiências. Em vez de tranquilizá-las, ela as deixara tristes, ameaçadas e ansiosas. Agora eram duas contra uma.

Jack fixou o olhar em Molly, e Flora percebeu o desamparo dele e a firme determinação em proteger as filhas. Ela não havia conseguido melhorar as coisas, ao contrário, tinha piorado mil vezes mais.

— Vem cá…

Ele colocou a filha caçula no colo e puxou o prato dela para mais perto. Molly apoiou a cabeça no ombro do pai, e mechas de seu cabelo caíram na camisa dele.

— Estou com saudades da mamãe.

Molly se agarrou a ele, prendendo-se com braços e pernas, oprimida pela tristeza.

— Eu sei. Todos estamos com saudades. — Jack a segurou com um braço e fez carinho em sua perna. — Mas temos um ao outro e vamos ficar bem juntinhos como todos os ingredientes desse hambúrguer delicioso que sua irmã acabou de fazer.

— Posso ficar no seu colo?

— Claro, mas já vou avisando que eu talvez coma o seu hambúrguer por engano com o meu, tudo bem?

Jack foi premiado com um riso breve da filha caçula.

Izzy estava vermelha e não parava de piscar, enquanto esfregava a mesa freneticamente, apesar de a mancha de ketchup já ter sumido fazia tempo. Flora sentiu o ímpeto de pegar a mão da garota, mas nem se atreveu. Olhou de soslaio para Jack, procurando sinais de que ele tivesse notado a reação de Izzy, mas ele estava focado em Molly.

Flora teve vontade de sumir. A culpa tinha sido toda sua.

— Desculpe pelo que eu disse. Eu não... foi sem pensar.

— Quando sua mamãe morreu, você foi morar com seu papai, como a gente? — Molly perguntou da segurança dos braços de Jack.

Flora respirava com dificuldade. Só queria que aquela conversa terminasse, mas era ela quem havia puxado o assunto.

— Mudei para a casa da minha tia. Ela era a única pessoa da família que eu tinha. Moramos juntas até eu me mudar para o meu apartamento. Ela morreu no ano passado.

Izzy largou o hambúrguer.

— Você não tem família? Ninguém?

Jack franziu o cenho.

— Izzy...

— Tenho muitos bons amigos — disse Flora. — Os amigos podem ser como família.

Só que, aparentemente, aquele não era o caso dela. Nenhum deles preenchia aquele vazio enorme. A tia também não tinha conseguido. De certa forma, fora a tia que a conscientizara daquele enorme vazio. Ela havia cumprido a obrigação de ficar com uma criança, apesar de nunca ter desejado filhos. Flora era constantemente lembrada desse sacrifício. A culpa rondara sua vida até o dia em que finalmente decidiu se mudar.

— *Como* família, mas não é uma família *de verdade* — sentenciou Izzy.

— Família de verdade tem o mesmo sangue — completou Molly. — São parentes.

Flora esboçou um sorriso e cruzou com o olhar afiado de Izzy.

A garota não abriu mais a boca, mas o recado tinha sido bem claro.

Mesmo que Flora não tivesse a própria família, nem em sonho se apropriaria daquela.

4

Izzy

Izzy estava estendida na cama de Charlie, comendo pipoca enquanto as amigas se vestiam para a festa. Seu pai estava em casa com Molly e aquela era supostamente a noite de fazer o que quisesse e ser uma adolescente. Mas como? Ela se sentia com 100 anos de idade. Até participou da conversa sobre roupas e garotos, mas não estava pensando em nada além do pai e Flora.

Flora.

Será que eles tinham se encontrado de novo? O namoro era sério? Tinha passado tanto tempo observando os dois que quase deixara os hambúrgueres queimar. Imaginou os dois saindo sorrateiros do trabalho para ficarem juntos. O que faziam quando se encontravam para almoçar? Será que estavam dormindo juntos? Onde? Era quase certo que não era na casa deles, mas talvez fosse no apartamento de Flora.

Imaginou-os entrelaçados e nus em uma cama grande cercados de flores frescas.

Estariam apaixonados? E se *estivessem* mesmo?

De repente ela teve dificuldade para respirar, parecia que o quarto tinha ficado sem ar.

— Você não está ouvindo, Izz? — Avery pôs um vidro de esmalte debaixo do nariz de Flora. — Essa cor?

— Parece ótima.

E se eles decidissem se casar? Será que seu pai conversaria sobre o assunto ou só anunciaria do mesmo jeito que tinha feito ao convidar Flora para jantar? Izzy não tivera escolha. Aliás, não tivera escolha em nada do que vinha acontecendo ultimamente.

A vida dela tinha sido destruída. Mal havia juntado os pedaços, e agora parecia que tudo iria pelos ares de novo.

As amigas caíram na gargalhada de alguma coisa que Izzy tinha perdido. Ela forçou um sorriso na tentativa de participar. Será que um dia achou que cabelo, unhas e o que vestia eram importantes? Nem sequer conseguia lembrar.

Mesmo em pânico, tentou prestar atenção nas amigas.

A música retumbava nos alto-falantes e Izzy sabia que a qualquer momento a mãe de Charlie gritaria da escada pedindo para abaixar o volume porque não conseguia nem pensar direito. A previsibilidade da situação a deixou arrepiada…

Era sábado à noite. Anteriormente as noites de sábado eram sempre reservadas para os amigos, para sair e se dedicar a coisas de adolescente. Estar ali deveria ser gostoso. Ficar em casa lembrava a mãe, o que era emocionalmente desgastante. Passar tempo com as amigas deveria ser uma distração, só que não era. Sentia-se deslocada.

— Charlie!! — A voz reverberou da escada, muitos decibéis mais alto que a música. — Abaixe esse barulho, agora!

Charlie revirou os olhos e aumentou o volume ainda mais.

— Vou abafar a voz dela. Minha mãe está me enchendo o saco ultimamente. Primeiro foram minhas notas, depois as roupas, o jeito que eu falo…

— Eu também briguei com a minha mãe. — Avery soprou as unhas. — Ela queria que eu chegasse em casa às onze. Olha a vergonha… E tem o carro. Eles insistiram para que eu aprendesse a dirigir, mas agora é uma briga toda vez que peço o carro emprestado. Mal posso esperar para sair de casa, vou me inscrever nas faculdades do outro lado do país e me livrar dessa encheção.

Izzy ouvia apenas um zumbido nos ouvidos. O murmurinho era constante. Assuntos triviais. Coisas que só não importavam. Havia uma distância imensa entre o que ela e as amigas achavam importante, era como se morassem em continentes diferentes. Será que elas ao menos perceberiam se Izzy atravessasse o quarto se arrastando, ensanguentada e ferida? Pois era assim que se sentia por dentro.

Será que era uma amiga horrível? Se aqueles assuntos eram importantes para elas, deveriam ser para ela também, ou não? Ou seriam *elas* péssimas amigas por não entenderem como Izzy se sentia?

Ela tentou tomar consciência de que aquilo era querer as coisas muito "preto no branco". Ninguém era horrível. Todo mundo estava fazendo o melhor que podia, mas havia dias em que o melhor das pessoas não era suficiente para Izzy.

Houve uma época em que também se importava com futilidades. Hoje daria tudo para que sua maior preocupação fosse escolher entre uma blusa azul ou vermelha.

— A primeira coisa que farei quando estiver na faculdade vai ser comprar um guarda-roupa e maquiagem novos. — Charlie passou esmalte cor de laranja nas unhas de Izzy. — Minha mãe não vai ter ideia de como gasto meu dinheiro, e se descobrir não poderá fazer nada. Não vejo a hora de fugir daqui.

Pelo jeito, nem passava pela cabeça delas que tagarelar sobre as mães pudesse ser falta de consideração. Aquelas eram suas melhores amigas, mas nos últimos dias sentia-se isolada e sozinha.

Apavorada com os próprios pensamentos, Izzy pegou a latinha e virou o conteúdo. A dose repentina de açúcar a encheu de energia. E talvez pudesse culpar o açúcar pela decisão de falar o que pensava. Ou quem sabe fosse por estar cansada de ficar em silêncio, fingindo compartilhar os pensamentos das amigas. Sentir o mesmo que elas. Parte dela provavelmente queria chocá-las. Queria sacudi-las para que acordassem e percebessem o que tinham.

Ela também havia brigado com a mãe e não tivera a oportunidade de consertar. Agora precisava lidar sozinha com aqueles sentimentos. Não gostaria que as amigas passassem pela mesma coisa.

Se fosse possível voltar no tempo, seu lema seria: *um abraço antes de ir para a cama, com tudo já dito.*

Mas como ela poderia não ter discutido sobre a ligação que ouvira por acaso? Não tinha como ter ignorado, mas talvez pudesse ter conversado a respeito sem gritar.

— Sua mãe se preocupa, só isso.

Charlie admirou as unhas, esticando os dedos até a mão parecer uma estrela do mar.

— Pois é, é disso que estou falando. A preocupação é com ela mesma. Tudo tem que ser do jeito dela. Acho que vou acrescentar uma faixa de glitter, o que você acha?

— Ela se preocupa com *você*, sua tonta. — Izzy apertou a lata vazia com tanta força que os nós dos dedos esbranquiçaram. — Ela fala essas coisas porque se importa.

Charlie revirou os olhos.

— Você não tem noção. Não precisa lidar com essa porcaria… — A voz dela sumiu ao perceber tarde demais o que havia dito.

— Verdade, tenho muita sorte em ter perdido minha mãe. Facilitou muito minha vida. — Izzy não reconheceu a própria voz, tão aguda e estridente quanto o alarme de incêndio da escola. Se as amigas tivessem o mínimo de bom senso teriam saído correndo, mas não foi o caso. Ficaram imóveis e boquiabertas. — Aposto que você morre de inveja de mim. Não tenho ninguém que me diga o que fazer. Ninguém que me mande baixar o som ou usar uma saia mais comprida. Ou seja, é muito bom mesmo. Nem sei dizer como isso é legal.

Charlie olhou para Avery, que ficou corada e balançou a cabeça, sem graça e na defensiva ao mesmo tempo.

Izzy ficou furiosa consigo mesma. Era a segunda vez em poucos dias que perdia a cabeça. O que estava acontecendo?

Entrou em pânico porque teria que ter uma conversa que não queria, levantou-se e foi até a janela.

— Não liguem para mim. Estou cansada, é isso.

— Desculpe, Izz — disse Avery baixinho. — A gente não se tocou. Você sabe que não era isso que queríamos dizer. Só estávamos agindo naturalmente. Você mesma disse que não aguentava mais as pessoas te tratando com cuidado. Agindo de um jeito estranho, como se você fosse uma desconhecida, sabe?

Ela sabia.

Izzy olhou pela janela, observando a mãe de Charlie entrar no carro. Sua mãe sempre odiara dirigir, preferia ir de táxi para onde quer que fosse. Era motivo de gozação quando saía de ré da garagem e passava por cima de um cantinho da grama, deixando marcas profundas, faixas marrons no gramado. Izzy tinha saudades daquelas marcas de pneu. Detalhes pequenos e despercebidos até a pessoa não estar mais presente.

Sentiu uma urgência súbita em contar para Avery e Charlie o que estava acontecendo, pelo menos em parte. Elas supostamente eram suas amigas, e Izzy deveria tratá-las como tal. Quem sabe assim se sentisse normal por alguns segundos.

— Meu pai está saindo com uma pessoa.

As amigas ficaram em choque por um momento.

Avery deixou o esmalte cair na bolsa.

— Você quer dizer, uma mulher?

— Claro que é uma mulher. O luto não muda as orientações sexuais.

Izzy passou os braços ao redor do corpo. Por que estava brava e mal-humorada o tempo todo? Quem sabe não seria bom entrar em uma academia… Fazer aulas de boxe, ou algo parecido, em vez de dar patadas nas pessoas próximas.

Avery se sentou perto dela na cama, um gesto que refletia o impacto da notícia.

— Como você sabe?

— Ele a levou em casa.

— Ah, meu Deus, você a conheceu? — Charlie largou a maquiagem e pulou na cama também. — Como ela é?

Risonha, pensou Izzy. Sorridente, bonita e nada a ver com sua mãe. Becca jamais usaria cores berrantes, ou deixaria os cabelos rebeldes e soltos igual a Flora. Flora era do tipo artística, um pouco boêmia e…

Legal.

Izzy se sentou, em pânico. De onde tinha tirado aquilo? Flora não era legal, mas sim uma destruidora de lares.

— Izz? — Charlie chamou a atenção da amiga. — Como ela é?

Que importância isso tinha? Elas estavam fazendo as perguntas erradas. Queria não ter contado sobre Flora, mas era tarde demais e não podia fingir que nunca dissera nada.

— Passamos algumas horas juntas, nada mais.

Mas Flora tinha feito o pai sorrir. Várias vezes.

Fazia tempo que ele não sorria direito. Abria alguns sorrisos falsos, apenas para garantir aos outros que estava bem. Izzy conhecia bem aquele tipo de sorriso, cuja motivação vinha de fora, tão forçado que até doía o rosto. Mas sorrisos espontâneos? Sorrisos autênticos que vinham de dentro? Ela ainda não tinha visto um daqueles antes de Flora ir jantar na casa deles.

— Ela tem filhos?

— Acho que não.

Izzy não sabia. Na realidade, não sabia nada sobre Flora. Entrara em pânico e sentira-se tão ameaçada com outra mulher dentro de casa que nem perguntou muita coisa.

— Provavelmente não, caso contrário teria dito. Vamos esperar que pelo menos *goste* de crianças. Ela foi carinhosa com a Molly? — Charlie percebeu o olhar de Avery. — O que foi? Todas nós já lemos histórias sobre madrastas maldosas. A madrasta do Cam é uma bruxa de verdade. Ela ferve todas aquelas ervas. Dá muito medo. Nunca bebo nada na casa dele que não venha de uma lata lacrada.

Izzy sentiu um aperto no peito.

— Ela não vai ser minha madrasta.

Avery e Charlie tinham verbalizado o que ela mais temia: que o namoro não fosse casual, que não fosse passageiro e só ficaria mais sério.

Imaginou-se indo ao banheiro meio sonâmbula e dando de cara com Flora. Pior: Molly trombando com ela. Teria que conversar com a irmã sobre sexo. Começou a suar frio só de pensar.

— Acho que seria legal ter mais um adulto em casa — disse Avery, insegura. — Ela poderia tomar conta de Molly e nós nos veríamos com mais frequência. Quer dizer, você está sempre ocupada com os afazeres da casa.

— Não me importo. Gosto de me manter ocupada.

Izzy não estava interessada em outra pessoa interferindo na casa e não queria alguém tomando conta de Molly. Como seria possível? Ninguém saberia lidar com Molly como Izzy. Uma pessoa circulando pela casa deixaria Molly estressada, e sua irmãzinha já tinha se estressado o suficiente. Na noite seguinte ao jantar com Flora, Molly havia levado horas para se acalmar. E, quando finalmente pegara no sono, tivera o pior pesadelo de sua vida. Havia acordado soluçando e Izzy levara mais de uma hora para acalmá-la de novo. Izzy quase chamou o pai, mas sabia que ele precisaria acordar cedo e, apesar de nunca ter admitido a ninguém, gostava da sensação de quando Molly subia em sua cama. Pelo menos era algo que ajudava a desviar a atenção de si mesma. Era uma maneira de focar no momento e não se permitir vagar em pensamentos sobre passado e futuro.

A função dela era manter tudo o mais normal possível em casa. Ser indispensável. Sendo assim, aconchegara Molly, deixara a luz baixa, do jeito que a irmã gostava, e lera até ela pegar no sono de novo. Com Molly por perto, Izzy podia fingir que tudo ficaria bem. Molly a amava. Molly precisava dela. De alguma forma, aquela bagunça acabaria bem.

No entanto, Izzy havia se preocupado com o pesadelo. Tinha sido culpa da Flora? Ficou brava com o pai por piorar uma situação que já era ruim. Pelo menos Flora e o pai não ficaram se abraçando e se beijando à mesa. Izzy tinha ficado de olho, pronta para intervir caso visse algum comportamento impróprio para Molly. Mas não haveria nenhum indício de que o pai e Flora fossem mais do que amigos se aquele olhar não tivesse acontecido. Um simples olhar nostálgico que Flora havia direcionado ao pai e que não tinha passado despercebido para Izzy.

Ele não notou porque estava ocupado com Molly, mas Izzy vira.

— Então, quer dizer que… — Avery começou a falar e parou como se estivesse prestes a pisar em gelo fino, temendo que cedesse e ela caísse na água gelada —… é capaz que ele goste dela, caso contrário não a teria levado para conhecer vocês. Conhecer os filhos é o tipo de coisa séria.

Como poucas palavras podiam derrubar uma pessoa? Izzy vinha tentando não dar muita importância ao assunto.

— Talvez.

— Acho que não é de se surpreender. Seu pai é bem gato.

Charlie engasgou.

— Que nojo!

— Tipo, gato para um homem mais velho. E não se faça de desentendida.

Izzy queria estar em um assento ejetor. Sua vontade era de ser atirada para fora da casa, de preferência na direção de outro planeta.

— Essa conversa está ficando esquisita.

— Ela vai com você para a Inglaterra nas férias de verão?

— O quê? Não, claro que não.

Izzy nem tinha considerado a hipótese, mas agora estava pensando naquilo, e isso a deixou atordoada. Flora em Lake Lodge? Nem pensar. Todos os anos, desde que Izzy tinha nascido, a família passava três semanas do verão no lindo English Lake District com a melhor amiga de sua mãe e a família. Tia Clare era madrinha dela. As férias na beira do lago eram um dos pontos altos da vida de Izzy. Exercício e diversão. Liberdade e ar puro. Aiden.

Eu te amo, Izzy. Sempre amei.

Pensar em Aiden a acalmou um pouco. Ela não havia compartilhado o que acontecera no verão anterior com ninguém. Será que o teria feito se sua mãe não tivesse morrido? Não tinha tanta certeza. Na época havia sido especial e precioso demais para dividir como fofoca. Suas amigas falavam de meninos como conversavam sobre rímel, comparando e contrastando qualidades. Izzy não enxergava Aiden dessa forma. Ele não fazia o tipo de esperar o momento certo para enfiar a mão por baixo do vestido de alguém. Quando a bicicleta dela tinha quebrado, Aiden a consertara. Ela podia ter resolvido sozinha, o pai a ensinara, mas gostava que Aiden estivesse disposto a se sujar com graxa e suor para ajudá-la. Ela havia se convencido de que tinha sido algo especial, mas o tempo havia corroído aquela convicção, como muitas outras. O que acontecera de especial no verão anterior não significava que fosse agora. Sentimentos mudam. Seria bom se Izzy pudesse voltar o relógio para quando a mãe estava viva, ao verão em que Aiden confessara seu amor e ela acreditara. Para o tempo em que a vida era mais simples e seus pensamentos concentravam-se em Aiden, faculdades e possibilidades.

Se, na época, soubesse como sua vida estava prestes a mudar, teria saboreado cada segundo. A simples ideia de não ir a Lake Lodge e rever Aiden levou-a à beira do desespero.

— Mas sua tia Clare era a melhor amiga da sua mãe...

Apesar de a voz de Charlie ter se desvanecido, a simples conjectura das palavras ainda pairava no ar. Por que passariam o verão com a amiga mais próxima de Becca se ela não estava mais presente?

— Ela não era amiga só da minha mãe, mas da família inteira. Meu pai a adora também. Todos nós a amamos. — Izzy não tocou no nome de Aiden. Tinha que parar de pensar em Aiden. Ele não tinha repetido a declaração. As mensagens que haviam trocado foram apenas circunstanciais. *Entrei para o time de futebol. Fui velejar com meu pai.* O amor podia morrer. As pessoas também. — Molly ficará arrasada se não formos. Temos tentado manter tudo igual.

Se não fosse ter viagem, seu pai teria mencionado alguma coisa, não teria?

Uma imagem do lago passou pela cabeça de Izzy. Era um lugar tão calmo, o ar fresco e limpo. Havia algo no cenário impressionante que fazia os problemas diminuírem. Naquele momento, seu maior desejo era que os dela diminuíssem. Estava cansada de se ver presa em um lugar repleto de lembranças da mãe. Sim, ela associava Lake Lodge com a mãe, mas não como era em casa. A casa no lago pertencia à tia Clare e sua família, estava cheia de tesouros e coisas pessoais deles. Izzy não depararia com uma fotografia enorme de Becca quando descesse para tomar café. Até as lembranças seriam diferentes. Ela se lembrava da mãe estirada numa espreguiçadeira, um livro aberto ao lado e um joelho dobrado, enquanto conversava com Clare. Aninhada na biblioteca enquanto a chuva batia forte na janela e deixava a água do lago encrespada. Becca sempre era uma pessoa diferente naquelas férias, pelo menos nos primeiros dias. Depois ficava inquieta, ansiosa para retornar.

Certa vez, ela pegou Izzy pela mão e a puxou para a grama, que se estendia até o lago.

— Ouça — ela tinha dito. — O que você está ouvindo? Nada, certo?

Izzy ouvira obedientemente.

— Pássaros? E a água.

Um barulho fraco da água batendo. As marolas quebrando ao chegarem à margem. Eram os sons mais relaxantes que já ouvira. Se pudesse, moraria ali, mas aparentemente a mãe não concordava.

— Isso. Pássaros e água. Você não sente falta dos sons da cidade?

Izzy não sentia, mas sentira-se pressionada a responder o que a mãe esperava. A vida sempre era mais simples quando estava de acordo com as expectativas de Becca, por isso Izzy concordara e não confessara que amava o lugar de paixão. Não apenas o lago, mas o chalé. Amava as janelas grandes e seu quarto na torre com vista para o lago. Amava o fato de a casa ser visivelmente habitada. Os sofás macios estavam meio gastos e a mobília arranhada. Tia Clare nunca esperava que as pessoas tirassem os sapatos, nem pedia que comessem e bebessem só na cozinha. Era uma casa que recebia cachorros e botas enlameadas, risos e a vida com toda sua glória confusa. Izzy relaxava mais ali do que na própria casa. No Brooklyn, eles praticamente moravam na cozinha e nos quartos. A sala elegante era reservada para os pais e visitas. Em Lake Lodge não havia um único cômodo proibido.

Sem falar no jardim imenso cheio de cantos profundos e escuros, e árvores antigas emaranhadas. A estrela do espetáculo era uma gigantesca castanheira-da-índia, dona de galhos robustos, perfeitos para serem escalados. Izzy amava o lago de superfície espelhada e o ar de mistério. O que mais gostava, porém, era a casa de barcos. Sempre imaginava como seria morar em um lugar como aquele. Talvez não fosse uma pessoa cosmopolita.

Izzy não amava apenas o lugar, mas as pessoas.

Quando eram pequenos, ela e Aiden saíam escondidos da cama e se sentavam no alto da escada, ouvindo o tilintar dos copos e a melodia das risadas dos adultos. Era uma coisa tão adulta que ela ansiava por crescer o suficiente para poder participar. Aiden dissera que devia ser chato, mas ela não achava. Becca e Clare tinham frequentado a mesma escola e ainda eram melhores amigas. Izzy invejava a proximidade das duas. Quase todas as frases começavam por: *Você se lembra do tempo que...*

Izzy se lembrou da frase enquanto estava ali, sentindo-se isolada no meio de suas supostas melhores amigas. Tentou se projetar dez anos à frente repetindo a mesma frase: *Você se lembra do tempo que...* mas seu cérebro não conseguia processar a ideia. Não queria lembrar o que vivia atualmente.

Para ela, era difícil conversar com os outros, mas tinha certeza de que conseguiria falar com Aiden. Ele entenderia pelo que ela estava passando. Sempre entendia. Os dois conversavam sobre tudo e nada ao mesmo tempo, talvez porque um não estivesse imerso nos detalhes diários da vida do outro. Tinha alguma coisa a ver com lançar um barco no lago ou escalar encostas íngremes que deixavam a conversa fácil e natural. Izzy queria que morassem mais perto. No final de todo verão, eles faziam promessas de não perder o contato, mas a vida surgia como uma onda que varria as boas intenções para longe. Ambos foram engolidos pelas próprias vidas e as únicas notícias que Izzy tinha dele eram as que apareciam nas redes sociais, e todos sabiam que a maioria era falsa. Tia Clare viera para o enterro, claro, e Izzy ganhou um abraço tão apertado que achou que seus ossos não resistiriam. Clare havia lido um poema e falado sobre a importância da amizade. Ela estava com uma aparência horrível, pálida e exausta, e a voz falhava conforme pronunciava as palavras, mas Izzy também estava péssima. Precisara usar todas as energias para se segurar, e não conseguira falar muito com Clare.

Agora desejava ter falado. Queria perguntar se o verão seria igual aos anteriores. Ela presumira que sim, a promessa de um verão em Lake Lodge a aquecia como um cobertor em uma noite fria. Desejava sentir a grama sob os pés descalços enquanto corria até a beira da água. Ansiava por sentir no rosto a brisa das primeiras horas da manhã e mergulhar os pés na água fria e límpida.

Lake Lodge era o retiro de verão perfeito, um lugar associado a uma época feliz. Seria estranho sem a mãe presente? Provavelmente, mas ela gostava tanto do lugar que acreditava que conseguiria aproveitar. Talvez fosse melhor mandar um e-mail para tia Clare só para garantir.

As amigas a encaravam, esperando algum sinal.

Charlie deu de ombros de maneira desconfortável.

— Pode ser esquisito, mas acho ótimo, mesmo, ainda mais se ele está feliz.

Como estivera pensando em Aiden, Izzy demorou um pouco para perceber que o assunto era seu pai.

Elas estavam basicamente chamando-a de egoísta. E que seus sentimentos se concentravam nela quando deveriam ser no pai.

Izzy se sentiu mais sozinha do que nunca na vida.

Óbvio que queria que o pai fosse feliz, mas e se a felicidade dele significasse o inferno para o resto da família? Não queria que ele ficasse com Flora. Não queria que ele ficasse com mulher nenhuma. Como isso a classificava?

Uma pessoa ruim. Uma filha ruim. Uma amiga ruim.

Ruim.

Queria que mudassem de assunto, mas Avery não parecia muito a fim.

— Então, e agora?

— Não sei.

Isso a incomodava. Não gostava de não saber das coisas. Havia feito de tudo que podia para manter a vida igual, e agora o pai tinha balançado tanto o barco a ponto de deixar a água entrar.

Ela tinha esperado o pai perguntar sua opinião sobre Flora, mas ele não dissera nada. Isso significaria que ele não ligava para a opinião dela e de Molly? Elas não teriam voz ativa no futuro da família? Ou significava que ele não sairia com Flora de novo?

Izzy se animou um pouco com essa possibilidade. Se o relacionamento estivesse evoluindo, ele estaria falando sobre Flora, não é? Convidando-a de novo para casa. O pai não havia mais falado sobre Flora, e Izzy não o tinha visto sair da sala para atender uma ligação.

A explicação mais provável era que o relacionamento deles tinha acabado.

Uma onda de otimismo a invadiu. Se fosse o caso, pelo menos parte dos problemas de Izzy tinha acabado também.

5

Flora

— E AÍ, COMO FOI O ENCONTRO? — Julia encurralou Flora na parte de trás da loja. — As crianças te adoraram, né? Agora você é a nova mãe delas e vão viver felizes para sempre.

Menos.

O namoro tinha terminado. Ela havia estragado tudo.

— Foi... interessante. — A noite trouxera à tona lembranças de quando ela se sentava à mesa com a tia. Flora jogava a comida de um lado para o outro e pensava como era possível sentir-se sozinha na presença de outro ser humano. Sentira a mesma coisa na casa de Jack. — A pequena Molly estava bem tímida, o que é natural, imagino. A mais velha estava um pouco desconfiada.

Desconfiada? Era quase certo que Izzy a odiara à primeira vista, e Flora insistira, com suas conversas bem-intencionadas e técnicas para agradar às pessoas, e acabara piorando tudo. A culpa não foi das meninas, mas a rejeição remexeu no passado e a envolveu como um lamaçal profundo e escuro.

Preocupava-se tanto em pertencer e ser aceita que chegava a ser patético.

— Adolescentes sempre são desconfiados — disse Julia. — Os meus já ficam com um pé atrás quando entro no quarto, preocupados se vou chamá-los para fazer alguma coisa. Bem--vinda à vida em família.

Flora não tinha se sentido bem-vinda. Nem por aqueles que estavam vivos, nem pelos mortos. Durante toda a noite desconfortável, Becca estivera presente, observando-a com seus olhos atentos de abrunho. Ela se derretia em chamas lentas pelas paredes como um sistema de segurança.

Fique longe da minha família.

Era egoísmo desejar que Becca não fosse uma presença tão visível na casa?

Sim, era. As fotos de Becca provavelmente confortavam as meninas. E Jack. Flora recordou como havia sofrido quando a tia guardara todas as fotos da mãe dela. *Você vai ficar triste olhando para essas fotos. Vai lembrar que ela se foi. Fotografias revivem o passado.*

Flora escondera uma delas debaixo da colcha. Era um alento olhar a foto toda noite. Por ter passado por aquilo, como poderia criticar as filhas de Jack por manterem os retratos da mãe nas paredes?

Pensou em Izzy.

— Seus filhos adolescentes cozinham e ajudam na casa?

— Você está de brincadeira, né? — Julia riu alto. — É uma luta fazer com que coloquem um prato na máquina de lavar.

— Izzy administra a casa. Ela não se parece com uma típica adolescente.

— Cada adolescente é um animal único e imprevisível. Eles se adaptam ao ambiente. — Julia franziu o cenho. — Pensando bem, essa provavelmente também é a definição de um vírus. Vai entender. Até depois que saem de casa ficam os efeitos secundários.

Julia sempre fazia Flora sorrir.

— Ela fez o jantar. Preparou tudo do zero. Fez os hambúrgueres. Vegetarianos. Até torrou os pães.

— E ela tem 17 anos? — Julia arregalou os olhos. — Estou impressionada. Sorte sua.

Flora não se sentia sortuda. Estivera confiante de que se sairia bem e que poderia ajudar, mas acabou arruinando todas as chances de dar certo ao falar da mãe delas.

Pensou em contar a Julia sobre aquilo, mas desistiu, pensando nas perguntas que viriam depois. Questões às quais não queria responder. Não estava disposta a admitir sua fantasia boba de aparecer como Mary Poppins e transformar a vida das filhas de Jack.

Ela se esforçou para voltar ao trabalho.

— Precisamos esfregar esses baldes e trocar a água.

— Esse trabalho é puro glamour. Eu esfrego os baldes, você lida com as flores e corta os caules. Você é boa demais nessa parte. Eu destruo tudo o que toco. — Julia pegou um balde. — Me parece que correu tudo bem. Não sou psicóloga nem nada, mas acho que poderia ter sido um desastre. Aquelas crianças foram obrigadas a passar por uma mudança drástica. Estão tentando se ajustar, e o pai leva outra mulher para casa. Poderia ter dado muito errado.

Tinha dado muito errado.

— Hum…

— Você podia ter sentido necessidade de competir com a esposa falecida.

— Acredite, não há competição. Becca já ganhou de lavada. — Pelo menos nisso ela podia ser honesta. — Ela é *a* Becca, do *Em forma com Becca*.

— Uau, fiz uma aula do programa certa vez, depois precisei de um mês de fisioterapia para me recuperar.

— Segundo Izzy, tudo o que ela fazia era perfeito.

— Ela amava a mãe. — Julia tirou a água antiga e limpou o balde. — Enxergamos as pessoas que amamos através de lentes cor-de-rosa.

Ou Izzy podia ter exagerado para que Flora se sentisse menor e insegura.

— Becca não tinha nenhum vício. Não ingeria carboidratos e fazia vários trabalhos voluntários. Até o cabelo era perfeito. — Flora se entristeceu só de pensar naquilo. — Fiquei me sentindo um bicho-preguiça só de olhar a foto. O corpo dela era tão forte e definido que você se machucaria em um encontrão. Eu sou mais do tipo aterrissagem macia.

— Flora…

— Você precisava ter visto as fotos. — Ela aparou os caules e colocou as flores na água fresca. — Ela era tão magra e perfeita…

—… e não está mais entre nós — disse Julia cuidadosamente. — Você não precisa competir, Flora. Seja autêntica. Seja *você* mesma. É dessa mulher que Jack não consegue se afastar.

Ser autêntica não tinha funcionado muito para Flora no passado. Havia passado tantos anos tentando agradar à tia que a certa altura perdera a própria identidade no caminho.

Julia terminou de lavar o último balde.

— O que aconteceu depois?

— Nada. Ele não ligou mais.

— Isso é incomum? Quantas vezes ele costuma ligar?

— Toda noite antes de irmos dormir.

Julia a encarou.

— Sobre o que vocês conversam?

— Sei lá, falamos sobre o que fizemos durante o dia… esse tipo de coisa.

O principal foco era o presente. Ela não mencionava seu passado, e ele não falava da mulher. Havia uma certa intimidade naquelas conversas tarde da noite, quando os dois já estavam na cama.

Não na *mesma* cama, claro, mas por enquanto era o melhor e o mais próximo que ficariam.

— Se vocês falavam com tanta frequência, então você precisa ligar.

E forçá-lo a admitir que as meninas não gostaram dela? O fato de Jack não ter ligado já dizia muito. Flora estava fadada à rejeição mais monumental e sísmica de todos os tempos.

— Prefiro deixar quieto por enquanto.

— Covarde. — Julia ajudou a recolocar as flores nos baldes. — Talvez seja a hora de parar de falar e ser a parte mais ativa desse relacionamento.

— Essa não é uma opção.

Eles haviam passado disso e, mesmo se não tivessem, Flora não teria se surpreendido se Izzy tivesse instalado câmeras e alarmes.

— Bom, não tem como você levá-lo para sua casa. Seu apartamento não foi projetado para encontros. — Julia franziu o cenho. — Nem sei para *quê* foi projetado.

— Não faz diferença. — Ela limpou a faca com cuidado. — Terminou.

E ela se sentia derrotada e ferida, mesmo sem o término ter acontecido de fato.

— Flora, depois de *muito* tempo, esse é o primeiro homem por quem você se interessa. Mande uma mensagem.

— Ele teria me procurado se quisesse.

— Não acredito que ele nem ligou. Homens são tão insensíveis.

— Não se trata de ser insensível. Ele está colocando as filhas em primeiro lugar, o que o torna um bom pai.

Era bem provável que as duas já estivessem na terapia, graças à falta de tato de Flora.

O celular dela bipou. Ela se apressou em pegá-lo, e seu coração deu piruetas ao ler a mensagem.

— É o Jack. Ele quer me encontrar no parque na hora do almoço.

— Olha só. Ótimas notícias.

Não eram ótimas notícias, significava que seria rejeitada pessoalmente e não levaria um fora por mensagem de texto.

Flora ficou ofegante só de *pensar* no que estava por vir.

Como lidaria com a situação? A resposta veio na hora. *Ela* terminaria, poupando ambos da dor de um encontro cara a cara, em que teria que fingir que estava tudo bem.

Ligaria para ele naquele instante e não pensaria no rostinho pálido e no sorriso hesitante da pequena Molly. Jack jamais saberia que ela talvez estivesse apaixonada, ou de seus sonhos tolos de pertencer à família dele.

Ela ligou, mas Jack não atendeu. Talvez já estivesse a caminho para encontrá-la, determinado a fazer a coisa certa.

Sem alternativa, Flora foi para o parque.

Preparada para uma última conversa, ela se assustou quando Jack a abraçou e beijou sob as flores que caíam. Os lábios, as respirações e as palavras se misturaram conforme ele a puxou para a sombra de uma cerejeira com mãos fortes e um propósito inconfundível. Flora sentiu a superfície áspera da árvore nas costas e a rigidez do corpo dele pressionado ao seu. Fechou os olhos e não havia mais nada além de aromas e sensações, um arrepio quase agonizante que nunca sentira antes. Derreteu-se com o movimento da língua experiente dele e as carícias dos dedos habilidosos. Sentiu os músculos da barriga contraindo, o sangue correr pelas veias e ficou frustrada porque a intimidade entre eles nunca tinha passado dos beijos eróticos. Jack a beijou com uma intensidade tão voraz e um desespero tão frenético que pareciam um prelúdio do adeus.

Ela decidiu que falaria primeiro, mas não naquele momento. Dali a pouco. Seria criminoso interromper um beijo tão bom.

— Senti saudade — murmurou ele, deslizando os lábios para o maxilar dela e dali para o ponto delicado entre o pescoço e o ombro. — Além disso, devo um pedido de desculpas.

Flora estava com dificuldade para pensar, quanto mais falar.

— Hum?

— Por não ter dado mais notícias. Tive uma crise no trabalho, depois uma reunião com a professora de Molly na escola porque ela não está indo muito bem e, entre uma coisa e outra, o tempo voou. — Jack deslizou o olhar dos lábios dela para encará-la. — Coisas de pai solteiro. Estou tentando ser pai e mãe.

— Entendo. Acho que você está fazendo um trabalho incrível.

Flora precisava terminar logo antes de se afundar mais.

— Não tenho tanta certeza. Esqueci de levar Azirafa, a girafa, quando fomos ao supermercado ontem. Eu subestimei o papel do brinquedo na hora das compras. Comprei uma marca de iogurte que aparentemente todo mundo, menos eu, sabe que é "nojenta". Como havia esquecido a bebida de Molly em casa, peguei a primeira coisa que vi na prateleira. Depois descobri que tinha tanto açúcar que é bem provável que os dentes de Molly caiam até sexta-feira. — Jack continuava a abraçá-la. — Depois veio a conversa fatídica. Eu não esperava ter que responder de onde vinham os bebês no corredor da padaria.

— Ela perguntou? Ah, que fofura.

Termine de uma vez, Flora! Termine e pronto.

— Ela viu um bebê em um carrinho e perguntou baixinho. Tentei dizer que o bebê vinha do carro estacionado no lado de fora, mas ela não caiu nessa. Queria saber a história de vida inteira desde a concepção até o nascimento.

Flora podia ver a cena, Molly de olhos arregalados e Jack se atrapalhando todo. Mesmo no atual estado de estresse, ela achou engraçado.

— Imagino que você saiba de onde vêm os bebês.

O que era para ser um rompimento tinha virado flerte? Ela estava tentando que fosse um término feliz. Masoquismo?

— Tenho uma vaga ideia, mas confesso que a frustração sexual que venho sofrendo pode ter afetado meu cérebro. No fim, dei uma explicação bem rápida e básica, baseada nos conselhos de uma porção de matérias que encontrei no celular enquanto enchia o carrinho com pães. E errei de novo, porque pelo visto não comemos farinha branca. Caso você já não saiba, existe uma porção de comida "nojenta" à venda. Não pensei que Molly fosse tão exigente, mas eu não estava acostumado a fazer as compras. Ela está passando por momentos difíceis, e eu não queria me impor com algo simples como comida.

— Você disse que ela está com problemas na escola. Aconteceu alguma coisa específica?

Flora prometeu a si mesma que terminaria assim que tivesse notícias de Molly.

Jack hesitou.

— Nada. Não se preocupe. O problema não é seu.

Ele tinha razão, o problema não era dela.

Termine, Flora, termine.

— Somos amigos, Jack. Amigos dividem assuntos que os preocupam. — Não era bem verdade. Flora dificilmente dividia suas preocupações, mas o assunto não era ela. Naquele momento havia uma garotinha passando pelo mesmo sofrimento que ela já sentira um dia. — Fale sobre Molly. — Ela o empurrou para o banco vazio mais próximo.

Jack esticou as pernas.

— Molly sempre foi falante. Confiante. Extrovertida. O difícil era fazê-la ouvir e não falar, mas agora ela quase não fala nas aulas. Desde a morte de Becca, está retraída e quieta. Mal a reconheci na noite em que você foi jantar. A Molly de antes teria conversado sobre tudo, mostrado os brinquedos, pedido que você a visse dançar. Ela amava dançar.

Flora sentiu o coração apertar por Molly.

— O mundo dela mudou e ela ainda não se adaptou. Mas tenho certeza de que voltará a dançar um dia.

— Foi assim com você?

— A mudança? Claro. Minha vida não foi mais a mesma. — Não era um assunto sobre o qual Flora falava, mas, se sua experiência pudesse ajudar Molly um pouco, então abriria uma exceção. Além do mais, o namoro terminaria de qualquer jeito, não havia razão para guardar as palavras ou tentar se proteger. — Não perdi só minha mãe, mas minha casa e o mundo que eu conhecia. Ainda vai levar um tempo para Molly se acostumar à nova realidade. Imagino que agora ela seja só emoção.

E Flora provavelmente tinha piorado tudo.

— Percebi que de vez em quando ela ri de alguma coisa e logo depois para e fica apavorada. Ela deve achar que não pode mais se divertir.

Flora entendia bem como era.

— A gente se sente culpada. Desleal. Com medo de rir e parecer que você não amava tanto a pessoa.

— Você lembra quando voltou a se sentir como antes?

A conversa estava tomando um rumo mais pessoal do que o esperado.

— Ninguém permanece igual a vida inteira. Todos nós mudamos e nos moldamos conforme o que acontece conosco e com quem amamos. A vida segue mesmo para aqueles que se feriram no percurso.

Flora estava prestes a provar aquilo mais uma vez.

— Fica mais fácil? — Jack se virou para fitá-la melhor. — Não precisa dar uma versão açucarada. Quero saber de verdade. Já se passou um ano. Preciso descobrir como posso ajudar a Molly.

Molly. Quando a conversa sobre Molly terminasse, ela falaria sobre o namoro.

— Na verdade, o segundo ano foi pior que o primeiro. Todo mundo seguiu em frente. As pessoas esqueceram. Menos eu. As lembranças eram constantes. Sempre que havia uma noite de pais e professores, meus amigos reclamavam dos pais.

Relembrar reabria a ferida. O que estava fazendo consigo mesma?

Molly. Era por Molly.

— Alguma coisa ajudou?

— Uma professora da escola me disse para escrever tudo o que eu lembrava sobre minha mãe. Isso acabou sendo reconfortante.

— Boa ideia. Vou tentar. — Jack se levantou e estendeu a mão. — Vamos andar. Que tipo de pessoa você era na época? Como mudou?

— Fiquei ansiosa. — Ela o acompanhou pelo caminho, tentando não pensar que talvez fosse a última vez. — Fui arrancada de tudo o que conhecia e tive dificuldade para encontrar consolo ou uma sensação de segurança na minha nova vida. Só queria minha mãe. Me senti muito insegura.

— Faz sentido. Tudo o que você conhecia desapareceu e foi difícil confiar em outra coisa.

— Exatamente.

— E sua tia fez com que você se sentisse uma estranha. — Jack apertou a mão dela. — Ainda assim, você enfrentou e se transformou nessa pessoa incrível… — Ele parou de andar e a puxou para mais perto. — Isso alivia um pouco minha preocupação com as meninas.

Flora não tinha certeza de que serviria como fonte de inspiração para alguém. Sempre achara a própria vida uma bagunça total.

Por um lado, *havia* enfrentado. Apesar de ainda ter grandes inseguranças, estava enfrentando isso também. Normalmente era reservada, mas havia acabado de se abrir com Jack, contando coisas que nunca dissera antes, e ainda estava inteira.

— Como vai Izzy?

— Ela realmente assumiu o controle da situação. Tenho orgulho dela. Claro que me preocupo, e acredito que passar por alguns altos e baixos seja normal, mas, no geral, ela está lidando muito bem. Você a viu na noite passada… Ela tem tudo sob controle.

Flora não achava que Izzy estava tão no controle assim.

— Izzy sempre foi prestativa assim em casa?

— Não. Ela era uma adolescente típica, imagino. Mais focada em si mesma. Becca se incomodava com bagunça. Gostava de tudo arrumado e limpo, ao contrário de Izzy, por isso as duas brigavam feio de vez em quando. Mas agora ela é minha superestrela. Eu não daria conta de tudo sozinho. Fora que ela é muito paciente com a irmã. — Jack a afastou do caminho de uma mãe que corria empurrando um carrinho. — Izzy era bem próxima da mãe, foi difícil para ela, mas não dá para notar.

Mas Flora havia notado. Lembrou-se das mãos trêmulas dela. Pensou em perguntar a Jack se sua visita havia piorado as coisas, mas já sabia a resposta.

— Deve ser difícil para toda a família, mas suas filhas ficarão bem porque contam uma com a outra e têm você. Molly deve estar mais insegura, mas você cuida dela muito bem e é tão presente quanto Izzy. Essa sensação vai passar. Além do mais, ela tem um lar, a escola e os amigos. Estou certa de que Molly vai ficar bem. Izzy também vai. Sua disposição em falar sobre isso faz muita diferença.

— Conversar ajudou você?

— Não sei. Nunca tentei.

Flora viu o choque no rosto de Jack.

— Nunca?

— Não.

Ela nunca fora próxima a ninguém a ponto de dividir detalhes íntimos e particulares de sua vida.

— Você pode falar comigo. — Jack a puxou para mais perto. — Sempre.

Como ela poderia conversar sobre suas intimidades quando estava prestes a terminar o namoro?

Por um breve momento, permaneceu com a cabeça encostada no peito dele, só um pouquinho. Quando por fim ganhou confiança de que não ia chorar feito um bebê cheio de cólicas, afastou-se.

— E você, Jack? Como você está?

Ele a tinha ouvido, nada mais justo do que o ouvir também.

— Eu? Estou bem.

— Você não pode estar bem, Jack.

Ele respirou fundo.

— Vou levando. Minha maior preocupação são as meninas.

Talvez ele não quisesse falar sobre si mesmo. Flora tentou não ficar magoada por ele não querer se abrir também.

— Jack…

— Agora estou me sentindo culpado. — Jack apertou a mão dela. — Faz dias que não nos vemos, e eu só falei sobre as crianças.

Flora achava que a conversa tivesse sido só sobre ela, e a combinação da verdade com confiança criou uma intimidade nova. Uma intimidade indesejada, dadas as circunstâncias.

Ela não aguentava mais.

— Olha, Jack, obrigada por me encontrar. Foi corajoso da sua parte tomar essa atitude pessoalmente.

— Que atitude?

Entremeando os dedos no cabelo dela, ele roçou os lábios no canto da boca de Flora em uma provocação lenta.

Ela fechou os olhos. Por que não consentir com mais um beijo? Só um.

— De terminar. Cara a cara.

Jack ergueu a cabeça de repente.

— Terminar? Por que você acha que eu quero terminar?

— Você não quer?

— Não!

— Jack, nós dois sabemos que o jantar não correu muito bem. Não estou levando para o lado pessoal. Apresentar outra mulher para suas filhas é algo muito importante. Não o culpo por achar que é difícil demais. — Os sentimentos de Flora emergiram, mas ela os sufocou. — Acho que erramos o timing.

— Não faço a menor ideia do que você está falando. — Jack ergueu o queixo dela com os dedos. — As crianças amaram você. Você foi um sucesso. O jantar correu bem.

Tinha sido uma das noites mais desconfortáveis da vida dela.

— Eu… achei que a Izzy foi um pouco… — Como ser sutil ao tocar no assunto? — Deve ter sido muito difícil digerir minha presença na casa.

— Foi um grande acontecimento, é verdade. Foi um choque quando contei que você iria jantar, o que não é nenhuma surpresa, depois de tudo o que aconteceu. Fiquei um pouco preocupado em como Izzy lidaria com a novidade, mas acho que ela aceitou bem. — Jack franziu o cenho, procurando se lembrar. — Eu perdi alguma coisa? Izzy falou algo para você?

— Não.

— Então por que acha que ela ficou incomodada? Ela foi educada.

— Verdade. — Flora pensou nos olhares, nas perguntas e nos comentários sutis. Será que Jack não tinha percebido nada? — Achei que ela estava um pouco tensa.

— Os adolescentes são assim quase o tempo todo. Trabalho. Amigos. O planeta. A vida em geral. Em um dia bom, são como um caldeirão fervilhante de hormônios. Além disso, ela sente falta da mãe. É só isso. Crianças sempre ficam desconfiadas quando conhecem uma pessoa nova, por isso não seria fácil de jeito nenhum. Mas entendo por que você está com um pé atrás. Como não se sentiu acolhida na casa de sua tia, presumiu que não seria bem-vinda na minha também.

O fato de Jack já saber tanto sobre ela era assustador, mas, ao mesmo tempo, revigorante e um pouco emocionante.

E pelo visto ele não estava cogitando acabar com nada.

E agora? Flora devia seguir com o plano de terminar o relacionamento? E se continuassem a namorar e rompessem dali a alguns meses, quando ela estivesse ainda mais apaixonada? Era a primeira vez na vida que sentia uma conexão verdadeira com alguém, uma ligação que tinha altas chances de ficar mais séria.

E ainda havia as crianças.

— Ah, esqueci… — Jack enfiou a mão no bolso e tirou um papel dobrado. — Isto é para você.

— Para mim? — Flora desdobrou a folha e engoliu em seco. — É o desenho que fiz para Molly.

— Ela passou horas colorindo e se esforçando para que ficasse o mais bonito possível. Achei que foi um verdadeiro progresso. Molly não pegava em um lápis de cor desde a morte da mãe. Enfim, ela queria que eu te entregasse isto.

— Ela… eu?

— Isso mesmo. Não sei como fui esquecer. Estou com este desenho no bolso há dias. Ela não só me pediu para entregar, mas quer que você o pendure na parede.

Molly havia pensado nela. Molly tinha colorido o desenho que Flora fizera. Molly queria que ela o pendurasse na parede. Flora sentiu um nó na garganta e o coração se encher de emoção. Chegou até a ficar tonta e, quando se deu conta, estava ofegante.

— Eu amei. — Era a coisa mais bonita que ela já vira. Sim, havia riscos fora das linhas, mas que diferença fazia? *Molly*. — Pode ficar tranquilo, com certeza vou pendurar na parede. Vou emoldurar.

Jack sorriu.

— Não precisa de moldura, Flora.

— Claro que precisa. Saber que ela coloriu para mim significa muito.

Era estranho admitir como aquilo era importante, mas Jack deve ter percebido, porque a puxou para mais perto.

— A noite do jantar foi uma provação para você, não foi? Talvez seja você que queira terminar, diante de algo tão complicado e confuso.

— Eu terminar? — perguntou ela, rouca. — Como pode pensar uma coisa dessas?

Pegou o desenho para que ele não o amassasse ainda mais. Iria passar a folha antes de emoldurar.

— Nosso relacionamento nunca será simples. Talvez fosse melhor eu desistir de você, mas não sou tão altruísta assim.

— Ótimo. — Ela sentiu o estômago revirar ao pensar no que teria acontecido se tivesse falado antes como pretendia. — Eu não saberia o que fazer com um relacionamento simples. Prefiro mil vezes um emocional e complicado.

Jack riu e gemeu ao mesmo tempo.

— Não quero terminar nada, Flora. — Ele segurou o rosto dela. — Você me faz sorrir, algo que achei que nunca mais fosse possível. Você me faz feliz. Espero que a recíproca também seja verdadeira.

— É verdadeira.

Ela nunca fora tão feliz. Seus pensamentos flutuaram para um lugar nunca permitido. Se aquele sentimento perdurasse, não existiria problema que não conseguissem superar juntos.

Molly tinha colorido o desenho. Molly queria que Flora o pendurasse na parede.

Agora, a única coisa em que conseguia pensar era: *Daremos um jeito de esse relacionamento dar certo. De algum jeito, faremos dar certo.*

Claro que ainda havia Izzy com quem se preocupar, mas uma adolescente seria sempre mais complexa do que uma criança mais nova. Ninguém constrói um relacionamento em um único encontro. Ainda demoraria um pouco, mas Flora estava disposta a gastar tanto tempo quanto fosse necessário.

Jack não parecia preocupado, e ele conhecia as próprias filhas melhor do que ela. Certo?

6

Izzy

— Ela está atrasada. — Izzy deu uma olhada no suflê. O prato era a estrela dos jantares de sua mãe, além de o favorito de Molly. Mas um suflê não perdoava retardatários. Por que escolhera uma coisa tão complicada? Bem, porque era um prato que a santa Flora não saberia fazer. *Suflê intimidatório.* — A que horas você pediu para ela chegar?

— Ao meio-dia. Hoje é o dia de folga da Flora, ela deve chegar a qualquer minuto. O cheiro está delicioso, Izz. Posso ajudar em alguma coisa?

Termine com a Flora e foque na família.

Ela olhou para o pai de relance.

— Você podia ligar e perguntar que horas ela vai chegar. Talvez ela seja o tipo de pessoa que não se importa com horários.

Izzy sabia que o pai gostava que as pessoas estivessem no lugar e no horário combinados.

— Ligue para ela, pai. — *Faça com que ela se sinta mal.*

— Boa ideia.

Jack pegou o celular e ligou. Izzy tentou não se importar com o fato de ele nem ter precisado procurar o número. Virou-se e tirou o azeite e o vinagre do armário para o molho da salada.

— Flora? Está tudo bem? — Izzy percebeu a irritação no tom de voz do pai. — Estávamos esperando você ao meio-dia.

E você está atrasada, pensou Izzy, feliz. *Você está muito, muito atrasada, e meu pai odeia isso. Provavelmente ele já está vendo você pelo retrovisor do carro. Tchau, Flora.*

Assumindo sua expressão mais agonizada, tirou o suflê do forno. Talvez dissesse ao pai que teria escolhido outro prato se soubesse que Flora se atrasaria. Seu pai iria se sentir culpado e irritado. Flora ficaria nervosa, envergonhada e sem-graça, enquanto Izzy ficaria com o papel de misericordiosa e generosa.

O plano se desfez com o que Jack disse em seguida:

— Você está de brincadeira! Quando? Como? — O tom de voz dele mudou para preocupado. — Você chamou o proprietário?

Izzy raramente via o pai bravo. Ele era controlado, calmo e nunca reagia com emoção. Bem diferente do estado em que estava naquele momento.

— Pai?

Ele pressionava o fone com tanta força que os nós dos dedos estavam esbranquiçados.

— Me dê o número do celular do síndico... — Pausa para ouvir. — Sim, eu sei que você pode cuidar disso sozinha, mas... — Mais uma pausa, e o pai respirou fundo. — Ok. Tudo bem. Não vou interferir, mas... — Ele só deslizava o dedo pelo nariz daquele jeito quando estava estressado. — Sei que estou sendo superprotetor.

Desde quando seu pai era superprotetor? Era o maior fã da igualdade. Dizia-se feminista, embora Izzy não tivesse tanta certeza. Mas havia acontecido alguma coisa com Flora que havia disparado os instintos mais primitivos dele.

Izzy imaginou qual seria a desculpa que Flora tinha inventado. Pelo visto era boa, e o almoço não seria servido tão cedo.

Conformando-se com a morte iminente do suflê, colocou vinagre no óleo e os dois não se misturaram. Comparando a sua família, eles seriam o óleo e Flora o vinagre. Naquele exato momento, ela se encontrava no meio dos dois, transformando tudo em acidez.

— Que horror. Você devia ficar aqui — dizia Jack —, temos muito espaço em casa.

Izzy entrou em pânico, esquecendo-se do óleo e do vinagre.

— Pai?

Jack sorriu tranquilizando-a, mas não foi o suficiente para acalmá-la. Ela não gostava daquele tom de voz. Gentil. Cuidadoso. Era um jeito de falar com a pessoa amada, e não com uma amiga qualquer em apuros.

— O que está acontecendo?

Ele levantou a mão pedindo silêncio e continuou prestando atenção na conversa.

— Eu faço questão, Flora. Você precisa ficar em algum lugar até arrumarem o apartamento.

Ficar? Tipo, morar?

Mas que…

Tratava-se de algo bem maior do que um convite para almoçar.

Dentro da própria cabeça — onde Izzy recentemente passava a maior parte do tempo —, ela pensou numa palavra que a deixaria de castigo durante semanas se a verbalizasse.

— Chame um táxi — dizia Jack. — Pago a corrida quando você chegar aqui.

Por que ele pagaria? Será que Flora não podia arcar com um táxi?

Flora trabalhava em uma floricultura. Izzy jamais tinha parado para pensar naquele tipo de trabalho. O que uma florista fazia mesmo?

Talvez o dinheiro *fosse* um fator atrativo no relacionamento deles.

Jack desligou e Izzy prendeu o fôlego. Tomara que fosse alguma coisa simples. Por favor, que não seja tão ruim quanto parece.

— Pai?

Ele se virou, distraído.

— Desculpe. Coitada da Flora. Que manhã!

— O que aconteceu?

— A casa dela inundou. Um cano do apartamento de cima estourou ou algo assim. O teto caiu. E agora a cama dela está lotada de gesso. Tudo debaixo da água. Ela perdeu a maior parte do que tinha. Que azar. Dá para acreditar?

Izzy acreditava no azar. Desde a morte da mãe, a vida só fizera jogar lixo sobre ela. Mas não estava nem um pouco inclinada a acreditar na história triste de Flora.

Será que o apartamento tinha inundado mesmo, ou era apenas um estratagema?

Seu pai podia estar sendo enganado.

Izzy ligou o modo jornalista. O primeiro passo era verificar a veracidade da história. Não seria daquele tipo que relevaria a verdade. Os leitores poderiam confiar em tudo o que escrevesse e falasse. E iria começar naquele instante, averiguando a tal "inundação".

— Coitada da Flora. Você nem devia ter sugerido que ela viesse de táxi. Ela deve estar péssima. Deveríamos buscá-la, pai.

— Como assim?

— Se o apartamento estiver inundado, como ela vai resgatar as coisas sozinha? Podemos ajudá-la.

Assim todos poderiam testemunhar que a tal "inundação" não passava de uma mentira de Flora.

Em um lampejo, imaginou como seria se fosse uma repórter disfarçada, desvendando mentiras e desonestidades. Presidentes de empresas corruptos estremeceriam ao ouvir seu nome. Teriam medo de atender as ligações, ou dar entrevistas, sabendo que Izzy iria atrás deles.

— E o seu suflê?

Será que uma jornalista, ao sentir o cheiro de uma história, teria tempo para se preocupar com comida? Pouco provável.

Ela deu de ombros.

— Qual a importância da comida quando alguém está em apuros?

Jack puxou-a para si e a abraçou.

— Você é atenciosa, Izzy.

Ela não era nada atenciosa. Mas estava lutando para preservar seu lugar na família, não que o pai tivesse consciência disso, claro.

— Enquanto dou um jeito no suflê, você chama o táxi e arruma Molly.

— Acho melhor avisar Flora que estamos a caminho.

— Vamos fazer uma surpresa. — Ela não estranharia se Flora jogasse um balde de água no chão do apartamento, caso necessário. — Aparecer por lá sem avisar vai ser um gesto espontâneo e solidário.

— Grande ideia. Como eu consegui uma filha tão especial quanto você?

— Acho que foi pura sorte — brincou Izzy e tentou afastar a culpa.

Era tudo por uma boa causa. Ele a agradeceria depois. Quem sabe até admitiria o grande erro que tinha cometido.

Daqui para a frente seremos só nós três. Não preciso de mais ninguém além de você e Molly.

Subiram no táxi com Molly e seguiram para Manhattan. Como de costume, havia um engarrafamento, e Izzy teve bastante tempo para pensar. Enquanto vislumbres dos prédios passavam pelas janelas, ela imaginava o cenário mais provável que os aguardava e o constrangimento indescritível de Flora ao ser pega em flagrante.

No final, foi ela quem se surpreendeu.

Já à porta do apartamento de Flora, na segurança do colo do pai, Molly observou admirada:

— Por que seu apartamento está debaixo da água?

— Um cano estourou no andar de cima, o teto caiu e inundou tudo. Tive uma manhã emocionante. — Flora parecia animada e contente, mas Izzy percebeu que ela estava quase aos prantos, denunciada pela voz estridente e o sorriso largo demais.

Bravo, Izzy pensou mal-humorada. Se o apartamento fosse dela, e tomara Deus nunca precisar morar em um lugar como aquele, teria mergulhado de cabeça na água e se afogado.

Agora estava bastante arrependida por ter insistido na ideia de verificar pessoalmente o que havia acontecido. De fato, o apartamento estava um caos. Izzy tinha quase certeza de que o lugar não era grande coisa seco, mas, com a água até os calcanhares, era frio, úmido e deprimente. Difícil acreditar que fosse habitável.

As imagens constrangedoras que tivera de Flora e o pai fazendo sexo às escondidas naquele apartamento desapareceram na hora. Não existia nada de romântico naquele lugar. Já havia verificado o extrato bancário do pai pela internet e não encontrara nenhuma despesa de hotel. A menos que Flora estivesse pagando a conta, o que parecia bem improvável, já que não podia arcar nem com o táxi até o Brooklin, os dois ainda não tinham passado a noite juntos.

Foi um sinal de esperança. Izzy sabia que nem sempre sexo significava compromisso. Metade das amigas já tinha feito sexo pelo simples fato de acharem que era o momento adequado e não porque estivessem "apaixonadas". Mas tinha a impressão de que, para o pai, sexo significava um relacionamento mais sério. Sua mãe sempre dissera que havia se casado com Jack por ele ser do tipo eterno.

Desejou não ter pensado naquilo, porque se lembrou da mãe e ficou muito angustiada e brava. Por quê? *Por quê?*

Becca e Jack deviam ter ficado juntos para sempre. Deviam ter tido uma vida a dois até a velhice, chatos, sem dentes, e em vez disso…

Izzy engoliu em seco.

Agora queria muito que o pai *não* fosse do tipo eterno. Precisava que ele pensasse só em sexo casual. Do tipo que seguia com a vida sem olhar para trás.

Izzy ficou tensa quando ele trocou Molly de lado e estendeu o outro braço para Flora.

— Vem cá.

O fato de Jack querer confortar Flora na frente de Molly a assustou mais do que a água batendo em seus calcanhares.

— Melhor não ser muito bonzinho comigo. Não quero que o nível da água aumente com minhas lágrimas. — Flora se afastou e arrastou os pés na água sobre o que devia ter sido um tapete até a cama. — Consegui resgatar alguns dos meus livros e o meu laptop está inteiro. A maior parte das minhas roupas está arruinada, mas é substituível. O que importa são as pessoas, não as coisas.

Ela está falando sério?

Molly apontou.

— Você salvou meu desenho!

Izzy seguiu a direção do dedo da irmã e, sim, ali estava a raposa que Flora tinha desenhado.

Sério mesmo? As coisas mais importantes do seu mundo estão ameaçadas e você salva a porcaria de um desenho colorido?

Flora sorriu.

— Claro que salvei. É meu desenho favorito. Não queria que estragasse.

Molly ficou envaidecida e Izzy rangeu os dentes.

Tratava-se apenas de uma raposa rabiscada, não de um Van Gogh.

— Você estava na cama quando o teto caiu?

— Não. Ainda bem que, quando senti gotas de água caindo sobre mim, saí para investigar. Mais ou menos dois minutos depois o teto desabou. — Flora passou as mãos nos braços e encarou a bagunça. — A culpa é minha.

— O quê? — Até mesmo Izzy, procurando desesperadamente uma razão para culpar Flora por tudo e qualquer coisa, não entendeu como uma pessoa poderia ter causado aquilo. — Como assim?

— Percebi uma mancha estranha no teto que estava crescendo devagar. Falei com o proprietário, mas ele não se deu ao trabalho de verificar. A causa deve ter sido um vazamento lento do cano do banheiro do apartamento de cima. Eu devia ter insistido mais.

Izzy olhou para a bagunça.

— Devia…

Flora se endireitou.

— O proprietário chamou o encanador. Tenho certeza de que ele vai mandar arrumar. O pessoal do seguro vem dar uma olhada também.

Flora não parecia confiante e Izzy, que não entendia nada de consertos domésticos, tinha menos certeza ainda. Aquele lugar tinha conserto? Izzy tinha a impressão de que ele deveria ser demolido.

Ela sentiu um aperto no peito quando o pai passou o braço pelos ombros de Flora em um gesto protetor. Não queria ter presenciado aquilo. Ele *se importava.*

E dessa vez Flora não resistiu, agarrando-se a ele como se segurasse em um bote salva-vidas. Havia tanta água no apartamento que Izzy também teria pulado em um bote salva-vidas, se tivesse um por perto.

Jack apertou os lábios, e Izzy sentiu como se tivesse levado um soco no estômago. Quando ele assumia aquela expressão, sempre vencia as brigas com a mãe. Enquanto ela gritava histérica e balançava os braços como uma verdadeira atriz dramática, o pai permanecia firme e forte, esperando a cena terminar para expor o que queria.

— Não há o que discutir, você vai ficar conosco.

Eu tenho o que discutir, pensou Izzy. *Tenho uma tonelada de argumentos.*

Flora balançou a cabeça.

— Seria muito incômodo.

Tem toda razão.

Algumas horas antes, Izzy tinha ficado apavorada só em pensar no almoço com a Flora, e agora a pessoa estava se mudando para a casa deles. Nem podia acusá-la de ter criado motivo para forçar uma situação. Nem Izzy poderia acreditar que Flora tivesse se esgueirado pelo apartamento de cima e causado o vazamento.

— Mas para onde você iria? Não dá para ficar com sua família — disse Molly com os olhos arregalados —, porque você não tem ninguém.

Izzy pensou que uma hora precisaria conversar com a irmã sobre tato e diplomacia, mas naquele momento suas prioridades eram outras.

— Você não tem amigos? — A pergunta saiu antes que pensasse duas vezes. — Eles não podem ajudá-la?

As amigas dela não tinham sido muito legais, mas isso não a impedia de ter esperanças de que existissem outras melhores em algum lugar.

Flora abriu mais um de seus sorrisos corajosos.

— Minha amiga mais próxima é a Julia.

Izzy suspirou aliviada. Flora tinha uma amiga chamada Julia que poderia recebê-la e, assim, ela não precisaria ficar com eles.

— É melhor você ligar para ela. Podemos ajudá-la a se mudar para lá.

— Não posso ficar na casa dela nem por algumas noites. — Flora se desvencilhou dos braços de Jack e parecia se recompor. — Julia tem três filhos e o apartamento é minúsculo.

Izzy teve que se segurar para não dizer que, já que a família de Julia estava acostumada a morar amontoada, então uma a mais não faria diferença, mas Jack estava balançando negativamente a cabeça.

— Não estamos falando em algumas noites, querida. O conserto vai demorar mais tempo.

Querida? *Querida?* Ele chamava *Izzy* de querida.

— Eu sei. Já decidi procurar um novo apartamento. Aliás, já devia ter feito isso. — Flora parecia meio perplexa ao olhar ao redor. — Este apartamento era para ser meu sonho, mas… — Ela fez uma pausa e Izzy esperou o final da frase.

Mas o quê?

Abriu a boca para perguntar: *Se esse era o seu sonho, como eram os pesadelos?*, mas percebeu que enfatizaria a necessidade de Flora de ir para um lugar alternativo.

Estava claro que o pai tinha a mesma opinião.

— Procurar um apartamento novo também é motivo para ficar em outro lugar por um tempo. Não se deve tomar decisões precipitadas. O que acham, meninas? — Ele apoiou Molly do outro lado do quadril. — Temos bastante espaço para Flora, não é?

Molly assentiu com a cabeça.

— Você pode morar com a gente. Minhas roupas não servirão em você, mas posso emprestar meus brinquedos.

Os olhos de Flora se encheram de lágrimas.

— Você é gentil demais.

Nisso Flora tinha razão. Izzy teve vontade de tapar a boca da irmã. Molly quase não abrira a boca quando Flora tinha ido jantar, e agora Izzy desejava que tivesse continuado assim.

— Flora não vai morar conosco, Molly. Ela vai *ficar* na nossa casa.

— Foi o que eu disse. — Molly enrolou uma mecha de cabelo no dedo.

— Quando a gente mora com alguém é para sempre. A estadia dela é temporária.

Flora e Jack se viraram para olhar para Izzy.

Flora falou primeiro:

— Seria intromissão da minha parte. Vocês têm certeza de que não tem problema?

Izzy ficou tensa.

O pai e Molly balançaram a cabeça e olharam para Izzy na esperança de que ela também recebesse Flora de braços abertos.

Izzy não conseguia respirar, de tão horrorizada. Flora iria se mudar para a casa deles. Estaria presente durante o café da manhã, almoço e jantar como parte da família. Era muito provável que se oferecesse para ajudar o máximo possível nos afazeres domésticos, e isso era tarefa de Izzy. Jack a chamara de superestrela, mas como manteria o posto se Flora assumisse a casa? Qual seria seu papel? Ela não seria mais necessária, e, se não fosse…

— Izzy? — perguntou o pai, encarando-a.

Ela umedeceu os lábios.

— Sim, claro, tenho certeza.

A certeza era de que seria um desastre para ela. Teve vontade de correr para o pai e abraçá-lo. Queria contar tudo, todas as coisas horríveis que escondia, mas não podia. Nunca se sentira tão sozinha na vida.

A esperança era de que Flora não ficasse muito à vontade. E Izzy podia ajudar bastante nesse quesito.

— O quarto de hóspedes já está arrumado — informou, educada. — Troquei os lençóis depois das últimas visitas.

Talvez, enquanto Flora estivesse almoçando, Izzy pudesse colocar alguns detalhes adicionais para lembrá-la de que aquela não era sua casa. Mais fotos de Becca cairiam bem, só para ninguém esquecer qual era a realidade da casa.

— Vocês são muito gentis — agradeceu Flora com os olhos brilhantes.

— Imagina — respondeu Molly educadamente. — Agora vamos almoçar? Estou com muita fome.

Izzy pensou no suflê triste e murcho na mesa da cozinha. Sentia-se do mesmo jeito. E pensar que estava preocupada com um simples almoço. A situação tinha piorado muito.

Flora não só ia almoçar com eles, como ficaria por tempo indeterminado.

7

Flora

— Você vai ficar aqui.

Izzy abriu a porta do quarto de súbito.

Flora deu uma espiada de fora, sentindo-se meio enjoada e abalada.

A tarde se esvaiu lentamente, entre fazer as malas e enfrentar o trânsito até o Brooklyn. No caminho, Izzy tinha assegurado que um almoço arruinado não era nada importante, mas com um tom de voz feliz demais, tanto que Flora desconfiou que ela queria dizer o contrário. Pelo brilho nos olhos de Izzy, ela não só achava que Flora havia arruinado o almoço… mas também a vida dela.

Se Jack não tivesse sido tão atencioso e Molly tão adorável, Flora teria percebido na hora que ficar na casa deles não era uma boa ideia. Por pouco não abriu um berreiro quando Molly se ofereceu para emprestar os brinquedos.

Percebendo que Izzy a observava, ela entrou no quarto, banhado pela luz através das janelas amplas. Depois de um dia emocionante e cheio de estresse, a calma a envolveu. O caleidoscópio de ansiedade dentro de sua cabeça parou de girar.

A decoração do quarto era em tons neutros de cinza e bege. Flora teve uma vontade imensa de acrescentar um pouco de cor: almofadas de cores de joias vibrantes sobre a cama, um vaso com flores do campo. Mas não tinha do que reclamar.

Estava acostumada à escuridão e umidade, e o quarto era ensolarado, espaçoso e com uma vista gloriosa do lindo jardim. As cerejeiras agrupavam-se como um belo buquê nupcial, e a explosão de flores cor-de-rosa claro trouxe lembranças da mãe com uma força que quase a derrubou. A maior parte das lembranças estava embaçada pelo tempo, mas havia uma em particular que continuava bem vívida. Mãe e filha tinham ido ao Jardim Botânico no Brooklyn, perto do Prospect Park. Fizeram um piquenique e se sentaram na grama sob o sol, admirando a perfeição dos tons pastéis das flores. Mais tarde, a mãe tinha pintado a cena e Flora pendurou a arte na parede. O quadro foi a primeira coisa que ela havia salvado quando a água havia começado a pingar no apartamento.

A vista daquele quarto de hóspedes permaneceria linda durante o ano inteiro, mas ela acreditava que talvez nunca mais bonita do que naquele momento. Teve vontade de se jogar naquela cama larga e confortável, enrolar-se no acolchoado bege claro e ficar só admirando as cores através da janela. Gostaria de deixar de se preocupar com a possibilidade de nunca ganhar a confiança de Izzy.

Um tapete grande cobria o piso de tábuas largas. Havia uma poltrona de um dos lados da janela, ladeada por uma mesinha com uma pilha de livros. Na outra extremidade havia uma lareira, dando uma sensação de aconchego, mesmo que apagada.

Se Flora pudesse escolher a casa perfeita, seria aquela, porém a decoraria diferente, claro. A casa aninhava-se confortavelmente entre as construções vizinhas. Dona de seu espaço. Parte inerente ao ambiente.

Olhou para Izzy e notou a expressão gélida de desespero alguns segundos antes de ela disfarçar.

Teria sido melhor ir para a casa de Julia e dividir a cama com Kaitlin.

— É muita gentileza sua fazer isso por mim.

— Não é nada — disse Izzy, esboçando um sorriso amarelo e frio.

Antes Izzy tivesse gritado, chorado e dito que não a queria ali. Pelo menos Flora saberia com o que estava lidando.

Quando tinham chegado com a mala de Flora cheia de coisas molhadas, Izzy insistira em levá-la para o andar de cima, enquanto Jack e Molly descarregavam e levavam os restos patéticos da vida de Flora para dentro. *Vou mostrar os cômodas à Flora e ajudá-la a se sentir em casa.*

Flora teve a impressão de que estava sendo testada.

— O quarto é lindo, Izzy.

Era bonito de fato, embora um pouco frio para o gosto dela. Preferia um quarto com mais vida, repleto de toques pessoais. Ficar ali era como se hospedar em um hotel sofisticado.

— A decoração é da minha mãe. Ela era muito estilosa.

— Eu percebi.

Flora entendeu a insinuação para sua falta de estilo, mas não podia culpá-la, a julgar pelo estado de seu apartamento.

Imaginou Becca ali com seu corpo de dançarina na postura perfeita enquanto tomava decisões. *Vamos manter a paleta de cores neutras e acrescentar toques de luxo com cortinas e almofadas.*

Imaginou-a diante do espelho de corpo inteiro abrindo as janelas para que o perfume de flores invadisse o quarto. Ela teria jogado o cabelo escuro bem-comportado por cima do ombro, soltando uma gargalhada gutural, plenamente à vontade naquele ambiente suntuoso e certa do amor de Jack.

Flora nunca tivera certeza do amor de ninguém, exceto o de sua mãe, e nos últimos tempos mal lembrava como tinha sido. A saudade foi forte a ponto de deixar um vazio no peito. Não só sentia falta da mãe, mas também das possibilidades e da promessa da vida que podiam ter aproveitado juntas, os risos, as viagens, as confidências… Foram muitos momentos especiais perdidos.

Em um ato impensado, pegou uma das fotos apinhadas sobre a cabeceira.

— Essa é a minha mãe no pico do monte Kilimanjaro — disse Izzy. — Foi uma escalada para angariar fundos beneficentes.

Claro que sim.

— Isso é… impressionante.

— Ela amava um desafio. Não havia nada que estivesse fora de seu alcance. — Izzy pegou uma foto e apertou com força até os dedos se esbranquiçarem. — Aqui foi quando ela cruzou a linha de chegada da Maratona de Nova York. E esta… — ela pegou outra foto —… foi tirada quando ela remou pelo Atlântico com outras cinco mulheres. Uma das estações de TV fez um documentário sobre o evento. Foi uma aventura insana e uma grande conquista. Ela acreditava piamente na importância de viver uma vida cheia de significado. — Ela foi amontoando as qualidades da mãe como se fossem pedrinhas, talvez na esperança de que furassem os pés de Flora.

— Muito impressionante.

O repertório de adjetivos de Flora tinha terminado. O vocabulário dela não era rico o suficiente para conceituar as inúmeras qualidades de Becca. Era difícil imaginar por que Jack estava com ela se mal conseguia remar para fora da banheira.

— Você corre, Flora?

Flora queria correr naquele momento, mas escada abaixo, passar pela porta e voltar para seu apartamento inundado. Em vez disso, colocou o porta-retrato de volta na cabeceira a uma distância segura da borda. Não seria bom deixar Becca cair.

— Nunca corri uma maratona, mas sempre tive vontade.

Ela não fazia a menor ideia de por que dissera aquilo. Orgulho? Desejo de se conectar com Izzy? Uma necessidade insegura de mostrar que havia pelo menos uma atividade de Becca que podia praticar?

Izzy estreitou os olhos pouco antes de abrir um sorriso doce.

— Que ótimo! Podemos correr juntas durante sua estadia aqui. Vou amar ter companhia.

Burra, burra. Tinha se jogado direto na armadilha. Não tinha certeza se conseguiria correr até o final da rua, imagine uma distância maior e decente. Era bem provável que caísse morta, o que seria uma vitória para Izzy. Talvez fosse a única chance de conseguir a aprovação da garota.

— Vou adorar também. Ótimo.

— Vai ser divertido.

Seria uma tortura.

— Com certeza.

— Para mim é melhor correr bem cedinho, enquanto meu pai ainda está em casa para tomar conta da Molly. — Izzy colocou as fotos de volta com cuidado. — Se sairmos às cinco, devemos estar de volta às seis e meia.

— Você disse cinco da manhã?

— Isso mesmo. É muito tarde? Você prefere às quatro e quinze? Minha mãe corria nesse horário, quando tinha muito o que fazer depois.

Flora não sabia o motivo da morte de Becca, mas estava começando a acreditar que havia sido por exaustão.

— Cinco é um bom horário.

Seria como ir ao mercado de flores, só que a recompensa seriam bolhas em vez de flores.

— Ótimo. Voltamos antes de o meu pai sair para trabalhar. Parece bom para você?

Para Flora era a pior ideia de todos os tempos, mas era o que ela merecia por se permitir ser intimidada por uma garota ardilosa e uma mulher falecida.

Izzy jogou o cabelo macio por cima do ombro.

— Vamos começar amanhã. Venho acordá-la às 4h45. Você gosta de chá de manhã?

A única coisa que provavelmente a tiraria da cama era um balde de água gelada na cabeça, mas Flora não disse nada. Se estava disposta a enfrentar o desafio, então era o que faria.

— Prefiro correr de estômago vazio. Vou deixar o café da manhã para a volta.

— É mesmo? — Izzy se surpreendeu. — Minha mãe não tomava café da manhã. Jejuava o dia inteiro e jantava pouco no final da tarde. Geralmente só proteínas e vegetais.

— Sua mãe era uma mulher impressionante. — *Ah, pelo amor de Deus, Flora, use uma palavra diferente. Qualquer uma!* — Especial.

— Ela era mesmo. Meu pai disse que ela foi a pessoa mais especial que conheceu.

Não havia como responder. Flora olhou para as fotos de novo. Todas eram de Becca e da família, menos aquela no monte Kilimanjaro. Havia uma de Becca velejando com o cabelo voando com o vento e sorrindo para Jack. Flora se imaginou no mesmo cenário, mas com uma metade do cabelo na boca e a outra nos olhos. Atrás daquela estavam duas fotos em preto e branco de Becca, de calça jeans e descalça, e as duas filhas. O único pensamento que ocorreu a Flora foi que aquela mulher tivera tudo. Até não ter mais.

A vida tinha um senso de humor doentio, pensou.

— Se você não se sentir à vontade, posso tirar as fotos — disse Izzy, e Flora se mexeu.

— Está tudo bem.

— Espero que se sinta confortável. Minha mãe queria que este quarto de hóspedes fosse perfeito.

Era impressão de Flora, ou Izzy havia mesmo enfatizado a palavra *hóspedes*? Lembrou as inúmeras vezes em que tentara falar da mãe e a tia a cortara. Fora difícil, impossível de se descrever. Com o tempo acabou esquecendo *como* falar da mãe e não queria que acontecesse o mesmo com Izzy. Se Izzy quisesse falar da mãe, ela a ouviria.

— Você deve sentir muita saudade da sua mãe.

Izzy não esmoreceu.

— Estamos bem. Temos uns aos outros. O importante é ficarmos juntos, só isso.

E lá estava Flora se intrometendo:

— Sei que não esperava receber uma convidada, atrapalhando a rotina da família. Sinto muito.

— Não é problema nenhum. É temporário. — Izzy se levantou de repente e apontou para a porta aberta. — Coloquei toalhas limpas no banheiro e alguns produtos de higiene. Eram os favoritos da minha mãe. Espero que sejam do seu agrado, mas se você quiser algo diferente…

— Não preciso de nada diferente. Não quero mudar nada. Ela gostaria de se misturar à família naturalmente e não a desfazer, apesar de haver pouca chance de isso acontecer.

Izzy tinha declarado guerra.

— O jantar é às dezoito. É hora de a família se reunir. — Izzy fez uma pausa. — Posso servi-la em uma bandeja e trazer aqui? Seu dia foi estressante. Imagino que queira se instalar com calma.

A mensagem foi bem clara.

Flora já estava muito desconfortável com a própria situação, mas sentiu-se pior por Izzy. Sem as fotos para segurar, Izzy andou pelo quarto, movida por uma energia incansável.

Era a primeira vez que Flora notava tanta emoção contida em uma pessoa tão pequena. Será que seu corpo aguentaria? Imaginou como Izzy conseguia guardar tanta coisa dentro de si, e então lembrou que fazia o mesmo. Eram situações diferentes, mas suspeitava que os sentimentos fossem bem parecidos, todos movidos pela insegurança e a consciência de que muitas coisas na vida fogem do nosso controle.

Mas esse detalhe não.

Flora sorriu.

— Se não for problema para você, eu gostaria de jantar aqui, obrigada.

Izzy parou de andar, relaxando os ombros e as mãos. Flora teve um lampejo de como a garota seria se a vida não tivesse empilhado fardos em suas costas.

Izzy foi para a porta.

— Eu trago seu jantar. Se precisar de mais alguma coisa, me chame.

Sozinha, Flora se sentou na ponta da cama por um instante, no mesmo lugar onde Izzy estivera poucos minutos antes.

Não precisava ser psicóloga para suspeitar que sua presença na casa tinha levado a filha mais velha de Jack ao limite. Deveria falar sobre Izzy com Jack e contar o que havia observado?

Sentindo-se deslocada, levantou-se e abriu as duas malas. Tentando ignorar as seis fotos de Becca, pensando se ousaria colocá-las na gaveta, tirou as roupas da mala, pendurou-as e pegou o pequeno porta-retrato com a foto da mãe, o qual sempre mantinha ao lado da cama, colocando-o na frente dos outros. Era bom ter um rosto familiar no quarto, e ver a mãe a lembrou que não era preciso correr uma maratona ou remar pelo Atlântico para ter uma vida que valesse a pena. Pequenas façanhas também importavam. E, naquele momento, sua pequena façanha seria não piorar as coisas para Izzy.

Por impulso, colocou o desenho de Molly encostado em dois porta-retratos de Becca. Ficava mais feliz toda vez que olhava para a raposa rabiscada.

Molly quisera que o desenho ficasse com ela. Molly quisera que fosse pendurado. E foi o que Flora havia feito.

A tentativa de personalizar o quarto a animou. Sentindo-se melhor, foi para o banheiro. Havia uma banheira vitoriana sobre um piso de mármore que parecia se estender por quilômetros.

Leu o rótulo de uma das embalagens. Não sabia muito sobre o produto além de que era caro. Imaginou Becca comprando-o para seus convidados. *Quero o que há de melhor*, devia ter dito a Jack, e ele teria se conformado, porque ninguém questionava o gosto de Becca.

Era bem provável que os convidados quisessem ficar ali para sempre.

Agindo por impulso, trancou a porta e encheu a banheira. Sentia-se suja depois de horas esvaziando seu apartamento. Talvez seu humor melhorasse se mergulhasse nos óleos perfumados de Becca. Sua aparência com certeza melhoraria. Estava segura de que Becca nunca havia jantado cheirando a umidade.

Ficou na água por um tempo, depois lavou e secou o cabelo, vestiu uma calça jeans seca e uma blusa bonita, que havia tingido em casa.

Quando abriu a porta, encontrou uma bandeja sobre a mesa à janela. Havia um prato de sopa e um pãozinho quente.

Tinha acabado de se acomodar para um jantar solitário quando a porta se abriu de repente e Jack entrou.

— Você está bem?

— Sim, claro.

Não era comum prestar atenção na própria respiração, mas, toda vez que via Jack, percebia que ficava ofegante e instável. Às vezes sentia-se tonta só de olhar para ele. Pegava-se observando cada detalhe daquele rosto, desde o ângulo do maxilar até a curva das maçãs do rosto, a fim de descobrir o que o tornava tão especial.

— Você está chateada? — Ele a levantou. — Por que não me falou em vez de se esconder aqui em cima sozinha?

— Não estou me escondendo… e não estou chateada. Quer dizer, não foi o melhor dia da minha vida, mas estou bem. Vou encontrar outro apartamento, ou talvez o proprietário conserte…

— Você não vai voltar para aquele lugar. — Jack a envolveu em um abraço apertado, devolvendo a segurança que ela havia acabado de perder. — Vai ficar aqui até encontrarmos uma opção melhor. Uma opção muito melhor.

— Não é justo para suas filhas me mudar para cá assim de repente. É perturbar muito a ordem das coisas.

— Você é uma amiga. Quero que elas cresçam sabendo que devemos ajudar os amigos. — Jack a soltou. — Você passou a maior parte da vida sozinha, Flora. Agora será diferente, porque você tem a gente.

Flora se sentiu aquecida. Aninhada. Amparada. Era como se estivesse em um santuário nos braços dele.

— Como está Molly?

— Mexendo nas coisas dela para encontrar alguma coisa que faça você se sentir em casa. Não se surpreenda se, na próxima vez que abrir a porta do quarto, você encontrar a cama cheia de bichinhos de pelúcia. Achei que você desfaria suas malas e desceria para ficar com a gente.

— Tomei um banho de banheira.

— Isso é bom, mas não explica por que insistiu em jantar no quarto.

Então foi assim que Izzy explicara a situação? Aquela conversa se assemelhava a andar descalça sobre cacos de vidro.

— Não quero atrapalhar seu momento com as meninas.

— Saiba que estamos muito felizes com sua presença. Sei que foi um dia difícil. Entendo sua vontade de se esconder, mas não acho que seja uma boa ideia. Quero que você as conheça melhor.

Jack afastou os cachos do rosto dela.

— Achei que talvez… — Qual seria a melhor maneira de dizer o que pretendia? — Sei que vocês jantam todos os dias às dezoito. É hora da reunião familiar, e eu respeito isso.

— Do que você está falando? — Ele afastou a mão. — É muito raro eu estar em casa às dezoito. Izzy e Molly costumam jantar juntas e eu as acompanho quando posso. O horário das refeições nunca é o mesmo, não temos rotina nesse sentido.

— Ah…

— Além do mais… — Jack massageou as têmporas. — Pode parecer um pouco estranho, mas temos por regra que ninguém come no quarto. Se vamos comer alguma coisa, tem que ser à mesa. É a hora de conversarmos. Tudo bem que hoje seja uma exceção, afinal você está chateada, mas será que poderia jantar lá embaixo conosco? Se a regra vale para as meninas, vale para você também. Espero que compreenda.

— Claro.

Flora entendia tudo, inclusive a determinação de Izzy em erguer uma barreira entre ela e Jack. Mas estava fora de questão dizer isso a ele, óbvio.

Jack pegou a bandeja e foi para a porta.

— Vamos, as meninas estão esperando. Depois que elas forem para a cama, vamos tomar um vinho no terraço.

Flora se viu dando um gole e desmaiando envenenada. Procurou frear a imaginação, desceu a escada atrás dele até a cozinha, onde as meninas já estavam sentadas. Assim que colocou os pés na cozinha, Izzy largou a colher.

— Tem alguma coisa errada com a sua comida?

— Flora vai jantar conosco à mesa.

Jack tirou as coisas da bandeja, que Izzy tinha preparado com cuidado.

— Não podemos comer no quarto — disse Molly, e Flora desculpou-se com um olhar.

— Eu sei.

— Por que você quis jantar no seu quarto? Não gosta da gente?

Flora percebeu a tensão de Izzy e sabia que precisava encontrar um jeito de protegê-la, sem ofender Molly e sem sinalizar o problema para Jack.

— Eu estava um pouco cansada, mas estou melhor agora.

Izzy cutucou o pão.

— Flora passou por um trauma, por isso, se ela preferir a privacidade e o conforto do espaço dela, devemos permitir. Comer à mesa é uma regra nossa, e Flora não é parte da família.

Flora recebeu o golpe sem se esquivar. Jack lançou um olhar curioso à filha.

— Ela é uma amiga. Nós ajudamos os amigos.

Flora pegou a colher. Embora tivesse perdido o apetite, não queria chamar mais atenção por não comer.

— Recebi um e-mail da tia Clare hoje de manhã. — Jack mudou de assunto, estendeu o braço e empurrou o prato de Molly para mais perto dela. — Ela queria saber se vamos para Lake Lodge nesse verão. Engraçado ela ter me procurado, pois eu estive pensando nisso e me perguntando como faríamos.

Izzy endireitou o corpo na cadeira. Havia uma réstia de animação nos olhos dela.

— O que você respondeu? — perguntou ela demonstrando um leve interesse, e Flora notou o quanto a resposta de Jack era importante.

— Falei que conversaríamos sobre o assunto e eu retornaria. Acho que tirar férias seria bom para nós. Não saímos desde… — ele fez uma pausa —… desde o último verão.

Silêncio à mesa.

Izzy soltou a colher.

— Estivemos lá uma semana antes de a mamãe morrer.

— Isso. — Jack tomou uma colherada de sopa e olhou para a outra filha. — O que acha, Molly? Quer ir para Lake Lodge no próximo verão como de costume?

— Mas a gente ia com a mamãe. Sempre fomos com ela.

— É verdade. — Jack soltou a colher também. — Todos sentiremos falta dela, mas não significa que não podemos ir, se você quiser. Tia Clare nos convidou.

Houve uma pausa. Molly brincou com a colher.

— Vai ser estranho sem a mamãe. Diferente.

— Tem razão. Algumas vezes na vida precisamos fazer coisas diferentes.

— Tipo quando comecei a ir para a minha escola?

— Exatamente. Nada permanece igual, mesmo quando queremos muito que não haja mudanças.

— Você acha que a mamãe vai ficar chateada se a gente for sem ela?

Flora ficou com os olhos marejados e sentiu um nó na garganta.

— Não, querida — respondeu Jack com a voz rouca. — Sua mãe diria para você se divertir e aproveitar a vida. Ela queria que você fosse feliz.

Como ele sempre sabia o que dizer? Suas atitudes eram sempre regadas de carinho. Resgatando Flora. Confortando a filha. Flora se via sendo puxada para mais perto a cada gesto ou palavra dele.

— Eu gostaria de ir a Lake Lodge. Queria ver a tia Clare e o tio Todd. Seria bom fugir daqui — disse Izzy, olhando de soslaio para Flora, deixando a impressão de que queria fugir da nova hóspede.

— E tem o Aiden. Você se esqueceu dele — disse Molly.

Pelo rubor que se espalhou do rosto até o pescoço de Izzy, Flora pressentiu que a omissão do nome tinha sido bastante proposital.

— Becca e Clare frequentaram a mesma escola quando pequenas. Depois Becca ganhou bolsa em uma escola de balé prestigiosa e, quando se formou, entrou para a companhia de balé dos Estados Unidos. — Jack incluiu Flora na conversa. — Os pais de Clare são ingleses e moram numa propriedade maravilhosa em Lake District.

— Tem montanhas — acrescentou Molly. — Vamos velejar e subir nas árvores.

— É verdade. — Jack sorriu para ela. — Vamos para lá todo verão desde antes de as crianças nascerem.

— Se formos, você vai poder brincar com o Fuça — disse Izzy. — Você o ama.

Jack empurrou o pão para perto de Flora.

— Fuça é o cachorro.

— Porque ele quer fuçar tudo o que vê. — Molly pegou a colher. — Talvez seja melhor ficarmos em casa nesse verão.

Porque o "diferente" às vezes era assustador, pensou Flora. Porque nos sentimos melhor com o que era seguro e familiar. Lembrou como tinha ficado apavorada com as grandes mudanças em sua vida.

— O que você mais gosta de fazer quando fica na casa da sua tia Clare?

— Brincar com o Fuça. — Molly cutucou o pão. — Gosto de nadar no lago também. Minha mãe foi campeã em natação na escola. Ela ganhava em tudo.

Pelo jeito Becca tinha sido campeã em quase tudo. Flora estava desesperada para descobrir se havia alguma coisa em que Becca ia mal, mas em seguida odiou-se por ser tão superficial e insegura.

— Você aprendeu a nadar com ela?

— Não. Foi a tia Clare quem me ensinou.

Flora imaginou Becca em pé na beira do lago, impaciente para correr para o lado oposto.

Izzy terminou de tomar a sopa.

— Você gosta de nadar, Flora?

— Não. — Flora jamais mentiria sobre isso. Morria de medo de água e não fingiria de jeito nenhum que amava. Talvez fosse bom contar o motivo, mas tocar no assunto era desconfortável. Não falaria nem para eles, nem para ninguém. — O que mais você faz por lá?

— Brincamos com os barcos. Tia Clare nos ensinou a velejar.

Água. Tudo tinha a ver com água.

— Parece divertido. — Para alguém que gosta de água, não para ela. — Sua mãe gostava de velejar também?

Molly assentiu com a cabeça.

— Mamãe era uma velejadora brilhante.

Claro que era.

Flora sentiu que Becca a observava do alto da foto na parede da cozinha. O fotógrafo tinha capturado a fração de segundo antes de ela rir, e o resultado foi uma imagem cheia de malícia. Parecia que ela estava zombando de Flora naquele momento.

Você acha que vai conseguir que minha família se apaixone por você? Eu acho que não.

Flora se remexeu na cadeira, desviando o olhar da foto.

— O lago é fundo?

— Não dá para ver o fundo. Tia Clare nos obriga a usar colete salva-vidas.

— E você adora — completou Izzy —, é por isso que devemos ir para lá nesse verão. Você estará comigo e com o papai. Será como ficar em casa, só que melhor.

Flora resolveu que não podia mais se forçar a engolir a sopa.

— Você quer mesmo ir, Izz? — perguntou Jack, olhando para a filha.

— Quero. — Izzy afastou o prato. — Vai ser bom sair. Amo Lake Lodge. Adoro encontrar a tia Clare e amo correr pelas *fells*.

— Onde a tia Clare mora, eles chamam montanhas de *fells* — explicou Molly, percebendo que Flora não tinha entendido. — E não é porque as pessoas caem delas como parece. Só sei porque perguntei.

— A palavra *fell* não vem do inglês *fell*, de cair, mas do nórdico antigo *fjell* e significa montanha — continuou Izzy.

— Eu gostaria de ver a tia Clare e o Fuça. — Molly remexeu a sopa com a colher. — Mas não vai ser estranho ir sem a mamãe?

— Você pode tentar atividades novas — sugeriu Flora. — Coisas que você não fazia com sua mãe. Novas aventuras.

Ela ganhou um sorriso de aprovação de Jack.

— Ótima ideia. Você podia experimentar escalar rochas pela primeira vez.

Uma gota de sopa pingou da colher de Molly sobre a mesa.

— Deve ser divertido escalar uma rocha. O que mais?

— Andar a cavalo — respondeu Flora. — É sempre gostoso.

Molly pensou um pouco.

— Vai ser bem legal.

— Então… — Izzy se debruçou sobre a mesa e limpou a mancha de sopa. — Isso é um sim? Vamos para Lake Lodge nesse verão?

— Vamos pensar na ideia por alguns dias e ver como nos sentimos. Conversaremos sobre isso de novo antes de eu responder a tia Clare. Decisão de família, certo? — Jack terminou de tomar a sopa. — Preciso ir ao escritório por algumas horas amanhã. Vocês ficarão em casa?

— Não trabalho amanhã. Posso ajudar por aqui — disse Flora.

— Tenho tudo sob controle. — Izzy se levantou e tirou os pratos da mesa. Balançou a cabeça quando Flora se levantou para ajudá-la. — Você é convidada, Flora, e convidados não precisam limpar nada.

— Flora vai morar aqui por um tempo — disse Jack, despretensioso —, por isso você devia aceitar a ajuda, Izzy. Você trabalha muito na casa, vai ser bom ter com quem dividir a carga. Agora que Flora está aqui, você poderia encontrar mais suas amigas. Você merece uma folga.

Talvez aliviar o peso das costas de Izzy fosse a resposta. Assumir algumas tarefas da casa para que ela tivesse mais tempo para encontrar as amigas. Flora voltou a ficar otimista.

— Ficarei feliz em ajudar no que puder. Gostaria muito de passar mais tempo com a Molly. — Ela sorriu para a menininha. — Vamos nos divertir muito.

— Não preciso de folga.

Izzy empilhou a louça ruidosamente, batendo os pratos uns nos outros.

Flora se retraiu. Qual era o problema agora? Era de se esperar que uma adolescente se alegrasse com a proposta. Os filhos de Julia mal podiam esperar que os pais os livrassem das tarefas domésticas.

— Você não vai sair antes das seis e meia, não é, pai? — Izzy colocou os talheres na cesta. — Flora e eu vamos correr às cinco.

Jack ergueu uma das sobrancelhas para Flora.

— Você corre? Nunca me disse nada.

E havia uma boa razão para tanto.

— De vez em quando corro, sim.

Quando estava atrasada para o trabalho, ou se sentia ameaçada por algum homem andando em sua cola.

Jack olhou estranho para ela.

— É mesmo? Isso é... ótimo.

Flora intuiu que ele não achava nada ótimo, mas não entendeu o motivo. Foi então que percebeu que, apesar de estarem cada vez mais próximos, ainda havia muita coisa que um não sabia sobre o outro. A maior parte do que sabia sobre Becca tinha ouvido de Izzy, não dele. Parecia que Jack não suportava falar sobre Becca, e ela não queria piorar a dor com perguntas.

— Vi que tem um parque aqui perto. — Ela pegou um guardanapo e limpou os dedos de Molly. — Podíamos pegar nossas tintas, sentar no banco e pintar o que estiver a nossa frente.

Os olhos de Molly reluziram.

— Agora?

Izzy franziu o cenho.

— Não costumamos ir ao parque depois de comer. Molly lê um livro e vai dormir.

— Quero ir ao parque. — Molly quicou na cadeira e olhou para o pai buscando aprovação. — Podemos?

— Por que não? — Ele sorriu. — Acho que é uma boa ideia.

Izzy estava tensa como um arco.

— Mas nós nunca...

— Às vezes é bom fazer coisas diferentes, Izz. — Jack era tão paciente com ela quanto com Molly. — Será um passeio de meia hora só. O ar puro vai fazer bem a todos.

— Oba, vamos pro parque! — disse Molly. — Mas não quero pintar. Não gosto mais de pintar.

— Sem problema. — Flora se levantou. — Acho que eu vou pintar e, se você resolver me ajudar, ótimo. Ou então faço mais desenhos e você me ajuda a colorir.

Izzy bateu a porta da máquina de lavar louça.

— Você também vai? — Molly perguntou para a irmã.

— Claro! Você acha que eu a deixaria? — Izzy bagunçou o cabelo da irmã e abaixou-se para beijá-la. — Vai buscar sua capa caso chova. O céu está escuro.

Flora tinha esperanças de que Izzy preferisse ficar em casa, mas, ao que tudo indicava, ela não tinha a menor intenção de sair do lado de Molly. Flora pegou a bolsa com o material de arte e já estava quase atravessando a porta quando lembrou que havia esquecido o casaco atrás da porta do apartamento.

Jack franziu o cenho, olhando para o céu.

— Você não tem uma capa?

— Aqui comigo, não. Se chover, eu me molho. Não se preocupe. — Flora pendurou a bolsa no ombro. Molly estava animada, e de jeito nenhum desistiria do passeio que tinha proposto. — Provavelmente aqui fora estará mais seco do que no meu apartamento. — A piada não surtiu o efeito esperado.

— Acho que devemos ter uma capa para emprestar.

Jack voltou para dentro de casa, abriu uma porta lateral, tirou uma capa impermeável bege e deu à Flora.

— Esse casaco é da mamãe! — Izzy segurou o braço dele e apertou.

Jack abaixou a cabeça e falou baixinho. Flora não ouviu, mas Izzy soltou o braço dele. Lívida e angustiada, mãos cerradas em punhos ao lado do corpo, ela deu um passo para trás e o deixou passar.

As duas meninas observaram em silêncio quando ele deu a capa à Flora.

A capa de Becca.

Flora hesitou, e não apenas porque achou que a capa não serviria.

— Acho melhor não…

— Vista. — O tom de voz foi firme. — Não adianta guardar uma capa que ninguém vai usar.

Flora olhou rapidamente para Izzy e a viu com os lábios pressionados como se estivesse segurando mil palavras que não tinha permissão para dizer. A dor dela era tão evidente que Flora achou que, se estendesse a mão, poderia tocá-la.

Enquanto decidia como lidar com a nova situação, Jack pegou a capa de volta e a abriu em gesto cavalheiresco e antiquado, deixando-a com a única opção de enfiar os braços.

As mangas estavam um pouco apertadas e seria muito difícil fechar os botões, mas a capa a protegeria do grosso da chuva, caso as nuvens escuras do céu cumprissem a ameaça. Porém, a tempestade que mais temia era aquela que se formava a sua volta. Ainda em dúvida, olhou para as meninas, esperando uma reação, e Molly esboçou um sorriso relutante.

— Está tudo bem — disse Molly corajosamente, aumentando o carinho de Flora por ela.

Flora sonhou que, se um dia tivesse uma filha, que fosse igualzinha a Molly. Agachou-se para ficar da mesma altura que a menina e falou:

— Deve ser muito estranho ver outra pessoa vestindo o casaco da sua mãe. Se você achar melhor eu tirar, não tem problema.

— Tudo bem. — Molly balançou a cabeça. — Achei que me importaria, mas você não se parece com minha mãe. — Ela tocou os cachos de Flora. — Seu cabelo tem cachinhos.

Pela primeira vez, Flora gostou do cabelo malcomportado. Segurou os dedos de Molly e os acariciou.

— Meu cabelo é o que há de mais independente em mim.

Ao se levantar, olhou para Izzy, que desviou o olhar.

— Vamos logo com isso — sentenciou Izzy, batendo a porta com tanta força que balançou a casa e o breve momento de euforia de Flora.

Apesar de tudo, a caminhada até o parque não foi tão estranha quanto Flora havia previsto. Izzy encontrou um grupo de amigos e, enquanto conversavam, Flora e Jack levaram Molly até os balanços e o escorregador.

Apesar da ameaça de chuva, o sol se esgueirou por uma fresta entre as nuvens. Flora deixou Jack com Molly, sentou-se em um banco e tirou o caderno de desenho da bolsa. Dez minutos depois, Molly foi vencida pela curiosidade e se aproximou. Sentou-se no banco e espiou o desenho.

— É uma menina no balanço. — Ela curvou-se um pouco mais para a frente. — Ela está de rabo de cavalo como eu.

— É você. — Flora inclinou a folha. — O que acha?

— Você me desenhou? Papai! Venha ver. — Ela se virou no banco, as pernas balançando, curtas demais para os pés tocarem no chão.

Molly era uma criança, mas sua visão de mundo havia sido alterada para sempre. Todas as suposições que tinha feito sobre família, amor e segurança tinham sido destruídas.

Flora sentia tanto por ela.

Jack se sentou do outro lado da filha e se inclinou para ver.

— Que lindo! Olha, Molly, até se parece com você.

— Posso ficar para mim?

Flora acrescentou sombras com o lápis para melhorar a definição do desenho.

— Claro.

Quando ficou satisfeita com o resultado, virou a folha e recomeçou, dessa vez capturando o formato de uma árvore e das flores.

Molly observava tão de perto que o nariz quase tocava a ponta do lápis.

— Onde você aprendeu a desenhar?

— Minha mãe me ensinou. Quando eu era pequena, ela queria que eu prestasse muita atenção nas pequenas coisas. Plantas, flores, árvores, pessoas… — Flora não parou de mexer o lápis. — Ela acreditava que é preciso aproveitar cada momento presente e não perder tempo preocupando-se sobre o passado ou o futuro.

— Você fica triste quando fala dela?

— Um pouco, mas na maioria das vezes até gosto. É uma maneira de mantê-la viva na minha memória. — Flora continuou desenhando, embora sua atenção estivesse em Molly. — Você fica triste?

— Eu já estou triste, então não muda muito.

Flora resistiu à tentação de abraçar a garotinha.

— O que a fazia sorrir?

— Dançar, mas não gosto mais.

Flora assentiu com a cabeça.

— O que mais?

— Pintar. — Molly estudava cada linha que Flora fazia. — Você desenha bem.

— Bem, então formamos um bom time, eu desenho e você colore. Você gostaria de desenhar? — Foi uma pergunta despretensiosa, e ela ficou contente quando Molly concordou com a cabeça.

Flora deu papel e lápis a ela e as duas ficaram em silêncio. Molly copiava tudo o que Flora fazia. Estava caprichando, a língua presa entre os dentes provava sua concentração.

Jack acariciou de leve o pescoço de Flora, que percebeu e virou a cabeça. Ele estava com o olhar fixo na filha, dando a impressão de que continha a respiração.

— Ficou ótimo, Molly — elogiou Jack com a voz rouca. — Vou pendurar na parede do escritório.

Flora observou a concentração de Molly.

— Você desenha bem e é muito atenta. O que você mais gosta de desenhar?

— Animais. Gostei da sua raposa.

Flora virou a página e fez um esboço rápido de um cavalo. Molly soltou uma risadinha.

— Gostei. Me ensina a fazer igual?

Flora mostrou linha por linha e Molly as copiou. As duas discutiram, rindo, se o desenho de Molly parecia mais uma vaca ou um cavalo.

— É definitivamente um cavalo. — Jack sorriu para Flora por cima da cabeça de Molly. — Você é brilhante.

Naquele instante as complexidades do relacionamento deles foram esquecidas. Eram apenas os dois.

— Ela *é* brilhante — afirmou Molly. — Meu cavalo não se parece com o dela.

— Um desenho não precisa ser exatamente igual ao que você está copiando. Às vezes é só uma impressão.

— Igual a um Monet. — Molly trocou o lápis verde por um vermelho. — Sei sobre Monet. Tia Clare foi para Paris e nos mandou um cartão-postal. Mamãe disse que nos levaria a Paris um dia.

— Prometo que iremos a Paris. — Jack esticou as pernas. — Se você quiser.

— Flora pode ir?

— Você quer que ela vá?

Flora prendeu a respiração, sabendo que a resposta podia ir para dois lados distintos, mas Molly assentiu.

— Quero. Ela pode nos explicar sobre as pinturas.

Jack deu uma piscadinha para Flora.

— Não é que a gente gosta de você ou algo assim, só queremos uma guia turística.

Flora riu, mas Molly franziu a testa.

— Nós *gostamos* dela. Você é bobo, papai.

— Sou mesmo, muito bobo.

Jack parecia mais relaxado e mais jovem quando estava com Molly.

Flora se sentiu da mesma forma. Esperançosa e acolhida ao notar que Molly parecia aceitá-la, pelo menos de alguma forma.

— Do que vocês estão rindo? — Izzy surgiu diante deles como uma nuvem escura em um dia ensolarado.

Molly mostrou o desenho.

— Meu desenho se parece com um Monet. Vamos todos a Paris. A Flora também vai.

Izzy ficou paralisada.

— Quando? Não tínhamos combinado de passar o verão com a tia Clare?

— Quero ir a Paris — insistiu Molly, fazendo bico.

— Vamos passar o verão em Lake Lodge, como sempre.

— Flora pode ir também?

— Não! — respondeu Izzy sem hesitar. — Flora trabalha. E são nossas férias familiares. Flora não é da família. Vai ser estranho para ela estar no meio de um monte de gente que se conhece há muito tempo.

E em um piscar de olhos a porta se fechou, com a família de um lado e Flora do outro. A cena a magoou mais do que o esperado, mesmo que já estivesse acostumada a ficar de fora. O riso e a leveza do momento foram sugados. A sensação acolhedora de esperança desapareceu por completo.

— Ainda não decidimos o que faremos nesse verão. — Jack se levantou. — Hora de voltar para casa.

Flora e Molly guardaram os desenhos. Jack passou o braço pelos ombros de Izzy e saíram andando na frente como se estivessem numa conversa séria.

— Você está triste? — Molly segurou a mão de Flora. — Fica bem, seu apartamento vai secar logo. Quando derrubo minha bebida, seca rapidinho.

— Espero que tenha razão. — Flora apertou a mão de Molly e culpou-se por usar uma criança pequena como apoio emocional.

Já era tarde, bem mais tarde, quando ela e Jack finalmente ficaram a sós na cozinha.

Flora pegou a taça de vinho que Jack ofereceu.

— Obrigada. Molly dormiu?

— Sim. Desmaiou depois do terceiro capítulo. Acho que está muito animada por ter uma nova hóspede. Não sei como agradecer.

— Por quê?

— Por convencê-la a desenhar. Sei que ela coloriu sua raposa outro dia, mas agora o progresso foi maior. Ela parecia a antiga Molly.

— Mas eu não disse nada.

— Não, foi mais esperta, despertando a curiosidade dela para o seu desenho até ela querer participar. É a primeira vez que ela desenha alguma coisa desde a morte de Becca. Faz muito tempo que não a vejo tão tagarela e sorridente. Isso foi mérito seu. — Jack abriu a porta para o jardim e os dois foram para o terraço. — Depois de ver vocês duas hoje, achei, pela primeira vez depois da morte de Becca, que Molly pode ficar bem de fato.

— Eu a adoro. Ela é esperta, atenciosa e me faz rir.

— Tem sido muito difícil para ela. Molly não lidou com a situação tão bem quanto Izzy, mas suponho que seja normal por causa da idade dela.

— Izzy ficou chateada por causa da capa de chuva.

— Verdade. — Jack massageou as têmporas com os dedos. — A culpa foi minha. Talvez tenha sido um erro, mas parecia que ia chover, você não tinha capa e nós tínhamos... é impossível acertar o tempo todo. Passamos por momentos estranhos como esse quando Izzy fica visivelmente estressada, mas na maior parte do tempo ela está se saindo bem.

Flora não era especialista, mas não achava que Izzy estava indo tão bem assim.

— Ela é ótima com a irmã.

— Sim, as duas são inseparáveis desde que Molly nasceu. — Jack colocou a taça de vinho na mesa, sentou-se e puxou Flora para o lado dele. — Não sei como eu teria enfrentado este último ano sem a Izzy.

— Onde ela está agora?

— Oficialmente? Em seu quarto fazendo lição de casa, mas acho que está conversando com as amigas pelo celular.

Os dois estavam a sós, mas nem tanto. Se Flora olhasse para cima, será que não depararia com Izzy os observando?

— Obrigada por ter me resgatado hoje, Jack. Quase não acreditei quando vi você chegando no meu apartamento. Deve ter sido inconveniente e chato para as meninas. Segunda-feira vou começar cedinho a procurar outro lugar para morar.

— Por que faria isso?

— Porque tenho certeza de que a última coisa que as meninas querem, ou precisam, é da minha presença aqui. Creio que você já deve ter abusado da sorte indo me buscar.

— A ideia foi de Izzy.

— Sério? — Flora não podia ter ficado mais surpresa com a notícia. — Izzy sugeriu ir até Manhattan para me buscar?

— Isso mesmo. Ela me ouviu falando com você e ficou preocupada.

— Foi atencioso e muito gentil da parte dela.

Flora ficou sensibilizada, aliviada e meio confusa. Estava tão certa de que Izzy estava ressentida, mas não tivera provas. Ela havia falado sobre Becca, mas qual era o problema? Ao contrário, no fim era um sinal positivo. Afinal, Izzy se sentira à vontade para falar sobre a mãe. Flora estava exagerando e sendo sensível demais. Depois de racionalizar, ergueu a taça.

— Suas filhas são maravilhosas.

— Eu também acho, mas admito ser parcial.

Flora tinha consciência da proximidade de Jack e precisou de muita força de vontade para não oferecer os lábios.

— Faz parte do seu papel ser parcial mesmo. Elas têm sorte de ter você.

— O que aconteceu com seu pai?

— Minha mãe passou um verão pintando na Europa. Toscana. Corfu. Paris. Conheceu um homem, e eles viajaram e pintaram juntos por um tempo. Quando o verão terminou, ela voltou para casa e descobriu que estava grávida.

Flora nunca tinha contado isso para ninguém. Nem para Julia. Nem mesmo para a tia.

— Ela nunca tentou entrar em contato?

— Sim, mas ele não queria uma família e a culpou por ter engravidado.

Era fácil falar no assunto à sombra do casulo de folhas do jardim de Jack. A brisa noturna trazia o perfume doce das madressilvas e dos jasmins. O som distante da cidade misturava-se ao canto dos pássaros e ao zumbido dos insetos.

— Você nunca tentou localizá-lo?

— Não.

A última coisa de que precisava era encontrar mais alguém que não se interessava por ela, mas não verbalizou o pensamento.

Jack pegou a taça de vinho dela e colocou-a perto da dele na mesa.

— Sinto muito por ter perdido sua casa.

— Eu não. Aquele apartamento não era um sonho. Quer dizer, foi por um tempo… eu mal podia esperar para ter um lugar só meu. — Flora nunca havia dito isso a ninguém. Sonhos eram íntimos e frágeis demais para serem ditos em voz alta. Podiam ser destruídos em um piscar de olhos. — Quando morava com minha tia, eu *literalmente* sonhava com isso. Me sentia muito sozinha e ficava feliz imaginando um espaço todo meu. Não precisava ser grande ou chique. Eu só estava animada em ter um lugar para mim. Enchê-lo de livros. Decidir o que pendurar na parede…

— E?

Flora fixou o olhar na escuridão.

— A sensação nunca se concretizou. Ter um espaço próprio não foi divertido ou libertador, mas sim solitário. Acabei me sentindo mais sozinha naquele apartamento do que quando morei com minha tia. Você deve achar isso patético.

— Não. Amo sua sinceridade. Adoro o fato de não sentir necessidade de se exibir para mim. Você é uma pessoa especial, já disse isso, não?

Os dois estavam com as cabeças bem próximas, e o sorriso dele foi tão contagiante que foi difícil não retribuir. Flora podia ter resistido aos ombros largos e aos olhos sexy de Jack, ou ignorado a mente perspicaz, a maneira como a ouvia e prestava atenção aos pequenos detalhes, mas o sorriso dele era letal. Era sua ruína.

Eles se aproximaram mais, embora Flora não soubesse de quem tinha sido a iniciativa.

— Você também é especial.

Ah, essa boca, pensou. Sorrindo ou sério, ele tinha a boca mais expressiva de todas.

Jack se inclinou para a frente. Mais alguns centímetros e os rostos se tocariam.

— Você está se sentindo assim agora?

— Sozinha, não. — Um pouco confusa. Muito desesperada. Mas sozinha definitivamente não.

— Essa história de ir devagar está me matando. — O olhar de Jack desceu para os lábios dela. — Estou tentando calcular as chances de Molly entrar no meu quarto se dormirmos juntos.

— Não é uma boa ideia, muito arriscado.

— Eu sei que você tem razão, infelizmente. Seria ótimo para nós, mas não tão bom para minhas filhas. — Jack suspirou e afastou um cacho do rosto dela. — Não deve ser fácil para você.

— Tudo bem.

Flora sabia que era difícil para ele também. Imaginou se o pior não seria começar a namorar outra mulher. Pensou em perguntar, mas sabia que era melhor não mencionar Becca.

Sem qualquer aviso prévio, Jack segurou o rosto dela e a beijou. Foi um beijo breve e contido, mas não menos intenso. A tensão fluiu através dos lábios de Flora, e o beijo foi se aprofundando conforme aquelas mãos fortes pressionavam o rosto dela.

Flora agradeceu por estar sentada quando o beijo terminou. Precisaria de um tempo para acalmar o coração antes de retornar à terra. Pegou a taça e tomou um gole grande de vinho.

Com um meio-sorriso, Jack tocou sua taça de vinho na dela.

— A nós.

Nós.

A palavra acrescentou uma nova sensação de intimidade. Ela não se lembrava de um dia ter sido "nós". Não, definitivamente não se sentia mais sozinha.

— Então você vai para a casa dos seus amigos neste verão? — perguntou, girando o vinho na taça.

— Honestamente? Não sei. — Jack tomou o último gole de vinho. — As meninas sempre gostaram de ir, adoram o ar puro e passar o tempo ao ar livre. Há uma liberdade naquele lugar que não existe aqui. E Clare e Todd... bem, é uma família legal. Estou certo de que vamos nos divertir, mas não quero ficar longe de você durante três semanas. Você podia ir também.

— Para a Inglaterra? — Ele estava brincando? Tinha que estar. — Acho que não.

Passar três semanas com a melhor amiga de Becca? *Esquisito* não chegava nem perto de descrever como seria. Por outro lado, também não gostava da ideia de ficar afastada de Jack por tanto tempo.

— Acho que seria ótimo. — Jack se inclinou para a frente, apoiando os braços nas pernas. — Você pode pelo menos pensar no assunto?

— Vou pensar. Mesmo se eu conseguir convencer Celia de que seja uma boa ideia... não sei se será possível... acho que não vai dar certo.

— Lake Lodge é um dos lugares mais lindos que já visitei. A casa fica à beira da água em uma propriedade privada de muitos acres. Espere... tenho uma foto.

Ele enfiou a mão no bolso, tirou o celular, selecionou uma foto e mostrou.

Flora viu um lago emoldurado por montanhas e uma floresta densa. Parecia que o mundo inteiro, compacto e de uma beleza de tirar o fôlego, tinha sido capturado em um único clique. Tirando a água, a paisagem era idílica.

— O lugar não me preocupa, Jack.

Verdade que o lago não era um atrativo, mas talvez as atividades aquáticas fossem opcionais.

— Então são as pessoas? Os Dickinson sempre gostaram de receber pessoas, são uma família bem descontraída.

Podiam até ser, mas continuariam descontraídos se Jack aparecesse com uma nova namorada um ano depois da morte de Becca?

— Você está presumindo que todo mundo vai aceitar que estamos juntos. — Ela devolveu o celular.

— Por que não?

— Eram amigos de Becca, então podem ficar ressentidos se você aparecer com outra mulher para se hospedar na casa deles.

— Ou não. São meus amigos também. Espero que fiquem felizes e não se preocupem mais comigo. Eu ficaria se a situação fosse inversa.

Os homens são diferentes, ela pensou. Não estava preocupada com o marido de Clare, mas com a própria Clare. A amizade dela com Becca não tinha sido algo casual. Pelo que sabia, as duas tinham sido amigas muito próximas desde o jardim de infância.

— E as meninas?

— O que tem elas? Molly a convidou… você a ouviu.

— Foi uma coisa impulsiva e espontânea de criança. Em nenhum momento achei que ela queria me convidar de verdade.

— E se quisesse? — Ele varria os protestos como se fossem pó.

— Ainda tem a Izzy…

— O que tem ela? As coisas estão indo muito bem. Vocês vão correr juntas amanhã. Aliás, isso é surpreendente e adorável.

— Adorável?

— Você vai correr para se aproximar da minha filha. — Ele esboçou um sorriso. — Faz muito tempo que ninguém faz algo tão atencioso e louco por mim.

Fazia muito tempo que ela não fazia tamanha loucura por alguém.

— Talvez eu esteja fazendo por mim mesma, acho importante praticar exercícios físicos.

— É mesmo?

— Sim. Há muitas doenças relacionadas à falta de exercícios, mas todo mundo sabe que malhar sozinha é chato, por isso estou superanimada para ter companhia para correr.

Estava na cara que Jack não estava convencido.

— Você precisa de alguma coisa?

— O que você está oferecendo? Uma ambulância? Socorristas de plantão?

Ele riu.

— Pensei em um bom par de tênis de corrida.

— Ah… — Ela afastou o cabelo do rosto e tentou recuperar a dignidade. — Eu tenho tênis de corrida.

— Tênis desgastam com o tempo.

Os dela nunca nem tiveram chance de se desgastar.

— Os meus estão bons. Suponho que seria útil se você tivesse um tanque de oxigênio sobrando.

Jack se inclinou e a beijou.

— Você é muito fofa.

— Quando eu cruzar a linha de chegada da Maratona de Nova York, você vai se desculpar por ter sido condescendente comigo.

— Não é isso. Acho que você é incrível. Mas ninguém sai do sofá e vai correr uma maratona direto, Flora.

— Dessa vez não será uma maratona. Vamos pegar leve no começo.

— Izzy é rápida e está em forma. Não deixe que ela force muito. Mas é ótimo que esteja disposta a correr. Primeiro conseguiu que Molly desenhasse e agora isso. Izzy sempre corria, mas parou depois da morte de Becca. — Ele franziu o cenho. — Não sei o motivo, talvez porque achava que correr sem a mãe fosse errado. Mas agora ela a convidou para uma corrida. Isso é muito positivo.

— Espero que sim.

Flora teve a ligeira impressão de que o convite de Izzy para correr tinha sido motivado por forças obscuras, do tipo testemunhar a morte da namorada do pai por causas naturais.

De um jeito ou de outro, a manhã seguinte seria interessante.

8

Izzy

Dizem que correr faz bem para a saúde mental, mas naquele momento Izzy não poderia concordar.

Aumentou a velocidade na esperança de fugir de seus sentimentos.

Não corria desde a morte da mãe. Não apenas estava sem resistência, mas não conseguia parar as lembranças. Por mais que estivesse em forma, Becca sempre conseguia ultrapassá-la. Na época, aquilo a frustrava, porque nunca seria tão boa quanto a mãe em qualquer coisa que fizesse.

Agora queria mais do que tudo a oportunidade de correr com a mãe de novo. Poderia imaginá-la na dianteira, aumentando a distância. Izzy talvez gritasse para ela esperar, mas Becca nunca esperava por ninguém. Ela seguia uma agenda própria. Quem não a acompanhasse ficava para trás.

Agora Izzy estava na frente, e era Flora quem vinha em seu rastro. Não queria que Flora a alcançasse e visse as lágrimas secando no seu rosto. Continuou correndo pela rua, ansiosa para parar e puxar o ar para os pulmões pesados, mas ouvia os sons ritmados dos pés de Flora logo atrás.

Por que tinha sugerido que corressem juntas? *Porque achou que Flora recusaria o convite.*

Longe de atrasar o programa, Flora havia acordado antes e estava esperando à porta quando Izzy desceu a escada. Izzy preferia se afogar no East River antes de dizer em voz alta, mas tinha de admitir que Flora estava bonita. A calça de ginástica que vestia era a mais legal que já vira, a estampa de leopardo prateada capturava a luz e esculpia a parte de baixo do corpo de Flora. A mulher chegou a se desculpar pela roupa, dizendo que a usava para fazer ioga, mas era a única que tinha. Izzy havia dado de ombros, torcendo para que Flora não tivesse visto a inveja nos olhos e poros dela. Ficou feliz que o pai não estivesse acordado para ver Flora vestida para correr. Tinha quase certeza de que ele tropeçaria na própria língua, rolaria escada abaixo e ela e Molly ficariam órfãs.

Com o cabelo comprido e encaracolado preso em um rabo de cavalo, Flora parecia cheia de energia e entusiasmada.

Mal tinham começado a correr e Izzy já estava cansada e mal-humorada. Ali estavam as duas, os pés batendo no chão na mesma cadência sincronizada.

Irritada, Izzy apertou o passo. Se continuasse naquele ritmo, era Flora quem riria por último. Isso se tivessem fôlego para rir.

O sol estava nascendo quando chegaram à Ponte do Brooklyn. À distância estavam a Estátua da Liberdade e o Porto de Nova York, e abaixo a vastidão cintilante do East River. Aquele era o percurso favorito de Becca, que sempre insistira em sair cedo, antes de o caminho lotar de pedestres e ciclistas. A ponte era a única parada do trajeto, quando ela inclinava a cabeça para trás, tomava um gole de água e abria um sorriso satisfeito, permitindo-se menos de um minuto de contemplação. *Moramos na melhor cidade do mundo, Izzy. Cidade dos Sonhos.* Izzy afastou a imagem da cabeça, olhou por cima do ombro e viu que Flora tinha parado no início da ponte de olhos fechados, rosto vermelho e ofegante.

Ela parou também e sentiu o respeito florescer. Rancoroso, mas presente.

— Você está bem?

Ela teve a ligeira impressão de que seu pai não ficaria feliz caso matasse Flora. Queria crer que também não ficaria, mas ultimamente não estava se reconhecendo. Não pretendia se aprofundar nas próprias reações, pois não tinha certeza se ficaria satisfeita com o que iria encontrar.

Flora tentou respirar fundo.

— Estou muito fora de forma — disse, mas estava rindo entre uma respiração e outra.

Izzy se viu quase sorrindo também e aquilo a desestabilizou. Para não transparecer, se virou, fixando o olhar no horizonte de prédios de Manhattan, como a mãe sempre fazia.

— É a melhor cidade do mundo. Cidade dos sonhos — ela repetiu a frase de Becca e se sentiu uma boba. As palavras soaram estranhas vindo de sua boca, e não só porque não conhecia tantas cidades assim. A grande ironia era que Becca não acreditava em sonhos, mas sim em ação, atingir metas. Estava sempre dando um passo à frente.

— Moro nessa cidade desde que nasci e é a primeira vez que vejo o sol nascer daqui.

— Quer atravessar a ponte correndo?

— Não. Vou ficar por aqui. — Flora debruçou-se no gradil. — É um espetáculo!

Era?

Izzy olhou para o céu e percebeu que a paisagem era bem bonita mesmo. O céu estava rajado com faixas em tons de vermelho e laranja, que se refletiam na água e nos prédios.

Flora tomou um gole de água.

— Qual é o seu sonho, Izzy?

— Como?

— Seus sonhos. Quais são?

Izzy a encarou. Como responderia a uma pergunta daquelas? *Que você deixe meu pai. Que minha mãe volte à vida. Que eu não saiba o que sei.*

Flora não gostaria de ouvir nada disso, e ela tampouco queria verbalizar os pensamentos em voz alta.

— Sonhar é perda de tempo.

— Ah, não. — Flora parecia abalada. — Sonhar nunca é perda de tempo. Sonhos são criativos, são eles que nos permitem imaginar uma vida diferente.

Izzy deu um gole na própria água.

— Prefiro objetivos a sonhos. Melhor ter metas e planejar como as alcançar. — Talvez tivesse sido melhor não ter dito nada. E se Flora interpretasse como um incentivo para armar um plano para prender Jack? — Melhor voltarmos, meu pai precisa ir ao escritório pela manhã.

Sem dar oportunidade de Flora responder, Izzy se virou e saiu correndo pelo mesmo caminho por onde tinham vindo. Em casa, foi direto para o chuveiro e, quando desceu, encontrou Flora na lavanderia.

Flora estava com o cabelo molhado, cheio de cachos desalinhados, indício de que tinha acabado de sair do banho também. As bochechas do rosto estavam grandes e rosadas e, quando viu Izzy, abriu um sorriso acolhedor e amigável. Tudo em Flora clamava conforto e aconchego. Ela era como uma cumbuca de sopa quente em um dia gelado.

Izzy sentiu o nervosismo aumentar.

— O que você está fazendo? — perguntou enquanto Flora colocava as toalhas na máquina.

— Essas toalhas estavam esperando para serem lavadas, achei que poderia ajudar.

Izzy entrou em pânico.

— Não preciso de ajuda.

Tentou se lembrar de que, independentemente do que Flora fizesse, Molly ainda precisaria de Izzy. Ninguém a entendia melhor que ela.

Flora ficou imóvel segurando as toalhas contra o peito e o olhar cheio de dúvidas. Izzy teve a estranha sensação de que aquela mulher conseguia ler tudo o que se passava em sua cabeça. Esperava que estivesse errada.

— Você é uma hóspede. — Tirou as toalhas de Flora. — Não precisa lavar a roupa.

Hóspede, entendeu? *Hóspede.*

— É o que faria se estivesse em casa. Você foi muito legal por me deixar ficar aqui, então nada mais justo que eu a ajude. Por favor, me deixe.

Havia uma gentileza no jeito de Flora que por alguma razão deixava Izzy se sentindo péssima. E agora seria ela a grossa se não aceitasse a ajuda. Ficou com a impressão de que Flora tinha sido colocada nesse planeta apenas para deixá-la mal consigo mesma.

— Tudo bem... Então vou preparar o café da manhã da Molly.

Ouviram passos na escada e Jack apareceu com Molly no colo.

— Vejam quem encontrei lá em cima. — Ele beijou Molly no rosto e a colocou no chão. — Como foi a corrida?

— Ótima — respondeu Flora, e parecia sincera. — Para falar a verdade, o exercício me despertou. Nunca tinha visto o rio e o horizonte da cidade a essa hora da manhã.

Percebendo que o pai olhava para ela, Izzy esboçou um sorriso com muito esforço.

— Foi ótimo — repetiu, tentando soar convincente.

Estava cansada de falar uma coisa querendo dizer outra. Estaria sendo atenciosa ou hipócrita? Cuidadosa ou manipuladora?

— Volto na hora do almoço. — Jack relanceou o olhar para o relógio. — O que vocês pretendem fazer enquanto eu estiver fora?

Izzy voltou a atenção para a irmã, sabendo exatamente como ela adoraria passar a manhã.

— Que tal assar cupcakes?

Era uma das atividades favoritas de Molly, em particular a parte da decoração.

Esperava gritinhos de animação e um abraço, mas Molly balançou a cabeça.

— Quero terminar meu desenho com a Flora.

Foi um soco no estômago. Molly nunca tinha negado acompanhá-la na cozinha. Era o que ela mais gostava, pelo menos até a chegada de Flora.

— Quem sabe não fazemos as duas coisas — ponderou Flora.

Izzy se sentiu humilhada por Flora ter adivinhado sua mágoa. Não permitiria que ela acessasse seus sentimentos. Aliás, não queria Flora, nem precisava dela, para nada.

Estava em uma situação horrível, *horrível*.

Obviamente não devia ser a primeira pessoa a passar por isso, é claro, embora seu caso tivesse complicações específicas.

— Não se preocupe. — Esforçou-se para parecer alegre. — Tenho um monte de coisas para fazer agora de manhã.

Escreveria em seu blog. Talvez até tocasse no fato de o pai estar namorando, esperando que algum de seus seguidores tivesse algo útil para dizer sobre o assunto. *Por que*, Izzy se perguntou, *alguém mergulharia de novo em um relacionamento se ainda estava com o coração partido?*

Por que seu pai não estava ferido ou reticente? Ou, se *estivesse*, por que não era mais cauteloso?

Melhor acreditar que havia alguma característica particular dele, um otimismo intrínseco, e não algo especial em Flora. Será que existia mesmo "a pessoa certa"? Aquela era uma questão na qual vinha pensando bastante nos últimos dias. Talvez não existisse, caso contrário não haveria divórcio. A menos que a razão da separação fosse não ter se casado com a tal "pessoa certa". Nesse caso, humanos tinham sérios problemas em identificar o relacionamento certo.

Como era *possível* existir "a pessoa certa"? Não fazia sentido. Tinha que haver várias pessoas com quem seria possível ser feliz, o que basicamente tornava o amor uma aposta. Izzy estava bem consciente dos perigos das apostas.

Depois de deixar Molly com Flora, correu para o santuário do seu quarto e procurou manter o foco na escrita. Volta e meia fechava os olhos a fim de bloquear o som das gargalhadas de Molly na cozinha. Enjoada, prendeu o olhar na tela, embora não enxergasse nada do que havia escrito.

Jack sempre dissera que a considerava uma heroína e orgulhava-se por ela ter mantido a família unida. Izzy estava ciente da fragilidade dessa posição e como uma heroína podia ser facilmente substituída. Tudo corria bem, até o dia em que a gente se dá conta de que não está mais cuidando das roupas e que a irmãzinha não quer mais assar bolos com você.

Se continuasse nesse ritmo, Izzy não seria mais necessária. E então? Como ficaria?

9

Flora

— Você se mudou para a casa dele? — Julia a encarou. — Tudo isso aconteceu no fim de semana e você nem me ligou?

— Eu sabia que você estava ocupada. — Flora massageou as costelas. Sentia dor até para respirar. Tudo doía. — Além do mais, você não podia ter feito nada. Nem tem espaço para receber hóspedes.

— De um jantar para uma mudança é um grande passo. Por que está massageando as costelas?

— Fui correr ontem e meu top é para ioga. Estou com dificuldade para mexer os braços. Vou precisar da sua ajuda caso precise pegar alguma coisa em uma prateleira alta.

— Você foi correr por aí? — Julia interrompeu a conversa a fim de amarrar um maço de frésias para uma cliente vestida em um terninho elegante. — Tenha um dia lindo, florido e muito perfumado! — Ela sorriu para a moça e esperou que ela chegasse à porta da loja antes de se virar para Flora. — Você? Correu?

— Isso mesmo. Às cinco da manhã. Foi lindo, mas precisei grudar minhas pálpebras abertas para ver a paisagem. Vi o sol nascer.

E tentou desesperadamente acompanhar Izzy sem sofrer um infarto. Flora sabia que não podia depender dela para fazer respiração boca a boca.

— Deve ser romântico se você estiver acordada o suficiente para admirar. Ele beijou você? Propôs casamento?

— Não corri com Jack, mas com Izzy.

— A adolescente? — Julia encostou-se no balcão. — Ah, agora vocês são melhores amigas?

— Não exatamente.

Flora não conseguia entender Izzy de jeito algum. Havia passado todo o dia anterior tentando facilitar a vida da garota, achando que ela gostaria de ter um tempo só dela, mas não havia sido bem assim. Izzy tinha ficado magoada quando Molly não quis assar cupcakes, e Flora sem saber como lidar com a situação.

— Não acredito que você se mudou para a casa dele, sendo que na semana passada achou que o namoro fosse terminar.

— Não me mudei exatamente. E tenho um quarto só para mim.

Julia riu.

— Que pena.

— Eu não queria chatear a pequena Molly. Ela é adorável, Ju. Eu a amo tanto. — Lembrou-se da cena desagradável causada pela capa de chuva. — E ela é tão corajosa. É visível quando está chateada, mas depois ela empina o queixo e segue em frente. Molly não acha, mas é muito boa em artes, você precisa ver o jeito que presta atenção e verifica a perspectiva...

— Sim, sim, entendi. Você ama a Molly. Mas e o Jack? Está apaixonada por ele?

Flora pensou no tempo que tinham passado juntos no jardim. Não se tratava apenas da química entre eles, apesar de ser excitante, mas a conexão que haviam estabelecido. Jack estava interessado, preocupava-se com ela e a entendia. Chegava a ser um pouco assustador.

— Não nos conhecemos há tanto tempo.

— Mas bastou para você se apaixonar pela filha dele. E agora estão morando juntos.

— Já disse que não estou morando com ele no sentido que está insinuando. Estou na casa dele porque a vida é assim, coloca obstáculos que interferem nos planos das pessoas. Meu apartamento está praticamente submerso por causa de um vazamento e não tenho para onde ir. Ele tem uma casa enorme com cinco quartos. Achei que seria uma loucura recusar o convite. Posso ajudá-los? — perguntou Flora a dois adolescentes que circulavam perto das flores. Depois de conversar com eles e saber que procuravam algo especial para o aniversário da mãe, ela os mandou embora com um grande buquê de centáureas azuis. — Onde paramos?

— Você estava me contando que o sujeito basicamente tem um castelo. Não se esqueça de que o castelo vem com um dragão.

— Se estiver se referindo a Izzy, ela não é um dragão, mas uma garota ferida e enlutada. — E de difícil acesso. Impossível.

— Na semana passada, você estava convencida de que ela não gostava de você.

— Não acho que seja pessoal. Tenho a impressão de que ela não gosta de ninguém que se imponha na família. E acho que fui sensível demais. Afinal, ela me convidou para correr.

Julia estalou a língua, pesarosa.

— Odeio ser a portadora de más notícias, mas ela estava pensando em assassinato. Agora entendo por que está andando feito um robô com problemas de articulação. Admita... você mal consegue se mexer.

— Admito. — Flora deu de ombros. — Um abraço ou qualquer movimento com meus membros está fora de cogitação por alguns dias.

Julia abriu um sorriso malicioso.

— Tomara que Jack não resolva fazer sexo acrobático justo hoje.

— Não tem graça. — Flora massageou as coxas. — Eu estava tentando praticar uma atividade igual à mãe dela fazia. — Ela se forçou a parar de pensar nos membros doloridos, fez um buquê e entregou a uma de suas clientes fiéis. — Se forem bem cuidadas, estas rosas devem durar uma semana, sra. Mason. Corte as pontas dos caules e coloque-as em um vaso com fertilizante de flores e mais ou menos um litro de água.

— Você deixou o buquê tão bonito, Flora. Vou colocar na água do jeito que está. Nunca preciso retocar um arranjo feito por você.

Julia a cutucou.

— Você tem companhia.

Flora viu Jack empurrando a porta e entrando na loja. Algumas pessoas se viraram para vê-lo. A sra. Mason arregalou os olhos.

— Nossa, que gato!

— Sra. Mason! — Julia soltou uma risada meio que chocada e feliz ao mesmo tempo.

— O que foi? Meus netos gostam que eu mantenha meu vocabulário atualizado. Mesmo sem a ajuda deles, reconheço um homem atraente quando vejo, e este aí é muito bonito. É seu namorado, Flora?

— Ah, eu… não exatamente… tipo…

— É, sim. — Julia se inclinou para a frente, compartilhando um momento de mulher para mulher com a cliente favorita. — O que a senhora acha?

As duas encararam Jack, e Flora ficou imaginando se seria tarde demais para fugir pela porta dos fundos.

— Aprovado — concluiu a sra. Mason. — Tem ombros largos, braços fortes… Gosto de homens com braços assim. E você?

Julia ponderou.

— Gosto de homens com…

— A senhora precisa de mais alguma coisa, sra. Mason? — Flora interrompeu a conversa antes que Julia dissesse alguma coisa que a fizesse perder a cliente preciosa.

— Não, querida. Não se preocupe comigo. — A sra. Mason a dispensou com um sinal da maneira mais indiscreta possível.

Jack se aproximou e sorriu. Flora achou que a sra. Mason estava prestes a se atirar aos pés dele.

— Meu nome é Serena Mason, venho aqui há anos. Não permito que outra pessoa faça meus arranjos de flores. Flora é muito talentosa, além de ser uma das minhas pessoas favoritas.

Jack riu.

— Ela é a minha favorita também. — E, dirigindo-se a Flora, perguntou: — Você está livre para almoçar?

— Eu estou, se ela não estiver. — Julia se ofereceu alegremente.

Flora a ignorou e olhou para o relógio.

— Dez minutos?

— Perfeito. Estarei no café aqui ao lado. Venha me encontrar quando estiver pronta. — Jack saiu da loja e a sra. Mason suspirou.

— Nossa, esse homem é um sonho. Quem vai fazer os arranjos de flores para o seu casamento? Você não poderá fazer os próprios.

— Como não vou me casar, esse problema não precisa de solução.

Flora foi empurrando a sra. Mason para a porta de saída com o buquê de flores na esperança de que Jack não tivesse ouvido.

— Ela não está errada. Jack é um sonho mesmo. — Julia limpou a bagunça. — É uma pena que ele venha com bagagem.

— Uma criança nunca é uma bagagem! — Flora segurou-se no balcão com o coração disparado e sem fôlego. Como uma simples palavra podia gerar um efeito tão intenso? — As meninas são adoráveis e parte importante da vida de Jack. — Recusava-se e nem poderia considerá-las como bagagem.

— Desculpe. — Julia colocou a mão no braço de Flora. — Toquei num ponto delicado.

Flora pensou em mudar de assunto, mas o que saiu de sua boca foi a verdade.

— Eu fui bagagem. Ouvi minha tia dizer isso uma vez. "Minha irmã me deixou com a mala dela."

— Ah, Flora… — Os olhos de Julia expressavam pesar. — Você não foi uma mala, mas sim um presente. Sua tia estava cega.

— Um presente indesejado. Acredite, não há nada pior para uma criança do que se sentir mal-recebida.

A situação era diferente, claro, pois Molly e Izzy tinham Jack, e ela não queria ser a causa da insegurança delas. Isso era mais importante do que seus sentimentos por Jack.

E quais *eram* esses sentimentos? Amor? Ou talvez estivesse apenas gostando da novidade de estar com alguém que demonstrava um interesse real nela?

Flora quase precisou de uma bengala para ir até o restaurante. Cada passo era uma agonia, os músculos gritavam em protesto contra o movimento. Teria sérios problemas se Izzy a convidasse para correr de novo.

Jack estava sentado a uma mesa ao lado da janela diante de um café e da salada de frango preferida dela.

— Quer alguma coisa mais forte do que café e água?

— Está ótimo, obrigada. — Ela se sentou e tomou um gole. — Qual o motivo da visita surpresa?

— Eu queria passar um tempinho com você.

— Mas estou morando na sua casa.

— Ainda não concluí se isso deixa nosso relacionamento mais ou menos frustrante. Não tivemos muito tempo sozinhos. — Jack aproximou a cadeira da dela e se inclinou para a frente. — Estive pensando sobre o verão. Você não pode ficar sozinha em casa.

O coração dela disparou como um raio.

— Entendo. — Precisava encontrar outro lugar para alugar e rápido. — Já comecei a procurar outro apartamento.

— Você está procurando outro lugar para morar? Por quê?

— Porque não posso voltar para o antigo, mesmo que o proprietário conserte o vazamento. Mesmo sem o desastre da água, não é um lugar muito legal. — Flora se desestabilizou ao perceber o quanto estava curtindo ser parte da família de Jack. Nem mesmo a tensão com Izzy nublava a sensação deliciosa que a invadia ao despertar pela manhã. — Sei que não posso ficar na sua casa, por isso não se preocupe. Já estou pensando em uma solução.

— Não é nada disso. Pode ficar conosco quanto tempo quiser, mas não quero deixá-la lá sozinha quando formos viajar no verão.

— Você tem medo de que eu faça uma festa de arromba e acabe com a casa?

Jack riu.

— Claro que não. Estou preocupado com a saudade que vou sentir. Não importa o que aconteça, você não vai mudar para outro apartamento ruim, Flora. — Ele estendeu o braço e pegou a mão dela. — Nós vamos dar um jeito.

Flora provavelmente deveria se sentir ansiosa pelo tanto que gostou do "nós" na frase, mas não conseguiu se importar.

— Vou arrumar um apartamento que não seja tão ruim.

— Por mim você mudaria do quarto de hóspedes para o meu. A distância está começando a me enlouquecer.

Jack acariciou a mão de Flora, fazendo pequenos círculos com o dedão, e ela sentiu as batidas do coração dispararem como se tivesse corrido uma maratona.

— Sinto a mesma coisa, mas entendo que precisamos levar as coisas devagar.

— Se já nos sentimos mal como está, nem consigo imaginar como será quando estivermos um em cada continente durante o verão. — Jack apertou a mão dela. — Venha com a gente para Lake District. Estou falando sério.

Flora sentiu a euforia e a excitação fundiram-se à ansiedade. Jack queria sua companhia nas férias familiares! Ficou envaidecida. Animada. Por outro lado, o *lago*? Havia sido convidada para passar algumas semanas em um lugar com lagos! Odiava grandes corpos d'água. Ficava com dificuldade de respirar só de pensar. Era uma pessoa de terra firme. Podia contar a ele, mas teria que explicar a razão, e não estava pronta para tanto. Nem mesmo para Jack. Afinal, nunca tinha contado a ninguém.

Mas não ir significava três semanas sem Jack... e sem Molly...

Por que não podiam ir para o Caribe? Mas daí teria de enfrentar o mar. E por que não uma cidade legal? Paris? Londres? Qualquer uma, menos um lugar chamado Lake District, o distrito do *lago*.

Flora estremeceu.

— Você acha que as meninas aceitarão bem se eu for? — Ela empurrou a comida intocada para a lateral do prato. — É a primeira vez que você sai de férias sem a Becca.

— Mais uma razão para levar você conosco.

— Mais uma razão para manter as coisas mais normais e familiares quanto possível.

— Não tem como não ser diferente. — Ele esfregou a testa com os dedos. — O normal não é mais o mesmo de antes. Será estranho se você for, e será estranho se você não for. Então, vem com a gente. A menos que você não queira que isso se transforme em algo maior.

Até então, o relacionamento deles tinha ido com a corrente. Aquela era a primeira vez que havia uma tentativa de definição.

— Eu... quero algo maior.

— Ótimo. É o que desejo também. Por isso venha passar o verão conosco.

Flora pensou no que a viagem significaria. Lake District. Lagos. Em contrapartida, Molly estaria lá. Passar uns dias com ela seria muito divertido. E com Jack. Além da oportunidade de conhecer Izzy um pouco melhor em uma atmosfera mais informal, distante do território dela, o que facilitaria bastante a aproximação. Só precisava ficar longe de todas as atividades aquáticas.

— Está certo. — A decisão a deixou animada. — Vou falar com a Celia.

— Sua chefe não me pareceu a mais simpática das pessoas. Será que vai concordar?

Flora pensou em todos os fins de semana e feriados que havia trabalhado e nas inúmeras vezes em que precisara se arrastar até o mercado de flores, quando suas colegas estavam de ressaca ou com muita preguiça de aparecer.

— Acho que sim.

Celia seria razoável depois que Flora demonstrasse como tinha sido flexível até então, não é? Quanto mais pensava, mais queria viajar com Jack e as meninas. Chegou na loja empolgada e determinada.

— Celia, você tem um minuto?

— Agora não. Tenho quatro...

— Agora! — exigiu Flora, surpreendendo a si mesma e a outra com a força do tom de voz.

Por pouco não se desculpou por ter sido tão assertiva, mas depois entendeu que não podia ser firme em um momento e indecisa em outro. Se precisava resolver aquilo, então era o que faria.

— Gostaria de saber se é possível… — *Patética, patética.* Sem terminar a frase, ergueu o queixo. — Preciso tirar três semanas de férias em julho.

Celia franziu o cenho.

— Isso é alguma piada?

O coração de Flora bateu mais rápido. Celia não tinha gostado do que ouvira, e Flora preferia deixar as pessoas felizes. Mas Celia não era sua tia. Flora não lhe devia nada além de dedicação como funcionária. E já havia pagado bem mais do que o dobro.

Estava na hora de ter um pouco de felicidade.

— Não é piada.

— Funcionários só podem sair uma semana de cada vez, no máximo.

— Eu sei, mas não tirei férias no ano passado. Trabalhei a maior parte dos finais de semana e feriados durante… — Ela procurou se situar no tempo. — Na verdade, desde que comecei a trabalhar aqui.

— Você está falando sério sobre tirar três semanas?

A expressão de Celia era tão ameaçadora que Flora quase se deixou vencer por uma urgência avassaladora de se desculpar e recuar. *Três semanas? Você tem razão, é um pedido ridículo. Ignore.* Mas imaginou Jack e as meninas de férias sozinhos. Saindo para longas caminhadas na floresta e curtindo as noites preguiçosas debaixo das estrelas. Teve a certeza repentina de que, se recuasse, não só não conseguiria tirar férias com Jack, mas Celia também nunca deixaria de sobrecarregá-la com horários puxados para cumprir.

Fechou as mãos em punhos, cravando as unhas nas palmas.

— Na verdade, Celia, não estou pedindo, mas comunicando como cortesia.

Dessa vez o pânico a invadiu. As pernas fraquejaram ao imaginar Celia indicando a porta de saída.

Celia endireitou os ombros em uma postura agressiva, sinal de que tinha pensado a mesma coisa.

— E se eu disser que o emprego não será mais seu quando voltar?

Flora sentiu a cabeça girar. E se Celia estivesse falando sério? E se perdesse o emprego?

— Espero que isso não aconteça porque gosto de trabalhar aqui... — não era bem verdade, mas sua assertividade tinha um curto prazo de validade —... e, se eu não voltar, acho que várias clientes fiéis sentirão minha falta.

Celia estreitou os olhos e apertou a boca.

— Tudo bem — disse por fim. — Mas nem um dia além das três semanas.

Flora quase morreu de susto. Chegou a pensar em perguntar de novo para ver se tinha entendido direito. *Você tem certeza? É isso mesmo que quis dizer?* Por sorte, a intuição a dissuadiu de reafirmar enquanto estava em vantagem. Conteve também o impulso de abraçar Celia, sabendo que seria o mesmo que passar os braços ao redor de um cacto.

— Obrigada.

Atravessou a loja com as pernas bambas até onde Julia estava, lutando com um buquê enorme de flores soltas.

— Qual o motivo dessa felicidade toda? — Julia praguejou ao prender o dedo no nó que fazia. — E como isto parece tão fácil nas suas mãos? Sou a única pessoa que pode perder um dedo amarrando um buquê.

— Enfrentei a Celia.

— Bom para você. Já não era sem tempo. — Julia finalmente conseguiu amarrar as flores. — Está bom assim?

Flora fez pequenos ajustes no buquê.

— Está ótimo.

— Então, você se negou a fazer o quê? Outro fim de semana? Chegar mais cedo? Essa mulher brinca com a sorte que tem.

— Vou tirar três semanas de férias.

Flora resumiu a conversa com Celia, mas, em vez de socar o ar de alegria e parabenizá-la, Julia ficou assustada.

— Três semanas no verão? Não acredito que você pediu isso para a Celia.

— Foi você quem me disse para enfrentá-la.

— Eu sei, mas eu estava querendo dizer algo do tipo não ser forçada a trabalhar todos os finais de semana. Não isso. Três semanas com a melhor amiga da esposa falecida? Fazendo tudo o que a falecida fazia? Você tem certeza?

Flora sentiu o estômago revirar. Ela tinha certeza. *Sim.*

— Tenho. Estou animada. Quero ficar com Jack. E ficar com Jack significa ficar com as meninas e me encaixar na vida deles. Significa me encaixar em todas as atividades que eles costumam fazer como família.

— E a amiga? Talvez ela não fique animada em encontrar o marido da melhor amiga com outra mulher. É bem capaz de ela esfaquear você nas costas na hora da chegada. E, quando menos perceber, seu corpo estará em decomposição naquela floresta.

Por que Julia sempre conseguia verbalizar os medos que Flora vinha tentando ignorar?

— Prometo não dar as costas para ela.

— Como será a distribuição das camas? Vocês já transaram?

Flora deu uma olhada pela loja, morrendo de vergonha.

— Será que você pode falar mais baixo? Acho que ouviram lá da Flórida.

— Ainda não ouvi a resposta.

— Sexo *de verdade* não, mas tivemos alguns momentos eróticos.

— Onde?

Flora gostaria que a amiga não fosse tão insistente para descobrir detalhes íntimos.

— Em vários lugares. Penso muito em sexo quando estou com ele. Jack é muito…

— Sim, percebi. — Julia ergueu e abaixou as sobrancelhas. — Flora, em algum momento você terá de fazer mais do que *pensar* em sexo.

— Já fomos além dos meus pensamentos. Nós nos beijamos.

— Vocês se beijaram… — Julia a encarou. — E?

— "E" nada. Nós nos beijamos e foi incrível. Pare de me olhar desse jeito. Para ser honesta, os beijos dele são melhores do que qualquer relação sexual que já tive.

— Você deve ter tido experiências horríveis.

— Não posso afirmar que tive muita sorte nos meus relacionamentos anteriores, mas quase sempre foi por minha culpa. Estou sempre tão preocupada em satisfazer os outros que acho difícil me satisfazer. Estou trabalhando para superar isso.

— Bem, é melhor se apressar. Chame isso de uma intervenção, se quiser. No momento você está em um relacionamento celibatário, onde o foco principal, pelo visto, é ir preenchendo aos poucos o vácuo deixado pela falecida esposa. E nem sexo incrível você está ganhando por isso.

— Pelo que vi nas fotos, sou bem maior do que ela, então provavelmente ficaria entalada nesse vácuo. — A tentativa de fazer piada não gerou nem um sorriso em Julia. — Essas férias são uma maneira de me proporcionar prazer. Quero passar um tempo com eles.

— Ele já disse que te ama?

— Não, mas tudo bem. Acho que não estou pronta para ouvir uma declaração dessas. — Flora gemeu ao se curvar para cortar um barbante. — Eu também não disse que o amava.

— *Você* está apaixonada?

— Não sei. Procuro não pensar nisso.

— Você não quer estar apaixonada?

— Não se ele não me amar também. Amar alguém e não ser correspondida destrói a autoconfiança. — Flora pensou na tia. — Além do mais, é cansativo e faz mal para a alma, porque a gente fica fazendo suposições do tipo "se eu fizer isso ou aquilo serei amada" e continuamos tentando e não faz diferença nenhuma. Sem contar que é muito difícil não levar para o lado pessoal. No final, a pessoa acaba presa em um emaranhado de nós e nem sabe como voltar ao que era antes.

Julia fixou o olhar nela.

— Que tal ser você mesma?

— Isso não funciona para mim. Pelo menos nunca deu certo no passado. — Ela amarrou as flores, lembrando como se abrira com Jack, revelando coisas que nunca contara a outra pessoa. Nem mesmo a Julia. — Com Jack *sou* praticamente eu mesma. Por isso é tão assustador. Se ele me rejeitar, será porque sou assim e não uma versão fabricada de mim mesma. Isso faz algum sentido?

— Não muito. Quando conheci Geoff, eu o amei e fui correspondida. Meu eu verdadeiro. Ponto-final. Na verdade, não é complicado.

— Não existe nada simples sobre relacionamentos. Vocês dois têm sorte, só isso.

— Bom, é óbvio que você gosta muito de Jack. Ama Molly, e Izzy é o único obstáculo verdadeiro. Pelo menos você enxerga como isso é insano? Se a simpatia de Izzy for só por causa de uma corrida, então você terá que correr todo dia para sempre. Isso vai matá-la. Você pretende ser falsa pelo resto da vida?

— Talvez eu me torne uma pessoa mais atlética. Certamente mais dolorida. — Ela massageou as costas e procurou ignorar a dor nas pernas.

— Você tentou fazer um alongamento?

— Não consigo nem me mexer, quanto mais alongar. Meu objetivo é sobreviver. Ainda não sofri um ataque cardíaco, e isso deve ser um bom sinal, certo? Se vou passar as férias com Jack, preciso ficar decente de short.

Julia lhe lançou um olhar sombrio.

— Acho que como você se sente de short deve ser o menor dos seus problemas agora.

Será que Julia tinha razão? Talvez.

Uma coisa era certa: as férias seriam do tipo ou vai ou racha. A esperança de Flora era que não fosse ela a rachar.

10

Clare

— Recebi um e-mail de Jack.

Clare espalhou manteiga na torrada e acrescentou uma colher cheia da geleia que havia passado a maior parte do dia fazendo. Grande parte dos potes seria armazenada e usada como doce nos fins de semana do próximo verão, mas havia separado um. Já que tinha que limpar a panela em que fervera o doce, pelo menos merecia saborear o fruto de seu trabalho.

— Como ele está?

Todd estendeu o braço, roubou a torrada dela e recebeu um olhar feio.

— Por que você sempre quer a minha?

— Não sei o motivo, mas a sua é mais gostosa. Amo sua geleia. Você devia vender.

Eles estavam sentados à grande mesa da cozinha, que tinha pertencido à avó de Clare e ostentava as cicatrizes da vida de gerações da família. Ela tinha presenciado muitas conversas.

Clare deslizou o dedo distraída por uma das ranhuras, imaginando quem a tinha cravejado.

— Não é porque você é bom em alguma coisa que precisa transformá-la em um negócio lucrativo. Às vezes a gente faz porque gosta.

— Você ficou chateada. — Ele se inclinou e a beijou. — Foi um elogio, e não uma sugestão de verdade.

— Não, eu é que estou muito sensível. Parecia…

— … algo que Becca diria. — Todd apertou o ombro dela de leve. — Eu sei. Assim que falei, imaginei que pensaria nisso. Desculpe. Não tive a intenção de te fazer lembrar de Becca. E como está Jack?

— Você não recebeu um e-mail também? Ele queria saber sobre o próximo verão.

Clare se levantou e enfiou outra fatia de pão na torradeira, ponderando sobre a diferença entre homens e mulheres. Jack era amigo de Todd e, no entanto, ela que precisava atualizá-lo. Em uma certa época da amizade, ela e Becca mantinham contato quase todo dia. Quando Becca tinha machucado o joelho e soubera que nunca mais poderia dançar, foi para Clare que comunicou o ocorrido às três da manhã, e foi para Becca que Clare mandou um e-mail quando Aiden nasceu prematuro e teve problemas de respiração. Das pequenas amolações até as grandes dores de cabeça da vida, não havia nada que as duas não compartilhassem virtualmente.

Se alguém perguntasse a qualquer momento como estava Becca, Clare saberia, e ali estava Todd querendo saber de Jack.

Seria porque a amizade com Becca era mais íntima mesmo, ou amizade entre homens era diferente? As amizades masculinas tendiam a ser ancoradas em atividades em vez de nas emoções. Todd havia feito muitos amigos desde que tinham se mudado de Londres e os procurava para marcar de velejar ou fazer trilha a pé nas montanhas. Eles conversavam sobre a direção do vento e percursos e uniam-se através da apreciação da cerveja local.

Todo verão Jack e Todd se comportavam como amigos de longa data, apesar de a interação não se parecer em nada com a de Clare e seus amigos. Eles se provocavam, trocavam insultos bem-humorados e geralmente mantinham tudo bem leve.

Talvez esse tipo de amizade fosse menos complicado.

— Você é a responsável por todos os preparativos. — Todd terminou a torrada. — Jack e eu só participamos e nos divertimos. O que dizia o e-mail? Eles virão nos visitar?

— Sim.

E Clare não sabia como lidaria com isso. Havia lido o e-mail com um nó na barriga e tantas emoções que nem saberia como identificá-las. Tinha começado a responder à mensagem, mas precisou parar quando os dedos começaram a tremer sobre o teclado e os erros se acumularam. Sentimentos que havia se empenhado tanto em coibir derrubaram as barreiras que havia erguido. Estava triste por Jack e com pena de si mesma por estar naquela situação. Sentiu raiva de Becca, e em seguida culpa por ter raiva de alguém já morto.

Seus dedos finalmente pararam de tremer, mas ela não tinha respondido por não saber o que escrever. Amava Jack. Amava as meninas. Mas revê-los seria difícil. Seria o mesmo que reanimar todos aqueles sentimentos que havia lutado tanto para controlar. Tristeza. Raiva. Culpa. Indecisão. Ah, sim, indecisão. A carta havia sido queimada, mas o conteúdo não podia ser destruído com tanta facilidade.

— Isso é ótimo. Quanto mais gente, melhor. Jack e eu podemos velejar e caminhar nas montanhas. As crianças vão adorar. — Todd relanceou o relógio. — Preciso ir. Tenho que visitar uma obra do outro lado do vale e você sabe como é o trânsito a essa hora.

Ela sabia. Mais uma razão para se sentir grata por trabalhar em casa. Todd havia convertido uma das salas do andar de baixo da casa em um estúdio para ela. As janelas da sacada promoviam uma linda vista dos jardins até o lago. Não era raro passar mais tempo olhando para a água do que para a tela do computador.

Todd estava prestes a sair quando ela soltou a informação que vinha guardando.

— Jack vai trazer alguém.

Todd pegou o casaco atrás da porta.

— Espero que sejam Izzy e Molly.

— Sim, mas é outra pessoa além de Izzy e Molly. O nome dela é Flora.

Todd ergueu uma das sobrancelhas.

— Amiga das meninas?

— Na verdade, fiquei com a impressão — disse Clare devagar — de que é uma amiga de Jack.

E sentia-se dividida. Suas emoções já eram complicadas. Não parecia justo que Jack acrescentasse mais uma complicação ao pacote. As duas famílias se entendiam muito bem, mas agora haveria uma estranha.

Mesmo com todos os defeitos, Becca fora sua melhor amiga e a amava. E agora tinha que dar as boas-vindas para uma substituta. Precisaria sorrir e puxar papo. Rir, mesmo com o coração partido, quando o que mais queria era que Becca estivesse vivendo feliz com Jack.

— Que ótima notícia! — Todd pegou as chaves do carro. — Fico feliz por Jack.

Ele aceitou a perspectiva da visita com o entusiasmo de costume. *Quanto mais gente, melhor.* Todd era um extrovertido que ficava felicíssimo sempre que estava no meio de uma reunião social. Se não fosse tão sociável, era bem provável que Clare nunca o tivesse conhecido. Tinha sido ele a puxar conversa e a convidá-la para sair. Havia encontrado um jeito de ultrapassar a timidez dela e encontrar a pessoa ali escondida. E Clare amava como ele facilitava aquele aspecto da sua vida. Na presença de Todd não existiam silêncios constrangedores ou momentos estranhos. Ele falava de tudo e com todos. Todd e Jack tinham se dado bem desde o começo e, claro, Todd estava ansioso para reencontrá-lo.

Não havia tempo ruim com ele. Nada de complicações.

Clare o invejava. Becca e ela contavam tudo uma para a outra, o que era bom até esse "tudo" incluir detalhes que Clare gostaria de não saber.

A indignação mesclou-se à inveja.

— Você não acha que é um pouco cedo? Um pouco insensível, talvez?

— Por que seria?

Por minha causa, pensou Clare. Becca e ela tinham sido o elo que mantinha as duas famílias unidas.

— Becca.

— Becca não está mais aqui. Estou certo de que ela gostaria que Jack fosse feliz, não acha?

Clare não tinha tanta certeza. Becca geralmente colocava as próprias necessidades e felicidade acima das de todos, incluindo as de Jack e as crianças.

No trabalho ou em momentos de lazer, Becca fora o centro das atenções, então Clare não conseguia afirmar se ela aprovaria que Jack a trocasse tão rápido. Na maior parte do tempo, Clare dera desculpas para a amiga. O passado de Becca a transformara na adulta que fora. Mas seria esta uma explicação ou uma desculpa? Por quanto tempo um adulto poderia usar uma infância difícil como passe livre para pensamentos e atitudes indesejáveis? Bem no íntimo, não podia afirmar se o comportamento de Becca era movido pelo instinto de sobrevivência ou puro egoísmo.

É cada um por si, Clare. Como acha que cheguei até aqui?

Clare deu a última mordida na torrada.

— Faz quase um ano.

— E? Quanto tempo um homem precisa sofrer até a sociedade parar de julgá-lo? Aposto que foi o ano mais longo da vida dele. Cruel. Ou existe algum tempo padrão para ficar de luto que desconheço? — Todd suavizou o tom de voz. — Entendo o quanto é difícil para você, mas não se tratava apenas de Becca. Jack também é nosso amigo há quase duas décadas, Clare. Foi nosso padrinho de casamento. Nunca foi só Becca. Devemos apoiá-lo.

— Eu sei. E ele tem nosso apoio, claro.

Clare decidiu que Todd tinha razão. Agora o importante era Jack, precisava ser.

— Então, qual é o problema?

Todd se mostrou um pouco impaciente, justo ele, que achava todas as situações sociais fáceis. Todd, o solucionador de problemas. *Rebaixe o piso, acrescente claraboias,* qualquer que fosse o desafio, ele sempre tinha certeza de qual seria a solução.

Clare se sentira atraída por Todd por diversas razões, mas o motivo principal era a autoconfiança irradiante. A confiança de seu lugar no mundo.

— Vai ser estranho vê-lo com outra pessoa.

— Ele continua o mesmo Jack. É como reformar uma casa antiga. O esqueleto permanece igual, mesmo que as características externas mudem. — Todd abriu a porta. — Nem sabemos se isso é algo sério.

— Se não fosse, ele não a traria para cá. Jack não é do tipo que pula de galho em galho.

— E isso a chateia? — Todd parou, mesmo sabendo que se atrasaria.

O que ela devia dizer? Não foram poucas as vezes em que quase revelara o segredo, mas sempre se segurara. Nunca fora fofoqueira, algo que divertia e frustrava Becca em proporções iguais.

Você não consegue se divertir falando os podres dos outros de vez em quando? Pessoas boazinhas são tediosas.

Clare havia achado graça, procurando não levar para o lado pessoal, mas claro que tinha se ofendido, porque durante toda a vida tentou acompanhar Becca. Na escola fora tão tímida que dificilmente fazia amizades. Sofrera provocações e fora excluída pelas outras crianças até a chegada de Becca. Becca, a rebelde da classe, por alguma razão que Clare nunca entendeu direito, concedeu-lhe o status de melhor amiga. A partir de então, Clare nunca mais teve problemas com as outras crianças. As duas eram próximas como irmãs, e, se Clare não gostasse de alguma coisa que Becca fazia, ela relevava como se fosse esse o preço da amizade. Ninguém era perfeito, não é? Ninguém fazia o certo o tempo todo.

Todd a observava.

— Tem mais alguma coisa acontecendo, Clare?

Por muitas vezes ela considerou contar a verdade, mas resolveu que não era justo colocá-lo na mesma posição em que estava, principalmente porque, no fundo, sabia que Todd não gostava de Becca tanto assim. O que ele diria se soubesse a verdade? E se julgasse Becca? Ou pior, e se julgasse a própria Clare?

— Tem sido difícil, só isso.

— Daqui a pouco vai fazer um ano. Vai ser uma época complicada para você.

Era, mas também era confuso. Parte dela ansiava falar sobre o assunto, mas como poderia? Seria o mesmo que admitir o quanto tinha ficado brava e confusa. Além de ser desleal. Clare era provavelmente a única pessoa no mundo que sabia tudo sobre a amiga. Conhecia a infância dela e entendia como Becca havia se tornado Becca.

Mas Becca se fora, e não seria bom para ninguém se Clare continuasse vivendo no passado.

— É mais difícil para Jack.

— Talvez por isso ele precise sair. Sei que deve parecer estranho pensar nele com outra pessoa, mas a vida já é bem difícil. Não precisamos complicá-la ainda mais.

— Mas estamos falando de um período de três semanas, Todd. Não se trata de um jantar ou uma tarde no lago. Três longas semanas com uma pessoa que nunca vi e não conheço. E nem sabia se queria conhecer.

— Veja por outro lado, depois de três semanas você a conhecerá melhor.

Como se pode amar alguém e querer matá-lo ao mesmo tempo?

— Não sou como você. Não faço amigos em um piscar de olhos.

— Você já resolveu que não vai gostar dela.

— Não é sobre isso.

Mas claro que era, pelo menos em parte. Será mesmo que conseguiria gostar da substituta de Becca?

— Jack e eu estaremos por aqui e ainda tem as crianças e o cachorro. Em outras palavras, um caos completo. Você vai recebê-la bem.

— Eu sei. — Quando trabalhava em um escritório lotado em Londres, sempre tinha que conversar com desconhecidos. Mas, fora do trabalho, era diferente. Em casa não era a personagem que havia criado. Clare, a editora de revista. — Só espero que as crianças estejam levando numa boa. Deve ser uma grande mudança para elas.

Sentiu uma pontada de culpa por não ter se empenhado em manter contato com a família. Lembrou-se de Izzy no enterro, segurando a mão de Molly com tanta força que tinha sido impossível saber quem apoiava quem.

— Jack adora as meninas. Duvido que se relacionaria com alguém que elas não gostassem.

Clare fantasiou Flora saindo do carro com um corpo curvilíneo e um sorrisinho amargo quando visse a casa, refletindo sobre a perspectiva de três semanas de vida rural. Outra Becca. Os homens seguiam o mesmo padrão de mulher, não é?

Flora e ela não tinham história. Sobre o que conversariam? Clare havia treinado para conseguir manter uma conversa educada por pouco tempo, mas durante três semanas?

— Coloco os dois no mesmo quarto, ou separados?

Todd deu de ombros.

— Pergunte o que ele prefere.

Para ele era simples, mas Clare sabia que nunca conseguiria ser assim. Nunca conseguiria dominar os dedos para responder ao e-mail.

— Vou arrumar dois quartos. Deixo para os dois decidirem se dividem o mesmo quarto ou não.

— Boa decisão. Sei que você será gentil com Flora. Você é uma anfitriã perfeita. Jack tem bom gosto. Escolheu Becca, não foi?

Não foi bem assim, pensou Clare. Foi Becca quem o escolheu.

Conheci um cara.

— A que horas você volta?

— Não tenho certeza. Posso ligar? Vou passar pela mercearia rural. Quer que eu traga alguns bifes?

— Aiden é vegetariano.

— Ainda? Tinha esperanças de que tivesse superado essa fase.

— Não se trata de capricho, Todd, mas uma crença, uma escolha de estilo de vida.

— Tudo bem. Comprarei bifes para nós e uma cenoura bem grande para nosso filho.

Clare riu.

— Vou fazer lasanha vegetariana para todos.

Todd estremeceu.

— O que mais você vai fazer hoje além de lutar com vegetais?

— Preciso terminar uma peça, depois vou até a casa de barcos. Os últimos inquilinos saíram ontem, então vou levar algumas das nossas coisas de volta e arrumar a casa para o verão. — Havia um acordo de não alugar durante os meses de julho e agosto, dessa forma a família poderia aproveitar a casa sem dividi-la com estranhos.

A renda do aluguel era bem-vinda, mas ela também adorava os dois meses livres do ano, quando podia levar uma xícara de café até o lago, vestindo calças de ioga, sem se preocupar em ser vista por desconhecidos. Sonhava com o dia em que o empreendimento de Todd deslanchasse e assim pudessem ficar com a casa só para a família, sem precisar alugar para estranhos.

— Precisa de ajuda?

— Não, vai ser divertido. Estou ansiosa para tirar um dia para mim.

Estava feliz como uma criança esperando o Natal. Seria um dia inteiro só seu.

Surpreendendo-a, Todd deixou as chaves e o casaco e estreitou a distância entre eles.

— Você ainda gosta dessa vida que escolhemos?

— Por que essa pergunta agora?

— Talvez por causa de toda essa conversa sobre Becca. Ela me culpava por tê-la obrigado a largar uma carreira glamorosa e londrina por causa do meu sonho.

— Mudamos quando meu pai faleceu. Concordamos que era a escolha certa. Além do mais, não se tratava apenas do seu sonho, mas do meu também. Estávamos cansados de trabalhar pesado para terceiros. E minha carreira não era tão glamorosa assim.

— E os sapatos e as bolsas de graça?

Clare deu risada.

— Transporte público lotado e reuniões bem cedo? Agora não preciso de sapatos e bolsas caras. Galochas são a última moda aqui. E não foi uma decisão impulsiva. — As conversas sobre o assunto duraram anos antes da tomada de decisão. Todos os sábados, abriam uma garrafa de vinho e planejavam maneiras de fazer a mudança. — Nasci aqui, lembra? Você nunca tinha posto os pés em Lake Lodge antes de me conhecer.

— Um erro de julgamento do qual sempre me arrependerei. — Todd tirou uma migalha de pão do queixo dela com a ponta do dedo. — Tantos anos perdidos.

Clare sabia que Todd amava o lugar tanto quanto ela.

— Admita, você se casou comigo por causa da casa da minha família.

— Tem razão. O bolo com calda de chocolate maravilhoso de sua mãe também ajudou na decisão. Eu atravessaria o país para saboreá-lo. — Todd deslizou o dedo pelo maxilar dela. — Você não sente falta daqueles dias em Londres, quando se sentava naquela sala envidraçada e uma assistente lhe servia café?

— Faço meu próprio café. E não, saudades nenhuma.

Ela gostava de fazer café na própria cozinha. Quando se encostava no forno elétrico, aquecendo-se do inverno, concluía que a cozinha talvez fosse seu lugar favorito da casa. Mas depois se aninhava na sala de estar diante do jardim que se estendia até o lago e mudava de opinião, considerando que também poderia ser seu quarto com o teto inclinado e a pequena varanda.

— Amo a vida que construímos. Tomamos a decisão de morar aqui juntos, Todd.

Compartilhavam tudo o que faziam. Era uma parceria que ela amava. Até o ano anterior, podia ter dito que não tinha segredos com o marido. Graças a Becca, isso não era mais verdade. Sentia-se manchada.

Quase podia ouvir Becca rindo.

Você conta tudo para seu marido? Inclusive os segredos? Ah, Clare! Sua vida devia ser repleta de escândalos e segredos deliciosos.

Clare não conseguia pensar em nada mais exaustivo.

— Pare de franzir o rosto. — Todd passou o dedo pela testa dela. — Se receber Jack e as crianças for te estressar, eu ligo e invento uma desculpa.

— Não! Não quero que faça isso. — Mas sentiu-se acolhida e amada pela iniciativa. — Quero vê-los. É sério.

— E como vai ser? — Todd afastou uma mecha de cabelo do rosto dela. — Sei que você e Becca eram melhores amigas para sempre, embora de vez em quando eu achasse que estavam se afastando. Não pensei que perdê-la a afetaria desse jeito.

— Por que acha que estávamos nos afastando? — A mãe de Clare tinha dito a mesma coisa.

— Vocês eram muito diferentes. Não entendo como a amizade durou tanto tempo. Não havia muita coisa em comum entre vocês, mas claro que você e Becca estavam ligadas praticamente desde que nasceram e talvez a longevidade tenha sido o motivo da união. — Todd a beijou e foi para a porta, pegando de novo a chave e o casaco no caminho. — Jack está seguindo adiante com a vida e talvez, quando você vir isso, conseguirá fazer o mesmo.

Seria tão simples assim? Clare queria muito que fosse.

Depois que Todd saiu, ela pegou o casaco e seguiu pelo caminho estreito até a casa de barcos. A mata era densa naquela parte, os poucos sons vinham das marolas do lago quebrando na margem, do canto dos pássaros e da batida insistente de um pica-pau. A calça jeans a protegia das pontadas agudas das urtigas e picadas de insetos. A melodia a envolvia como um manto de paz. Nunca, nem sequer uma vez, vira a mudança para lá como um erro. Sentia-se integrada ao ambiente. Embora muitos pudessem achar que a vida no campo era simples, para ela era muito rica. E, o mais importante, era a vida que desejava ter.

Estava num período de seca incomum, por isso estava de tênis de corrida. Inalou o ar adocicado pelos perfumes do verão e sentiu o coração inflar um pouco ao avistar a casa de barcos. Pranchas de madeira lascada e teias de aranhas haviam sido substituídas por ardósia, cedro e muitos metros de vidro. Todd tinha sido o responsável pela reforma, utilizando materiais encontrados na região e expandindo a área útil com acomodações requintadas, sem perder o charme da construção original. O projeto tinha chamado a atenção primeiro da imprensa local e depois de um encarte do jornal dominical de renome; o empurrão publicitário de que Todd precisava.

Quando Todd deixou de trabalhar em uma grande empresa de arquitetura em Londres para recomeçar em Lake District, Clare ficara insegura, mas, apesar da preocupação com a renda, a mudança fora positiva. Aiden tinha se adaptado sem maiores problemas à nova escola, e ela descobriu que amava o ritmo de vida mais lento.

O horário, logo cedo pela manhã, era o seu favorito. O ar era fresco e limpo, e os sons se limitavam aos chamados dos pássaros e à água do lago batendo na margem.

Aquela parte do lago era emoldurada por pedregulhos, alguns brilhantes e lisos, outros ásperos e irregulares. Naquele momento, o vento ondulava a superfície da água. Quando criança, ela tremia de animação e medo sobre eles, enquanto seu pai a chamava para pular na água límpida. Havia visto um cardume de peixes minúsculos passando rápido e raízes entrelaçadas boiando quando finalmente mergulhou, prendendo a respiração com o contato da água gelada abraçando seu corpo miúdo.

Aquele lugar guardava apenas boas lembranças, que lhe penetravam a pele, diluindo parte dos piores sentimentos.

Ao entrar na casa de barcos, foi invadida por uma sensação de férias. A decoração e a mobília visavam o mercado de aluguel de alto padrão, um lugar onde as pessoas poderiam continuar com a vida de luxo ou encontrá-la ali durante algumas semanas.

Não era nada parecido com a casa deles. A realidade rotineira não acontecia ali. Não havia botas de caminhada enlameadas e espalhadas na entrada, aguardando que incautos tropeçassem, ou ranhuras na mesa, capas impermeáveis, mochilas jogadas pelos cantos. Nenhum lembrete de tarefas por fazer. Tudo na casa de barcos, desde os quadros na parede até a escultura de madeira feita à mão, fora selecionado com muito cuidado.

Ela abriu as portas de vidro que davam para a varanda e percebeu que os inquilinos anteriores tinham trocado a mobília de lugar. Era um casal em lua de mel que mal tinha saído da casa de barcos durante a semana inteira, absorvidos pela atmosfera romântica.

Será que Jack planejava uma escapada romântica com a nova amiga? O que Flora acharia da paz e da calma do lago?

E se sentisse falta de uma atmosfera mais urbana? Não adiantaria muito levá-la para conhecer a antiga casa de Beatrix Potter ou Wordsworth.

Foi para a cozinha, pensando que entreter a namorada era responsabilidade de Jack, e não dela. E era bem provável que ele fosse atencioso. As crianças estariam junto e Jack, acima de tudo, era um pai excelente.

Clare preparou um café e levou para a varanda. Quando adolescentes, Becca e ela levavam os sacos de dormir e "acampavam" na casa de barcos. Na época, tinha sido emocionante, mas Clare agora estava numa idade em que preferia o luxo.

A ironia era que ela não poderia arcar com o que cobravam de aluguel para ficar ali. A quantia que as pessoas podiam pagar de aluguel sempre a chocara, mas, como Todd sempre dizia, o "normal" deles era o sonho de outros. E era um sonho mesmo.

A vegetação à beira do lago servia de refúgio para os pássaros durante o inverno e de proteção na época da construção de ninhos. Era comum ver cormorões, águias-pescadoras e papa-peixes. Observou as libélulas furta-cor dançando em grupos pela superfície da água e refletindo a luz. Pensou em colocar uma garrafa de vinho na geladeira e persuadir Todd a vir admirar o pôr do sol. Ou então poderiam passar a noite ali. Dormiriam com as portas abertas e tomariam café da manhã na varanda antes de o mundo acordar. Aquela era sua hora favorita no lago, quando a superfície ficava lisa e espelhada.

Seria romântico.

Chegou a ouvir a risada de Becca. Romântico para ela seria estar em Paris, ou Roma, e não em uma casa de barcos em um lago distante. Ela nunca tinha entendido a felicidade de Clare com as pequenas coisas da vida. Becca sempre mirava coisas grandiosas.

Clare fechou os olhos. Precisava parar com isso. Becca fora embora. Essa parte de sua vida tinha acabado. Deveria sublinhar bem isso. Não podia negar que de vez em quando sentia saudade da amiga, mas, para falar a verdade, sentia falta da antiga amizade e não do relacionamento dos últimos anos. Todd estava certo quando dizia que elas tinham se afastado bastante. Tinha sido um choque e uma tristeza descobrir que uma amizade pudesse mudar com o tempo. Ainda lembrava de Becca segurando sua mão no primeiro dia de aula, dizendo: *Nada nunca ficará entre mim e você.*

Mas ficou. O tempo se interpôs entre elas. O tempo e todas aquelas pequenas escolhas de vida que aos poucos as levaram a tomar rumos diferentes.

Agora começava um novo capítulo. Todd tinha razão. Se Jack podia seguir com a vida, ela faria o mesmo. Receberia bem a namorada de Jack em sua casa e se esforçaria para não pensar em Becca.

11

Izzy

IZZY PERMANECIA EM SILÊNCIO CONFORME o carro seguia pela estrada arborizada e sinuosa para Lake Lodge.

Molly havia insistido em se sentar ao lado de Flora durante a viagem desde o aeroporto e naquele momento dormia no ombro dela no banco de trás do carro.

Izzy sentiu uma pontada aguda. Durante um ano, havia sido mãe e irmã de Molly, abraçando-a e confortando-a, contendo os próprios sentimentos para apoiar a irmã. E então Flora tinha aparecido na vida delas.

Por que Flora havia concordado em viajar com eles? Ou porque era muito insensível, ou porque estava totalmente apaixonada pelo pai de Izzy. Nenhuma das alternativas era boa.

Sentiu-se traída pelo pai e também pela irmãzinha. Havia ajudado Molly a superar o luto e agora parecia não ser mais necessária. Assim como seu pai, Molly tinha dado um passo à frente, seguindo a vida. E onde isso deixava Izzy?

Ela ainda não tinha seguido em frente. Ainda estava presa no mesmo lugar confuso e apavorante, só que agora não tinha certeza de qual era seu propósito. Se ninguém mais precisasse de sua ajuda, o que aconteceria?

O pai dela abriu um sorriso questionador.

— Você está quieta. Está tudo bem?

— Sim.

Ela havia se acostumado tanto a mentir que aquilo a enervava um pouco. As emoções em lenta ebulição também a inquietavam. Tinha pavor de se descontrolar de uma hora para a outra. A viagem tinha sido horrível, medonha.

O que havia de errado com ela? Devia estar feliz por Molly ter gostado de Flora. Sabia como madrastas podiam ser um pesadelo, graças ao livros que lera e aos relatos de amigas que viviam em famílias na mesma situação. Flora não era um pesadelo nesse sentido. Ela era gentil. Divertida, até. Tratava Molly bem. Então, Izzy devia estar aliviada, não? Mas não, amedrontada a definia melhor. E um tanto zangada. O pesadelo não era a nova mulher de seu pai ser horrível, mas sim ela ser tão simpática.

Olhando de relance para trás, viu Molly segurar a mão de Flora.

— Estou feliz que esteja aqui.

Izzy não estava feliz. Naquele momento odiava Flora.

A estrada fez uma curva e Lake Lodge surgiu, iluminado pelo sol. A porta da frente estava quase toda encoberta pela profusão de rosas trepadeiras. Izzy sentiu o coração acelerar ligeiramente ao perceber que era tudo tão familiar e ao mesmo tempo tão desconhecido, pois dessa vez sua mãe não estava presente.

Segurou-se firme no banco, tentando se controlar. Respire. Respire.

A porta se abriu e tia Clare surgiu com um vestido florido e um sorriso enorme, o cabelo loiro curto emoldurando o rosto. Aiden estava logo atrás, apoiado de seu jeito relaxado no batente da porta com o cabelo escuro caindo nos olhos.

O coração de Izzy disparou.

Eu te amo, Izzy.

Será que o sentimento ainda era o mesmo? Bem provável que não. Ela havia aprendido que sentimentos eram estranhos e imprevisíveis.

Assim que o carro parou, Molly soltou um gritinho de alegria, desafivelou o cinto de segurança e saiu correndo pelo gramado.

— Tia Clare!

Clare a pegou no colo e a rodopiou antes de abraçá-la com força e beijá-la.

Izzy sentiu um nó na garganta. Sentia-se vulnerável. Estranha. Mil anos mais velha que da última vez que estivera ali. Na época a vida parecia tão simples, só que não era, claro. Acontece que via dessa forma porque desconhecia a verdade. Agora ela sabia, e essa consciência pesava-lhe nas costas como uma rocha.

— Izz?

O pai a observava e ela sentiu o pânico ferver dentro de si como uma leiteira esquecida no fogão.

A menos que optasse por lidar com os questionamentos naquela hora, precisaria se mexer. Ao tentar abrir a porta, o pai colocou a mão sobre a dela.

— Está tudo bem? Sei que não é fácil — disse ele em um tom ameno. — É natural pensar na sua mãe. Acho que todos estamos pensando.

Izzy estava pensando na mãe, mas era bem provável que não do jeito que ele imaginava. O segredo que vinha guardando havia erguido uma barreira, separando-a de todos os outros.

Nunca se sentira tão isolada na vida.

— Estou bem, pai. Sério. Como você está?

Tinha que ser difícil para ele também.

— Estou bem, e muito é por sua causa. — Ele acariciou a mão da filha. — Você tem sido uma super-heroína, Izzy. Não sei o que teria feito sem você neste último ano. Você é a melhor filha que um homem poderia ter.

Aquelas palavras deixaram-na com os olhos ardendo e a garganta fechada. Tinha consciência de que não era nada daquilo, mas optou pelo silêncio. Não saberia o que dizer, sem contar que Flora ainda estava sentada no banco de trás.

— Izzy, prometo que vai ser divertido. Flora e eu cuidaremos de Molly para que você possa curtir.

— Gosto de ficar com Molly, pai. Ela é minha irmã.

Precisava mesmo dizer? Não havia uma pessoa na face da Terra que a entendia.

— Mas seria melhor passar um tempo com adolescentes da sua idade. Espero que fique feliz em reencontrar Aiden.

E ela estava contente, mas nervosa também. E se os sentimentos dele tivessem mudado? Além do mais, estava muito brava com o mundo, e ainda não sabia se Aiden estava incluído. E se o odiasse também?

— Precisamos cumprimentar tia Clare.

Com um sorriso rápido, ela se atrapalhou para abrir a porta e saiu na esperança de ter deixado o ligeiro descontrole no carro.

Hesitou um pouco antes de ir ao encontro de Clare. Tinham se visto pela última vez no enterro, e Izzy mal se lembrava do evento. O dia todo tinha sido escuro, sombreado pelo peso do horror.

Clare colocou Molly no chão e Izzy se viu abraçada com o mesmo carinho. Inalou o perfume floral de Clare e fechou os olhos por um instante, permitindo-se ser confortada, embora o carinho não fosse específico para seu tipo de problema.

Clare sempre fora de abraçar e fazer com que as pessoas se sentissem em casa. Izzy ouvia a mãe dizer que não entendia como alguém podia desistir de uma carreira glamorosa em uma revista de papel luminoso para se enterrar no meio do nada e passar o dia fazendo camas para hóspedes, limpando lama das botas e assando bolos.

Izzy não sabia de nada sobre a edição de revistas glamorosas. Mas sabia que qualquer pessoa que estivesse com a tia Clare se sentiria cuidada e mimada. Era difícil encontrá-la ao celular, distraída ou escolhendo filtros para editar uma foto a ser postada em uma rede social. Nunca se preocupara com maquiagem ou cabelo ao abraçar alguém. Apesar se ser ocupada, nunca tinha pressa. Preferia viver o momento em vez de se esforçar para atingir o próximo objetivo, e nada do que fazia almejava uma audiência.

Durante o voo, Izzy tinha começado a escrever sobre os perigos de apresentar uma versão falsa de si mesmo para o mundo, mas acabou se sentindo culpada por estar agindo exatamente igual. Não era a mesma coisa, óbvio, não de fato. Manter segredos e pensamentos guardados para si era diferente de mostrar uma imagem educada e feliz. Aquele era o ponto principal do texto, uma questão instigante que esperava estimular uma conversa. Até que ponto uma pessoa esconderia seu verdadeiro eu para o mundo?

— Como está a minha Izzy?

A pergunta foi tão afetuosa que Izzy ficou tentada a dizer a verdade.

Estou uma bagunça. Me ajude.

Não era o momento adequado, claro, mas talvez... quem sabe mais tarde.

— Estou bem, tia Clare — respondeu, amenizando o tom ríspido de voz com um sorriso. — E você?

— Estamos ótimos, obrigada. — Clare a soltou e afastou uma mecha de cabelo do rosto de Izzy. — Deixe-me ver, você está linda!

Molly cutucou Clare.

— Você precisa conhecer a Flora.

Izzy notou uma mudança quase imperceptível no rosto de Clare e percebeu que a situação devia ser estranha para ela também. Becca e Clare haviam sido amigas desde crianças. Será que ela tinha ficado magoada por Jack ter convidado outra mulher?

Clare deu um passo à frente e estendeu a mão.

— Prazer em conhecê-la, Flora. — A apresentação foi feita em um tom leve e educado e pegou Izzy de surpresa. Geralmente Clare era mais amigável e receptiva.

— Agradeço muito pelo convite... — Flora não terminou a frase. Corou ao lembrar que Clare não a tinha convidado de fato e que estava ali só por causa do pai de Izzy.

— Espero que goste da sua estadia.

Clare parecia uma dona de hotel cumprimentando uma hóspede recém-chegada, que havia deixado o quarto sujo em uma visita anterior.

Izzy notou que Clare estava em conflito e soube, ali naquele momento, que nunca poderiam trocar confidências. Seria muito difícil. Clare precisava lidar com os próprios sentimentos.

Não, Izzy estava sozinha nessa. Antes tivesse naufragado em uma ilha.

Clare os conduziu para dentro de casa.

— Vocês devem estar cansados.

De repente Izzy se viu diante de Aiden. Sentiu o coração em descompasso e a respiração estranha. Por pouco não fez aquela observação típica dos adultos, *você cresceu*, mas se conteve a tempo. Mas ele *havia* crescido mesmo. Será que os ombros já eram tão largos assim? Não, definitivamente não. Demorou para identificar a razão de estar esquisita, mas logo percebeu que era porque Aiden parecia mais um homem do que um garoto, quase um desconhecido. Mas então ele esboçou aquele sorriso engraçado, curvando a boca de um lado só, e voltou a ser o Aiden de sempre.

— Oi. — Concluindo que eram grandinhos demais para se abraçar sem parecer bizarro, Izzy enfiou as mãos nos bolsos das calças jeans e retribuiu o sorriso.

Aiden parecia mais à vontade com a situação do que ela, mas esse era o jeito dele. Não ligava muito para a opinião dos outros a seu respeito. Era uma característica que ela tanto admirava como invejava.

— Ei, Anizzy. — Ele a tinha apelidado assim quando ela passara por uma fase em que era viciada em um refrigerante que tinha um gostinho de anis e nunca mais parou. — Bom ver você.

Izzy quis responder que era bom vê-lo também, mas a língua ficou presa no céu da boca e não conseguiu se soltar. O momento podia ter sido bizarro, mas foram salvos pela chegada do Fuça, que latiu alto e lambeu todo mundo com o rabo abanando.

— Fuça!

Molly se abaixou para abraçá-lo e ganhou lambidas no rosto e pulos de alegria.

— Não o deixe lamber seu rosto, querida. Fuça, quantas vezes já disse para não pular! — Clare segurou a coleira. — Senta. Senta, seu cachorro mal-educado.

Molly soltou uma risada tão gostosa que havia muito Izzy não ouvia.

Ela brincou com o cachorro também, sempre atenta à presença próxima de Aiden.

Ainda superanimado, Fuça livrou-se da coleira e correu para Flora, pulando e imprimindo patas enlameadas na blusa cor de laranja brilhante.

— Fuça! — Clare ficou chocada e sem graça. — Nossa, que recepção. Sinto muito.

— Não faz mal. Ele é um amor. — Em vez de se afastar, Flora se ajoelhou e abraçou o cachorro, rindo de olhos fechados enquanto Fuça se aproveitava do fácil acesso. — Você está feliz em nos ver, hein, bonitão?

Continuou acariciando-o, fazendo cócegas e uma bagunça até o cachorro quase desmaiar de êxtase.

A blusa alaranjada estava toda manchada de patas enlameadas, mas Flora não parecia se importar.

Clare a observava com uma expressão estranha.

— Você gosta de cachorros?

— Adoro todos os animais — Flora respondeu. — Sempre quis ter um de estimação, mas não foi possível.

Izzy ficou paralisada. Também sempre quisera ter um cachorro, mas sua mãe tinha horror da possibilidade. *É bom ter cachorro quando se vive no campo, mas é preciso levá-los para passear e soltam pelos por todo canto...*

— Fuça foi adotado. — Clare puxou a coleira um pouco. — Tinha um ano quando o resgatamos. Acredite ou não, nós o treinamos bastante, mas não adianta nada quando ele gosta de alguém.

— Posso levá-lo para passear, tia Clare? — Molly estava ajoelhada ao lado de Flora, acariciando o pelo do cachorro.

— Ele vai adorar e, para ser sincera, eu também, mas por que não vamos lavar as mãos e comer alguma coisa antes? A viagem foi longa. A comida do avião e o fuso horário deixam um certo mal-estar. Venham até a cozinha. — Clare os conduziu para dentro de casa. — Alguém está com fome? Fiz uma pilha de sanduíches e os bolinhos acabaram de sair do forno. Ainda temos geleia de morango do último verão. Flora, sinto muito mesmo por sua blusa. Imagino que queira se trocar e se refrescar.

— Seria bom, obrigada. — Flora pegou sua mala e parou, esperando que lhe mostrassem o caminho.

Izzy viu quando Clare olhou para Jack, e soube instintivamente que a divisão de quartos não estava clara para a tia. Izzy também tinha pensado no assunto. Será que Flora e o pai estavam dormindo juntos? Ela não sabia. Se fosse o caso, então os dois tinham sido discretos. Mas ali as coisas seriam diferentes. Não haveria trabalho a ser feito ou correria do dia a dia. O objetivo principal era passar tempo juntos.

Ela sentiu a barriga doer.

— Coloquei Molly e Izzy no quarto da torre, como de costume. — Clare foi rápida e prática. — Flora fica no quarto do lago e você ao lado, Jack. Espero que esteja bom assim.

— Sei onde fica o quarto do lago. Vou levá-la até lá. — Molly pegou a mão de Flora e as duas saíram rápido da sala.

Izzy sentou-se à mesa limpa da cozinha, olhando para a pilha de bolinhos dourados recém-assados e os sanduíches grossos e crocantes. O voo e o fuso horário tinham revirado seu estômago, e agora percebia como estava faminta. E cansada. Não apenas da viagem, mas da vida. O último ano tinha sido interminável. Estava física e emocionalmente exausta. Conteve o impulso de apoiar a cabeça na mesa e chorar.

Jack estava perguntando a Clare sobre Todd.

Izzy estava apavorada com a possibilidade de entrar em colapso. E então sentiu alguém colocar a mão em seu braço. Era Aiden.

— Compramos umas pranchas de *stand-up paddle*. — Ele empurrou os sanduíches para ela. — Quer experimentar? É divertido.

A mudança súbita de assunto a tirou do pânico.

— Obrigada. Ia ser legal.

— O lago é perfeito para praticar. — Aiden continuou falando, não se demorando em nenhum assunto específico, sem esperar resposta, e ela imaginou se seu momento de desespero fora visível.

Molly voltou com Flora, que havia trocado a camiseta por uma limpa, dessa vez de um tom azul bonito. O short era amarelo e o cabelo rebelde estava preso com uma piranha vermelha.

Para Izzy, ela mais parecia um buquê de flores da primavera.

Izzy a observou passar pela porta e notou o nervosismo dela, olhando rápido de uma pessoa para a outra na sala. Pela primeira vez, se deu conta do quanto devia ser difícil para Flora também. Mas a compaixão repentina durou menos de um segundo. Sua situação era mais séria do que a de Flora.

Izzy sorriu para a irmã, dando um tapinha na cadeira a seu lado.

— Venha comer alguma coisa, Molly.

Molly segurou a mão de Flora.

— Quero me sentar do lado da Flora.

Izzy rangeu os dentes.

— Aqui tem duas cadeiras. Flora pode se sentar aqui também.

Molly puxou Flora até a mesa e se serviu de um sanduíche.

— Tia Clare faz os melhores bolos, só que não podemos experimentar antes de comermos as outras coisas. Mas não tem problema, porque tudo é gostoso. Diferente dos sanduíches de casa. Experimenta. — Ela passou o prato para Flora, que se serviu, agradecendo com um sorriso.

Izzy notou o olhar curioso de Clare para Flora e depois para Molly.

Aiden pegou uma lata de refrigerante diet da geladeira e a serviu, ignorando o olhar de desaprovação da mãe.

O gesto de alguma forma fez Izzy se sentir melhor, como se alguém, pelo menos, a conhecesse um pouco.

Comeu vários sanduíches e um bolinho, desejando que Aiden e ela não estivessem no meio de tanta gente. No meio dos outros, a conversa era formal, estranha, titubeante como um carro que se recusa a pegar.

Era sempre assim quando ficavam muito tempo sem se encontrar. Um clima um pouco tenso, cada um procurando encontrar os pontos comuns para se reconectar.

Será que Aiden também estava pensando sobre o último verão? Sobre aquela conversa que tinham tido estendidos na grama à margem do lago?

Talvez estivesse, por causa do olhar rápido na direção dela antes de pegar outro sanduíche.

— Mesmo que esteja cansada, é preciso seguir o horário britânico, por isso o melhor é se mexer. Quer andar de caiaque esta tarde?

O convite se estendia a todos ou seriam só os dois?

De um jeito ou de outro, a resposta era sim. Se conseguisse se concentrar em uma atividade, era bem provável que Izzy parasse de pensar tanto. Qualquer coisa que a afastasse de sua vida por cinco minutos que fosse seria bom.

— Acho ótimo. Trouxe maiô e o macacão de Neoprene.

— Legal. Podemos nos trocar na casa de barcos. — Aiden tomou um gole do refrigerante. — Tudo bem por você, mãe?

Clare ofereceu uma xícara de chá para Flora.

— Desde que obedeçam às regras e vistam os coletes salva-vidas.

Izzy esperava que Molly implorasse para acompanhá-los, mas não, pois estava ocupada demais contando a Flora sobre os pássaros e flores que viviam na floresta, e sugeriu levar Fuça para passear.

— Todd deve chegar em casa logo — Clare informou a Jack. — O dia está ensolarado, pensei em fazer um churrasco no lago. Comprei bifes e salmão, podemos assar vegetais e espetinhos de queijo coalho. O que acham?

— Para mim está ótimo. Podemos ajudar. — Jack se levantou. — Vou descarregar o que restou no carro.

Sem as inúmeras malas de Becca, tudo tinha cabido muito facilmente.

Aiden também se levantou e sinalizou para que Izzy o acompanhasse.

— Nos vemos mais tarde.

Izzy hesitou.

— Você vai ficar bem, Molly?

— Estarei com Flora — ela respondeu, assentindo com a cabeça.

Izzy ficou magoada com a dispensa, o que não fazia nenhum sentido, já que no ano anterior sempre ficava animada para escapar com Aiden sem a companhia de Molly.

Sem se preocupar em desfazer a mala, pegou as coisas de natação e o seguiu pela grama e pela trilha que contornava o lago. Aiden caminhava na frente e ela observava o movimento da camiseta no corpo forte e o cabelo enrolando no pescoço.

Quando alcançaram o riacho e as pedras íngremes, ele estendeu a mão.

— Cuidado para não escorregar. Choveu bastante e o riacho está mais fundo que de costume.

Izzy vacilou por um momento, mas segurou a mão dele, sentindo o aperto forte dos dedos. Era a primeira vez que se sentia segura depois de muito tempo.

— Você está bem? — perguntou ele com a voz rouca.

Izzy assentiu.

— Sim. É só o *jet-lag*, acho. Sabe como é.

— Não precisamos sair de caiaque. Só falei por causa dos adultos. Peguei a chave da casa de barcos. Se preferir, podemos pegar umas bebidas e ficar de boa no deque.

— Legal.

Ela andou com cuidado sobre as pedras brilhantes e lisas, determinada a não escorregar. Até o final das férias, eles provavelmente achariam graça juntos da situação, mas naquele instante ainda estavam cautelosos. Um não tinha certeza do que o outro era, ou quais seriam as mudanças.

Assim que pisaram em terra firme, ela puxou a mão. Entraram na casa de barco, e Izzy tirou os sapatos e seguiu descalça.

— Esse lugar é incrível. Você consegue se acostumar com isso? — Ela olhou para o teto alto, os metros e metros de vidro, que de alguma forma traziam o lago para dentro de casa. — Quero dizer, eu moraria aqui fácil.

Aiden foi para a cozinha.

— Você enlouqueceria, urbaninha.

— Não é porque moro na cidade que sou urbana.

Ele abriu a geladeira e tirou duas latas. Parecia mais velho, como se um ano de vivência tivesse acrescentado mais camadas, invisíveis a olho nu.

— No meu ponto de vista, temos que tomar uma decisão.

Ela pegou a lata.

— Que tipo de decisão?

— Podemos entrar de cabeça e começar de onde terminamos, ou agir com educação, cheios de não me toques, por uma semana mais ou menos, para no final reestabelecermos a conexão de sempre, lamentando ter perdido tempo na tentativa de voltar ao lugar em que sempre chegamos.

Aiden tinha um jeito de ver claramente situações que sempre pareciam turvas e complicadas para Izzy.

Envergonhada, ela tomou um gole da bebida.

— E que lugar é esse?

— É onde nos sentimos à vontade para empurrarmos uns aos outros na água. — Ele sorriu e a cutucou na direção do cais.

Naquele momento, Aiden voltou a ser o mesmo de sempre. Um menino prestes a empurrar uma menina na água.

— Ainda não cheguei nesse ponto. Não estou pronta para me molhar. — A roupa de banho estava na mochila com uma toalha enorme que Clare tinha lhes dado, mas ela não estava a fim. Sentou-se, admirando os raios de sol dançarem sobre a superfície da água. — Eu havia me esquecido de como esse lugar é perfeito. Você tem sorte de morar aqui.

— É verdade, mas não é sempre que tenho tempo de me sentar aqui. Costumamos alugar para outras pessoas.

— Deve ser bizarro.

Aiden deu de ombros.

— Alugamos pela grana extra. — Sentou-se também, roçando o braço no dela conforme colocava os pés no lago. — Mas é verdade, sou possessivo, tenho a sensação de que o lago é meu.

Izzy também colocou os pés no lago e suspirou quando a água gelada envolveu seus tornozelos.

— Está frio.

— Fracote.

— Diz o garoto que nunca viveu em Nova York no inverno.

Ele riu.

— No último verão você estava mergulhando aqui.

No último verão ela havia feito muita coisa que não fazia mais.

Os dois continuaram ali, balançando os pés na água como faziam quando crianças.

— Então… — Aiden se inclinou e enrolou a calça jeans mais para cima. — Quer conversar?

— Sobre o quê? Sobre como a água está gelada?

Aiden arrastou o pé na água, produzindo marolas.

— Isso significa que não quer conversar? Não precisa. O que achar melhor. Só não quero que pense que não me importo. Lembro de uma mensagem sua dizendo que nenhum dos seus amigos queria mais falar sobre o assunto. Não quero pertencer a esse tipo de amigos.

Ela sentiu um nó se formar na garganta.

— Como você sabe tanta coisa?

— Não sei tanta coisa assim. — Ele apoiou a latinha no deque. — Mas eu te conheço.

Izzy sentiu um calor se espalhar pelo corpo que não tinha nada a ver com o sol.

— É complicado.

Aiden não disse nada, apenas aguardou com calma, proporcionando companhia e nada mais. Sem julgamentos. Sem pressão.

— Esse ano foi uma droga. Horrível. Minha vontade era de passar o tempo inteiro debaixo das cobertas, mas, todo dia de manhã, eu sabia que tinha que me levantar, se não nossas vidas iriam ruir. Me senti necessária. Eu *era* necessária. Ajudei com Molly, com as roupas, cozinhei…

Primeiro as palavras saíram devagar, esgueirando-se pelas barreiras que mantivera em pé por tanto tempo. Como Aiden era um ouvinte muito bom e a entendia de verdade, os muros foram ruindo e as palavras começaram a fluir melhor.

Aiden a ouviu em silêncio, murmurando em sinal de compreensão, perguntando uma coisa ou outra, encarando-a de vez em quando a fim de demonstrar que prestava atenção, mas não muito para não a deixar desconfortável.

— Mas tem sido difícil. E não está melhorando. Só ficou diferente. O mais bizarro é que vem piorando nesses últimos tempos.

Aiden assentiu.

— Você gosta dela? Flora?

Como ele sabia que seu maior problema no momento era Flora?

Olhou para ele de relance. Os olhos de Aiden eram de um tom castanho quente. Interessados. Afetuosos. Gostava do jeito como ele a fitava, causando um certo formigamento, que despertava todas as partes de seu corpo.

— Não a conheço tão bem assim.

— Isso é o que falamos quando não gostamos de alguém e não queremos admitir.

Izzy voltou a atenção para a água.

— A culpa não é dela. Quer dizer, ela se esforça *tanto* para ser aceita pela família que até dói de ver. E Molly já se apaixonou. Durante meses fui eu quem a abracei enquanto ela chorava. Cozinhei para ela. Permiti inclusive que dormisse comigo. Lavei os lençóis quando ela fazia xixi na cama… — Ela lançou um olhar firme para Aiden —… ai de você se ousar mencionar isso…

— Não vou.

Izzy suspirou.

— Agora é tudo *Flora isso, Flora aquilo*, como se Molly tivesse sido enfeitiçada ou algo assim.

Envergonhada pela própria indiscrição, disfarçou tomando mais um gole da bebida. A realidade era que pensar em Flora a deixava mal consigo mesma. Quanto mais legal Flora era, mais furiosa Izzy ficava. E não era capaz de identificar o motivo.

— Esquece. Nem sei o que estou tentando dizer.

Agora Aiden ia considerá-la uma vaca. Talvez fosse mesmo. Uma pessoa legal teria abraçado alguém como Flora, não? Mas pelo menos Flora não tinha oferecido a eles uma maçã envenenada ou algo assim. Podia ter sido muito pior.

— Molly gosta muito da Flora?

— Ah, sim. É amor para todo lado. — Izzy sabia que a resposta havia soado amarga, mas não se conteve.

Esperou que Aiden dissesse que devia ser bom para Molly, mas ele ficou quieto por alguns minutos, olhando para a água e pensando. E então se remexeu.

— Isso deve te deixar magoada. E o fato de ela ser legal... também é um saco.

— Como assim?

Era um saco mesmo, mas ela não admitiria, pois já se imaginava com uma faixa neon com os dizeres "garota malvada" na testa.

— Bem, isso faz com que odiá-la seja uma experiência desagradável, porque ela não te dá bons motivos para tanto. Estou presumindo que você a odeia, porque eu provavelmente a odiaria se estivesse na sua posição.

Izzy engoliu em seco.

— Odiaria?

Ninguém compreendia o que sentia. Nem a família, nem os amigos.

Mas Aiden entendeu.

— É... Quero dizer, seu mundo já está ferrado e ela surge do nada, a srta. Perfeita. Pelo jeito, ela não está fazendo nada de errado. Acho que é meio egoísta da parte dela não te dar nenhum motivo para odiá-la.

Izzy soltou uma gargalhada.

— Não acredito no que acabei de ouvir. Você é tão mau.

— Sou nada. Nem você.

— Me sinto má. É como se eu fosse uma pessoa horrível de verdade.

— Como você mesma disse: a situação é uma droga e está fora do seu controle. Não é você quem dá as cartas. Flora está numa posição bem mais favorável.

Izzy se lembrou de Flora sem fôlego e com o rosto vermelho tentando acompanhá-la durante a corrida. Flora procurando não olhar para as fotos de Becca que enfeitavam a casa. Flora parecendo meio perdida.

— Não acho que seja fácil para Flora. — Sentiu uma pontinha de culpa. — Dificultei bastante a vida dela. Quanto mais ela tenta, mais eu me afasto. Não consigo evitar. Só não a quero por perto, mas não tenho nenhuma justificativa para isso.

Aiden matou um pernilongo.

— Sua família tem uma nova configuração e você não está pronta para uma nova mudança. Acho que isso já é razão suficiente.

— Como você sempre sabe exatamente o que dizer?

— Não sei, mas nesse caso é o óbvio.

— Acha que sou horrível?

— Acho que é humana. O que você fez para a Flora? Colocou um sapo na cama dela?

Izzy tentou sorrir.

— Basicamente fiz de tudo para deixar ela desconfortável. Convenci ela a fazer coisas com as quais não estava acostumada. Mas não deu certo. Nada do que faço a abala. Quer dizer, deve ser difícil, mas ela só aguenta, como se estivesse disposta a ser castigada. Ou talvez ame meu pai, ou queira o dinheiro dele ou alguma coisa e está disposta a fazer o que for para conseguir.

— Por que você acha que ela quer o dinheiro dele?

— Não sei. — Uma prova contrária fora quando ouvira Flora insistir em pagar a própria passagem de avião. — Esquece.

— Quem sabe ela seja realista. Se está saindo com uma família já definida, terá que lidar com as coisas boas e ruins. Talvez ela só não esteja acostumada a pertencer a uma família. É como… — Ele fez uma pausa para pensar —… aprender a fazer parte de uma orquestra quando se está acostumado a tocar solo.

— Por que ela se importa com minha opinião sobre ela? Por que tanto esforço? Não é comigo que ela está namorando. — De repente, por causa da viagem e pelo fuso horário, Izzy se sentiu exausta e emotiva.

— Porque sabe que, se for ficar com seu pai, terá de dar um jeito de você gostar dela também.

— E não consigo. Não sei por quê. Não que eu queira que meu pai seja triste. Ao contrário, quero que ele seja feliz. Então, por que não me contento com a felicidade dele e pronto?

— Posso ser honesto?

— Não sei. Vou odiar sua resposta sincera?

— Você nunca vai me odiar. Sou legal e bonito demais. E minha família possui uma casa de barcos, por isso vale a pena me manter por perto. — Aiden passou o braço nos ombros dela. — O que acho é: sua vida tem sido um inferno. Você está triste. De luto. Sobrevivendo diariamente. E de uma hora para a outra seu pai leva uma pessoa para casa e acontece uma revolução. Ele muda. Não sei se é sincero ou não, mas parece que ele está seguindo com a vida. Molly voltou a sorrir e seguiu em frente também. E você tem que lidar com todas essas alterações de novo e se sente ameaçada.

— Acho que é isso mesmo. — Ela sentiu um nó na garganta. — Não quero odiar Flora, mas não posso dar uma de legal porque ela… como você falou?… mudou a configuração das nossas vidas e não posso fazer nada.

— Você também não pôde fazer nada quando perdeu sua mãe. É normal ter dificuldades com isso, Izz. Não precisa fingir que está tudo bem e ser uma falsa garota perfeita. É seu direito ficar brava e triste. Pode gritar e chorar.

— Você iria surtar se eu chorasse.

— Eu te empurraria na água.

— É assim que vai lidar com seus pacientes deprimidos quando for médico? — perguntou ela, bufando.

— Afogamento? Seria uma solução, apesar de duvidar que o conselho médico aprove.

— Geralmente finjo que estou bem. — Ela suspirou. — As pessoas não gostam de ver alguém triste.

— Eu não sou "pessoas". Quero vê-la como você é de verdade.

— Acho que o que mais machuca — confessou ela — é que Molly gosta muito dela. Sei que isso é louco, porque seria bem pior se meu pai namorasse alguém que nós duas desaprovássemos. O que quero dizer é… o que sinto não faz sentido. Eu deveria estar contente, não é?

— Por quê? — Aiden tomou mais um gole da bebida. — Tirando todas as outras questões óbvias, você perdeu um ente querido. E agora parece que está perdendo outro.

— Exatamente!

— Mas você não está perdendo ninguém, Izz. Você sabe disso, certo? Não está perdendo Molly. Ela te adora.

— Será? Era em mim que ela grudava. Eu era o porto seguro dela até Flora aparecer. — Izzy deixou o olhar pairar sobre a água. — O pior, o mais difícil, é que não me sinto mais necessária. E se for assim, então…

— Então o que seria? Você é amada, Izzy, é isso que você é. — Aiden apertou mais o abraço. — Não precisa conquistar um espaço que já é seu na família. Você nasceu nela. Seu pai não a ama porque você ajuda com a Molly, se bem que tenho certeza de que fica agradecido por isso... ele te ama por você. A menos que... — Ele fez uma pausa, de repente incerto. — Isso é sobre...

— Não! — Mas era, claro, pelo menos em parte. Ao sentir os olhos lacrimejarem, ela se levantou rápido. A conversa tinha chegado em um ponto que precisava terminar. — Bobagem minha.

— Flora sabe disso?

— Acho que não.

Só de pensar na hipótese de o pai ter falado sobre segredos íntimos da família com Flora, Izzy ficou mais insegura.

Aiden também se levantou.

— Então, o que há de errado?

— Nada.

— Não faça isso. — Ele a segurou pelos ombros com firmeza. — Compartilhamos nossos sentimentos. Não exibimos um sorriso quando estamos tristes, nunca. Falamos as coisas como são de fato. Sempre dissemos tudo um ao outro.

Nem tudo.

— Está tudo bem. É sério. — Ela esboçou um sorriso. — Foi bom conversar, mas acho que chega por enquanto. Minha cabeça está explodindo. Melhor mesmo seria você me jogar desse deque e afundar minha cabeça na água fria.

Ele riu.

— Não posso fazer isso com uma convidada.

— Não? Então vou primeiro.

Ela o empurrou com força, e o mergulho dele a cobriu de pingos de água.

Ela arfou e afastou o cabelo molhado do rosto, rindo. Ainda bem que ele ria também.

— Você… — Ele cuspiu água, tossiu. — Não acredito que fez isso.

— Nem eu.

— A escolha é sua, Isabella — disse ele, fingindo-se calmo. — Ou você pula, ou vou aí pegar você.

— Sou mais rápida que você.

Com o cabelo jogado para trás e gotas de água coladas nos cílios, Aiden parecia o protagonista de um filme adolescente.

— Posso não ser campeão de corrida, mas sou bem rápido quando é por uma boa causa.

Será que ela era uma boa causa?

Para disfarçar o momento estranho, Izzy tirou a camiseta, o short e pulou sem que tivesse tempo de pensar no que estava fazendo.

Bateu na água com força e afundou na superfície. O som foi abafado, alguma coisa macia raspou em sua perna e ela quis gritar, só que se afogaria, além do que gritar era para bebês. E não queria que Aiden a considerasse uma bebê.

Quando ressurgiu na superfície, suspirando, ele a puxou para o deque.

— Refrescante, né?

— Não foi bem essa palavra que pensei. — Ela limpou o rosto com a palma da mão, clareando a visão. — Alguma coisa passou pela minha perna.

— Minhas mãos estão bem visíveis.

— É isso que me preocupa.

— Não esquente. A vida selvagem aqui é amigável. — Ele a puxou para si. Izzy sentiu a coxa musculosa roçar na dela. Sólida. Forte. — Estou feliz que esteja aqui, Izz.

O olhar intenso de Aiden fez o coração dela bater mais forte.

— Você quer dizer aqui na água?

Sabia que não tinha sido isso que ele queria dizer, mas precisava ouvi-lo explicar. Sentia-se envergonhada pela própria carência.

— Quero dizer aqui na minha casa. Comigo.

Ele ergueu a mão e afastou as gotas de água do rosto dela com o polegar. Izzy estremeceu, mas não porque estava com frio. Segurou o braço dele, sentindo os bíceps bem definidos e a pele fria por causa da água, embora a dela estivesse quente. Um calor abrasador.

Pela primeira vez em meses não pensava em nada além dele. Aiden. Todo o resto se desvaneceu. A ansiedade e a raiva. A tristeza e a confusão. Restou apenas a excitação. A sensação deliciosa na boca do estômago e no ventre. Não tinha certeza se era amor. Mesmo porque nem sabia direito o que era amor. Tinha apenas a noção de que estar tão perto de Aiden era eletrizante. Sentira-se assim na última vez? Não, achava que não. Talvez Molly e o pai não fossem os únicos que estavam mudando.

Pressionou os lábios na pele molhada de Aiden.

— Também estou feliz em estar aqui.

12

Flora

O QUE ESPERAVAM QUE ELA vestisse?

Flora voltou a ser a criança confusa e solitária, desesperada para causar uma boa impressão.

Não que Clare não tivesse sido educada — tinha sido extremamente polida —, mas isso não significava acolhedora, não é? Polida não era o mesmo que entusiasmada, era apenas boa educação. Havia pouca coisa pior do que ser tolerada, e Flora sabia que estava sendo tolerada pelo bem de Jack.

Toda a força que sentira quando tinha confrontado Celia havia desaparecido. Agora era diferente. Isso *era importante.*

Ao ouvir a risada de Jack pela janela aberta, conversando com os amigos, aproximou-se com cuidado para não ser vista. Ele estava tão à vontade com aquela gente que não lhe ocorria que ela pudesse se sentir de outra forma.

Jack estava em pé, segurando uma cerveja, rindo e conversando com um homem de costas para ela. Devia ser Todd. Todd, que certamente adorava Becca.

E ali, brilhando à luz do sol no final de um gramado extenso, estava o lago.

Flora se sentiu sufocada com as amarras do pânico ao redor do pescoço.

Será que devia dizer alguma coisa? Devia contar a eles? Não, pois significaria falar sobre algo que não queria.

Existiam várias outras atividades ali. Não havia necessidade de entrar ou sequer chegar perto do lago.

Molly brincava com Fuça, e suas palhaçadas produziam uma sinfonia de latidos e risinhos de menina. Flora se viu sorrindo ao observá-los. Eles estavam se divertindo tanto...

Comparando com a vida fria e estéril que tivera com a tia, o contraste ficava tão evidente que teve dificuldade para respirar. Esse era o lar que a maioria das pessoas sonhava em ter. O lugar era idílico, e isso nem era o mais importante, mas sim o amor que havia ali. Flora viu quando Clare limpou as mãos de Molly antes de lhe dar um sorvete. Clare era uma mãe atenciosa, empenhada e lembrava a mãe da própria Flora.

A fim de se distrair, olhou pelo jardim.

Não havia nem sinal de Izzy e Aiden, mas parecia que ninguém se importava.

Ela ficou apreensiva. Havia tentado falar com Jack sobre suas preocupações em relação a Izzy, mas ele não lhe pareceu nem um pouco preocupado. O namoro ia tão bem que ela não queria colocá-lo em risco se intrometendo demais. Não era esposa dele. Não era mãe das meninas. O relacionamento não tinha sido formalizado. Flora não tinha um papel específico, mas sentia-se responsável.

Enquanto estava ali, vestindo o roupão que Clare lhe havia gentilmente emprestado, Jack a viu, sorriu e estendeu a mão. Todd se virou, olhou para a janela, onde Flora achou que estivesse bem escondida, e acenou também. Ela não teve alternativa senão retribuir o gesto.

Ótimo.

Agora todos saberiam que ela os observara escondida, covarde demais para descer e juntar-se a todos.

O que Becca teria usado na primeira reunião vespertina no jardim? Provavelmente algo esvoaçante, branco, com correntes informais no pescoço e brincos prateados, cabelos presos em um coque displicente, mas ao mesmo tempo elegante sem muito esforço. Teria bebericado champanhe de uma taça alta em vez de tomar cerveja na garrafa. Nunca, jamais, teria duvidado de que seria bem recepcionada.

Flora colocou dois vestidos lado a lado sobre a cama. Um de verão com tiras finas, seu preferido, e um branco, que havia comprado por impulso em uma butique em Greenwich Village.

Em qual ficaria mais confortável? Vestir-se como ela mesma ou como Becca? Tentou prender o cabelo atrás da cabeça. Mas os cachos indomáveis resistiram às tentativas, caindo no rosto de um jeito que a deixou parecida com uma das heroínas de Jane Austen depois de um galope a cavalo.

Seguindo um impulso, mandou mensagem para Julia.

Não sei o que vestir. Branco ou azul?

A resposta veio minutos depois.

Branco? Você? Está de brincadeira? A menos que vá se casar, use cor. Seja você mesma!

Seja você mesma.

Ela ergueu o queixo, procurando parecer confiante, e então ouviu sons de passos na escada. Molly apareceu à porta, sem fôlego e corada.

— Por que está fazendo caretas na frente do espelho? Por que não está vestida? Precisa vir brincar.

Flora a pegou no colo e a rodopiou, transbordando gratidão. Molly já era grandinha para ser erguida, mas, quando sentiu os braços de Molly se entrelaçarem em seu pescoço, segurou-a melhor. Inalou o perfume fresco de banho e xampu de morango e o corpinho aquecido pelo sol. Fechou os olhos, permitindo-se saborear aquele momento descomplicado de afeto sem reservas. Ainda não ousara analisar com mais atenção seus sentimentos por Jack, mas tinha quase certeza de que amava a filha mais nova. Sempre quisera ter filhos, e estar com Molly havia aumentado esse desejo.

— Está se divertindo?

— Sim, mas quero que você venha lá para fora. Todo mundo está lá.

— Preciso me trocar.

Molly olhou para os vestidos sobre a cama e franziu a testa.

— Não use branco, senão não poderá brincar para não se sujar. E Fuça vai te deixar cheia de lama e você vai ficar brava.

— Nunca vou ficar brava com Fuça. — Flora a colocou no chão. — Vou usar o azul. — Vestiu-se rápido, mas deixou o cabelo preso. — Izzy está lá embaixo?

— Não. Acho que está com Aiden. Ela ama o Aiden.

Molly a arrastou escada abaixo, falando o tempo todo, a maior parte sobre Fuça.

Flora atravessou o gramado, aquecida pelo sol da tarde e pelos olhares de todos.

— Olá.

Sorriu sem jeito e Jack estendeu a mão, puxando-a para mais perto.

— Amei o vestido.

— Eu também, apesar de que sempre acho que estampa de oncinha é mais apropriada para patas de cachorro. — Todd era animado. — Seja bem-vinda. Prazer em conhecê-la, Flora.

Em vez de estender a mão, ele a abraçou, e ela correspondeu, aliviada pela acolhida. O abraço parecia sincero. Ou Todd era um excelente ator, ou estava mesmo feliz por Jack estar com outra pessoa.

Pena que Clare não se sentia da mesma forma.

A amiga de Becca estava colocando os pratos sobre uma mesa longa, já gemendo com a quantidade de comida sobre si. Tomates fatiados e manjericão fresco brilhavam com azeite de oliva. Havia uma grande cumbuca de salada de folhas diversas, outra de batata, milho grelhado, com as bordas escurecidas, e pão quente e perfumado com ervas e alho.

Flora torceu para que Clare não tivesse envenenado nada.

— Você devia comer. — Clare estendeu-lhe um prato. — Sei que seu cérebro provavelmente não sabe que horas são, mas sempre achei que uma refeição e uma boa noite de sono ajudam a se encaixar no novo horário.

Flora gostou da tentativa de puxar conversa.

— Você viaja com frequência?

— Agora não muito. — Clare se serviu de salada. — Mas viajava bastante. Antes de virar autônoma, trabalhei para uma revista de moda em Londres. — Ela notou que o olhar de Flora foi para o short descontraído e a blusa solta de linho. — Difícil imaginar, não é?

Flora sentiu o rosto ficar roxo.

— Eu não estava...

— Mas não a culparia por isso. Mas realmente não preciso de grifes de estilistas por aqui. De que adiantam saltos e brilho quando estou tentando domar o jardim? Becca dizia... — Ela parou de falar no meio da frase. — Sinto muito.

— Sente muito por quê? — Jack se aproximou, e Flora procurou disfarçar o mal-estar.

Era tão óbvio que Clare não a queria em sua casa. Agia apenas como uma boa anfitriã. Será que Jack não percebia isso?

— Nada. — Clare deu um prato para Jack. — Por favor, dê isso a Todd? Você sabe que ele sempre deixa tudo chamuscar se não ficarmos de olho. Não quero que queime a comida.

— Vocês estavam falando sobre Becca, não é? É permitido falar — disse Jack, calmo. — O assunto não foi banido.

Seria verdade? Em alguns aspectos sim. Com todas as fotos, as histórias e a maneira como continuavam a viver como se Becca não tivesse morrido, parecia que ela era tão presente que podia a qualquer momento aparecer ali no jardim. Mas, por outro lado, Becca *era* um assunto banido. Jack nunca falava sobre ela a menos que as crianças tocassem no assunto. Havia deixado claro que não *queria* falar sobre ela. Flora tinha entendido que ele queria tocar a vida. E que achava difícil. Mas e se houvesse outro motivo?

Clare havia voltado a prestar atenção na comida.

— Para o bem de todos, resgate aqueles hambúrgueres, Jack.

Com a saída dele, houve um silêncio constrangedor, e Clare remexeu sua salada.

Flora decidiu se referir ao elefante invisível na sala. A situação não podia ficar pior do que já estava, não é?

— Entendo o quanto isso seja difícil. Deve ter sido um choque quando Jack contou que iria me trazer.

— De jeito nenhum. — A resposta de Clare foi um pouco rápida e suave demais. — Sempre gostamos de encontrar Jack e as meninas. Não acredito como Molly cresceu. Claro que as crianças odeiam quando ouvem isso.

Ela continuou falando de assuntos amenos, evitando a questão mais sensível: a própria Flora.

— Molly é adorável. Ela ama desenhar, pintar e tem um olho muito bom.

— Verdade. — Clare espetou um tomate. — E Izzy é tão inteligente, afetuosa e divertida. Vocês estão se dando bem?

Inteligente, sim. Afetuosa e divertida? Não com Flora, mas já a tinha visto agir assim com o pai e a irmã. Mas havia alguma coisa em Izzy que a preocupava. Algo que achava não ser pessoal.

Se fosse mais próxima de Clare, poderia pedir a opinião dela e dividir suas preocupações, mas não queria admitir que considerava Izzy um pesadelo. Era algo que evitava admitir até para si mesma. Vivia inventando desculpas. *Ela está de luto, é difícil ver o pai com outra pessoa...*

No final, acabou se esquivando do assunto.

— Não tive oportunidade de conhecê-la tão bem quanto Molly, mas ela tem sido incrível. Conseguiu segurar todas as pontas.

— Deve ter sido horrível para ela. Izzy era muito próxima de Becca. Venerava a mãe.

Jack voltou trazendo uma travessa de carne, salvando Flora do problema de responder de forma adequada. Ele colocou a travessa perto das saladas.

— Acredito que resgatei isso minutos antes de precisarmos chamar os bombeiros.

Passou o braço pelos ombros de Flora, puxando-a para mais perto.

Será que tinha ouvido o comentário sobre Becca? Bem provável que sim, porque o gesto foi protetor e afetuoso. Infelizmente, ele escolheu beijá-la no exato momento em que Izzy surgiu no final do jardim.

A hora não poderia ter sido pior. Izzy parou tão de repente que Aiden acabou trombando com ela.

— Ops... — Aiden a segurou pelos ombros, estabilizando-a.

Flora se afastou por instinto, mas Jack apertou o braço nos ombros dela e a puxou para perto novamente.

— Izzy! Venha comer.

— Jack... — falou Flora baixinho —... estou preocupada se não vamos aborrecê-la.

— E eu estou preocupado por você se chatear com toda essa conversa sobre Becca. — Ele continuou a segurá-la com firmeza. — Está tudo bem.

Será que estava mesmo?

Finalmente Izzy se aproximou, Aiden alguns passos atrás. Flora estava mais tensa do que nunca.

— Vocês estão ensopados! — Clare deixou o prato sobre a mesa e fez um sinal de desaprovação. — O que aconteceu?

— Não adianta ter um lago perto de casa se não o usarmos. Pulamos do deque. — Aiden foi até a mesa e deu uma olhada na comida.

— De roupa?

Izzy encarou Flora, que resolveu que contato visual só pioraria as coisas e desviou o olhar. Devia dizer alguma coisa? Ou seria melhor Jack falar?

Ele ainda estava com o braço sobre os ombros dela. Protetor. Possessivo.

— Agimos por impulso. — Aiden pegou um pedaço de pão sem se importar em pegar um prato. — A tarde está quente. Roupas secam. Tudo certo.

— Você quer tomar um banho antes de comer? Se trocar? — sugeriu Clare a Izzy.

— Estou bem, tia Clare. — A postura de Izzy mudava no momento em que desviava a atenção de Flora.

Flora se perguntou se havia acontecido alguma coisa entre ela e Aiden além de um mergulho. Estariam juntos? Eram um casal? Ou eram apenas amigos? Usando a comida como desculpa, esquivou-se do braço de Jack quando Molly veio correndo até ela.

— Flora! Venha ver Fuça correr atrás do graveto. Ele é tão engraçado.

— Você não quer comer? — Flora serviu-se de uma coxa de galinha e salada.

— Logo.

— Eu vou — Izzy se ofereceu, mas Molly pegou a mão de Flora e a puxou.

— Flora precisa ver. Ela nunca viu o jeito que ele dá aquelas piruetas no ar.

Flora se deixou levar. Para ser honesta, foi um alívio, já que Izzy tinha fechado a cara de novo e não precisava ser um gênio para saber o motivo. Jack não devia ter demonstrado carinho em público. Por outro lado, que tipo de relacionamento teriam se eles não pudessem se tocar? Molly parecia ter aceitado bem que estavam juntos. Quanto tempo levaria até Izzy aceitar também? Talvez isso nunca acontecesse.

Ficou observando Fuça correr atrás do graveto, caindo sobre si mesmo toda vez que parava de repente. Quando Molly pegou o graveto para atirar de novo, Fuça tremeu de ansiedade, pulando no mesmo lugar, arrancando risinhos da garota. Que som delicioso. A felicidade do momento, todas as nuvens escuras da vida esquecidas. Menina e cachorro.

Flora sempre quis ter um cachorro. Havia implorado por um para a tia, que considerava cachorros um nível abaixo de crianças na escala das inconveniências. A tia tinha dito que cachorros latiam, faziam bagunça e precisavam passear pelo menos duas vezes por dia. Flora tivera vontade de dizer: *Mas serei amada por ele, e o amarei de volta.*

Ouvindo o riso contagiante de Molly, imaginou como poderia ter sido uma infância não tão regrada e repleta de cães.

Quando voltaram ao grupo, Molly estava suja de jogar gravetos e ofegante.

— Papai, podemos ter um cachorro?

— Já tenho problemas demais cuidando de criaturas de duas pernas. Não sei se aguentaria uma de quatro. — Jack fez um prato e estendeu para Molly.

Izzy pegou-o antes da irmã.

— Ela precisa lavar as mãos antes.

— Bem pensado. — Clare sinalizou a casa. — Vá lavar as mãos, querida. Use o sabonete.

Fuça choramingou e foi atrás de Molly para dentro de casa. Flora os seguiu, e quando voltaram a conversa ainda era sobre animais de estimação.

— Talvez seja bom pegar um cachorro — disse Jack, e Todd revirou os olhos ao servir uma cerveja.

— É bom estar preparado para enfrentar o caos. E acabar com aqueles sofás brancos da sua casa. Que escolha maluca.

— A escolha maluca não foi minha.

Flora concordou com Todd. Sofás brancos eram uma escolha insana quando se tinha crianças. *Não entre naquela sala, não toque...* a palavra que sua tia mais usava era *não*.

Será que Jack tinha protestado com a escolha do branco para a sala?

— Conte as novidades. Você já começou a pensar para qual faculdade quer ir, Izzy? — Clare estendeu um prato a Todd, que tirou o restante dos hambúrgueres da grelha. — Qual delas está no topo de sua lista?

— Não vou para a faculdade — anunciou Izzy em voz alta, com tanta ênfase que chocou a todos que a conheciam.

Todo mundo parou o que fazia. Clare olhou para Jack, que ficou paralisado com o prato vazio no ar.

Até Aiden franziu o cenho.

Flora não se mexeu. Já havia percebido desde o início que Izzy estava tensa em um nível nada saudável. Tinha notado que as emoções estavam se acumulando dentro dela e se perguntava quando e onde finalmente explodiriam.

Seria agora?

Molly foi a primeira a reagir. Feliz da vida, abraçou a irmã.

— Eba! Você não vai embora.

Numa fração de segundo, antes de Izzy fechar os olhos e abraçar Molly, Flora notou uma réstia de vulnerabilidade desesperadora.

— Você não vai se livrar de mim tão fácil assim, pequena. Vou ficar por perto um bom tempo, cuidando de você e do papai.

Então o problema todo era esse? Será que Izzy sentia que precisava ficar em casa para cuidar da família?

— Espere um pouco... — Jack começou a falar de um jeito calmo e contido, esforçando-se para não exagerar. — Como assim não vai para a faculdade? Claro que vai. Faz anos que você vem planejando isso.

— Planos podem mudar, não? A vida muda. Nada permanece igual.

Havia tantas coisa por trás daquele pequeno discurso que Flora teve vontade de jogar uma boia para salvá-la. Izzy estava sofrendo. Nisso ela havia acertado.

— É verdade que as coisas mudam, mas nem tudo. — Jack segurava o prato com força demais. — Sua casa, eu, sua irmã, seus amigos... estar aqui com tia Clare e a turma. Isso não mudou. Seu futuro também não precisa ser alterado.

— Precisa, sim. — Ela balançou a cabeça, num gesto que parecia desafiar o pai para uma discussão. — Vou ficar em casa e depois talvez viaje por uns dois anos. Quem sabe para o Extremo Oriente. Vietnã. Camboja. Passar uns tempos na Tailândia.

Jack teve dificuldades em encontrar a voz para responder.

— Vietnã? Camboja? O que pretende fazer lá?

— Não sei. — Ela deu de ombros. — Trabalhar em um bar ou restaurante. Curtir uma praia...

Flora se perguntou se Izzy queria mesmo viajar, ou se só queria provocar uma reação do pai.

Isso ela conseguiu.

— Você não vai viajar sozinha para o Extremo Oriente! E não vai "curtir" uma praia.

Jack sempre tinha sido muito paciente com as meninas, mas as palavras de Izzy pareciam ter tocado em algum ponto sensível. Era a primeira vez que Flora o via daquele jeito.

— Por que não?

Os dois se fitavam olho no olho, pai e filha, como se não tivesse mais ninguém por perto.

— Por onde quer que eu comece? Primeiro por causa da falta de segurança. Não se pode viajar pelo mundo sozinha.

— Isso porque você ficaria preocupado?

— Porque a ideia é ultrajante. Além do mais, você *vai* para a faculdade.

Izzy quer que o pai se preocupe, pensou Flora. *Quer que ele demonstre o quanto se importa com ela.*

— Já decidi que não vou. — Izzy estava cheia de atitude, rebelde. — Minha vida não é mais essa.

— Só quero o melhor para você. — Jack respirou fundo e olhou para os amigos desculpando-se. — Pode esquecer.

Flora se inclinou na direção dele.

— Vá dar uma volta com ela. Não deixe essa conversa para depois.

Jack balançou a cabeça, negando.

— É a primeira noite com nossos amigos. Clare cozinhou o dia todo. Vamos nos divertir e conversar sobre isso outra hora.

Ele lançou a Izzy um olhar carregado, que ela devolveu na mesma moeda. Era difícil saber qual dos dois estava mais tenso.

— Não sou eu que preciso conversar. Já tomei minha decisão.

Izzy se abaixou para abraçar Molly de novo, mas dessa vez a irmã se contorceu e tentou se afastar.

— Ai… você está me apertando.

Jack colocou o prato sobre a mesa, fazendo barulho com os talheres.

— Mas você fala sobre ir para a faculdade há um tempão. — Apesar de ter sugerido deixar o assunto de lado, ele não conseguiu. — Não era você que queria ser jornalista e mudar o mundo?

— A melhor maneira de escrever sobre isso é passar por todas as experiências que o mundo pode oferecer. Não posso fazer isso se estiver presa em um dormitório de faculdade. Vou escrever sobre viagens. Fazer um mochilão. Conhecer pessoas novas.

— Izzy, querida, não sei o que dizer. — Havia algo cativante na sinceridade desesperada de Jack. — A vontade de sua mãe era que você fosse para a faculdade.

Era a *pior* coisa que ele podia ter dito, pensou Flora, e a reação de Izzy confirmou sua suspeita.

— Minha mãe não está aqui — respondeu Izzy com a voz trêmula. — Estou sozinha agora. Todos nós tivemos que fazer mudanças e novas escolhas, que podem não ser boas para todos. Sou forçada a aceitar a sua… — ela olhou de relance para Flora —… então nada mais justo que aceite a minha. A vida é minha. Minha decisão. Não vou para a faculdade.

Desconfortável, Flora se remexeu. Teria sido por sua causa que Izzy mudara seus planos? E qual a razão de se sentir sozinha, quando estava ali com o pai, a irmã e amigos próximos da família?

Apesar da pontada direta sobre Flora, ela admirou Izzy por ter força para lutar pelo que acreditava ser o melhor para sua vida. Por querer trilhar o próprio caminho, mesmo contra a vontade dos outros.

— Por que você não pensa mais um pouco? — Clare tentou reduzir a tensão, mas Izzy e o pai estavam firmes na batalha.

O olhar de Izzy expressava sua teimosia e tristeza. Flora gostaria que Jack a abraçasse forte e conversasse com ela direito, mas, quando olhou para ele, só viu a expressão consternada de um pai frustrado, que tentava encontrar uma maneira de convencer a filha a mudar de ideia.

Seria por isso que Izzy se sentia sozinha? Por que achava que não tinha o apoio de ninguém?

— Não quero pensar melhor. — Izzy elevou a voz. — Sei o que quero. Por que ninguém pelo menos tenta me entender? Por que ninguém me ouve? Às vezes acho que sou uma alienígena, a única do planeta.

A angústia dela era óbvia e dolorida de ser testemunhada. Flora se sentiu voltando no tempo. Voltou a ser criança. Ninguém a ouvira também. Ninguém tinha mostrado interesse nas suas vontades. Esperavam que se incorporasse no plano de fundo da vida da tia, encaixando-se em um modelo pré-moldado pelos outros.

Flora resolveu interceder, embora soubesse que seria como se jogar na frente de um carro em alta velocidade.

— Eu entendo, Izzy, e estou ouvindo. — Ninguém a tinha apoiado, ou se importado com o que ela queria de verdade. Isso não aconteceria com Izzy. Não enquanto estivesse por perto. Estava presente e disposta a ajudar. — Acho que você tem razão em defender o que quer. A vida é sua. A decisão também. E, se quiser conversar a respeito, estou aqui.

Jack colocou a mão no braço dela.

— Flora…

— Izzy tem razão. Às vezes alteramos nossas decisões conforme as mudanças da vida. — Ela ignorou o esforço de Jack em interrompê-la. — O que é certo para uma pessoa não é para outra. Sonhos são pessoais, e todos têm o direito de fazer o que acham certo para eles.

Izzy parecia perplexa. Encarou Flora sem dizer nada. Afrouxou um pouco os punhos cerrados. A respiração já não estava mais tão ofegante.

Flora sentiu uma conexão tênue, mas então Izzy fez uma careta, e a conexão se dissipou.

— Você acha que entende? Você não tem a *menor ideia* de como me sinto. Nem de longe. — Ela transferiu a fúria e a frustração para Flora, rosnando como um cachorro resgatado que ainda não tinha aprendido a confiar nas pessoas. — Só finge que se importa. Isso não passa de desespero seu para me fazer gostar de você porque está louca pelo meu pai e precisa da minha aprovação se quiserem ficar juntos. E por isso está disposta a qualquer coisa, não é? Você até faz coisas que odeia, inclusive correr, e quase morreu por isso. Quero dizer, até onde você está preparada a ir para ser incluída na família? Nem sei do que você gosta de verdade! Pois fique sabendo que, não importa o que fizer, você nunca será minha mãe, e dormir com meu pai não a torna parte da família e...

— Isabella! — Jack cortou o discurso e puxou Flora para mais perto, servindo de barreira física contra as palavras dardejantes. — Chega! Peça desculpas, agora!

— Nem pensar!

— Então vá para o seu quarto.

— Ir para o meu *quarto*? Tenho 17 anos, não 6! Mamãe *jamais* me diria isso. — Izzy estava gritando e tremendo.

Flora também estava tremendo. Tremendo e envergonhada. Izzy a tornara uma pessoa manipuladora e fria. A implicação era que Flora não dava a mínima, o que não era verdade. Ela se importava, e muito. Havia sido sincera ao tentar conhecer melhor as filhas de Jack, participando dos interesses das duas. Será que Izzy tinha noção do quanto Flora a admirava? Não só pela maneira como havia cuidado de tudo no último ano, mas por saber o que queria e não ter medo de lutar por isso. Gostaria de ter sido uma adolescente assim.

Em vão, tentou racionalizar o próprio comportamento, mas as palavras de Izzy pareciam espinhos grudados em sua pele.

Até onde você está preparada a ir para ser incluída na família?

Era uma pergunta justa e inquietante.

Nem sei do que você gosta de verdade.

E por que saberia? Flora não era do tipo de compartilhar o que gostava. Mais uma vez, tinha ficado tão desesperada para ser amada e acolhida que enterrou as próprias necessidades pensando apenas nos outros. Nem sequer contara por que tinha medo de água. Não era ridículo? E se fosse convidada para velejar? Estaria preparada para arriscar um ataque de pânico só para se encaixar e pertencer à família?

— Não entendi... — Molly falou baixinho. — Flora dorme na cama dela e não com o papai. Se não gostasse de nós, não passaria tanto tempo brincando com a gente.

Izzy largou o prato na mesa e saiu andando pelo gramado, desaparecendo na floresta.

Aiden passou a mão na nuca.

— Acho que devo...

— Dê um tempo para ela. Izzy precisa ficar sozinha — disse Clare, e Jack assentiu com a cabeça.

— A culpa é minha. Não soube conduzir a conversa. — Jack parecia exausto. — É que, quando ela começou a dizer que não ia para a faculdade, eu simplesmente...

— Não, a culpa foi minha. Eu puxei o assunto e peço desculpas por isso. Achei que era um assunto seguro, mas aparentemente não. Sua reação foi igual à da maioria dos pais. — Clare pôs a mão no braço de Jack. — Não se martirize. É uma situação difícil. Isso nunca será fácil. Ela vai ficar bem, Jack.

— Não vai ficar se não for para a faculdade.

— Tenho certeza de que não foi isso que ela quis dizer. Izzy é tão inteligente. Estou certa de que ela vai acabar tomando a melhor decisão.

Todos estavam ignorando sutilmente o ataque histérico de Izzy com Flora.

Você nunca será minha mãe.

Molly colocou Fuça no colo.

— Onde fica o Camboja? É no Arizona?

Por trás das próprias mágoas e desgosto consigo mesma, a preocupação de Flora com Izzy era genuína. Izzy tinha ficado extremamente chateada. Aonde teria ido? E se ficasse perdida na floresta? E se tivesse ido para o lago? Alguém precisava ir atrás e conversar com ela.

Flora tocou o braço dele.

— Jack…

— Eu sei que está chateada e não a culpo por isso. Izzy foi muito grosseira.

— Não é isso…

— Foi um ano difícil para Izzy. — Jack a puxou para mais perto e lançou um olhar de desculpas para os amigos. — Acho que voltar aqui foi mais duro para ela do que imaginei.

Clare sinalizou com a mão que não tinha importância.

— Não se preocupe conosco. Nós nos conhecemos desde sempre. Não seriam férias se não tivesse algum tipo de crise. Lembra quando Aiden teve sarampo e vocês dois pegaram? Foi um pesadelo.

— Teve o ano do cigarro e do álcool. E o ano do vestibular. Nem vamos pensar nesse. — Todd entregou outra garrafa de cerveja para Jack. — Aguente firme. Você está se saindo muito bem. Não é fácil para um homem criar duas meninas. — Ele voltou para a churrasqueira, cutucando a comida e virando alguns hambúrgueres.

— Mas Izzy não é de perder a cabeça desse jeito. Só quero o melhor para ela, que ela seja feliz. Espero que ela saiba disso. — Jack tomou um gole de cerveja. — Ela é sempre tão controlada.

Isso não pareceu normal para Flora. Não era nenhuma especialista em comportamento e desenvolvimento de adolescentes, mas seria normal ser tão controlada? Como Izzy tinha sido antes de Flora entrar em cena? Teria ficado de luto? Com quem conversava? Parecia óbvio que não estava conversando com Jack e, ao que tudo indicava, não se encontrava muito com as amigas fora da escola.

— É culpa do *jet-lag* — opinou Todd. — Transforma o melhor de nós em selvagem. E, Flora, você foi o epítome da paciência e compreensão, por isso não se culpe.

— Tem razão — concordou Clare. — Você foi gentil com ela.

Por um momento ínfimo, Flora se sentiu parte do grupo. Aceita. Poderia ter permanecido impassível, quieta, aproveitando o momento, mas o desabafo de Izzy tinha liberado alguma trava em seu íntimo.

Afastou-se do círculo protetor dos braços de Jack, sentindo-se enjoada e um pouco abalada.

— Vá atrás dela, Jack. Izzy precisa de você. Ouça o que ela tem a dizer. Deixe-a falar.

— Não. Concordo com Clare. Ela precisa de espaço agora. Aprendi que é importante não supervalorizar as coisas. Sentimentos vêm e vão. Às vezes é melhor deixar os ânimos se acalmarem. — Jack franziu o cenho ao perceber a expressão no rosto de Flora. — Se ela não voltar em uma hora, vou procurá-la.

Uma hora podia significar uma eternidade quando se está sozinha e deprimida.

Flora decidiu que ela mesma iria, mesmo que provavelmente fosse a última pessoa no mundo com quem Izzy quisesse conversar.

Colocou o prato sobre a mesa e notou que Aiden enchia o dele de comida. Ou tinha um apetite voraz, ou pretendia dividir com alguém. Ela foi a única a notar o que ele estava fazendo. Todos os outros ainda discutiam o comportamento de Izzy.

Adolescentes.

Sob uma grande carga de pressão.

Plenamente compreensível.

Ano horrível.

Este lugar está repleto de lembranças.

Aiden percebeu que era observado e paralisou. Trocou olhares por um instante com Flora, e ela se voltou para o grupo, atraindo a conversa e a atenção para si. Olhou por cima do ombro e viu Aiden se afastar, seguindo o caminho por onde Izzy tinha ido.

Flora relaxou um pouco, aliviada por alguém ter ido atrás de Izzy. Logo iria escurecer, e ela esperava que ele pudesse ajudar. Talvez fosse melhor para Izzy conversar com alguém da mesma idade.

Quando a sobremesa foi servida, Clare notou a ausência do filho.

— Onde está Aiden?

Todd olhou ao redor.

— Ele estava aqui agora há pouco.

— Estes morangos estão deliciosos — comentou Flora. — Os mais doces que já provei.

— Tenho uma plantação… — Clare discorreu o processo detalhado do ensacamento das frutas para afastar os pássaros, como tinha sido a grande colheita do ano anterior e como rendera vários potes de geleia.

Flora estava pensando em Izzy e ao mesmo tempo em si mesma. Lembrando-se de todas as vezes que enterrara as próprias necessidades e se comportava de maneira contrária à sua natureza na tentativa de ser aceita pelos outros. Mas não seria aceitação de verdade, não era? Não podia pertencer a nada se para tanto precisasse mudar sua maneira de ser, ou suprimir as próprias necessidades. Não seria aceitação se você continuasse com medo de ser autêntica e viver a vida como achasse melhor.

Aos poucos, o sol foi descendo no horizonte, espalhando centelhas de luz dourada sobre a superfície do lago.

Clare levou Molly para a cama. Os adultos se esticaram nas espreguiçadeiras, aproveitando a paz do cair do dia. As chamas do fogo estavam altas e aqueciam a atmosfera ao redor deles. Os raios solares remanescentes iluminaram a trilha para o lago e para a casa de barcos. Na margem distante do lago, Flora conseguiu identificar silhuetas de duas pessoas sentadas no deque.

Esperava que Izzy estivesse falando e Aiden ouvindo.

Todd veio com uma bandeja de café.

Jack estava sentado na espreguiçadeira ao lado dela, obviamente ainda preocupado com Izzy.

— Você a ouviu dizer: "Vou ficar por perto um bom tempo, cuidando de você e do papai"? — Ele aceitou a caneca de café que Todd ofereceu, agradecendo com a cabeça. — Então o problema é esse? Será que ela acha que precisa tomar conta de nós?

Clare se esticou ao lado de Todd.

— É isso que ela tem feito?

— Acho que de certa forma sim. — Jack fixou o olhar nas chamas crepitando no fogo. — Ela trabalha muito na casa. Não sou o melhor cozinheiro do mundo. Deixo passar algumas coisas. Esqueço de mandar a bebida na lancheira da Molly. Faço sanduíches que ela não come, porque não consigo de jeito nenhum me lembrar dos pequenos detalhes como

Izzy. Molly detesta presunto. Fiquei agradecido quando Izzy assumiu as coisas.

— Deve ter sido bom para ela, Jack. — Clare segurava a mão de Todd. — É bom se ocupar. Sentir-se útil é importante para a autoestima.

— Mas pelo jeito ela me acha inapto e incapaz. — Ele esboçou um sorriso autodepreciativo. — Deve estar certa. É evidente que preciso me organizar e me responsabilizar por mais coisas em casa.

Se fosse esse o problema, por que Izzy não gritara com o pai e pedira para que ele cooperasse mais?

Flora não perguntou aquilo em voz alta. Já havia dito o suficiente, e estava aliviada que sua intervenção e honestidade não pareciam ter abalado o relacionamento com Jack. Encostou-se nele, tomando cuidado com a caneca de café no colo.

— Você está quieta. — Jack deslizou os dedos no braço dela. — Ainda pensando em Izzy?

Ela estava, mas não do jeito que ele imaginava. Agora entendia que talvez tivesse errada ao se esforçar tanto para que Izzy a aceitasse. Julia tinha razão sobre isso. Flora precisava de uma abordagem diferente.

Talvez nunca se tornasse amiga de Izzy, mas esperava que sendo mais autêntica conseguisse ganhar o respeito dela.

13

Clare

— Flora é bem diferente do que eu esperava. — Clare abriu as janelas do quarto. O ar fresco da manhã trazia o perfume da chuva e a promessa de um dia de sol. Havia chovido a noite inteira, mas o céu amanhecera azul, insinuando que o dia seria quente. O tempo favorito dela. — E o que você acha? — Olhou pela porta aberta do banheiro, onde Todd se barbeava.

— Sou homem. Não crio expectativas. — Ele estava com o peito nu e uma toalha amarrada na cintura. Deixou o barbeador em cima da pia e olhou para Clare pelo espelho. — Ok, ok, vou fazer a pergunta que você quer. O que você esperava?

— Não sei. Alguém como Becca, acho.

Ela havia ficado surpresa quando Flora saíra do carro com uma saia esvoaçante, pulseiras de cores vivas e cabelos bagunçados, no estilo pré-rafaelita. Nada a ver com a imagem que Clare tinha em mente.

— Ainda bem! Para começar, ela é muito mais tranquila. — Todd terminou de se barbear e pegou a toalha de mão. — Desculpe, não devia ter dito isso, mas você sabe que é verdade. Sei que Becca era a sua amiga mais antiga, mas não era uma pessoa fácil, e tinha um jeito de fazer com que tudo girasse ao redor dela. Sem falar no transtorno de precisar segurar a coleira do Fuça toda hora a fim de evitar que o rabo tocasse naquelas roupas imaculadas.

— Eu não era cega para os defeitos de Becca. — Ela ignorou a sobrancelha erguida de Todd, sugerindo o contrário. — O que acha que isso significa, que Flora é tão diferente assim?

Todd pareceu não entender.

— Isso significa alguma coisa?

— Todo mundo tem um tipo preferido, não é? Se eu morresse, você escolheria alguém parecida comigo?

Todd enxugou o rosto com a toalha.

— Essa conversa não é muito animadora.

— Mas, se alguém escolhe uma pessoa totalmente oposta, isso significa que não gostava da outra com quem estava? Quer dizer, se fosse escolher de novo, optaria por uma mulher sem meus defeitos?

— Defeitos? — Ele a encarou, chocado de maneira exagerada. — Você tem defeitos?

— Sou tímida. Adoro ficar sozinha. Não gosto de estar em um ambiente lotado, onde não conheço as pessoas. Detesto falar em público. A simples ideia de um jogo em equipe me deixa nervosa porque nunca me escolhiam na escola. — Por que estava enumerando tudo aquilo? — Talvez na próxima vez você escolha alguém que goste de ser a vida e a alma da festa.

Todd fez uma pausa, ainda com a toalha na mão.

— Em primeiro lugar, não haverá uma próxima vez. Em segundo, nunca escolheria outra pessoa porque aí *eu* não seria a vida e a alma da festa. Só há espaço para um festeiro em um relacionamento, e esse lugar já é meu.

Ele deu uma piscadinha e Clare revirou os olhos, escondendo o encanto que sentia com tudo o que o marido fazia.

— O festeiro está com dor de cabeça depois de ontem à noite?

— Eu não. Jack bebeu mais do que eu.

— Você viu o jeito dele com ela?

— Com Izzy?

— Não, com Flora.

— Não consigo acompanhar seu raciocínio. Ele a protegeu porque Izzy foi rude.

Todd deixou a tolha molhada cair no chão do banheiro e pela primeira vez Clare não reclamou, preocupada que estava com Jack.

— Não foi só isso. Ele não conseguia parar de tocá-la, e nunca foi assim com Becca.

— Bem, fazia muito tempo que estavam casados.

— Nós também estamos e ainda somos carinhosos.

— Sim, mas sou o deus do sexo e você uma tentação ambulante, então é diferente.

Qualquer que fosse o assunto, Todd sempre a fazia rir.

— Você acha que eles já transaram?

— Não faço a menor ideia. Meu maior interesse é na minha vida sexual e não na dos outros. Falando nisso…

Ele deu uns passos insinuantes na direção de Clare e a fez arquejar e rir quando a jogou de volta na cama.

— Todd! As janelas estão abertas!

— Então é melhor não fazer barulho. — Com um sorriso malicioso, ele a beijou com a mesma volúpia dos últimos vinte anos. Os dois transbordavam desejo um pelo outro. As duas décadas juntos não haviam diminuído a paixão. Nunca deixaram de se querer. Cada carícia trocada estava temperada pela deliciosa familiaridade dos corpos, uma intimidade construída com base em um conhecimento mútuo profundo.

Ela ofegou quando o sentiu pressionar a boca sobre seu seio.

— Todd! O que está fazendo?

— Procurando seus defeitos. Por enquanto não achei nenhum, mas vou continuar na busca. — Ele passou a beijá-la no outro seio e parou com a respiração irregular. — Nossa, como você é linda.

Lisonjeada e encantada, ela deslizou as mãos pelos ombros largos, delineando os músculos com as pontas dos dedos.

— Você não é tão ruim também. Amo seu corpo.

— Meu corpo? Sou um arquiteto fracote que mal consegue levantar uma caneta. — Mas no segundo seguinte desmentiu o que dissera, virando-a com facilidade, para que ela ficasse em cima dele. — Só quando se trata da minha esposa... por ela, movo montanhas.

Clare percorreu o peito dele com a palma da mão até baixar a toalha.

— Você trancou a porta?

— Não, mas é cedo. Ninguém acordou ainda. Aiden é adolescente e por isso não há chance de vê-lo antes do almoço, e os americanos... com o fuso horário, calculo que seja três da manhã para eles... estarão mortos para o mundo por um bom tempo.

— Molly deve se levantar logo.

— Se ela aparecer à porta, digo que não consegui desatar o nó da toalha e você estava me ajudando. Relaxa, ninguém vai entrar aqui, Clare.

Todd colocou a mão na nuca dela e aproximou o rosto. O beijo foi lascivo, exigente e a fez se derreter. Ela não sabia como podia amá-lo cada dia mais. Claro que tinham alguns momentos. Aquelas irritações inevitáveis quando se divide uma casa com outro ser humano, mesmo que seja a pessoa amada. Mas as fundações do relacionamento deles eram fortes e sólidas. Não se pode desafiar o destino achando que nada os abalaria, mas ela estava confiante de que podiam superar quase tudo juntos.

— Eu te amo, querida — declarou ele em meio ao beijo. — Amo sua timidez e por ouvir mais do que fala. Isso não é um defeito, é quem você é, e quando diz alguma coisa sempre vale a pena ouvir. Não me surpreende o fato de você curtir a própria companhia... eu também gosto de estar junto de você. Não gostaria de passar meu tempo com mais ninguém. Não ligo a mínima por você odiar falar em público e juro que, sempre que puder, estarei ao seu lado quando precisar entrar em uma sala lotada de estranhos. Deixei passar alguma coisa?

— Esportes em equipe.

Ela se lembrou de todos os motivos pelos quais o amava... não que precisasse de muitos lembretes.

Todd a segurou pelos quadris.

— Quando o assunto for bolas, sou mais do tipo de um contra um.

Clare arfou.

— Todd Dickinson! O que sua mãe diria se ouvisse isso?

— Não estou conversando com a minha mãe, e sim com a minha esposa. E, se estivermos falando de defeitos, eu tenho mais alguns. E maiores.

Ela ergueu uma das sobrancelhas.

— Você está querendo competir com o tamanho dos *defeitos*?

— Nem preciso, porque vou ganhar. De lavada. Sou teimoso e nunca considero os obstáculos...

—... razão pela qual estamos juntos, porque você ignorou todos os obstáculos que eu coloquei no seu caminho.

— Por isso que estou trabalhando em um projeto-pesadelo com um engenheiro que está desesperado tentando fazer minha planta dar certo.

— Vai dar certo. Você sempre consegue fazer acontecer.

— Falo muito. Domino o ambiente.

— Não é verdade. Você entretém as pessoas. — Clare beijou a pele suave pós-barba do queixo dele. — Você é um anfitrião perfeito. Talvez o par perfeito.

— Talvez?

Todd deslizou a mão pelas costas dela e aproximou-a. Clare o sentiu rígido e pronto através da toalha fina e tratou de tirá-la. Todd a virou e reassumiu o controle.

Movimentando o corpo e usando as mãos e a boca, ele vagou por caminhos que conhecia tão bem para levá-la à loucura. Clare correspondeu da mesma forma. Ali, naquela cama com Todd, não havia timidez. Sentia-se poderosa, linda e segura de si a ponto de saber o momento certo de abraçá-lo com as pernas e elevar o quadril para encontrá-lo e se equiparar à paixão dele.

Depois continuaram deitados, peles escorregadias e membros entrelaçados, banhados pela brisa matinal e embalados pelo canto dos pássaros. Aquecida e amolecida pelo amor, Clare se aninhou nos braços dele.

— Tenho muita sorte de ter você.

— Verdade.

Todd estava com os olhos fechados e gemeu quando ela o cutucou nas costelas.

— Você tem a mesma sorte.

— Não vou discutir.

Clare pressionou os lábios no peito dele.

— Sendo sincera, acho que perder Becca me levou a valorizar ainda mais o nosso relacionamento. Não que eu já não o valorizasse…

— Não precisa explicar. Sei o que quer dizer. — Dessa vez, não houve provocação. — Sei que tem sido difícil, Clare. Perder uma amiga.

— Sim, mas não tão difícil como tem sido para Jack e as crianças. Deve ser duro para Izzy ver o pai com outra pessoa.

Clare pulou da cama e foi para o chuveiro. Não protestou quando Todd a seguiu.

Ele havia projetado o banheiro, aumentando-o e acrescentando claraboias. Instalara um box de vidro com espaço suficiente para duas pessoas.

Clare começou a lavar o cabelo, mas logo depois permitiu que ele assumisse a tarefa.

— Você viu a cara da Izzy quando voltou para casa na noite passada? — As mãos dele eram gentis, e ela fechou os olhos. O sexo era bom, mas aquilo também era. — Acho que ela esteve chorando. Me senti mal por ela.

— E eu por Flora. — Todd desligou a água e deu a toalha a ela. — Você não falou muito com ela, Clare.

Ela sentiu uma pontinha de culpa.

— Você sabe que sou tímida.

— Tem certeza de que foi por isso?

A pergunta a forçou a enfrentar uma possibilidade incômoda. Será que estava usando a timidez como desculpa?

Se estivesse conversando com qualquer outra pessoa, teria inventado uma desculpa.

— Não. — Ela se forçou a admitir. — Deve ter sido mais do que isso. Foi difícil, Todd. Minha língua travou. Fiquei pensando em Becca. Sei que não lido bem com estranhos, e Flora…

— É esquisito, entendo, mas, querida, deve ser estranho pra caramba para ela também.

— Deve ser. — Clare se sentiu mal por ter focado nela mesma e não em Flora. — Vou me esforçar mais.

Esfregou o cabelo com a toalha e arrumou-o de um jeito displicente com os dedos.

— Deve ser complicado ver Jack com outra mulher. Só estou dizendo que não acho que seja fácil para ela também.

— Prometo que tentarei conversar mais. — Clare sentiu-se mais culpada. Passou protetor solar nos braços nus, pensando na noite anterior. — Não achei que ela fosse assumir o lado de Izzy daquele jeito. Pareceu que Flora estava realmente preocupada com ela, não pareceu?

— Sim, mas entendo por que seja complicado para Izzy.

Todd circulou pelo quarto com agilidade, vestindo-se rapidamente e pegando as chaves e o celular da jaqueta que usara no dia anterior.

— Nunca tinha visto Izzy se descontrolar daquele jeito. O que você faria se Aiden anunciasse de repente que não quer mais estudar medicina?

— Eu pensaria na quantidade de dinheiro que economizaríamos com mensalidades. Reservaria um cruzeiro ao redor do mundo.

O senso de humor dele às vezes a enlouquecia.

— Você não faria isso.

— Está certo, talvez não. Cruzeiros não são para mim. Acho que o chamaria para uma conversa de pai para filho. Haveria muitas caretas e expressões sérias. E provavelmente um soco na mesa.

— Você nunca socou nada na vida.

— Sempre tem uma primeira vez. Eu iria querer saber por que ele tinha mudado de opinião.

O cabelo de Todd ainda estava espetado e molhado do segundo banho. Clare pensou que ele não havia mudado muito desde que o conhecera vinte anos antes.

— Exatamente.

— Você está querendo dizer alguma coisa? Você sabe que preciso que soletrem para mim.

— Estou tentando entender por que Izzy mudou de opinião.

Todd colocou o celular no bolso da bermuda.

— Não sou psicólogo, mas, na minha opinião, Flora acertou em cheio. Izzy teve um ano traumático. Esse tipo de coisa pode abalar as estruturas de uma pessoa.

E se fosse mais do que isso?

Pela expressão do rosto de Flora, Clare tinha percebido que ela achava que havia algo mais.

Olhou pela janela. Deveria tentar conversar com Izzy?

— Alguém já desceu? Fico imaginando como vai estar o clima no café da manhã.

— Tem comida. O clima sempre melhora com comida. Sem falar que cachorros e crianças não respeitam clima nenhum. — Todd a beijou rapidamente. — Pare de se preocupar. Eles não são apenas conhecidos. São como família.

Mas família nem sempre se continha, não é? Se o relacionamento deles não fosse tão próximo, todas as tensões poderiam ter ficado abaixo da superfície.

— Espero que esteja certo.

— Vai ligar a cafeteira. Desço em um minuto.

Mas não foi Todd quem apareceu primeiro na cozinha, e sim Flora. A julgar pelas olheiras, ela tinha dormido tão mal quanto Clare.

Flora parou à porta, viu que só Clare estava ali e pareceu considerar bater em retirada.

Clare se sentiu péssima. Estivera pensando nela mesma, em Becca e todas as férias anteriores que tinham passado ali. Parecia que estava traindo a amiga hospedando Flora em sua casa, mas, pensando melhor, não fazia sentido algum. O que poderia fazer? Impedir que Jack e as meninas os visitassem de novo? Dificilmente.

Ela, que sempre fora tão tímida quando criança e sempre se sentia uma intrusa, fizera com que Flora se sentisse da mesma forma. Sentiu vergonha de si mesma. Sua mãe teria acolhido uma convidada em casa independentemente da história da pessoa ou de seus próprios sentimentos.

— Bom dia! Dormiu bem? Gostaria de um café?

No desespero de compensar, Clare encheu uma caneca de café até a borda e serviu Flora. Tudo bem decidir ser acolhedora e amiga, mas não sabia nada sobre Flora. Qual assunto deveria abordar? Nunca fora muito hábil em conversa fiada. Onde estaria Todd? Ele estava sempre perto da cafeteira pela manhã, mas pelo visto desaparecera.

Restava apenas esperar que Jack aparecesse logo. Aparentemente, ele e Flora não tinham dormido no mesmo quarto.

Flora aceitou o café.

— Obrigada. Amo café. Quando começo o dia no mercado de flores, café é a única coisa que me mantém em movimento. Isso e pegar rosas pelos espinhos.

Flores! Claro! Ali estava uma coisa que tinham em comum.

— Jack disse que você é florista. Que maravilha. Não consigo pensar em nada melhor do que trabalhar com flores o dia todo.

Ela se encolheu ao perceber a alegria nada natural da própria voz.

Procurando encontrar alguma semelhança com a normalidade, ocupou-se na cozinha. Quaisquer que fossem os ânimos de todos depois de tanta bebida e tensão na noite anterior, um bom café da manhã na certa ajudaria. Além do mais, a cozinha sempre a acalmava.

— Você tem uma loja própria?

Ela jogou tomatinhos na panela, acrescentou azeite de oliva e balançou para tostá-los, enquanto preparava uma tigela de ovos batidos para uma omelete.

— Não, nada tão grande. Trabalho para outra pessoa, o que significa que são eles que se preocupam com a renda e o mercado. — Flora segurou a caneca com as mãos em concha, aquecendo-as, embora não estivesse frio. — Isso não deve soar muito ambicioso para você.

— Não, sei como é. — Clare fatiou cogumelos até formarem um montinho na tábua de picar. — Você está diante da mulher que abandonou o que a maioria das pessoas achava um dos trabalhos mais glamorosos que existe para morar na floresta e cuidar da família. Becca nunca entendeu isso. — Terminou de falar e desejou poder trazer as palavras de volta. — Sinto muito.

Becca, Becca, Becca. O que havia de *errado* com ela? Tinha a impressão de que falava mais da amiga depois de falecida do que quando viva.

— Não se desculpe. Ela era sua melhor amiga. Entendo a necessidade de falar sobre ela.

Flora era muito mais paciente do que Clare seria se estivesse na mesma posição.

— Acho que é a presença de Jack aqui... bem, de vez em quando escapa.

— Entendo. Quando a gente perde uma pessoa amada, falar sobre ela é uma forma de mantê-la viva, de lembrá-la.

Então era isso? Ela mantinha Becca viva?

— Acontece que todos os verões nós... quer dizer... nunca tivemos...

—... um verão sem a Becca. Eu sei.

Flora tomou um golinho do café e abaixou a caneca com cuidado.

Clare buscou freneticamente algo para dizer. Era ela que devia fazer com que Flora se sentisse melhor, mas até então tinha sido o contrário.

— Deve ser difícil para você também.

— Não tanto quanto para todos vocês. Lamento por ter deixado a situação constrangedora. Falei para Jack que não seria fácil, mas ele não me deu ouvidos e, para ser sincera, eu não aguentaria ficar sem ver ele e as meninas por três semanas.

Flora se importava. Clare podia ver. E Jack também. Ele estivera todo sorridente no dia anterior. Feliz.

Durante o funeral, o semblante dele a deixara preocupada. E agora estava diferente.

O nó de tensão que a afligia se desfez.

— Estou feliz que tenha vindo. Feliz que está aqui. — Assim que falou, percebeu que suas palavras eram sinceras. — É bom ver Jack sorrindo de novo.

— Ele não estava muito bem quando o conheci. — Flora respirou fundo. — Espero que não pense que eu queira substituir Becca. Sei que não poderia. Ela é a pessoa mais próxima da perfeição. E eu estou bem longe disso.

Clare ficou boquiaberta. Era isso que ela achava? Que Becca era perfeita? Se não estivesse tão perplexa, teria gargalhado.

— Ninguém é perfeito.

— Tenho certeza de que Becca chegou perto. — Flora segurou a caneca. — Ela corria maratonas beneficentes, montou um empreendimento de sucesso, e tudo isso enquanto administrava a casa sendo esposa e mãe. E amiga. Jack disse que você e Becca eram amigas desde o jardim de infância. É uma amizade especial. Quando se conhece alguém durante a maior parte da vida, você a conhece de verdade. Sabe tudo sobre eles, o que passaram, e os entende. Devem existir pouquíssimos segredos. Você os enxerga da maneira como realmente são.

— Verdade.

Mas algumas vezes, Clare pensou, nem sempre é uma coisa positiva.

— Conhecer uma pessoa profundamente… — Flora assoprou o café —… é um presente, não é? Quantos de nós têm um amigo com quem podemos ser superautênticos e ainda saber que seremos amados? Às vezes sentimos que precisamos disfarçar as partes ruins. É como usar maquiagem. Sentimos que precisamos apresentar a melhor versão de nós mesmos o tempo todo para sermos aceitos. Uma amiga verdadeira não espera que você seja perfeita. Perdoa seus defeitos e continua a amar você.

Pelo tom de voz sonhador de Flora, Clare desconfiou que ela nunca tivera uma amizade semelhante. Sentiu uma pontinha de culpa. Ela própria não tinha perdoado os defeitos de Becca.

Não da última vez.

Uma amiga verdadeira não espera que você seja perfeita.

Será que tinha esperado que Becca fosse perfeita em vez de aceitar suas decisões e escolhas como parte inerente dela?

Sei que você não faria isso, mas não somos a mesma pessoa, Becca havia repetido a mesma frase inúmeras vezes, e Clare havia sido forçada a admitir que com frequência a julgava com base nas próprias experiências de vida. A vida de Becca tinha sido completamente diferente da dela. Clare era filha única e sempre fora muito amada, ganhava tudo o que queria, dentro do bom senso. Becca nunca recebera. Ela trabalhara e batalhara por tudo o que tinha.

— Você tem uma visão idealista de amizade. — Clare manteve o tom casual. — E se uma amiga fizesse alguma coisa que você achasse imperdoável?

— Suponho que dependeria da gravidade e do quanto o erro conflitou com os meus valores. Gosto de pensar que aceitaria como sendo uma característica da pessoa. Imagino que depende da amizade. Nunca tive uma amizade como a sua e de Becca. Perder alguém com quem cresceu e que a conhecia tão bem... é uma perda terrível. Algo insubstituível.

Isso. Exatamente isso.

Flora, que mal a conhecia, havia identificado, por intuição, a grande questão de Clare: nunca mais iria encontrar outra amiga como Becca. Existiam pessoas que passavam a vida acumulando amigos como pó em uma superfície plana. Clare não era assim. Claro que tinha alguns amigos no vilarejo, mas nenhuma amizade profunda igual à que tivera com Becca.

Podia afirmar que Becca a havia conhecido de verdade. Ela havia enxergado, compreendido e aceitado todas as inseguranças de Clare, mesmo que se irritasse com muitas delas. Mas era ela quem assumia a conversa quando estavam em um grupo para que Clare não precisasse falar.

Becca tinha sido uma amiga leal desde o primeiro dia de aula, quando um grupo de meninas roubara o lanche de Clare. Ela partira para cima das garotas e depois dividira o próprio lanche.

A lembrança a fez sorrir. Como podia ter se esquecido daquilo?

Era a primeira vez que sorria ao pensar na amiga.

A vontade de revê-la chegou a doer fisicamente.

Espalhou os cogumelos na frigideira e deixou-os fritar no óleo.

— Não consigo lembrar de nenhuma ocasião em que Becca não estivesse em minha vida. Mesmo se estivesse furiosa, ainda era presente. Não acho que eu tenha me ajustado direito à sua ausência. Mas ela não era perfeita. Longe disso. Não quero que pense assim. Ela era humana, assim como todos nós. Mas ela se foi, e estamos aprendendo a conviver com isso. O importante é que Jack está feliz. Como vocês se conheceram?

Clare ouviu Flora contar a história, primeiro por educação e depois por interesse, imaginando como Jack devia ter ficado perdido ao tentar escolher um presente perfeito para a filha.

— Flores. Foi atencioso, mas ele sempre foi assim. Aposto que Izzy amou o presente. — Clare mexeu os cogumelos, observando as pontas escurecerem e se curvarem. — Sua família é de Manhattan?

— Fui criada pela minha tia. Perdi minha mãe aos 8 anos, um pouco mais velha que Molly.

— Sinto muito.

Clare não conseguia imaginar o mundo sem a mãe, e nem queria. Mesmo agora, depois de duas décadas de casamento e filhos, a mãe ainda cuidava de Clare e ralhava com ela. Apesar de protestar que tinha idade suficiente para tomar as próprias decisões e cometer erros, no íntimo, ela guardava com carinho o fato de existir alguém que se preocupasse tanto com seu bem-estar.

— Você era tão novinha... Sua mãe e tia eram próximas?

Flora demorou um pouco para responder.

— Não. Elas não tinham nada em comum. Minha tia estava interessada na carreira. Não quis casar ou ter filhos. Depois fiquei órfã, e ela achou que tinha a obrigação de me acolher.

— Ah, Flora... — Clare imaginou Aiden ou Molly órfãos, precisando morar com alguém que não os quisesse. A imagem causou-lhe calafrios. — Deve ter sido muito difícil.

— Foi, sim. Eu sabia que ela não me queria de jeito nenhum. Isso acabou me deixando insegura sobre meu lugar no mundo em geral. Nunca fui muito confiante. Nunca fiz parte da turma dos descolados da escola. Me esforcei muito para ser aceita tanto em casa quanto na escola. Tinha medo de ser eu mesma. — Flora fez uma pausa. — Izzy está certa sobre isso. Às vezes me esforço demais. E não acredito que acabei de me abrir desse jeito com você.

— Bem, como estamos sendo honestas uma com a outra, posso dizer que também não fui da turma dos descolados. Era tímida demais, e socialmente desajeitada.

Ao olhar para Flora, notou-a surpresa e sentiu uma conexão inesperada.

— Você?

— Eu mesma. — Clare riu. — A escola foi um pesadelo até o dia em que Becca chegou. Meus pais não eram ricos. Minhas roupas não eram adequadas. Não sabia falar direito. Não tinha um pônei. Mas daí Becca apareceu, e em dois dias de aula ela se tornou a garota mais bacana da escola.

— Ela tinha pais ricos e um pônei?

Clare olhou para Flora, curiosa. Ela não sabia? Jack não havia contado nada sobre Becca?

— Becca foi criada em um lar adotivo. Não sabia nada sobre roupas adequadas, ou falar direito, mas não se importava. Ela era tão rebelde, descolada… a garota mais descolada da escola. Não ligava se estava agradando ou não. — Clare raspou os cogumelos num prato e os colocou no forno para mantê-los aquecidos. — Mas ela tinha um talento excepcional. A dança. As outras meninas faziam balé porque os pais as tinham inscrito, mas Becca fazia as aulas porque amava dançar. Creio que ela acreditava ser esta a maneira mais autêntica de se expressar. Quando não estava dançando, era encrenqueira, ousada e…

—… emocionante para se ter por perto.

— Sim, acho que de vez em quando. E às vezes era estressante ficar perto dela. — Clare encheu a caneca de café de Flora e a dela. A atmosfera tinha perdido a formalidade, transformando-se em companheirismo. — Becca me empurrava para fora da minha zona de conforto e eu retribuía com a estabilidade que ela nunca teve. Ela viu como uma família podia ser. — Nunca havia conversado sobre Becca daquele jeito, nem com a mãe, nem mesmo com Todd. Havia contado mais sobre Becca a Flora do que havia dito à própria família no último ano. Justo para Flora! A pessoa que na certa não suportava ouvir o nome de Becca. — Mal posso acreditar que falei sem parar sobre um assunto que provavelmente você não quer conversar.

— Na verdade, foi útil. Eu preciso ouvir sobre ela. Isso pode me ajudar a entender as crianças melhor. Não tenho dúvida de que eram a família perfeita.

— Os tomates estão queimando!

Clare se levantou de repente, ciente de que precisava terminar aquela conversa imediatamente. Tirou os tomates do fogão e fritou o bacon até as bordas ficarem crocantes.

— Obrigada por me contar um pouco sobre ela.

— Jack não lhe disse nada?

— Não, ele acha difícil. Se quisesse falar sobre ela, teria falado.

Não necessariamente, pensou Clare. Às vezes os homens acreditam que a melhor maneira de lidar com um assunto difícil é ignorá-lo. Mas quem era ela para achar que estava errado? Remoía as coisas até virarem uma massa.

— Sua tia ainda é viva?

— Não. Ela teve demência há alguns anos, mas conseguiu morar na própria casa até o ano passado.

— Quem cuidou dela?

— Eu. Era o mínimo que eu podia fazer. Ela me deu de tudo.

Menos amor, pensou Clare. Agora era fácil entender o que estava acontecendo. Flora desejava uma família. Pertencer a algum lugar.

— E agora? Você mora na mesma casa?

— Não. A casa foi vendida para arcar com as despesas dos cuidados médicos. Mudei para um apartamento. Mas no mês passado o teto começou a vazar e tive que me mudar. Jack me convidou para ficar com eles.

— Vocês estão morando juntos?

Interessante. Por que Jack não havia dito nada?

— Não é bem assim. É uma situação temporária até eu encontrar outro lugar. Estou no quarto de hóspedes.

Lembrando-se de sua manhã com Todd havia pouco tempo, Clare sorriu com malícia.

— Deve ser meio frustrante.

Flora corou.

— Não quero desestabilizar ou magoar as meninas. As necessidades delas são prioridade.

Será?

Clare ficou pensando se seria tão contida nas mesmas circunstâncias.

— E as suas necessidades?

Sem se dar conta, Flora a tinha presenteado com a oportunidade de aliviar toda a raiva que sentira de Becca. Talvez Clare pudesse retribuir o favor. Então, continuou a falar:

— Nós, mulheres, sempre achamos que nossas vontades têm que ser as últimas da lista. Mas por que somos menos importantes do que os outros? Amo meu filho, mas esse amor não diminui quando Todd e eu priorizamos nosso relacionamento.

Pensou nos lençóis amassados no quarto. Será que havia deixado a calcinha no chão?

— Vocês dois têm sorte.

— Talvez, mas também sabemos o quanto é importante passarmos um tempo juntos. Arrumamos tempo. O que estou querendo dizer é que seu relacionamento com Jack não é só sobre as crianças. Você também é importante. — Clare poderia ter dito mais, porém sabia a hora de parar. Pegou a cafeteira. — Espero que se divirta enquanto estiver aqui. Se houver alguma coisa que eu possa fazer para que você se sinta mais à vontade, é só avisar.

Todd havia pedido que ela fosse simpática, e no fim não foi nem um pouco difícil. O que não esperava, contudo, era que se tornasse uma conversa sincera. Que podia de fato ter encontrado uma amiga em Flora.

Flora abriu a boca para falar, mas a família toda chegou ao mesmo tempo. Aiden parecia estar dormindo em pé, Todd contava a Jack sobre a reforma no celeiro no qual estava trabalhando e Molly brincava com Fuça, que conseguira encontrar lama no jardim, apesar do período de seca.

Caos, Clare pensou ao segurar Fuça pela coleira e pedir a Molly que o levasse para fora pela porta dos fundos para lavar as patas. A verdade era que a vida familiar era um malabarismo. Esperava que Flora estivesse pronta para isso.

Jack bocejou e logo assumiu a responsabilidade pelo café da manhã de Molly.

— Tem granola. Você gosta de granola, não é? — Ele parou com a tigela em uma mão, a caixa na outra e ficou aliviado quando ela assentiu com a cabeça.

— Mas sem muito leite.

— Granola, sem exagerar no leite. Entendi.

Ele preparou o café da manhã como um cirurgião durante uma operação de vida ou morte, e Clare achou engraçado e adorável.

Izzy foi a última a chegar com o cabelo preso em um coque desarrumado, short e um top de tira. Olhou para a cadeira vazia mais distante de Flora, mas acabou suspirando e escolhendo a que estava mais perto.

Clare se perguntou se era a única que estava prendendo a respiração.

— Frutas, Izzy? — Flora empurrou a tigela sobre a mesa. — Estão deliciosas.

Clare passou a admirar mais Flora e entrou na conversa:

— Tem granola caseira, suco fresco, bacon, cogumelos e ovos do jeito que você gosta. Se a intenção é ter um dia cheio de atividades, é importante se alimentar.

Izzy verificou a cumbuca de Molly, assentiu a cabeça em aprovação e se serviu também. Acrescentou iogurte e frutas. Pegou a colher e largou em seguida. Respirou fundo e virou-se para Flora.

— Desculpe pela minha grosseria. Não devia ter falado com você daquele jeito. — O tom de voz dela era claro e firme.

Clare ficou orgulhosa e com pena em intensidades iguais. Orgulho por Izzy ter conseguido tomar a atitude certa, mesmo angustiada, e pena porque nenhuma criança deveria ter passado pelo mesmo sofrimento de Izzy e Molly.

Todd colocou torradas frescas e quentes na mesa.

— Muito bem dito, Izzy.

— Peço desculpas também.

Flora estava sendo generosa e sincera. Agiu por instinto quando tentou alcançar a mão de Izzy, mas se retraiu antes de encostar, na certa temendo mais uma rejeição.

— Então, hoje Aiden e eu vamos andar de caiaque. Talvez usemos as pranchas de *stand-up* também. — Izzy comeu de uma grande colherada de granola. — Se quiser nos acompanhar, Flora… Temos coletes salva-vidas. Posso te ensinar a andar.

Clare sentiu uma onda de amor pela afilhada. Era um gesto perfeito. Havia se preocupado sem necessidade. O verão seria ótimo.

No entanto, em vez de ficar aliviada e aceitar o convite com o devido entusiasmo, Flora continuou em silêncio.

Clare queria que Flora respondesse logo. *Vamos,* pensou. *Aceite.*

— É muita gentileza sua, mas não posso.

Izzy segurou a colher com força e corou.

— Você ainda está brava comigo.

— Não é isso.

— O que foi, então?

A comida no prato de Flora estava intocada.

— Não gosto de água. Não sou boa na água.

— Ah, é mesmo. Você disse que não sabia nadar. — Izzy deu de ombros. — Posso ensinar, se quiser. — A situação era estranha e desconfortável, mas pelo menos ela estava tentando. — Andamos de caiaque na parte rasa do lago. Dá para ver o fundo, contanto que não se afaste muito da margem.

— Não posso.

Izzy largou a colher ruidosamente.

— Você não pode imaginar nada pior do que passar o dia comigo. — A voz dela se elevou junto com o nível de estresse. — Está certo. Entendi. É tudo culpa minha por ter dito aquelas coisas.

— Não é isso. Na verdade, agradeço por você ter feito com que eu me enxergasse. — O prato de Flora continuava intocado. — Ontem à noite você me perguntou até onde eu estava preparada a chegar para ser incluída na família. Foi uma pergunta justa. A resposta é que não estou preparada a ir tão longe. Não farei isso. Não posso. Tenho medo de água.

— Por não saber nadar?

— Não, porque foi assim que minha mãe morreu. — As palavras pareciam sair como uma torrente da boca de Flora. — Ela se afogou e eu estava junto. Desde então não entro na água.

Merda, pensou Clare, decidindo que a ocasião permitia xingar em silêncio.

Talvez o verão não fosse perfeito, no final das contas.

14

Izzy

— Como eu poderia saber? Por acaso leio mentes agora? — Izzy usou a raiva para disfarçar o quanto se sentia péssima, mas Aiden sabia.

— Você não lê pensamentos. Pare de se martirizar, está tudo bem.

— Só que não, não é? Tudo bem, fui rude na noite passada, admito… Perdi a cabeça e não me orgulho disso.

Sem contar que Flora foi a pessoa, a *única*, que ficou ao seu lado. Foi chocante. Estava quase certa de que a própria Flora se surpreendera também, pois não era do tipo de impor opiniões e contradizer as pessoas. Nunca havia visto Flora e o pai discordarem em nada até a noite anterior. Mas Flora a tinha defendido.

— Agora ela deve achar que a convidei para andar de caiaque de propósito para deixá-la desconfortável.

— Ela não está pensando isso. Na verdade, ela parecia até um pouco agradecida. Foi como se tivesse tido um momento de revelação.

Aiden segurou o caiaque e Izzy entrou, sentindo-o balançar na água.

— Ah, está certo. A revelação foi que sou uma vaca completa. Você acha que sou uma vaca completa?

— Não, Izzy, falamos sobre isso ontem à noite. Você pode explodir de vez em quando. Guardar tantas emoções o tempo todo não faz bem. Por que está se martirizando?

Porque ela se sentia mal, o tempo todo. Mal por ter perdido a mãe. Mal por chatear o pai, e agora mal por causa de Flora também.

Quando pequena, Izzy tinha um cobertorzinho de estimação, até a mãe decidir que ela era grande demais para essas coisas e o jogar fora. Izzy sofrera noites de insônia durante meses. O carinho de Flora na noite anterior a lembrou quando se enrolava naquele cobertorzinho quente e confortável. Flora havia permitido que ela se isolasse do mundo frio e difícil.

A vontade que sentira de se atirar nos braços de Flora continuaria a ser seu segredo. Só de pensar que quase tinha se descontrolado a fazia transpirar de medo. Havia ficado tão apavorada com a necessidade de abraçar Flora que acabou gritando. E por causa disso, tinha ficado bem claro que Flora nunca mais iria querer abraçá-la ou defendê-la de novo.

A ideia a deixou mais chateada do que deveria. Afinal, não ligava para Flora, não é? Queria-a longe.

Olhou para o lago, imaginando como seria se afogar. Flora tinha dito que estava com a mãe quando aconteceu. Izzy nem sequer conseguia imaginar. Ela constantemente pensava no que poderia ter feito para salvar a mãe, mesmo sabendo que seria impossível. O médico havia dito que Becca tinha uma bomba-relógio no cérebro. Mas Flora… será que ela se sentia culpada por não ter conseguido evitar que a mãe se afogasse?

— Morrer afogada não deve ser bom.

Aiden franziu o cenho.

— Izz…

— Não estou falando de mim. Só pensando… Quer dizer, não seria rápido, não é? Será que a pessoa sabe que vai se afogar? Ou será que continua lutando e tentando nadar até que seja tarde demais e simplesmente desiste?

Será que Flora havia feito as mesmas perguntas? Teria ficado atormentada com os detalhes?

Izzy não conseguia parar de pensar que Flora estivera sozinha naquela situação. Sem ninguém para protegê-la.

— Acho mesmo é que você devia pensar em outra coisa — comentou Aiden, passando a mão nas costas dela.

— Graças a mim, aposto que Flora não está pensando em outra coisa.

— Ela me pareceu bem.

— É porque ela é muito educada para dizer o que está pensando de verdade. Devia ter gritado comigo, não acha? O que preciso fazer para ela gritar e perder a paciência?

— Ela não me parece do tipo que grita.

Fato que só piorava o estado de Izzy.

— Será que meu pai sabe? Você convidaria alguém para passar três semanas em um lago se soubesse que essa pessoa tem pavor de água?

— Não sei. Depende se a pessoa quer ficar longe da água ou não. Às vezes a gente escolhe enfrentar as coisas que nos apavoram.

— Hum… você viu a cara dela quando a convidei para andar de caiaque? Ela reagiu igual a mim quando você me fez assistir aquele filme de terror aos 9 anos de idade.

— Lembro disso. Você ficou verde e vomitou. — Aiden entrou no outro caiaque, que balançou com o peso e o movimento. — Tem certeza de que quer passear de caiaque? Podemos voltar, se quiser. Você pode passar o dia com Flora e se autoflagelando com gravetos.

— Não. Ela merece um tempo longe de mim. — E vice-versa. Ficar perto de Flora deixava Izzy mal consigo mesma. — Se eu voltar, meu pai dará um jeito de conversar sobre faculdade, e já tenho dor de cabeça demais para tratar disso agora.

Mas estar no caiaque a acalmava. A proximidade com a água tinha esse efeito nela. O lago se estendia em todas as direções.

Um par de patos deslizava sobre a água, indiferentes à presença dela, aceitando-a como parte integrante da vida do lago.

Aiden emparelhou o caiaque com o dela.

— Pronta?

— Faz um ano que não andamos de caiaque. — Ela segurou melhor no remo. — Podemos ir até a ilha?

— Hoje é mais seguro ficar perto da margem. O vento está aumentando e não será uma remada fácil até a ilha.

— Você está me chamando de fracote de novo?

— Não. Dessa vez eu é que sou o fracote. Não sei se meus músculos aguentariam.

Ele saiu remando devagar e o caiaque deslizou sobre a água.

Izzy sabia que não era verdade. Aiden estava mais do que apto para remar até a ilha. Talvez tivesse pensado que ela não aguentaria e não queria vê-la mais frustrada ainda. Devia ter ficado irritada, mas na verdade tinha gostado. No momento, nada em sua vida era seguro ou tranquilo. De vez em quando, duvidava de sua habilidade em enfrentar obstáculos, então era verdade que, se não conseguisse chegar até a ilha, aquilo só pioraria seu humor e confiança.

Izzy seguiu Aiden, observando os movimentos dos ombros dele enquanto remava. Desejou continuar remando, daquele jeito, acompanhada pelos pássaros e pela água, abandonando a vida horrível e bagunçada que ficara à margem do lago. De alguma forma, as coisas pareciam mais simples quando estava na água.

Os dois remaram até o sol começar a arder na pele. Aiden sinalizou para que manobrassem na direção de um pequeno riacho. Escondido por árvores altas e juncos, havia um pequeno deque.

— Meu pai construiu no último verão. — Aiden subiu no deque e amarrou o caiaque. Depois inclinou-se para ajudá-la.

— Vamos deixar os barcos aqui e andar. Conheço um lugar ótimo. Trouxe chocolate e alguns bolinhos da minha mãe. — Ele bateu no bolso da jaqueta e ela riu.

— Alguma vez você ficou sem comida?

— Não se eu puder evitar.

Aiden estendeu a mão e ela a segurou, não porque precisasse de ajuda, mas porque gostava do contato da pele dele e do aperto firme. Certamente qualquer outra pessoa em sua vida a teria empurrado se tivesse oportunidade. A sensação de ter alguém tão determinado em mantê-la por perto e em segurança era bem gostosa. Sabia que jamais se esqueceria de como ele havia sido gentil na noite anterior. Havia fugido de todos, mas Aiden a seguira. Tinham ficado sentados juntos no deque até começar a escurecer, quando o sol sumiu no horizonte, dando lugar às estrelas. A companhia dele na noite anterior a fez se sentir menos sozinha, exatamente como naquele momento.

— Cuidado com as pernas nas urtigas.

Ainda segurando a mão de Izzy, ele a conduziu por uma trilha e, depois de cinco minutos de caminhada entre as árvores, a paisagem se abriu em uma clareira. Era um mar de cores, com flores do campo dançando no ritmo da brisa.

— Isso é muito legal! — Ela estava prestes a se sentar no gramado quando Aiden a impediu.

— Espere. — Ele estendeu a jaqueta. — Não quero que seja picada pelos insetos.

— Não acredito que alguém goste de mim a ponto de ser tão atencioso. — Era para ser piada, mas ele a olhou sério. — O que foi?

— Não entendo por que está pegando tão pesado consigo mesma.

— Verdade? Fui supergrossa e, quando tentei consertar, acabei traumatizando a namorada do meu pai... Acho que tenho razão suficiente para me punir, não?

— Não. Acho que a situação é difícil e você está se autoflagelando.

Izzy se sentiu melhor por Aiden reconhecer que a situação era complicada, ainda mais sem saber a pior parte.

Sentou-se na jaqueta dele, sentindo a grama alta pinicar sua pele.

— Você acredita no amor? — perguntou e colheu duas margaridas, entrelaçando-as como fazia quando pequena.

— Sim. — Aiden se deitou e fechou os olhos. — Você não?

— Não sei. Não entendo o amor. As pessoas se dizem apaixonadas, casam e se divorciam. Pessoas morrem e os outros seguem com a vida.

Aiden virou-se de lado, apoiando-se em um dos cotovelos.

— Você está falando do seu pai?

— Só estou falando, nada sério.

— Mas é por causa dele. — Ele tirou as margaridas da mão dela, antes que ela as destruísse. — Se estiver me perguntando se seu pai amava sua mãe, posso afirmar que sim.

— Então como ele pode se apaixonar de novo com tanta facilidade?

Aiden deu de ombros.

— Eu disse que acredito no amor, não que só é possível amar uma pessoa na vida.

— Você pretende ter seis esposas como o Rei Henrique VIII?

— Será que é permitido? — Aiden passou uma margarida no rosto dela. — Se eu tiver uma esposa por dia da semana, serão sete ao todo.

Ela jogou uma margarida nele que caiu perto do pescoço, no decote em V, onde a pele ficava à mostra. Com o olhar fixo naquela pequena brecha de pele, Izzy lembrou-se de quando tinham nadado no rio com as roupas de baixo sem nem pensar duas vezes.

Naquela hora, não sentira nada, mas agora era bem diferente. Estaria apaixonada por Aiden? Ou era apenas porque ele a conhecia melhor do que ninguém? Ou estaria lisonjeada porque ele parecia ser o único que gostava de sua companhia, quando ninguém mais a queria por perto?

Sentia-se desejada por ele. Necessária. Havia uma conexão entre eles que Izzy não sentia com nenhuma outra pessoa.

— Você acha que um dos seus pais já teve um caso?

— Não. Claro que não.

Aiden se virou de costas e olhou para o céu.

— Por que "claro que não"? Sabe que as pessoas têm vidas secretas, não é?

Ela se deitou de lado para poder fitá-lo.

— Eu sei, mas meus pais não.

— Como pode ter certeza?

Aiden virou a cabeça para encará-la.

— Bem, para começar, porque eles estão sempre se abraçando e beijando. Para ser sincero, gostaria que maneirassem. Chega uma hora que você não quer pensar nas palavras *sexo* e *pais* ao mesmo tempo, entende?

— Mas não tem como ter certeza, não é? O que realmente sabemos do relacionamento de outras pessoas?

— Moro com eles. — Aiden sempre fora racional. — Eu teria notado se um dos dois se ausentasse o tempo todo, ou chegasse tarde em casa, ou estivesse coberto de batom.

— Os homens nunca percebem essas coisas.

— Eu, sim. Sou observador.

— O que eu estava vestindo ontem?

— Blusa azul. Calça apertada. Bela bunda, aliás.

Ela deu um empurrãozinho nele de brincadeira, mas ainda estava impressionada.

— Se um dia testemunhasse um crime, você conseguiria fazer um retrato falado?

— Não. Não desenho nada. A polícia olharia o retrato e diria que fui assaltado por um alienígena fantasiado para o Dia das Bruxas. — Ele se virou e os dois ficaram frente a frente. — E sua calcinha e sutiã eram de renda branca. Menos quando você pulou na água. Aí ficou transparente.

Izzy ofegou.

— Mentira!

— Ficou sim.

Ele sorriu e Izzy ficou roxa de vergonha.

— Por que não me avisou?

— Por que eu falaria? Você estava linda.

Aquecida pelo elogio e lisonjeada com o olhar que Aiden lhe dava, Izzy diminuiu a distância entre eles. Viu que havia umas manchinhas verdes nos olhos dele e os cílios eram grossos e escuros.

Teve vontade de beijá-lo, mas receou fazer ou dizer alguma coisa errada. Naquele momento, Aiden era seu único amigo na face da Terra. Não tinha dúvida de que ele era a pessoa que estava mais perto de a entender. E não queria estragar tudo.

Quando ela pairou, indecisa, ele ergueu uma das sobrancelhas.

— Vai me beijar?

Izzy se sentiu humilhada por ser tão previsível.

— E se arruinar tudo?

— Que "tudo"?

— Não sei. — Ela deu de ombros, num gesto que esperava ser casual, e voltou a deitar ao lado dele. O sol estava quente em seu rosto. — Nós. Nossa amizade. Nosso relacionamento...

Independentemente do que fosse e por quanto tempo durasse. Izzy esperava que durasse pelo menos até o final das férias.

— E se não arruinar tudo? — Aiden se mexeu, cobrindo parte do corpo dela. — E se melhorar?

— Não tem como saber…

— Em vez de discutir, tenho uma ideia melhor. Vamos tentar.

Um arrepio de excitação varreu o corpo de Izzy quando Aiden se inclinou, cobrindo o sol, e pressionou os lábios nos dela. Ela correspondeu ao beijo, certa de que aquilo era a melhor coisa que tinha acontecido durante o último ano, talvez até durante sua vida inteira.

Aiden, Aiden.

Deslizou as mãos pelos ombros largos, sentindo o calor da pele e a urgência da boca dele sobre a sua. Podia beijá-lo o dia todo. Podia beijá-lo pelo resto de seus dias. Já que era tão delicioso assim, por que as pessoas não passavam o tempo todo se beijando?

O beijo foi ficando mais ousado e, quando Aiden escorregou os lábios para o queixo dela, pelo pescoço e até um dos seios, ela não o empurrou. Izzy nunca transara de fato, mesmo quando a maioria de suas amigas já tinha tido a experiência. Tinha chegado perto, mas então a mãe morrera, e ela não conseguiu se conectar com mais ninguém. Sentira-se isolada e sozinha. Mas agora não se sentia assim. Não quando Aiden a beijava, dizia o quanto era linda e como gostava dela.

Eu te amo, Izzy, eu te amo.

Ela fechou bem os olhos, querendo acreditar nele com todas as suas forças e desejando que aquele beijo durasse para sempre. Acariciou-o, explorando-o, sentindo-se a deusa do sexo quando o ouviu gemer contra seus lábios. E quando achou que chegariam às vias de fato, bem ali no meio de um campo de margaridas, Aiden se afastou e respirou fundo com dificuldade.

— Acho melhor... — Mas ele não terminou a frase, em vez disso xingou baixinho e tentou arrumar o cabelo com a mão, mas não adiantou nada, pois os fios voltaram para o mesmo lugar.

Ela riu.

— Adoro quando seu cabelo fica assim.

O comentário aliviou um pouco a tensão e ele retribuiu o sorriso.

— Fica como?

— Caindo nos olhos.

Aiden estudou a boca de Izzy, gemeu e ficou em pé em um pulo.

— Vou nadar — anunciou ele e saiu correndo.

Izzy soltou uma risada sufocada e se sentou.

— Aiden! Espere!

— Nos encontramos na água.

— Mas está gelada!

— Tomara.

O vento trouxe as palavras até os ouvidos dela. Izzy sorriu e o seguiu lentamente até a margem do lago, afastando as borboletas e abelhas no caminho.

Aiden já estava na água quando ela entrou. Começaram a brincar, jogando água um no outro, depois deitaram-se no deque, deixando as gotas de água evaporarem com o sol quente.

Conversaram e riram até um pensamento invadir a mente de Izzy — *será que é assim que Flora faz meu pai se sentir?* —, mas decidiu que era melhor não pensar a respeito. Não queria imaginar Flora como alguém permanente na vida deles. Naquele dia só queria pensar nela mesma e em Aiden.

15

Flora

— Por que não me contou? — Jack segurava sua mão enquanto caminhavam pela trilha que atravessava a floresta. Ele havia se recusado a pegar o caminho às margens do lago. — Eu sabia que sua mãe tinha morrido, mas não imaginava como.

Os raios de sol se infiltravam através das copas das árvores. De vez em quando o silêncio da caminhada, com passos abafados pelos musgos, era interrompido quando um deles pisava em um galho seco.

Para Flora, acostumada ao barulho de buzinas e sirenes, a paz a acalmava.

— Não é uma coisa sobre a qual costumo falar.

No entanto, havia acabado de anunciar o fato em grande estilo durante o café da manhã. E ficara tão chocada quanto os demais. Nem Julia sabia dos detalhes da morte de sua mãe. O que havia mudado? Como tinha chegado a esse ponto se, apenas semanas antes, estava tão desesperada para pertencer e ganhar a aprovação da família que talvez tivesse aceitado o convite de Izzy e subido na droga do barco?

E havia sido justo Izzy a responsável indireta pela mudança. As palavras afiadas da garota tinham penetrado em seu peito como um punhal, especialmente letais porque traziam verdades escondidas. De fato, Flora *tinha* problemas em se manifestar.

Havia ficado com aquilo na cabeça durante toda a tarde e ao longo da noite insone. E não tinham sido apenas palavras.

Nos poucos segundos antes de a adolescente começar a gritar, Flora tinha visto vulnerabilidade e gratidão. Com sua interferência e apoio, Flora a fez se sentir um pouco menos isolada e sozinha. E, mesmo depois de tudo explodir, ainda se sentia um pouco mais próxima de Izzy. Foi então que se deu conta de que o relacionamento delas não precisava de esforço, mas sim de mais sinceridade. Nenhum relacionamento se aprofunda se não houver honestidade.

De fato, o momento e a maneira como aconteceu poderiam ter sido melhores, porque a *última* coisa que queria era que Izzy achasse que sua recusa tinha sido por causa de algum ressentimento, mas o mais importante era que agora todos sabiam de seu pavor de água. Não haveria mais convites para andar de caiaque ou nadar, o que era um alívio, e era bom saber que a conheciam um pouquinho melhor.

Flora havia gostado quando, depois da confusão, Clare perguntara se estava bem sem aquele tom educado e afetado que usara no primeiro dia, mas com carinho e preocupação verdadeiros. Foi como se Clare a tivesse visto como pessoa pela primeira vez, e não como a substituta de Becca.

Mas, naquele momento, queria esquecer e curtir o silêncio, o ar puro e a sensação dos dedos de Jack entrelaçados aos seus.

Jack, contudo, não estava a fim de mudar de assunto.

— Por que você não me contaria uma coisa dessas? Flora, isso é muito importante. Quero que sinta que pode me contar tudo. Fico preocupado por não ter conseguido falar sobre isso comigo.

Ela parou de andar. Profundidade. Sinceridade. Era tudo o que queria.

Agindo por impulso, pegou a foto que carregava sempre na carteira.

— Esta é minha mãe.

Jack pegou a foto e a estudou de perto.

— Você é parecida com ela, o mesmo sorriso.

— Éramos parecidas em muitas coisas.

— Você nunca me mostrou isso antes.

— Nunca mostrei a ninguém. Você é o primeiro.

— Eu… fico feliz que tenha compartilhado isso comigo — disse ele com a voz rouca, devolvendo a foto. — Quer me contar o restante? O que aconteceu?

Seria a primeira vez que falaria sobre o assunto, mas com Jack era diferente. Queria que ele a conhecesse de verdade, e isso não seria possível se não fosse sincera.

— Estávamos na praia. Minha mãe adorava nadar. — Era difícil escolher as palavras de uma história que nunca verbalizara antes. — Gostava da sensação de leveza e de liberdade. Ela me deixou na praia com um livro. Havia uma família perto que se dispôs a tomar conta de mim. "Vão ser só cinco minutos", disse ela, "só cinco minutos". — A narrativa foi ficando mais fácil. — Ela foi para a água e saiu nadando. Parou uma vez para acenar para mim e continuou nadando. Foi a última vez que a vi viva. Encontraram o corpo no dia seguinte numa praia próxima. Disseram que ela provavelmente ficou presa numa correnteza. Mas é isso. Enquanto minha mãe estava desaparecida, fiquei com uma amiga dela, que depois chamou minha tia para me buscar.

Jack massageou as têmporas com os dedos, abriu a boca para dizer alguma coisa, balançou a cabeça e a envolveu com os braços.

— Flora… — Ele a abraçou com força, apertando-a contra o corpo na tentativa de prover toda a segurança que ela havia perdido naquele dia. — Sinto muito. Sinto muito mesmo.

A bochecha dela estava pressionada no peito dele. A sensação era maravilhosa.

— Aconteceu há muito tempo. Não costumo falar… nunca falo sobre isso.

— Estou muito feliz por você ter me contado. Eu quero saber. Quero saber tudo.

Se fosse possível, ela gostaria de continuar naquela posição para sempre, embora soubesse que precisava tocar em um assunto especial.

— Você não fala sobre Becca.

— Falo nela o tempo todo.

— Apenas em relação às meninas. — Ela ergueu o rosto e o fitou, tentando enxergar o que estava subentendido. — Você não me conta como está se sentindo.

— Não preciso. — Jack estava tenso. — Estou lidando com isso.

Sozinho.

— Jack…

— Não quero falar sobre Becca, mas de você. Gostaria que tivesse me dito antes sobre seu medo de água. — Ele segurou o rosto dela com as mãos quentes e firmes. — Se soubesse, não teria trazido você para cá.

Poderia culpá-lo por preferir carregar o peso em vez de dividi-lo? Não tinha feito o mesmo? Compartilhar requeria prática. Tempo. E Flora estava disposta a dar tempo a ele.

— Estou feliz que tenha me convidado. Gosto daqui.

Ela apertou os olhos, protegendo-os do sol, e Jack a puxou para a sombra de uma árvore.

— Eu a trouxe para um lago, Flora. *Um lago*. Você morre de medo de água e só confessou isso agora. Não sei o que isso quer dizer a seu respeito. Não entendo por que veio…

— Vim porque… — *Estou apaixonada*, pensou. Tinha ido porque estava amando. Era uma emoção maior e mais forte do que o medo. Estava apaixonada por Jack, Molly e até talvez por Izzy. Não pela garota ríspida e brava, mas por aquela escondida por trás do ressentimento. — Estou aqui porque gosto de ficar com vocês. Se estivéssemos hospedados na casa de barcos, teria sido um pouco diferente.

Era para ser uma brincadeira, mas ele não sorriu.

— Quer ir para casa? Eu a levo de volta. — Jack se inclinou para mais perto, observando, monitorando todas as reações dela.

Nunca ninguém tinha prestado tanta atenção como Jack. A sensação de saber que alguém se importava era inebriante, estonteante…

— Você quer dizer voltar para Lake Lodge?

— Manhattan. Voltar para a cidade.

— Você faria isso?

Flora ficou comovida, mas, ao fazer a pergunta, já estava pensando em como sentiria falta dos pássaros, das plantas, da floresta. Assim como estava se apaixonando por Jack, estava se apaixonando por aquele lugar. Adorava as montanhas, ou *fells*, como as chamavam ali. Mesmo não tendo a menor intenção de colocar os pés na água, gostava de olhar para o lago reluzindo com o sol da manhã ou se avermelhando com o cair da tarde. Admirava os pássaros planando sobre a superfície e estava fascinada pelas mudanças de cores e humores da água.

— Podemos voltar agora e fazer as malas. Pegaremos o voo noturno e chegamos em Nova York amanhã, se quiser.

— Não quero. — Tinha certeza. — Mas agradeço a consideração.

Jack estava oferecendo priorizar as necessidades dela acima de todos. Além da mãe, ninguém nunca tivera uma atitude assim. Nem a própria Flora, apesar de estar determinada a mudar.

— Eu estava falando sério. Me importo com você, Flora. Você… — Ele fez uma pausa, mudando o que estava prestes a dizer. — Sou péssimo nisso. Há tanta coisa que quero falar.

— Basta dizer, Jack. Fale.

— Não são apenas as palavras, mas o momento certo de falar.

— Momento certo?

Jack hesitou, nervoso, e ela descobriu que a incerteza podia ser mais sexy do que o excesso de confiança ou arrogância masculina. O nervosismo significava que ele se importava com o que queria dizer.

— Essas férias acabaram sendo muito difíceis para você. Tem a Izzy, a Clare... e mais água do que você provavelmente gostaria de ver durante a vida toda. Se eu soubesse sobre sua mãe antes, não teria insistido para você vir.

A intuição de Flora era que não eram bem aquelas palavras que ele queria dizer.

— O que teria sido uma pena, porque gosto daqui. Além disso, a escolha de vir foi minha, Jack.

Na verdade, havia ficado animada com as possibilidades se abrindo a sua frente. Não resistira à tentação de experimentar uma vida diferente da sua.

— Você poderia ter recusado o convite.

— Está me chamando de covarde?

— Você? — Ele esboçou um sorriso. — Você parecia uma leoa na noite passada. Quando ficou ao lado de Izzy, achei que fosse me atacar.

Por um tempo, ela havia esquecido a noite anterior.

— Você está bravo?

Ela tinha se perguntado aquilo várias vezes durante a noite. Depois que o calor do momento tinha passado, ela ficou atônita com as palavras que emergiram de sua boca e pensou se não deveria se retratar. Izzy era filha de Jack, não dela. Problema dele, não dela.

— Como eu poderia ficar bravo? — Ele deslizou os dedos pelo rosto dela. — Você me disse o que acreditava ser o certo. Falou a verdade. É esse tipo de relacionamento que procuro. Não quero que fique pisando em ovos comigo. Intimidade significa confiar um no outro. Compartilhar.

— Sei que está preocupado com Izzy.

— Estou, sim, e não me saí muito bem ontem à noite. Eu devia ter pegado mais leve em tudo.

— Não quer que ela vá para a faculdade?

— Não *tão* leve assim. — Ele deu um sorrisinho de lado. — Digamos que eu esteja disposto a recuar e esperar que ela chegue à conclusão sozinha. Quero o melhor para Izzy, mesmo que nesse momento ela não acredite. Mas chega de Izzy. Vamos falar sobre nós. Sobre você. Vir para cá deve ter sido muito difícil. Por que concordou?

— Vim porque… — As palavras ficaram presas. Sinceridade. Intimidade. — Vim porque gosto de você. São sentimentos fortes. Também sei que você tem que pensar nas meninas e que é provável que…

— Fortes quanto? — Ele se aproximou, prendendo-a contra o tronco áspero da árvore. — Quão fortes são esses sentimentos? Preciso saber.

A confissão que fizera já havia sido amedrontadora, e ele ainda queria mais? Jack estava pedindo que ela revelasse a profundidade de seus sentimentos, que ela se desfizesse de toda a proteção que tinha construído ao seu redor e ficasse vulnerável.

— São fortes. E sei que você provavelmente não…

— Estou apaixonado por você, Flora. Faz meses que estou apaixonado.

De repente, alguma coisa aconteceu com seus joelhos, porque as pernas bambearam e Flora se sentiu tonta.

A atmosfera estava parada, maculada apenas pelas asas de um pássaro abrindo caminho pela copa das árvores para ganhar a liberdade.

Jack com certeza podia ouvir o coração dela disparado.

— Você… me ama?

Seria essa a causa do nervosismo dele para falar? Flora não havia pensado nisso. Nem ousara. Mas, ao ver ele sorrindo para ela, pôde perceber pelos olhos dele. A ansiedade ainda estava ali, mas diluída por alguma outra coisa. Algo que aqueceu todas as partes congeladas remanescentes no corpo dela.

— Quer que eu confirme? Como você não percebeu?

Flora pensou em uma lista de razões.

Cedo demais. Complicado demais. Becca. Izzy...

— Você nunca... — Ele estava falando sério? Flora estava com dificuldade de acreditar, talvez porque não estivesse acostumada a receber algo que tanto desejava. Teve vontade de suspirar, gritar e sair dançando pelas árvores. — Se for verdade, por que não me disse nada antes? Por causa das crianças?

— Não tinha certeza de que você estava pronta para ouvir. Eu já sabia que nos seus relacionamentos anteriores você acabou não sendo autêntica, só para agradar a outra pessoa. Não queria que isso acontecesse conosco. Quero que possa ser você mesma. Eu a conheço, Flora. Sei quem você é. Então, pode ter certeza de que, quando digo que te amo, é a pura verdade. Não estou apaixonado por uma versão que você criou porque resolveu que daria certo conosco. Estou tagarelando... — Jack estava deliciosamente embaraçado. — Deve ser por causa do nervosismo. Isso faz algum sentido?

— Sim.

Era bom saber que nada daquilo havia sido ensaiado, o que tornava ainda mais verossímil, e ela desejava acreditar em cada palavra.

— Quero que se sinta à vontade para ser autêntica comigo e que tenha certeza de que será amada de qualquer jeito.

— Você acha que me conhece?

— Sei que sim. — O nervosismo sumiu e foi substituído por confiança. — Amo sua criatividade com um lápis ou um pincel, e suas roupas...

— Você gosta das minhas roupas?

— Você se veste como se todo dia fosse uma festa e amo isso.

Flora pensou no vestido branco nunca usado.

Ela não era Becca, mas tudo bem, porque Jack não esperava que fosse. Nem queria. Gostava dela do jeito que era. Ela devolveria o vestido branco.

Ele a conhecia. Ele a amava.

A alegria que a invadiu foi tão intensa que a deixou zonza. E Jack continuava a falar:

— Amo sua preocupação em deixar os outros felizes e sim, parte disso vem de querer agradar às pessoas, e isso nem sempre é bom, mas parte disso é simplesmente porque você é extremamente cuidadosa e atenciosa. Nunca conheci alguém assim. Você é linda por dentro e por fora.

— Linda? Qual parte de mim você acha linda?

— Todas. Seu sorriso, as pernas maravilhosas... e eu gostaria de ressaltar o quão maravilhosas elas são... mas acima de tudo o seu coração. O seu coração é o mais gentil que já encontrei.

Baixando o rosto, ele tocou os lábios nos dela. Foi um beijo carinhoso, mas ela percebeu a paixão fervilhando sob a superfície.

Ela correspondeu ao beijo com os olhos fechados e a mente cheia de sonhos. Jack recuou a cabeça um pouco apenas para dizer:

— Sei como é complicado... foi o que quis dizer com "momento certo". Sei que não tem sido fácil, com Izzy em especial. Mas vamos descobrir uma maneira de lidar com isso. Daremos um jeito. Estou certo de que com o tempo ela entenderá que estamos certos.

Flora pensou na conexão tênue que sentira na noite anterior com a garota.

— Eu também não me saí bem. Izzy tinha razão ao dizer que venho me esforçando muito. Preciso ser eu mesma.

Chega de joguinhos, pensou. Daquele momento em diante seria só sinceridade.

— Bom, pelo menos as chances de você romper o tendão de Aquiles correndo pelo Brooklyn serão menores. — Ele a acariciou no rosto com as costas da mão. — Acho que estou diante da pessoa mais corajosa que conheço. Não só porque te convidei para ficar perto de um lago e você aceitou, mas porque significava passar dias com amigos meus e desconhecidos seus. Na sua cabeça você era uma intrusa, e sei que esse é o seu pior pesadelo.

— Jack...

— Eu devia ter ficado mais perto de você ontem à noite. Me distraí colocando os assuntos em dia com Todd e não me dei conta. Deve ter sido estressante.

— Não preciso de uma babá, Jack.

— E que tal alguém que a ame? Disso você precisa?

Sim, disso ela precisava. Mais do que tudo. O coração de Flora estava cheio e disparado, na mesma frequência absurda de sua mente. Nunca tinha ouvido aquilo de ninguém, e as palavras eram tão sedutoras quanto o roçar habilidoso daqueles lábios nos seus e das carícias experientes das mãos habilidosas.

Dessa vez, nenhum dos dois se afastou. Já haviam esperado muito. Tempo demais...

Ela enlaçou os braços no pescoço dele. Parou à distância de um suspiro da boca dele, ansiosa para capturar todas as manifestações de prazer daquele momento delicioso. Flora sempre fora atenciosa, paciente e cuidadosa. Saboreava a comida, as flores... As coisas boas não deveriam ser apreciadas com pressa, e Jack era a melhor delas.

Porém, Jack demonstrou uma abordagem diferente ao beijá-la sem esperar nem mais um segundo, tomando a decisão por ambos. Ela gemeu, correspondendo ao beijo com a boca tão voraz quanto a dele. Tinham sido pacientes ao conter as próprias necessidades, mas naquele momento o desejo se transformou em uma fera indomável, agarrando-se a eles com as unhas afiadas, extirpando todas as restrições e controles.

Com mãos impacientes, Jack abriu caminho por entre as roupas dela até encontrar seu corpo. Flora sentiu as mãos ásperas na pele nua e arfou enquanto era acariciada e explorada. Iniciou a própria investigação ao deslizar os dedos pelos músculos firmes e tensos, deliciando-se com as diferenças dos corpos. Geralmente era controlada e cuidadosa, mas naquele momento sentia-se ousada.

Ele a amava, ele a amava…

Puxou a camisa dele e foi descendo com as mãos, lutando com os botões — *quem inventou botões?* —, e de repente foi invadida por uma expectativa delirante ao senti-lo rijo e pesado em seus dedos. Jack puxou o vestido dela, levantando-o, e a ergueu contra a árvore. Beijaram-se com volúpia, ofegantes, preocupados apenas em aplacar o desejo que os incendiava. Flora não ouvia nada além da respiração pesada dos dois e as roupas se amarrotando. Sentiu então o membro suave e aveludado contra seu corpo. O momento beirava o desespero. Queria doar, mas também receber alguma coisa. Estava úmida e pronta para receber o corpo quente e rijo que a penetrou. O prazer aumentava a cada estocada, intensificando-se a ponto de deixá-la lânguida com a sensação. Entorpecida, deixou-se embalar pelo desejo, equiparando suas exigências às dele.

Naquele instante o mundo se resumia a Jack e ao fato de ele lhe pertencer. A paixão reinava absoluta. E, quando finalmente a pulsação de seu corpo diminuiu e a razão foi retornando aos poucos, ela permitiu que a natureza se reintegrasse ao momento. Ouviu um pica-pau de longe. O farfalhar das folhas. A respiração rápida e irregular de Jack.

Ele a colocou no chão.

— Flora...

Ela cobriu-lhe os lábios com o dedos, impedindo-o de falar. Não desejava que nada interrompesse aquele momento perfeito. Afinal, a qualquer momento a vida real se intrometeria entre os dois, como sempre, mas queria mantê-la afastada o máximo de tempo possível.

Apoiou a cabeça no ombro dele, aproveitando-se do calor dos corpos e prolongando as sensações gostosas. Percebeu quando ele apoiou a mão em sua cabeça, ninando-a, possessivo e protetor.

— Deveríamos estar em um hotel cinco estrelas. — Os lábios de Jack pousaram no cabelo dela e sua voz estava rouca e baixa. — Você merece champanhe e lençóis de seda.

Ela sorriu contra a pele dele.

— Não havia necessidade de nada disso. Eu precisava só de você. Disso. Nós.

— Eu te amo. Eu te amo tanto.

Eles se abraçaram com força. Flora não suportava a ideia de soltá-lo. Seu coração, ferido por tanto tempo, estava curado e pleno. Forte pela primeira vez. Aquele vazio tinha desaparecido. *Intimidade*, pensou. A cura para a solidão não estava relacionada a ter mais amigos ou atividades, um dia mais cheio ou uma vida mais ocupada. Mas sim ter intimidade. Confiança.

A respiração de ambos entrou em um compasso normal, mas continuaram abraçados.

— Eu deveria ter ido com mais calma.

Flora riu por ele achar que estava no controle.

— Eu não te dei escolha.

— Verdade. — Ele se afastou para fitá-la. — Pensei que a conhecesse, mas não sabia que você podia ser tão exigente.

— Tenho uma tendência cruel e assassina, não sabia?

— Não, mas agora sou testemunha. Conheci um novo lado seu. Você me deflorou na floresta.

— Espera que eu me desculpe por isso?

Não estava claro quem tinha deflorado quem, mas ela estava gostando demais da conversa para parar.

— É óbvio que não. Da mesma forma que não vou pedir desculpas para o que vai acontecer agora.

— O que… — A pergunta ficou no ar quando ele a ergueu no colo e a carregou por entre as árvores. — Jack! Você não pode…

— Não só posso como vou. Segure-se.

— Você vai me jogar em um punhado de ervas venenosas. — Ela estava ofegante, rindo. — Alguém vai nos ver. Alguém vai…

— Cadê aquela coragem toda? O que houve com aquela mulher assertiva que acabou de transar no meio da floresta?

— Aquilo foi espontâneo.

Apesar de que não tinha sido, não necessariamente. Aquilo estava evoluindo havia semanas, meses… A tensão sexual entre eles havia alcançado níveis incendiários.

— Agora também é espontâneo, só que dessa vez quero a versão sem roupas e sem tanta ginástica contra uma árvore.

Flora estava prestes a perguntar para onde estavam indo quando viu as linhas lustrosas da casa de barcos.

— Como viemos parar aqui?

— Peguei o caminho mais curto. Acho que mais tarde terei que explicar o rasgo na minha calça.

Antes que Flora pudesse responder, já estavam dentro da casa. Jack fechou a porta com um empurrão, blasfemando ao lutar para passar a chave sem colocá-la no chão, e a levou para o quarto.

— Eu não tinha ideia de como você era um homem multitarefas tão competente.

— Vou provar o quanto sou competente.

Jack a colocou na cama, mas não a soltou.

Flora imaginou vagamente o que aconteceria se alguém mais decidisse usar a casa de barcos, mas, quando começou a ser tocada e beijada, parou de pensar em todo o resto, exceto em Jack.

Dessa vez não houve pressa, saborearam cada segundo, consentindo que o prazer galgasse no ritmo natural, culminando quando ela subiu e encaixou-se no corpo dele, possuindo-o de todas as formas.

Depois de um banho longo, marcado pela determinação de Jack em explorar cada centímetro do corpo dela, eles caíram na cama. Ele abriu as portas para a varanda, e ela ouviu o canto dos pássaros e a água batendo suavemente no deque. Desejou poder congelar aquele momento, ali abraçada por ele e aquecida pelo sol que invadia o quarto.

A intimidade e a proximidade eram coisas que Flora nunca provara antes. Nunca havia se aberto com ninguém como fizera com Jack. O relacionamento deles era mais profundo do que qualquer experiência que já tivera.

Ela sentia-se entusiasmada, feliz, sortuda, *amada.*

Jack também se entregara. Flora ignorou a vozinha que a lembrava que ainda não tinha ouvido ele falar sobre Becca.

16

Izzy

O CAVALO SEGUIA PELA TRILHA e Izzy se remexeu na sela, procurando mais conforto. O sol queimava seu pescoço e estava toda suada. Era um caminho longo até o chão. Devia ter inventado uma desculpa quando Flora sugerira animadamente uma trilha a cavalo, mas ainda se sentia culpada pela cena no café da manhã do dia anterior e a confissão angustiante de Flora.

Izzy sentira-se tão mal que tinha estado pronta para aceitar qualquer coisa para se redimir. Não aguentava mais ficar chateada consigo mesma e se sentir culpada o tempo todo. Além disso, não queria ficar de fora de uma atividade da qual Molly participava. O desespero quase infantil em se apegar aos farrapos do que sobrara de sua família era quase tão desconcertante quanto sua habilidade em cavalgar.

Então, ali estava ela em cima de um cavalo. Nunca fora muito fã de cavalos. Era uma garota da cidade. Uma garota da cidade apavorada.

Quem estava tentando agradar às pessoas agora?

Se não estivesse com tanto medo de cair, teria achado graça.

Andavam em fila, com Molly exultante balançando na cela bem à sua frente e Aiden mais adiante.

Chegava a ser irritante como ele ficava *maravilhoso* sobre um cavalo, relaxado e no controle, como se fosse um caubói ou algo parecido. Fez uma careta para as costas dele, ao mesmo tempo que admirava os ombros largos e a habilidade atlética dele.

Talvez Aiden tivesse percebido que era observado, pois olhou para trás por cima do ombro e sorriu para ela. Izzy mostrou a língua para ele, em parte por estar muito envergonhada do rosto vermelho e suando em bicas e em parte por não ter noção de como andar a cavalo. Era desconfortável, um pesadelo pegajoso que preferia que Aiden não testemunhasse. Quando descesse do animal, seu ego estaria do tamanho de um amendoim.

— Isso é brilhante — disse Flora logo atrás.

Izzy revirou os olhos. Brilhante? Ela estava quase certa de que não conseguiria andar depois. Se não conhecesse Flora, teria dito que o passeio fora uma vingança por tê-la feito correr até a ponte do Brooklyn. Mas Flora não era do tipo vingativa. Não, ela de fato achava que diversão era sinônimo de tentar uma atividade que ninguém tinha feito antes, a não ser Aiden.

— Veja, Molly! — Flora estava mesmo se divertindo. — Está vendo os coelhos no campo? São tão fofos.

Clare ficou em pé nos estribos e riu.

— Estou vendo! Bom olho, Flora.

Izzy havia percebido uma mudança no relacionamento de Clare e Flora. Apesar do começo frio, parecia que as duas realmente se gostavam. E, mesmo se sentindo um pouco esquisita ao admitir, Izzy suspeitava que Clare tinha mais em comum com Flora do que tivera com Becca.

Ela olhou por cima da cerca e viu coelhos selvagens saltando na relva. Flora estava sempre chamando a atenção para o que via. *Olha as cores daquela borboleta. Prove esta framboesa selvagem.* Ela observava as mínimas coisas, e Izzy começava a notar também. Descobriu que, se mantivesse o foco no presente, o futuro parecia encolher um pouco.

Ainda prestava atenção nos coelhos quando seu cavalo baixou a cabeça para comer a relva do caminho, e ela quase voou por cima da cabeça do animal.

— O meu não para de comer! — Ela puxou as rédeas, mas não adiantou. — Por que ele fica comendo? Ninguém o alimenta no pasto?

— Ele está se aproveitando de você. Continue usando as pernas — gritou a guia. — Mostre quem é que manda.

Izzy não tinha dúvidas de quem mandava ali, e não era ela.

Puxou as rédeas de novo e pressionou as pernas nas laterais gordas do animal, que arrancou mais um tufo de grama antes de continuar a andar, mastigando.

— Pastar não é bom para você, ouviu? — Izzy tentou a conciliação em vez de coação, dando tapinhas no pescoço e acariciando o pelo duro. — Acho que não. Você é um cavalo.

Ele deve estar com calor, pensou, com esse pelo, crina, rabo e todos esses mosquitos zumbindo e querendo picá-lo.

Era bem provável que toda aquela situação fosse culpa de Izzy, por ter acusado Flora de só fazer o que Izzy queria.

Durante o café da manhã, Molly não tinha parado de falar do quanto queria tentar andar a cavalo. Flora respondeu de repente "Então vamos!" com tanto entusiasmo que, antes mesmo de Izzy conseguir inventar uma desculpa, Clare já estava ao celular reservando os animais para todos, menos para Jack e Todd que, de uma hora para outra, sentiram uma necessidade enorme de ir velejar no lago.

Izzy teria trocado o programa atual por um dia velejando. Faria qualquer coisa para sentir o vento batendo no cabelo e os respingos de água no rosto.

Os mosquitos continuavam a zumbir e o cavalo balançou a cabeça, irritado. Izzy segurou firme na cela, morrendo de medo de cair. Se quisesse, encontraria algum simbolismo ali. Tentar uma atividade nova. Sair da zona de conforto. Abrir mão do previsível.

Talvez escrevesse no blog a respeito disso. Até onde se deve ir para satisfazer o outro? Qual seria a linha divisória entre ser maleável e ceder em excesso? Naquele momento, sentia que estava na segunda opção, apesar de a vista ser bem legal de cima do cavalo. Conseguia olhar por cima de cercas-vivas e paredes para as encostas das montanhas salpicadas por urzes e rochas. Via a rápida correnteza dos rios e estava no nível dos galhos mais baixos das árvores.

Percebeu que, pela primeira vez em meses, não se sentia exausta. Dormia melhor, acordava com o canto dos pássaros e o ar fresco do lago em vez dos pesadelos ou dos prantos de Molly.

Eles enfim chegaram a Lake Lodge, cansados e com muito calor.

Flora e Clare correram para tomar banho e trocar de roupa.

Izzy passou os dedos no cabelo suado e emaranhado e olhou para o lago. Estava com dor de cabeça por causa do capacete de montar.

— Acho que vou direto nadar no lago e me refrescar. — Ela estendeu a mão para Molly. — A última a chegar é a mulher do padre.

— Não!

Molly se afastou e Izzy sentiu a rejeição como um soco no estômago. Caramba, tinha acabado de descer de um cavalo e por isso achava que nunca mais andaria direito. O mínimo que a irmã podia fazer era acompanhá-la em um mergulho.

— Mas você adora nadar.

— Não quero!

Molly começou a soluçar enquanto Izzy continuava parada e atônita. O que havia de errado? A irmã gostava de tudo relacionado à água. Sem saber o que fazer, Izzy ajoelhou-se e a abraçou.

— Pronto... — disse, acalmando-a. — Tudo bem. Não precisa entrar na água, se não quiser.

Mas por que não? Por que tanta manha? Talvez Molly estivesse cansada depois do passeio a cavalo. A própria Izzy estava com o corpo dolorido por ter que se manter firme na sela, tentando não cair de cabeça e morrer, então podia ser esse o motivo.

Os soluços se transformaram em um choro profundo, de partir o coração.

Izzy começou a entrar em pânico. Afinal, era Molly quem estava ali. Conhecia a irmã. Mas não fazia ideia do que estava acontecendo.

— Qual é o problema? Aconteceu alguma coisa? Você se machucou? O cavalo mordeu ou algo assim?

Molly balançou a cabeça com o rosto contraído.

— Estou com saudade da mamãe.

— Eu sei, eu sei...

Izzy a abraçou, sem saber como ajudá-la. Molly tivera pesadelos, molhara a cama, porém tudo isso havia sido mais fácil de lidar. Mas agora Izzy não tinha ideia do que havia causado o choro. Não podia ter sido o passeio a cavalo. Não havia recordações daquilo com a mãe. Becca teria mantido uma distância de quilômetros de um cavalo.

Enquanto balançava Molly, olhou desesperada para a casa. O pai ainda estava velejando. Onde estaria tia Clare? Provavelmente tomando banho na parte de trás da casa. Aiden também.

— Está tudo bem, querida. — Passou a mão gentilmente no cabelo da irmã. — Tudo bem.

Por favor, fique bem. Por favor, pare de chorar.

— Não... quero... — Molly soluçou, com dificuldade de respirar e falar ao mesmo tempo —... entrar... no... lago.

— Você não quer ir nadar. Entendi. Não precisa ir. Pode se sentar na margem e ficar me olhando… Ai! — Ela gemeu quando Molly quase quebrou-lhe as costelas.

— Não quero que você… nade… — soluço, suspiro —… também.

Molly a apertava com muita força.

— Está certo. Tudo bem.

Só que não estava nada bem, mas sim confuso e um tanto assustador. Izzy sempre se sentira confiante sobre como cuidar de Molly, mas naquele momento estava perdida.

Desesperada, olhou para a casa de novo e viu Flora perto da janela. Hesitou, tentando respirar mesmo com os braços da irmã apertando-a e impedindo que seus pulmões se expandissem. Não queria pedir ajuda, queria lidar com a situação sozinha. Sua vontade era ser indispensável. Por outro lado, os soluços de Molly a estavam matando. Era insuportável ver a irmã sofrendo tanto.

— Me diga o que aconteceu, Molly.

Mas Molly limitou-se a continuar abraçada e chorando. Izzy teve vontade de cair em prantos também.

Normalmente sabia como consolar a irmã, porém não naquele momento.

Com um esforço enorme, gritou:

— Flora!

Em um mundo ideal, Flora seria a última pessoa a quem recorreria para obter ajuda, mas não vivia em um mundo ideal, não é? Na verdade, nos últimos tempos, o mundo tinha sido uma grande de uma merda.

Flora se virou, acenou e parou com a mão suspensa ao entender o que estava acontecendo.

— Já vou… — Falando isso, ela desapareceu e minutos depois atravessava o gramado correndo na direção de Izzy e Molly.

Graças a Deus, foi só o que passou pela cabeça de Izzy. Sabia que mais tarde suas inseguranças iriam fervilhar, mas naquele momento estava aliviada por não ter que lidar sozinha com a situação.

— O que aconteceu? — Flora ajoelhou-se ao lado de Izzy. — Ei, Molly, o que houve, querida? Ela foi picada ou algo assim? Está com dor?

Molly se agarrou em Izzy, cravando-lhe os dedos na pele. Izzy não podia responder pela irmã, mas, quanto a si mesma, podia garantir que estava com muita dor. Travou os dentes para não gritar "ai". Molly parecia determinada a machucar as poucas partes do corpo dela que não estavam doloridas depois da cavalgada.

Flora passava as mãos nos braços de Molly.

— Ela caiu? Se machucou?

— Não. Ela só não quer ir nadar. Não entendo por que ela não podia só recusar. Foi só uma ideia. Molly, *por favor*, pare de chorar.

Izzy sentiu a cabeça latejando por causa do calor e do capacete de cavalgar. A sensação era de que explodiria a qualquer momento. Sempre achou que se casaria e teria filhos algum dia, mas agora começava a questionar a ideia.

— Ela deve estar cansada. — Flora se sentou na grama ao lado de Molly. — Não precisa nadar se não quiser, Molly. Pode ir amanhã.

— Não… quero… nadar… amanhã. — Uma palavra e uma inspiração difícil. — *Nunca mais quero nadar!*

Izzy franziu a testa. Desde quando a irmã tinha uma voz tão alta e aguda? Se fosse assim, os vizinhos em Manhattan teriam ouvido palavra por palavra.

— Por que você não quer entrar no lago, Moll? E por que não quer que eu vá?

— Porque você pode se afogar e não quero que morra como a mãe de Flora. — Molly se deixou cair no gramado.

Izzy e Flora se entreolharam sobre o corpo suado e arfante da menina.

Izzy notou o horror e a culpa naquele olhar, mas só conseguia se sentir aliviada por não ter sido culpada de nada.

— Ah, Molly... — Flora passou a mão nos ombros da menina. — Desculpe se a assustei. — Puxou Molly para seu colo, balançando-a com carinho. — Não vai acontecer com você o mesmo que aconteceu com minha mãe.

Molly fungou e se segurou firme.

— Por quê?

Flora ficou branca, e parecia quase tão abalada quanto Molly. Olhou para Izzy e tentou esboçar um sorriso reconfortante, mas a tensão era evidente.

Ela não quer tocar no assunto, Izzy pensou, mas então Flora se acomodou melhor sobre a grama e começou a falar.

— Minha mãe foi nadar no mar bem no fundo. Não estava usando colete salva-vidas e foi sozinha. Bem diferente de quando você vai nadar. Você está sempre com Izzy ou seu pai. Vai até onde dá pé e usa boias.

Molly esfregou o rosto com as palmas das mãos e deu uma olhadinha para Flora.

— Mas você não nada.

— Mas não por não ser seguro. É porque... bem, tenho medo de água. — Flora segurou Molly com mais firmeza. — Eu devia ter feito algo a respeito faz tempo, mas nunca fiz nada. Não há necessidade ou oportunidade para nadar onde moro, por isso nunca me forcei.

Molly fungou.

— Papai disse que tudo bem ter medo, mas que, se a gente tem medo de alguma coisa, deve enfrentar.

— E ele tem razão. Era o que eu devia ter feito. Gostaria de ter enfrentado, porque daí podíamos nadar juntas no lago.

— Não quero, agora fiquei com medo também. — Ela começou a chorar de novo, soluços de partir o coração.

Izzy sentiu a dor da irmã. Tinha perdido o pé da situação, como se estivessem na parte funda do lago, mas Flora não estava se debatendo.

— Você nada muito bem — disse Flora. — Vi você da minha janela ontem e pensei: *Olha, um golfinho no lago. Como um golfinho foi parar lá?* Mas, quando olhei mais de perto, vi que era você.

Os soluços de Molly transformaram-se em risos abafados.

— Os golfinhos não moram no lago.

— E você sabe disso porque é inteligente. E, por ser inteligente, também sabe como nadar em segurança. Já vi que nunca está sozinha e não vai para longe da margem… faz tudo certinho. Além do mais, você é uma excelente nadadora.

Molly respirou fundo.

— Tia Clare me ensinou.

— Certo. Então sabemos que seu medo de água não existe, não de verdade. Você está com medo de alguma outra coisa?

Izzy pensou sobre a pergunta, mesmo que não tivesse sido dirigida a ela. Nos últimos meses, estava sempre com medo. Medo de viver sem a mãe. Medo da conversa que havia ouvido por acaso. Medo de ter descoberto coisas que não queria saber. Medo da presença de Flora na vida deles. Medo de não ser necessária e perder seu lugar na família. Estava quase certa de que agora podia acrescentar "medo de cavalos" à lista.

Ainda bem que Flora não tinha perguntado a ela, pois teria levado no mínimo duas semanas para responder.

Já Molly disse apenas uma coisa:

— Tenho medo de Izzy e o papai morrerem também.

Izzy esperava que Flora comentasse "Claro que eles não vão morrer", mas não foi isso que ouviu.

— Eu também tive medo quando minha mãe morreu. Acho que, além de perder alguém que se ama, a sensação de segurança também vai embora. Uma boa mamãe, como tenho certeza de que a sua foi, nos faz sentirmos seguros, e perder essa sensação é mesmo muito assustador. Por isso a gente fica com medo de que isso aconteça com as outras pessoas que amamos. Mas é muito raro alguém morrer do jeito que sua mamãe morreu, ou do jeito que a minha morreu. Temos que nos lembrar disso.

Molly pareceu pensar no assunto.

— Sinto saudade dela.

— Claro que sente.

— Algumas vezes não consigo me lembrar de como ela era. E se eu acordar um dia e tiver esquecido tudo?

— Eu tive a mesma preocupação — disse Flora. — Por isso peguei a foto dela que mais gostava, fiz várias cópias e levo uma comigo para onde quer que eu vá. É um jeito de tê-la sempre comigo. Gosto de saber que ela está ali. Tenho uma foto na carteira, uma em um porta-retrato que mantenho ao lado da cama e uma na parede do meu quarto. Então, se você tiver uma foto favorita da sua mãe, podemos fazer a mesma coisa para você.

— Não sei qual é a minha favorita.

— Talvez você e Izzy possam reunir todas as fotos que tiverem e escolher a que você mais gosta. Aquela que mais lembrar sua mamãe. Quem sabe uma que ela estivesse dançando ou rindo? Não é uma boa ideia? O que você acha, Izzy?

Izzy sentiu um nó no peito. Ela também se preocupava em um dia se esquecer da aparência da mãe. Mantinha o perfume de Becca no quarto e nos piores dias, quando as imagens ficavam turvas, inalava o perfume e as lembranças voltavam.

— É... podemos fazer isso — disse depois de uma tossidela.

— E sobre entrar no lago agora... — Flora colocou Molly em pé e se levantou. — Que tal você e Izzy irem nadar juntas enquanto preparo um suco?

— Você vai ficar me olhando?

Flora hesitou.

— Claro que vou. Tente me impedir.

— Você vai se sentar bem pertinho na margem?

— Pode ter certeza disso.

Izzy notou o rosto de Flora assumir um tom semelhante a uma alga.

— Não bem na margem. — Ela tirou a camiseta, revelando o maiô por baixo. — Não queremos jogar água nela, não é?

Quando Flora esboçou um sorriso de gratidão, foi difícil não retribuir. Izzy queria Molly só para ela, mas estava prestes a admitir que ter apoio de vez em quando era bom.

Molly se contorcia para tirar as roupas, sinal de que havia esquecido o medo repentino de água. Pegou uma das boias que Clare mantinha em uma caixa no caminho da água e saiu correndo pelo gramado.

— Ei! Espere aí! Você não pode entrar na água sem mim! — gritou Izzy e olhou de canto de olho para Flora, sabendo que precisava dizer alguma coisa. — Obrigada. Desculpe por ter te chamado para controlar a situação.

— Bem, pelo jeito a culpa foi minha, então não é você quem precisa se desculpar. E você se saiu muito bem. Você é ótima com ela. Ninguém consegue cuidar de Molly assim.

Izzy se sentiu como uma planta ressecada que foi regada de repente. O elogio estimulante foi diretamente para sua alma, espalhando-se por todo o corpo, revivendo sua autoconfiança abalada.

Ela *sabia* cuidar de Molly, tinha certeza. Pedir ajuda em uma ocasião especial não alterava o fato de que sabia lidar com a irmã e tampouco significava que era desnecessária.

— Obrigada. — Esboçou um sorriso. Por que havia transformado Flora em um monstro? Ela era apenas uma pessoa fazendo o melhor que podia para enfrentar os obstáculos que a vida colocava em seu caminho. E parecia que existiam muitos. Flora também havia perdido a mãe, e não tinha pai nem irmã mais velha. — Você foi brilhante.

— Não tem de quê. Como causei o desespero de Molly, ajudar era o mínimo que eu podia fazer. — Flora fez uma pausa antes de continuar: — Você está dolorida depois do passeio a cavalo?

Izzy fez uma careta.

— Tanto que parece que fui chutada para fora da estrada por um par de botas pesadas. Ou até por um coice de cavalo.

Flora sorriu e por um instante eram apenas duas pessoas machucadas e doloridas que haviam compartilhado a mesma experiência.

— Melhor nos apressarmos. Estou na função de salva-vidas de plantão.

Flora acenou em direção à água e começou a andar.

— Não precisa chegar mais perto do que isso. — Izzy arrastou uma das cadeiras do jardim até uma distância segura da água. — Não se preocupe. Tenho certificado de salva-vidas. Você só precisa ficar para assistir ao show.

— Espero que sim. Não tenho como ajudar ninguém em apuros dentro da água. Obrigada, Izzy.

Confiante e um pouco mais segura de seu lugar no mundo, Izzy entrou no lago e se juntou a Molly.

17

Flora

Os dias se passaram num redemoinho de ar fresco e diversão ofegante. Eles caminharam até o alto da encosta, escalando trilhas sinuosas e acidentadas, até chegarem ao topo e se deixarem cair sentados, sem fôlego e acalorados. Deliciaram-se com o piquenique maravilhoso de Clare e com as paisagens incríveis, devorando os pães frescos e queijo local enquanto absorviam a beleza do relevo dos vales e montanhas que se estendia diante deles.

— Ali é Windermere — disse Clare, apontando para a extensa faixa de água prateada alongando-se à distância, depois para as encostas rochosas. — Ali fica Crinkle Crags e depois Bowfell.

Ela reconhecia todas as montanhas pelo formato, e Flora estava impressionada com o conhecimento dela da região.

— Você escalou todas elas?

— Sim. Meu pai e eu íamos para as montanhas todo fim de semana.

A amizade com Clare estava ficando cada vez mais fácil. Flora estava surpresa com quão à vontade se sentia na presença dela. Não demorou para que os resquícios do desconforto inicial desaparecessem por completo. Bastaram algumas conversas para que ela descobrisse que Clare era reservada de vez em quando para mascarar a timidez. Clare também tinha dificuldades em conviver com estranhos e, quanto mais tempo passavam juntas, mais ela se revelava, ainda mais quando estava compartilhando aquele cantinho do mundo que tanto amava.

A amplitude e a complexidade da paisagem eram de tirar o fôlego, desde as imponentes encostas rochosas e escarpas altas até os lagos aninhados entre elas, que serpenteavam pelo vale. Durante a caminhada pelas ravinas íngremes, refrescavam-se em cachoeiras espumantes e viam águias e outras aves de rapina. Vagaram por entre árvores nodosas e retorcidas de uma floresta antiga.

Um dia, Molly ficou com a mãe de Clare e eles saíram para escalar o Helvellyn, uma verdadeira prova de resistência física, que fez com que Flora agradecesse a corrida com Izzy. Ao enfrentar o cume vertiginoso de Striding Edge, descobriu duas coisas. Primeiro, que não tinha medo de altura e, segundo, que estava apaixonada por Lakes, mesmo que toda essa afeição não fosse o suficiente para convencê-la a afundar os dedos na água. Acabou bronzeando de leve a pele clara e ganhou algumas sardas no nariz. Sentia o corpo mais forte do que nunca. *Flora* estava mais forte.

E, em tudo o que fazia, Jack estava presente. Procuraram ser discretos, mas ela não tinha muita certeza se estavam conseguindo. Ela descobriu que a comunicação podia ser fácil e intensa mesmo sem se tocarem. Um olhar. Um sorriso. Bastava isso. E, nas ocasiões em que conseguiam ficar sozinhos, era difícil saber quem estava mais ansioso. Era mais uma colisão do que uma mistura. Às vezes olhava para Jack e pensava *como ele é lindo*, e outras vezes pensava *ele é meu.* Independentemente do que se passava em sua cabeça, não conseguia parar de olhar e, quanto mais o observava, melhor o entendia. Conhecia o olhar de Jack quando estava com Molly, a maneira como sorria ao colocá-la sobre os ombros e a ouvia gargalhar. Sem contar os olhares mais íntimos. O olhar dele quando estavam juntos e nus, quando as pernas deslizavam uma sobre a outra e ela arqueava o corpo contra o dele em um convite sensual.

Felizmente, a maior proximidade dos dois não pareceu gerar um impacto negativo sobre o restante do grupo.

Depois do incidente com Molly, Izzy estava visivelmente mais à vontade com Flora. Ela não ficava mais nervosa ou ansiosa quando estavam juntas e de vez em quando até riam da mesma coisa. Não era bem uma amizade, mas a tensão havia diminuído um pouco.

Quando choveu — "Inevitável", dissera Clare —, Flora montou um acampamento pirata na sala de estar para Molly, esticando lençóis sobre os sofás e construindo um "navio" completo, incluindo o mastro. Encharcou uma folha de papel com chá gelado e fez um mapa do tesouro, tendo o cuidado de queimar as pontas para torná-lo mais autêntico. Clare as acompanhou e brincaram de esconde-esconde, aproveitando todas as portas secretas, os armários e os cantos ocultos pelas plantas altas e entrelaçadas do jardim. Flora se lembrava de brincar com a mãe daquele jeito, escondendo-se debaixo da cama, segurando a respiração, esperando com um delicioso friozinho na barriga para ser descoberta. Contou a Molly sobre isso, e respondeu mais uma dúzia de perguntas sobre suas brincadeiras favoritas com a mãe.

Aiden e Izzy estavam sempre ausentes, às vezes passeando juntos de caiaque, ou andando pelas trilhas ao longo do lago, as cabeças muito próximas uma da outra enquanto conversavam.

Izzy parecia mais feliz do que Flora já vira, e o assunto delicado sobre faculdade não tinha sido mencionado novamente. Jack havia confidenciado que achava melhor deixar a poeira baixar por enquanto, e Flora concordava. Ela bem sabia que o tempo podia amenizar as coisas, proporcionando maior clareza de raciocínio. Tinha a impressão de que Izzy precisava disso.

Apesar de ter se apaixonado pelas montanhas, Flora também ficava feliz ao passar tempo nos jardins de Lake Lodge. Ficava horas cuidando, tirando ervas daninha, podando... Clare sempre a acompanhava, e juntas planejavam o jardim.

— É tarde demais para podar os tremoços? — Clare quis saber enquanto segurava uma caneca cheia de chá com as duas mãos.

— Tremoços? Ah, você está falando dos tremoceiros. São fascinantes as diferenças de linguagem de acordo com a região, não é? Mas, enfim, ainda é época de poda. Isso vai encorajar o crescimento. Vamos podá-los agora.

Flora deixou a caneca de lado e ficou entretida no jardim mesmo sob os protestos de Clare, insistindo que uma convidada não devia ficar aparando plantas.

Mas Flora não era mais uma hóspede. A certa altura, deixara de se achar uma intrusa e passou a se sentir como parte do grupo. Bem-vinda. Acolhida.

Depois de terminar com os tremoceiros, removeu os brotos laterais das glicínias, dividiu os maços de íris barbadas para criarem raízes e brotos no ano seguinte.

Em uma ocasião ou outra, Clare mencionava Becca, e aos poucos Flora foi formando uma ideia melhor daquela que havia sido a amiga de toda a vida de Clare. Becca tivera uma ambição ferrenha e talento de sobra, mas parecia ter sido consumida por inseguranças profundas das quais nunca conseguira se libertar.

A noção de que até a Becca perfeita tivera imperfeições acabou impulsionando Flora a ser ela mesma. Imperfeições faziam parte do ser humano. Esforçar-se para ganhar o amor da tia tinha sido uma maneira de sobreviver durante um período horrível de sua vida, e não havia como negar que a coisa havia escalado até níveis ridículos, porém agora estava mais consciente.

Flora deveria ter imaginado que a calma abençoada não duraria muito. Terminou no final da segunda semana em Lake Lodge, e uma briga sobre Fuça foi a faísca necessária.

Foi a primeira vez que Flora viu Molly e Izzy brigarem.

Izzy estava sentada no piso da cozinha, coçando a barriga de Fuça, que parecia prestes a alcançar o Nirvana.

— Hoje Aiden vai velejar com uns amigos para comemorar um aniversário, então vou passar o dia com Fuça. Fiz uma cesta de piquenique e vou levá-lo para uma longa caminhada, tudo bem, tia Clare?

— Não! — Molly fez uma careta. — Ele é nosso! Vamos velejar juntos. Papai prometeu.

— Ele não é *seu*. Além do mais, vocês ficaram juntos a semana toda. É minha vez — retrucou Izzy de forma calma. — Você pode brincar com ele mais tarde, quando voltar do lago.

— Quero brincar com ele no barco. Fuça adora velejar.

Izzy parou de coçar a barriga de Fuça, que bufou em protesto.

— Eu vou levá-lo para nadar!

— Você não pode nadar sozinha. Não é permitido.

Flora sentiu um aperto no peito. A tensão repentina a estressou.

Vida em família, pensou. Tratava-se apenas de uma cena da vida familiar. Só que não estava acostumada. O que poderia fazer? Ou dizer? Quase se ofereceu para acompanhar Izzy, mas se conteve. De que Flora serviria como salva-vidas? Além disso, não deveria tomar partido de ninguém.

O dia correria bem de um jeito ou de outro. Jack e Toddy levariam Molly para velejar, e Flora e Clare tinham planejado mais uma manhã relaxante no jardim. No dia anterior, elas tinham ido a um centro de jardinagem e Flora estava ansiosa por um dia com as plantas e ar livre. Jack e ela tinham compartilhado sorrateiramente o mesmo quarto nas noites anteriores, o que resultou numa combinação estonteante de êxtase e cansaço.

Passar o dia no jardim era tudo de que precisava. A amizade com Clare continuava a se desenvolver com naturalidade, e ela havia imaginado horas gostosas de jardinagem, conversa e talvez uma soneca ao sol.

Estava ansiosa pela calma, permeada pela amizade fácil com Clare, mas percebeu pelo brilho dos olhos de Izzy e pelo bico de Molly que calma e conversas amigáveis tinham sido cortadas da programação de hoje.

Izzy olhou para o pai.

— Você quer que eu vá velejar também?

Jack estava separando os itens impermeáveis.

— Você não ia passear com Aiden hoje?

— Ele tinha planos inadiáveis. Por isso posso ajudar.

— É muito gentil da sua parte, mas estamos bem. — Ele colocou a roupa impermeável de Molly numa sacola. — Aproveite o dia para fazer suas coisas, para variar. Podemos nos virar sozinhos.

Izzy empalideceu.

— Mas posso ajudar com as velas e garantir que Molly fique bem. Ela anda insegura com água…

— Ela ficará ótima. — Ele acrescentou luvas de velejar e botas de borracha, deixando a sacola perto da porta. — Teremos um daqueles nossos dias especiais, papai e Molly, não é, querida?

Jack deu um abraço rápido na filha e ela retribuiu.

— Eba! Dia de papai e Molly! Só nós dois e o Fuça.

Ela fez uma dancinha onde estava.

Flora podia apostar que cada batida do pé de Molly no piso repercutia no peito de Izzy. Não tinha dúvidas de que Jack imaginava que estava sendo generoso com Izzy, mas também sabia que ele estava falando e fazendo a coisa errada.

— Tudo bem. Parece. — Mesmo sorrindo, a dor de Izzy era visível. — Vou preparar um lanche para vocês.

— Não precisa. — Jack pegou uma cesta do balcão e a ergueu, orgulhoso. — Já fiz.

— Sanduíches de presunto?

— Não, porque Molly detesta presunto. Prestei muita atenção nas suas aulas. Fiz sanduíche de queijo.

Izzy engoliu em seco.

— E o que ela vai beber? Isso você sempre esquece…

— Dessa vez não. Aprendi com meu erro e estou levando suco *e* água. — Jack tirou as garrafinhas da mochila com um floreio e sorriu triunfante. — Não está impressionada? Acho que agora é oficial, passei no teste de pai. Não precisamos mais que você comande as tarefas da casa, Izzy.

A mão de Izzy na barriga de Fuça parecia congelada.

— Certo. Então… não precisam mais de mim.

Flora percebeu o tom de voz de Izzy e desejou que Jack parasse de falar, mas não…

— Isso mesmo. Você pode ir tranquila para a faculdade. Não morreremos de fome ou sufocados debaixo de uma pilha de roupas para lavar.

Então era sobre isso? Jack estava tentando provar que sobreviveria sem Izzy?

Flora se perguntou se a simples menção do assunto faculdade seria o gatilho para uma explosão, porém Izzy ficou quieta, observando o pai arrumar a cesta de piquenique e os utensílios para velejar.

Flora estava com um mau pressentimento, mas não conseguiu identificar por quê. Não houve nenhum ataque de raiva ou palavras afiadas. Apenas imobilidade e tristeza contida que a preocuparam ainda mais.

Estaria Izzy se sentindo excluída? Era isso que estava acontecendo?

Olhou para Jack, que resolvia com Molly se levavam maçãs ou peras. Ele não parecia preocupado. Talvez fosse essa a dinâmica da família. Algo que Flora conhecia muito pouco.

— Divirtam-se hoje. — Izzy se levantou e esperou alguma reação, mas Jack estava tentando convencer Molly a passar protetor solar no pescoço e não a ouviu.

Izzy pegou sua mochila e saiu da cozinha, fechando a porta devagar. Fuça ficou parado diante da porta, que ela tinha acabado de fechar no nariz dele, ganindo e balançando o rabo de um jeito triste.

Flora estava tão confusa quanto Fuça.

— Não se preocupe! — Depois de ter se rendido ao protetor solar, Molly atravessou a cozinha correndo, abraçou Fuça e beijou-lhe a cabeça. — Você vem com a gente. Vai ser um cão pirata. Diga "O-ho, capitão".

Fuça latiu, e Molly caiu na gargalhada.

Flora olhou para Jack, desejando que ele fosse atrás de Izzy.

— Jack?

— Humm…

Ele pegou os bonés e óculos escuros. Flora imaginou a lista na cabeça dele sendo ticada item a item.

— Que horas a gente vai, papai? — Inquieta, Molly puxava o braço dele.

Flora tentou de novo.

— Jack!

Ele olhou na direção dela.

— O que foi?

— Papai?

— Daqui a pouco. Mais um minuto. — Ele silenciou Molly e focou em Flora. — Alguma coisa errada?

— Izzy. — Ela meneou a cabeça na direção da porta. — Não vai falar com ela?

Jack olhou pela janela.

— Sobre o quê? Por quê?

— Ora, porque… — Não era possível que ele não tivesse percebido nada. Será que tinha sido a única? — Acho que ela ficou chateada.

— Talvez chocada por eu ter me lembrado de fazer sanduíches de queijo e não de presunto para Molly.

O sorriso dele era contagiante e Flora não conseguiu evitar sorrir também, o que não diminuiu sua preocupação com Izzy. Queria dizer mais, mas Molly dançava na porta e Fuça pulava ao seu lado.

— *Papaiêêê*!

— Estou indo. — Ele alternou o olhar entre Molly e Flora. — Izzy está bem. Talvez eu tenha errado ao insistir no assunto faculdade. De agora em diante minha boca está trancada. Estou tentando acertar, embora nem saiba direito o que seja o certo.

Jack saiu com Molly, levando junto o caos, a conversa e Fuça.

Flora olhou pela janela e viu Izzy sentada em uma das espreguiçadeiras com os ombros curvados e o olhar fixo no lago. Virou-se para falar com Clare, mas, antes mesmo que abrisse a boca, o celular de Clare tocou.

— O quê? Você está brincando! Mãe! — O rosto de Clare foi perdendo a cor enquanto ouvia. — Você está bem?… Sim, claro… Nem precisava pedir. Estarei aí em três minutos.

Clare desligou e largou o celular na mesa da cozinha.

— Problemas?

— Minha mãe cortou o dedo ao fatiar cogumelos. — Clare pegou a bolsa. — Ela disse que não é nada, mas conheço minha mãe. Ela não teria ligado a menos que o dedo estivesse quase pendurado. Pode ser até que tenha perdido a mão, ou o braço. Droga! Todd lida bem melhor com sangue e machucados do que eu. Entro em pânico. Onde estão minhas chaves? Não consigo achar. Eu estava com o chaveiro na mão...

Flora a ajudou a procurar e encontrou o molho perto de uma pilha de revistas antigas.

— Quer que eu vá com você?

— Não... não. Estou bem... — Clare deixou o chaveiro cair —... muito bem.

Flora pegou o chaveiro e entregou a ela.

— Você vai conseguir dirigir em segurança?

— Por que não conseguiria? — Clare olhou ao redor da cozinha.

— Você parece um pouco... distraída. O que está procurando?

— Alguma coisa para o caso de ela sangrar no carro. Não consigo pensar em nada. Tem razão, estou distraída. — Clare pressionou a mão na testa e respirou fundo. — É isso o que chamam de tempestade em copo d'água, não é?

— Eu chamo de amor. Tem certeza de que não quer que eu te acompanhe?

— Obrigada, mas não. Minha mãe detesta estardalhaço, por isso sei que se machucou muito. — Clare estava vagando pela cozinha de um lado para o outro e Flora pegou uma toalha limpa no armário.

— Isto serve?

— Perfeito. Você salvou minha vida. — Clare pegou a toalha e seguiu para a porta, os olhos arregalados. — Você vai ficar sozinha. Desculpe…

— Não se preocupe comigo. Vou terminar de plantar as mudas que começamos ontem.

Clare já estava a meio caminho do carro quando Flora viu o celular na mesa e saiu correndo.

— Você vai precisar disso. — Ela deixou o celular cair no bolso de Clare. — Ligue se precisar da minha ajuda. Dirija com cuidado.

A porta bateu. O motor do carro roncou e pedregulhos voaram quando Clare acelerou pela estradinha para Gatehouse, onde a mãe morava.

Flora ficou parada olhando por alguns instantes e voltou para dentro de casa.

O silêncio a envolveu.

A perspectiva de passar o dia sozinha, ou pelo menos as poucas horas seguintes, se estendeu diante dela, mas pelo menos era a primeira vez em muito tempo que ficava sozinha sem se sentir solitária. A casa mantinha o calor humano, mesmo depois de todos terem saído. Ou talvez fosse Jack. Mesmo quando não estavam juntos, pensava nele.

Ocupou-se em arrumar a cozinha, colocou a louça na máquina, varreu o piso e limpou as superfícies até brilharem. Por um breve momento, permitiu-se o luxo de fingir que a casa era sua. Decidiu que merecia mais um café, fez um cappuccino na máquina ultrassofisticada de Todd e levou a xícara para o jardim.

Havia vestígios do dia anterior pelo gramado. Arminhas de água estavam abandonadas perto da bolinha favorita de Fuça e um caiaque meio cheio.

Izzy ainda estava deitada na espreguiçadeira. Flora se aproximou com cautela.

Os ombros da garota ficaram mais tensos, mas ela não se virou.

— O quê? O que você quer?

O tom das perguntas ultrapassou o limite da educação, mas Flora deixou passar, pois, além da raiva e do ressentimento, conseguiu ouvir como a voz de Izzy estava embargada.

Izzy estava chorando e tentando esconder.

Flora já havia passado por isso várias vezes. Chorava no travesseiro, no banho, trancada no banheiro.

Esticou o braço para tocar o ombro de Izzy, mas recuou.

— Izzy…

— Vai se ferrar! — Izzy levantou-se de súbito, o cabelo chicoteando o rosto. Os olhos estavam vermelhos de tanto chorar e o rosto molhado. — Será que não entra nessa sua cabeça dura que não quero você por perto? Por que você não vai à merda e me deixa sozinha?

Ela empurrou Flora, pegou a mochila e saiu correndo pelo gramado. Tropeçou duas vezes e endireitou o corpo agitando os braços.

Não consigo ver para onde ela está indo, pensou Flora, puxando a camiseta encharcada do corpo. O cappuccino cremoso tinha se esparramado pelo corpo dela e na grama.

Baixou a xícara vazia e deixou-se cair sobre a espreguiçadeira da qual Izzy acabara de sair.

Vida em família, vida em família…

Mesmo assim, sentiu o coração apertar por Izzy.

Considerou ir atrás dela, mas seria burrice demais, não? Izzy tinha deixado bem claro que não queria conversar. Além do mais, Flora havia presenciado as lágrimas de Izzy, algo que a menina claramente estivera tentando esconder, o que não contribuiria para uma reaproximação tão cedo.

Continuou sentada sem a menor ideia do que fazer. Uma borboleta passou pelo seu campo de visão, um lampejo colorido contrastando com o azul-marinho do lago.

Não havia nem sinal de Izzy.

Flora se levantou. Toldou os olhos com a mão, apertando-os para procurar Izzy ao redor. Chegou um pouco mais perto da água para ter uma visão melhor da casa de barcos.

Nada.

A ansiedade começou a corroê-la. Ficou frustrada por Jack não ter percebido que a filha estava com problemas. *Flora* tinha percebido. Ele deveria ter conversado com Izzy antes de sair.

Jack não havia se preocupado, mas Flora tinha certeza de que ele não estava vendo algo importante.

Ela analisou minuciosamente o caminho pela margem do lago. Será que Izzy havia entrado na floresta?

E se tivesse saído nadando sozinha e sofrido um acidente?

Flora jamais se perdoaria. Estava disposta a enfrentar mais uma agressão contra si mesma só para se certificar de que Izzy estava bem.

Tinha que ir verificar. Era uma *necessidade.*

Quando a encontrasse, nem anunciaria sua presença. Assim que a visse e se convencesse de que estava tudo bem, voltaria para casa e iria cuidar do jardim.

Voltou para a cozinha e colocou algumas provisões em uma mochila. Devia trocar a camiseta? Decidindo que não podia perder mais tempo, trancou a porta dos fundos e dirigiu-se para a floresta e para a casa de barcos. Ao se aproximar, notou que não havia ninguém por perto. A casa estava trancada e silenciosa. Nenhum sinal de Izzy.

Mas ela tinha seguido naquela direção. Então onde mais poderia estar?

Flora procurou pelas laterais da casa de barcos e subiu no deque, evitando olhar para a água reluzindo entre as tábuas. Enquanto continuava a busca, o céu escureceu. Os únicos sons eram o canto de um pássaro e uma garça batendo as asas, afastando-se da margem.

Observou com atenção as margens mais distantes e depois a ilha alojada no meio do lago, um oásis verde com árvores altas cercadas por uma grande extensão de água.

Ali habitavam apenas algumas espécies raras de borboletas.

Não havia como Izzy ter ido para lá.

Estava prestes a voltar sua atenção para as margens quando viu um ponto azul no meio das árvores da ilha. A camiseta de Izzy era azul. Então ela tinha ido para a ilha? Não, não podia ser. Como teria chegado até lá?

Ela olhou mais de perto e viu um pequeno bote amarelo balançando na água.

Flora sentiu o coração parar. Izzy teria remado até lá? O desespero a levara a esse ponto? Pobre Izzy. *Coitadinha, coitadinha…* Ela havia ido para um lugar onde ninguém poderia encontrá-la. Um lugar longe de todos.

E agora?

Olhou por cima do ombro, procurando reforços. Jack e a turma ficariam fora o dia todo, e Clare não voltaria tão cedo. E se Izzy não tivesse tanto tempo? Ela havia ficado tão chateada…

Checou o celular, mas, como de costume, não havia sinal, o que normalmente era uma bênção, porém naquele momento sua vontade era jogar o aparelho no lago.

Sem sinal para pedir ajuda. Estava sozinha.

Por que não procurara uma piscina em Nova York? Ou pelo menos uma academia com aqueles aparelhos de remo?

Olhou de novo para a ilha e não viu mais sinal da mancha azul. Imaginou Izzy, desesperada e sozinha, com o olhar fixo na água.

Virou-se e viu os barcos remanescentes amarrados ao deque.

Não. De jeito nenhum.

Mas e se Izzy tivesse feito alguma coisa terrível? Flora jamais se perdoaria. Mesmo que Izzy não fizesse nada das coisas que a imaginação de Flora criava naquele momento, restava o fato de que a garota estava se sentindo abandonada.

Flora sabia como aquela sensação era horrível e de repente tornou-se importante, crucial, que Izzy soubesse que não estava sozinha.

Respirou fundo. Não devia ser muito difícil remar. Era só se sentar no barco e usar os remos. Não haveria necessidade de tocar na água. Se mantivesse a cabeça erguida, nem precisaria *enxergar* muita água.

Sem se dar a chance de mudar de ideia, ela largou a mochila dentro do barco atracado na lateral do deque. Lutou para desfazer o nó que o prendia com os dedos trêmulos, como se seu corpo tentasse impedi-la de tomar uma atitude inegavelmente tola.

Teria coragem para subir naquele barco e tentar remar até a ilha?

Sim, teria. Não abandonaria Izzy em um momento de desespero e tristeza. Sim, sabia que seria recebida com gritos. Era bem provável que fosse acusada de uma porção de coisas e não seria capaz de bater em uma retirada rápida, porque haveria muita água separando-a da liberdade. Mas estava disposta a ir de qualquer jeito.

Flora entrou no barco com cuidado, sentiu o balanço e caiu com força no assento.

— Ai…

Agarrou-se nas bordas. *Respire, respire.* Estas coisas foram projetadas para flutuar. Por que afundaria? Se fosse assim, já teria afundado mesmo amarrado ao deque.

Com cuidado, restringindo-se a pequenos movimentos, ela pegou os remos e segurou-os com força. *Olhe fixo para a frente. Não olhe para baixo. Não se preocupe com a profundidade do lago.*

A ilha não era tão longe. Só precisava remar com firmeza e não permitir movimentos bruscos.

Flora empurrou o barco para longe do deque e perdeu vários minutos movimentando-se sem objetivo e em nenhuma direção específica, enquanto aprendia a remar e manobrar. Finalmente conseguiu se afastar em um progresso lento. A proximidade com a água era perturbadora. Se tivesse escolha, teria preferido um navio de cruzeiro ou um grande iate.

Quanto mais se distanciava do deque, mais vulnerável se sentia. Olhou de relance para baixo e se arrependeu quando o pânico começou a dominá-la. A água sob o barco era profunda e escura. Tentou não pensar na mãe e no fato de que ela estava em alto-mar quando se afogara. Longe demais da praia para conseguir se salvar.

O céu escureceu mais e alguns pingos de chuva caíram sobre os ombros de Flora. Clare a havia alertado da possibilidade de mudança súbita de tempo. Já estava ali tempo suficiente para ter testemunhado aquilo, mas gostaria que o dia ensolarado não se transformasse em uma tempestade justo naquela hora.

A superfície do lago foi se encrespando e a água começou a bater mais forte nas laterais do barco, testando a coragem dela.

Se sobrevivesse à façanha, iria matar Jack.

— Tudo bem, está tudo bem e vai ficar tudo bem — disse a si mesma, acalmando-se e mantendo o olhar fixo na ilha.

A ilha parecia cada vez mais longe, mas Flora esperava que fosse apenas sua imaginação.

Assim, continuou remando, na dúvida se estava fazendo algo de errado. Será que estava andando de ré? Não, a casa de barcos já estava bem distante, o que a deixou esperançosa, mas também em pânico. Não havia volta. Não dava mais para mudar de ideia. E, agora que sabia que era impossível, era o que mais queria. O que estava fazendo? Não sabia nadar, nunca tinha remado na vida e Izzy nem gostava dela.

Uma onda maior atingiu o barco e deu um banho em Flora.

Ela gritou, congelou e por pouco não se desesperou e derrubou os remos; mas, por instinto, soube como seria péssimo perder a única maneira de sair dali remando e os segurou com mais força. Jurou que, se sobrevivesse, aprenderia a nadar. Depois de tanto tempo remando, sentia os braços pesados como chumbo. Ela não tivera noção de quão longe era. O vento ficou mais forte e a superfície do lago deixou de ser lisa e suave e se transformou em curvas oscilantes.

Como pôde pensar que aquilo era uma boa ideia?

Apesar de estar quase certa de que Izzy ficaria feliz se Flora desaparecesse, morrer afogada para agradar a alguém era outro nível.

Continuou remando, motivada pelo fato de que naquele momento a ilha parecia mais próxima. Olhou pelas árvores, procurando Izzy, mas não havia nenhum sinal de vida.

E se tivesse se enganado? E se o vislumbre azul que vira não fosse a camiseta de Izzy? De jeito nenhum teria energia suficiente para remar de volta. Ficaria presa e sozinha na ilha.

Mas estava tão perto que Flora já conseguia ver os cascalhos da margem. Mais algumas remadas e chegaria. Chegou a se animar, mas as ondas bateram forte na lateral, encharcando-a e balançando o barco violentamente.

Ela gritou e agarrou-se às laterais, deixando o remo cair. Quando tentou pegá-lo, o barco se desestabilizou e virou, jogando-a de cabeça no lago.

Primeiro veio o frio, depois o choque. Os sons foram abafados. A água encheu-lhe os ouvidos. Ela só conseguiu pensar: *é isso. Vou morrer afogada.*

Engoliu um monte de água, debateu-se e sentiu que alguém a segurava e a puxava para a superfície. Desesperada, tentou respirar e se debateu mais um pouco.

— Abaixe os pés!

A voz de Izzy penetrou nos ouvidos entupidos de água de Flora, que sentiu o alívio substituir uma parte do pânico. Izzy estava viva! E bem! Flora a tinha achado. Nem se importava que Izzy estava gritando com ela.

— Caramba, Flora! Fique em pé!

Izzy a arrastou até a praia de seixos, longe da água, e se deitou ofegante ao lado dela.

Alguns minutos se passaram sem que dissessem uma só palavra. Flora olhou para o céu para garantir que estava mesmo viva, mas então Izzy cobriu sua visão com o rosto contraído de raiva. Foi então que Flora concluiu que ainda estava no mesmo mundo de sempre.

Um mundo onde Izzy não suportava sua simples presença.

— *O que passou pela sua cabeça?* — explodiu Izzy. — Você odeia água!

Era uma pergunta sensata, mas Flora não tinha resposta. Estava com os ouvidos cheios de água e o coração tomado pelo pânico, tão acelerado que achou que teria um ataque cardíaco.

Ouvia Izzy berrar e segurá-la com força pelos braços. Os gritos eram sobre colete salva-vidas e mais alguma coisa incompreensível.

A mudez de Flora pareceu enfim distrair Izzy, que respirou fundo.

— Você está bem? Está verde e ofegante, melhor respirar mais devagar. Desculpe por gritar com você, mas você me assustou pra caramba. — Ela ajudou Flora a se sentar. — Tenho uma amiga que sofre ataques de pânico. Pressione uma das narinas, isso vai impedi-la de inalar muito ar. Não, espere... — Levantou-se depressa, correu e voltou com um saco de papel. — Ainda bem que eu tinha preparado um piquenique. Respire aqui dentro.

Izzy cobriu o nariz e a boca de Flora com o saco, encorajando-a a respirar mais devagar.

Minutos depois a tontura passou, e o coração de Flora voltou a bater em um ritmo normal. Ao mesmo tempo, notou que o vento havia parado e o sol ressurgido por trás das nuvens. O lago brilhava com os raios solares, mas ela estremeceu só de olhar.

Nunca mais chegaria perto de uma imensidão de água de novo.

— Você não respondeu minha pergunta. — Izzy agachou-se ao lado de Flora e jogou uma toalha nos ombros dela. — O que estava fazendo em um barco?

Flora tossiu algumas vezes. Estava com a impressão de ter engolido o lago inteiro.

— Procurando por você.

— Por mim? Por quê?

— Porque você estava muito chateada e fiquei preocupada.

— Eu estava bem. Estou ótima. Não acredito que você me seguiu depois do jeito que eu te xinguei.

— Você estava chorando. Eu quis ver se estava tudo bem. Eu nem ia contar que tinha vindo procurá-la, mas vi um ponto azul na ilha e sabia que era sua blusa. Então entrei em pânico imaginando que você... — Flora não quis expor o que tinha pensado.

— Imaginando o quê?

— Ah, não sei. Acho que me preocupei demais, mas essa ilha é tão isolada. Um lugar horrível, cercado de água, pensei que talvez você...

— Você achou que eu estava prestes a ferir a mim mesma? — Izzy arregalou os olhos e se balançou sobre os calcanhares.

— Você ficou tão aborrecida no café da manhã. Parecia tão abandonada.

— Como você percebeu isso e meu pai não?

— Bem, tenho muita experiência em me sentir desse jeito. — Flora massageou o peito com a palma da mão, procurando aliviar a sensação de queimação. — Entendo que tenha pensado que seu pai estava sendo insensível, mas acho que, mesmo de um jeito atrapalhado, ele queria mostrar o quanto era independente e como conseguia se virar sozinho. Ele se sente culpado por ter te pressionado tanto este ano. Sem contar que estava focado em fazer sanduíche de queijo e não esquecer as bebidas, e homens nem sempre conseguem administrar várias tarefas ao mesmo tempo. Claro que estou generalizando. Mas acho que, por ele estar tão determinado em acertar e não esquecer nada, não prestou atenção no que acontecia a sua volta.

— Mas você estava atenta.

Izzy desistiu de ficar agachada e se sentou com o olhar fixo na água.

— Eu só queria ajudar, Izzy. Nada além disso.

— Hmm... corrija-me se estiver errada, mas acho que fui eu que ajudei *você*. Salvei sua vida.

Flora tossiu de novo e assentiu com a cabeça.

— Acontece que minhas habilidades como salva-vidas não são lá grande coisa.

— Eu estava do outro lado da ilha, comendo meu lanche, e a ouvi gritar.

Flora não sabia se ficava humilhada ou aliviada.

— Fui atingida por uma onda.

— Mal acreditei quando a vi em um barco. Achei que tinha parado com essa história de agradar às pessoas a qualquer custo. Essa foi mais uma tentativa de fazer amizade e me impressionar?

O sol tinha aparecido novamente, mas Flora não parava de tremer.

— Se quisesse impressionar alguém, teria feito um bolo ou um arranjo de flores. Nada que envolvesse água. Espero que a essa altura já sejamos amigas, ou pelo menos um pouquinho. Mesmo que não fôssemos, eu ainda iria querer ter certeza de que você estava bem. É terrível se sentir solitária e isolada… e, sim, falo por experiência própria, então, se eu puder, não hesitarei em ajudar alguém a não ficar assim. Sei que provavelmente sou a última pessoa no mundo com quem você conversaria, mas, se quiser, sou toda ouvidos.

— Meu pai não tentou impedir você de vir? Ainda mais se ele nem acha que tem algo errado.

— Ele não sabe. Já tinha saído de casa.

— E tia Clare?

— Precisou levar a mãe para levar pontos no hospital. Ela cortou o dedo fatiando cogumelos — acrescentou, observando a expressão de Izzy.

— Não acredito! Ninguém sabia dessa sua aventura? — Houve um silêncio tenso. — Você já tinha entrado em um barco ou na água desde que… você sabe?

— Não. — Flora enxugou o rosto com a ponta da toalha. — Nunca andei de caiaque antes.

— Aquilo não é um caiaque, Flora, mas uma canoa.

— Ah, tem diferença?

— Sim. — Izzy torceu o cabelo para tirar o excesso de água. — Tem sim.

— Bem, não é de se estranhar que eu não tivesse a menor ideia do que fazer. Vai me matar se eu confessar que deixei o remo cair? — Ao notar o olhar engraçado de Izzy, concluiu: — Sim, serei assassinada. Prometo que compro um remo novo para você.

— Estou pouco me lixando para um remo besta.

— O que foi, então?

— Você entrou em um barco e remou até aqui porque estava preocupada comigo?

— Isso mesmo.

— Só isso? Não tinha nenhuma outra razão? Não foi porque queria tentar entrar na água, remar ou algo assim?

— Nada além de uma preocupação extrema me levaria a entrar na água.

— Preocupação extrema… por mim?

— Sim.

Izzy se levantou em um pulo e explodiu:

— Essa é a coisa mais egoísta que já ouvi na vida! — exclamou e passou a mão no cabelo, depois andou de um lado para o outro, enquanto Flora continuava sentada, gelada e confusa.

— Egoísta? — Burrice talvez, mas egoísta? — Por que deixei seu remo cair?

— Não! Porque tenho tentado te odiar desde o começo, mas você *dificulta tanto.* E agora ficou impossível, porque como posso odiar alguém que se dispôs a enfrentar seu maior medo por se preocupar comigo?

Flora tentou desvendar o que ouvira aos poucos.

— Você… estava tentando me odiar?

— Sim. — Izzy fez uma careta. — Mas acontece que é impossível odiá-la!

Flora não sabia ao certo como devia reagir.

— Não deixe que minha tentativa de te resgatar mude suas intenções. Ainda pode me odiar. — Ela tentou amenizar um pouco o clima. — O resgate não veio acompanhado de uma obrigação.

— Que resgate? — Izzy a encarou. — Flora, *não houve resgate.* Se muito, eu a salvei. Achei que tivéssemos concordado com isso.

— Exato. Então, definitivamente não há razão de se sentir culpada por me odiar. Fique à vontade.

Izzy deixou-se cair ao lado de Flora.

— Não te odeio. Talvez tenha odiado, por um tempo, apesar de nunca ter sido por você exatamente. Minha vida está uma bagunça, mas não é culpa sua. Pelo menos, não muito. Eu meio que queria que Molly não te adorasse tanto. E que você não fosse tão boa com ela, ou não soubesse lidar tão bem com tudo na casa. A verdade é que não sou mais necessária… — A voz dela falhou —… e não é só por sua culpa.

— Não é necessária? — Flora estava horrorizada. — Como assim?

— Você mesma falou que meu pai não precisa mais de mim. Foi a primeira vez que ele se lembrou de colocar queijo no sanduíche da Molly e até pegou uma garrafinha de água. Ele nunca lembra disso. — Izzy esfregou o rosto com os dedos e deixou um rastro de lama na pele. — Meu pai não leva muito jeito com tarefas domésticas… Quer dizer, ele até tenta, mas coloca a roupa na máquina e esquece de colocá-la na secadora depois. Fica tudo cheirando a cachorro molhado, mesmo que não haja animais em casa. Ele não tem ideia de que Molly ainda faz xixi na cama… — Ela corou e olhou de canto de olho para Flora. — Prometi que não contaria isso a ninguém.

— Juro que também manterei segredo. — Mas ficava com o coração partido só de pensar. — Eu também fazia xixi na cama.

— É mesmo?

— Verdade. Foi depois que minha mãe morreu. Como sabia que minha tia ficaria furiosa, eu mesma lavava a roupa de cama. Mas era um desastre, então passei meses dormindo no piso do banheiro, porque era mais fácil de limpar.

— Sério? Que horror.

— Não foi uma boa fase, mas a gente faz o que for preciso.

— É… fazemos.

As duas estavam sentadas bem próximas, ombro a ombro.

— Não culpo minha tia. Foi bem difícil me criar. Ela era uma mulher solteira, amava o trabalho e acabou com uma criança que nem tinha pedido.

— Mas a culpa não foi sua. Tipo, você não pediu para ir morar com ela.

— Não. Muitas coisas que acontecem na vida não são culpa de ninguém. No final das contas, a gente tem que lidar com isso da melhor maneira possível. Você sabe bem do que estou falando. Molly tem muita sorte em ter uma irmã mais velha para trocar os lençóis e abraçá-la. O mérito por ela ser uma garota tão feliz e ajustada é seu.

— Ela gritou comigo hoje de manhã.

— E se sentia confiante o suficiente para gritar porque sabe o quanto você a ama. Seu amor a deixa segura. E, como sabe que seu amor é garantido, fica feliz em ficar comigo. Se estivesse insegura, grudaria em você.

— Você acha mesmo?

— Tenho certeza.

— Talvez… — Izzy envolveu os joelhos com os braços. — Ela grudava no começo e eu gostava. Isso soa patético?

A confissão sincera doeu no coração de Flora.

— Não. É humano desejar ser amada, mas você *é amada.*

Izzy se levantou e andou até a beira da água.

A intuição de Flora dizia que havia alguma coisa a mais.

— Izzy?

— Meu pai está me forçando a ir para a faculdade, quer que eu vá embora. — Ela passou as mãos nos braços.

— Porque ele quer o melhor para você e acredita que ir para a faculdade seja o caminho. Ele não quer te prender. Mas entendo que isso não tenha ficado muito claro pela forma como ele falou.

— Você entende? — Izzy virou a cabeça. — Mesmo?

— Sim. — Se Jack estivesse ali naquele momento, Flora o teria empurrado no lago. — Acredite ou não, ele *está* pensando em você. Ele sabe muito bem o quanto você se sacrificou para manter tudo em ordem neste último ano. Você mal sai com suas amigas. Cozinhou, limpou e cuidou da sua irmã. Ele quer que você tenha uma vida própria.

— Mas eu pensei que... — Izzy voltou a olhar para o lago, focando no horizonte —... ele já estivesse cansado de mim. O que ele disse basicamente é que a família fica muito bem sem a minha presença.

Flora se levantou também.

— Como pode pensar e dizer uma coisa dessas? Você é filha dele. Ele a ama muito. Não importa o que aconteça, isso nunca vai mudar.

Tentou se aproximar, mas Izzy se retraiu.

— Você está com fome? Eu trouxe algumas coisas para comer, estão na mochila. Vou buscar.

Izzy se afastou tão rápido que Flora ficou se perguntando se havia dito algo errado.

Parecia que só falava a coisa errada. Devia existir algum manual sobre vida em família, mas, enquanto não o encontrasse, tentaria descobrir por conta própria.

Verdade que nem sempre Jack conseguia se comunicar com a filha, e podia mesmo ser acusado por agir de forma atrapalhada, mas não havia nenhum indício do motivo que levara Izzy a achar que não era amada.

Por que ela teria chegado a essa conclusão? Flora tinha certeza de que Jack também não fazia ideia de que a filha pensava dessa forma.

Izzy voltou minutos depois com uma mochila bojuda.

— Eu assaltei a geladeira da tia Clare de manhã. Trouxe queijo, pão, tomates, maçãs…

O estômago de Flora estava tão cheio de água do lago que não havia espaço para mais nada, mas compartilhar uma refeição era um momento de união, então estava disposta a se forçar a comer.

— Achei que você tivesse vindo para cá por impulso.

— Não. Vim porque amo esta ilha. Aqui encontro paz, mas meu pai e Aiden quase sempre me impedem de vir porque a travessia fica difícil quando o tempo vira.

Flora procurou não olhar para a água.

— Percebi…

— Quando estou aqui, faço de conta que a ilha é minha. Ninguém pode vir sem a minha permissão.

— Exceto aqueles que não têm a menor noção de como remar em um barco.

— Tecnicamente, você naufragou.

Izzy espalhou o piquenique sobre o próprio casaco e Flora descobriu que estava com fome, no final das contas.

— Adoro piqueniques. Existe algo quando se come ao ar livre que torna tudo mais saboroso.

— É mesmo? — Izzy mordeu um pedaço de pão. — Minha mãe odiava piqueniques.

— Verdade? — Era a primeira vez que Izzy não fazia elogios efusivos sobre Becca, o que deixou a conversa mais realista. — O que mais ela odiava?

— Vespas, moscas, comida de piquenique... o que quer que fosse. — Izzy serviu-se de queijo. — Ela preferia jantar em restaurantes chiques. Champanhe. Garrafas de espumantes. Desculpe. Sei que você não quer ouvir sobre minha mãe.

— Não me importo.

— Lá vem você de novo. — Izzy fez uma careta. — Disposta a fazer o que não quer só para me agradar.

— Não é verdade. Já desisti de tentar agradar a você. Só acho que você devia falar sobre sua mãe sempre que quiser.

— Você falava da sua?

Flora cutucou o pão.

— Não, minha tia não gostava, e eu não queria chateá-la. Mas sempre tinha uma foto à mão e a olhava sempre. Ajudou bastante.

Izzy cortou uma fatia de queijo.

— Desculpe por ter te xingado mais cedo. E pelo empurrão. Eu não costumo...

— Não faz mal, eu entendo. Você estava aborrecida. Todo mundo faz e diz coisas sem pensar quando está aborrecido.

Izzy olhou rápido para Flora.

— Então, você está com ela?

— O quê?

— Você está com a foto?

— Eu... sim. Sempre a levo comigo.

— Posso ver? — Izzy olhou para o rosto de Flora e parou de mastigar. — Esquece. Não precisa me mostrar se não quiser.

— Mas eu quero. — Flora pegou a mochila e tirou o casaco de dentro. — É só que não costumo mostrar para as pessoas.

— Por que não?

— Porque sempre leva a conversas que não quero ter.

— Faz sentido. As pessoas são muito sem noção. Minhas amigas... — Izzy pegou um tomate —... elas me irritam com o papo furado delas.

— Sei como é. Quando a gente está sofrendo, parece inacreditável que o mundo continue a girar sem a nossa presença. Dá uma sensação de que tudo tinha que parar de se movimentar. — Enquanto a falta de tato de outras pessoas criava um vínculo entre elas, Flora encontrou a carteira e tirou a foto da mãe. Emocionava-se sempre que a via. — Foi tirada um mês antes de ela falecer, na floricultura onde ela trabalhava e onde eu ainda estou.

Izzy pegou a foto e a estudou.

— Ela é bonita. Tem um olhar gentil. Vocês são iguaizinhas.

— Todas as pessoas que a conheceram dizem a mesma coisa.

— Meu pai viu esta foto?

— Sim, mas faz pouco tempo. Não falo muito sobre minha mãe.

Aquelas lembranças eram o que ela possuía de mais íntimo, e as mantinha bem guardadas. Mas tinha dividido com Jack e agora com a filha dele.

Izzy assentiu com a cabeça.

— Sempre que quiser, pode falar comigo. A conversa ficará só entre nós.

Aquilo era um progresso imenso. Era como ter ganhado na loteria, e de repente Flora sentiu sua garganta apertar.

— Obrigada. — O agradecimento foi pronunciado com dificuldade. — Obrigada, Izzy. Isso também vale para você.

— E o seu pai?

— Ele nos deixou antes de eu nascer. Não era muito fã de responsabilidades. Sorte sua ter um pai.

— Recordar é bom, mas às vezes dolorido também. — Izzy devolveu a foto. — O luto é tão estranho. Ninguém nos prepara para o quanto é esquisito. Uma hora a gente chora, depois se sente meio desapegada. Depois vem a culpa… uma culpa terrível. Depois a raiva.

Raiva?

— Luto é como estar amarrado em um brinquedo de um parque de diversão que você não pagou para entrar. — Flora tentou manter o tom casual da conversa. — Você sente raiva com frequência?

Izzy pegou uma maçã.

— Sim.

— Raiva por ela ter morrido?

— Por isso e por outras coisas. Atitudes dela. Às vezes queria poder gritar com ela, sacudi-la pelos ombros e perguntar que merda estava pensando quando fez certas coisas. Quer dizer, ela era minha mãe e eu a amava, mas ela fez umas coisas muito idiotas, entende?

Não, Flora não entendia, mas gostaria. Era difícil acertar o que dizer quando não se conhecia o problema. Estava tateando no escuro.

— Você conversou com seu pai sobre isso?

— Não. — Izzy mordeu a maçã. — Ele é a última pessoa para quem eu contaria.

— Se tem alguma coisa te chateando, tenho certeza de que ele gostaria de saber.

— Não, disso não ia gostar. — Izzy mastigou devagar. — Alguma vez você teve raiva da sua mãe? Tipo furiosa com alguma coisa que ela tivesse feito?

Flora não queria mentir.

— Não lembro de me sentir assim, mas eu era muito mais nova do que você. Existe alguma razão específica por você se sentir assim?

O jeito como Izzy mantinha o olhar fixo no lago levou Flora a acreditar que havia alguma coisa bem específica, mas Izzy balançou a cabeça.

— Não. Esquece.

— É bom guardar lembranças da sua mãe. Não tenho muitas, e as poucas que tenho vão se desgastando com o tempo. — Flora se serviu de mais comida. — Você tem mais lembranças do que Molly. É bem provável que ela peça para você contá-las quando for mais velha.

Izzy terminou a maçã e partiu um pedaço de pão.

— Você acha?

— Sim. Minha tia não gostava de falar da minha mãe, mas, quando ela cedia, eu me sentia como se tivesse ganhado uma joia preciosa. Corria para o quarto e escrevia para não esquecer.

Izzy enfiou a mão na mochila, tirou uma garrafa de água e deu a Flora.

— Gosto de escrever. Aliás, escrevo bastante. Tenho um blog. Ninguém sabe, é segredo.

— Bem, é um segredo que saberei guardar. Fico feliz que esteja escrevendo. Aposto que seus textos são bons.

— Eu quero muito ser jornalista, independentemente dessa história toda sobre faculdade. Talvez eu escreva alguma coisa sobre minha mãe, para o caso de Molly querer ler depois.

— Se isso não for te deixar triste, acho que será ótimo. Escreva não apenas o que ela alcançou, como dirigir uma empresa ou correr uma maratona, mas histórias que contem como ela era, por exemplo que odiava piqueniques por causa das vespas... Esta é uma boa.

Izzy tirou a tampa da garrafa e bebeu a água.

— Uma vez ela foi de vestido longo a um piquenique da escola. Foi constrangedor. Todas as outras mães estavam de calça jeans e a minha aparece vestida para uma ópera. Tive vontade de me esconder.

— Ela parece incrivelmente glamorosa.

Flora esperou pela inveja ou insegurança, mas não houve nada. Em algum momento, Becca deixara de ser um mito, uma criatura impossivelmente perfeita, e passou a ser uma pessoa real com defeitos.

— Ela *era* glamorosa. Acredito que achava que precisava ser. Que tinha uma imagem a preservar. Ela sempre queria se sobressair. Ser a melhor.

Insegurança, pensou Flora, o que batia com algumas coisas que Clare havia dito quando estavam cuidando juntas das plantas.

— É por *isso* que você seria uma boa jornalista. — Flora colocou uma fatia de queijo no pão. — Você consegue enxergar uma história sob os fatos. Pergunte os *porquês. Por que* sua mãe achou que precisava ir de vestido longo a um piquenique? Tem fotos desse dia? Você podia escrever e acrescentá-las. Isso facilitaria quando Molly for mais velha e quiser ver.

Izzy limpou os dedos no short.

— Me conte uma história sobre sua mãe. Não uma história simples, mas com porquês.

Flora pensou um pouco.

— Certa vez, quando voltei da escola, ela vendou meus olhos e me fez identificar flores pelo perfume.

— Você está de brincadeira!

— Não, é sério. Acho que cheirei mais de cem flores.

Izzy riu.

— Por acaso foi parar em um pronto-socorro de tanto espirrar?

— Quase. Ela era muito criativa. Decorava nosso apartamento com objetos que encontrava na praia. Conchas. Pedaços de madeira trazidos pelo mar. Nossa mesa foi feita de caixotes de madeira, que ela poliu e pintou. Parecia uma obra de arte.

— Flora terminou de comer e lambeu os dedos. — Isso estava delicioso.

— É... gostaria de ter roubado um pouco de bolo.

— Posso ajudar com isso. — Flora pegou a mochila de novo e Izzy a encarou.

— Você trouxe bolo?

— Talvez você não queira, pois trazer meus cupcakes de limão para você cai naquela mesma história de agradar às pessoas.

— Se você trouxe bolo, está perdoada.

Izzy quase babou quando Flora puxou o pacote da mochila molhada.

— Podem não estar totalmente secos.

— Não dou a mínima para o estado deles. Vou comer do jeito que estiverem. Seu cupcake de limão é uma das melhores coisas que já provei na vida.

Enquanto Izzy digeria o bolo, Flora digeria o fato de ter acabado de receber um elogio. E ainda brincou com a história de agradar às pessoas.

— Acho que você devia conversar com seu pai. Dizer como está se sentindo.

— Sobre o quê? — Izzy comeu um segundo e um terceiro cupcake.

— Sobre sair de casa, sobre não se sentir amada ou necessária. Creio que ele vai gostar de saber o que passa pela sua cabeça.

— Ele definitivamente não está interessado.

— Por que não? Por que não pode se abrir com ele?

— Por um sem-número de razões, mas principalmente porque não quero preocupá-lo nem ser um fardo.

Flora sentiu um peso pressionar-lhe o peito.

— Izzy, você é filha dele.

O clima mudou na hora.

— Aí é que está… — Izzy juntou o que sobrou do piquenique e enfiou na mochila. — Eu não sou filha de verdade dele. Não biológica. Mas você já sabia disso, não é?

Flora ficou perplexa e se forçou a falar.

— Não. Eu não sabia.

— Ele não te contou?

— Não.

Flora percebeu que Izzy estava procurando razões para o comportamento do pai. Ela própria se perguntava a mesma coisa. Achava que o relacionamento deles atingira outro nível. Flora havia revelado segredos nunca ditos a outra pessoa. Sentira-se próxima de Jack, íntima, e não apenas fisicamente. Presumiu que ele se sentisse da mesma forma. Pelo visto havia se enganado. E isso não se tratava apenas dos sentimentos dela. Como poderia entender e apoiar a família dele se Jack não havia lhe contado informações cruciais como aquela?

— Ele provavelmente não queria invadir sua privacidade.

Flora estava ciente de que aquilo tinha grandes repercussões para ela também, mas naquele momento a prioridade era Izzy, que estava visivelmente abalada. Os motivos de sua insegurança enfim estavam mais claros.

Izzy deu de ombros.

— Não é um grande segredo. Eu sempre soube. Minha mãe estava grávida quando o conheceu. Jack não se importou e os dois se casaram. Ele me adotou. Éramos uma família, de verdade, mas então minha mãe… — Ela parou de falar e encarou o lago. — Bom, minha mãe não está mais aqui, e ele provavelmente deve estar se perguntando quando eu sairei do pé dele. Você ouviu quando ele disse que quer que eu vá para a faculdade. Não o culpo. Não sou mais responsabilidade dele. Acho que, de certa forma, nunca fui. E agora ele quer que eu tenha minha própria vida. Então acho que é isso que vou fazer.

Flora estava enjoada. Sentia-se mal por Izzy, por a garota se sentir daquele jeito, e por ela mesma também.

Tinha começado a acreditar que fazia parte da família. Que estava sendo incluída. Mas Jack não tinha compartilhado uma coisa tão importante.

Por que não?

— Você precisa conversar com ele sobre seus sentimentos, Izzy. Sobre a raiva... tudo.

— De jeito nenhum! — Izzy se levantou, apavorada. — Não posso... você *não* tem ideia... existem coisas... outras coisas...

— Ok, ok, tudo bem... — Flora ergueu a mão —, mas talvez ajude se você conversar com alguém. — E ela sabia que não era a pessoa certa. — E sua tia Clare?

Izzy a encarou, e seu peito subia e descia com a respiração difícil.

— Tia Clare? — perguntou.

— Isso. Vocês se conhecem desde sempre, e ela a ama. Diga tudo o que se passa no seu coração. Tudo. Tire isso do peito. Mesmo que ela não possa ajudá-la, tenho certeza de que seria uma boa ouvinte.

Izzy ficou em silêncio durante alguns minutos.

— Não sei... Talvez...

— Pense a respeito. — Flora fechou o zíper da mochila. — Na pior das hipóteses, você vai se sentir melhor simplesmente por ter dividido sua dor com alguém. Menos solitária.

E o que Flora pretendia fazer?

Izzy não era a única que precisava conversar.

Flora também.

18

Clare

Clare estava no sótão, enfrentando poeira e aranhas, quando ouviu a mãe chamar.

— O que você está fazendo aí em cima?

— Procurando álbuns de fotografia antigos. Sei que estão por aqui em algum lugar.

Por que era tão desorganizada? Todd e ela tinham amontoado ali tudo o que precisava ser guardado, mas sem qualquer critério. Encontrou roupinhas de bebê, brinquedos e cortinas que jamais poderiam ser penduradas em qualquer lugar. Precisava se desfazer de algumas coisas, mas tinha sérios problemas com isso. Tudo remetia a uma lembrança. Havia passado os últimos cinco minutos suspirando e folheando um caderno de desenho de Aiden aos 4 anos de idade.

Todd já havia proposto converter o sótão em um quarto habitável, mas ela nem conseguia imaginar o trabalho que daria.

A cabeça da mãe surgiu no alto da escada.

— Meu Deus do Céu, Clare. Esse lugar corre risco de desabar. Nunca entendi sua incapacidade de se desfazer das coisas. Se quiser, empresto meu livro sobre organização.

— O que é bagunça para uns é um tesouro escondido para outros. Não gosto de jogar nada fora porque posso precisar um dia.

— Você não *precisa* de nada disso aqui, Clare. O fato de não conseguir achar nada é prova suficiente do que estou dizendo.

— Carolyn bateu a mão na manga para tirar a poeira. — Que fotos está procurando?

— Aquelas de Becca e eu mais novas. Você não deveria estar aqui, mãe! Acabamos de passar quatro horas no pronto-socorro. — O corte tinha sido profundo e precisou ser suturado. — Não pode sujar o curativo do dedo.

Carolyn fez um gesto displicente.

— Se quisesse ver fotos, devia ter me pedido. A maioria delas está comigo em Gatehouse.

— Ah... é por isso que não as encontro aqui. — Clare olhou ao redor para a desordem que havia feito durante a busca. Talvez sua mãe tivesse razão, deveria pensar em fazer uma limpeza. Ao alcance da mão dela havia uma caixa de roupinhas de bebê, todas bem dobradas. Por que tinha tanta dificuldade em desapegar? — Não sabia que você estava com fotos. Por quê, por sinal?

— Porque eu não queria que desaparecessem nesse seu buraco negro. Fotos são para serem vistas e apreciadas, para fazer você chorar e rir. Não para fazer peso no teto de alguém. Você as tinha encaixotado para trazer para cá, então decidi levá-las quando me mudei.

Clare se sentou na sujeira e encarou a mãe.

— Quais fotos levou?

— A maioria da nossa família e do seu pai, claro, mas tem muitas suas e de Becca ao longo dos anos.

— Você tem olhado fotos do papai sozinha e não me falou? Mãe!

— O que foi? A vida continua, querida. Todos temos de encontrar um jeito de seguir em frente, e para mim um deles é olhar fotografias. Me fazem lembrar dos bons momentos que tivemos. Foram tantos... provavelmente mais do que eu merecia. Fotos me ajudam.

— Não aguento nem pensar em você triste olhando fotos.

— Quem falou em tristeza? De vez em quando pode ser, mas na maior parte do tempo me surpreendo rindo. Por exemplo, acho graça quando olho para as fotos do seu pai usando aqueles chinelos no jardim. Que sujeito bobo. Sabia que ele os chamava de "chinelos de uso externo"? Ridículo, mas fofo. Tem uma foto linda dele velejando com o cabelo esvoaçante e o nariz vermelho. Você bem sabe como ele se esquecia do protetor solar. Essa coloquei em um porta-retrato. Ele ficaria furioso se soubesse que escolhi justo essa. Claro que brigaríamos, mas eu teria ganhado. É a foto que eu gosto.

— Não a vi, onde está?

Clare quebrou a cabeça, tentando se lembrar de todas as fotos na sala da mãe.

— Na minha cabeceira. Aquele rosto bronzeado adorável é a última coisa que vejo antes de dormir e a primeira de manhã, como eu fazia quando ele era vivo.

— Ah, mamãe...

— Não me venha com "Ah, mamãe". Estou feliz. Sinto saudades? É óbvio, todos os minutos do dia. Mas agora está mais fácil do que foi no começo. Não a dor, essa permanece, mas aprendi a respirar para contorná-la. Aprendi que o sofrimento não me impede de fazer as coisas, apesar de ser uma companhia chata. Manter a foto à vista me faz sentir próxima dele. Se eu confessar que converso com ele, você vai me internar?

— Claro que não. Mas por que não me contou antes? Todd e eu mudamos para cá para ficarmos mais próximas. E para você ser uma presença constante na vida de Aiden.

— Serei eternamente grata por você ter vindo para cá. Mas isso não significa que preciso de você à minha porta todo o tempo. Seria irritante para nós duas.

— Mas você sente muita saudade do papai.

— É verdade. Tenho saudades do sorriso, do jeito que ele inclinava a cabeça para o lado quando ouvia. Sinto falta por ele sempre enxergar o lado bom das coisas ruins. E, claro, sinto falta do sexo…

— Mãe!

— O que foi? Só tenho 70 anos. Você não sabia que os 70 são os novos 17?

Clare não sabia. Seu rosto estava quente e não tinha nada a ver com o sótão abafado.

— Ah, Clare… — Carolyn parecia tanto impaciente como divertida com a expressão de desconforto da filha. — Você acha que a vida sexual termina aos 40 anos? Ou aos 50? Seu pai e eu tínhamos uma vida sexual muito ativa até uma semana antes de ele morrer.

Clare ficou meio zonza, sem acreditar que elas estavam conversando sobre aquele assunto. Sua mãe nunca deixava de surpreendê-la.

— Eu… Você já pensou em namorar de novo?

Seria a pergunta adequada? Aparentemente não, porque a mãe ficou pensativa.

— Já pensei. Cheguei até a baixar um aplicativo e…

— Como fez isso?

— Aiden me ajudou. Eu fiz ele prometer que não contaria para você. A julgar pela expressão do seu rosto, acho que ele não disse nada mesmo.

— Não. — Clare achou que fosse desmaiar. — Não contou.

Pensou no filho, seu bebê, sentado ao lado da avó ajudando-a a entrar em um aplicativo de relacionamentos. Embora ainda tentasse lidar com o choque, ao mesmo tempo pensava, *bom para ele*.

— Esse menino está se tornando um homem muito correto. Ele apareceu aqui certo dia perguntando se eu precisava de ajuda com as latas de lixo, pois sabia que era uma tarefa rotineira do avô, mas não tenho problemas em separar itens para reciclagem. Porém preciso de ajuda em outras coisas. Bem, no fim das contas não tive energia de ficar procurando gente em um aplicativo. Sexo bom não se restringe apenas às partes certas, tem a ver com intimidade e conhecimento. Para mim significa carinho. Não se compra isso on-line. É possível comprar brinquedos sexuais, óbvio. Comprei um vibrador.

Clare engoliu em seco.

— Aiden ajudou com isso também?

— Sou bem capaz de fazer minhas próprias compras pela internet, Clare. Não preciso da assistência de um adolescente para algo tão básico.

— Certo.

Estava mesmo prestes a conversar sobre vibradores com a mãe? Tinha quase certeza de que morreria. Todd acharia hilário.

— Vibrador é melhor do que nada, mas não tão bom quanto seu pai. Imagino ele com aquele sorriso convencido onde quer que esteja.

Clare estava imaginando algo bem diferente, e decidiu colocar um ponto-final na conversa. Sim, havia encorajado a mãe a falar mais sobre seus sentimentos, mas havia limites, e ela já os havia ultrapassado.

— Eu adoraria ver fotos do papai e da Becca.

— Vou buscá-las. Eu as estava olhando ontem à noite, sei bem onde estão.

Depois que o assunto da conversa não era mais a falta de vida sexual da mãe, a culpa retornou.

— Gostaria que tivesse me dito que estava olhando essas fotos.

— Para quê? Você ia ficar piando feito mãe coruja na minha orelha, e nenhuma de nós precisa disso. Você tem sua vida, e eu a minha. Amo que as duas se cruzem com frequência, mas não preciso de check-ups constantes. Chamo se precisar. Assim como liguei para pedir uma carona ao hospital.

— Fico feliz que tenha ligado.

— Bem, não consegui encontrar um jeito de pressionar o ferimento e dirigir ao mesmo tempo. O estofamento do carro ficaria ensanguentado e seria difícil de explicar caso fosse parada por ultrapassar o limite de velocidade.

Clare começou a rir.

— Você é ótima, mãe. Nunca deixarei de repetir isso.

— Ótimo. Isso me deixa tão sem graça quanto você ouvindo histórias da minha vida sexual. — Carolyn espirrou. — Podemos continuar esse papo em algum lugar que tenha visto a cor de um aspirador nesta década?

— Desculpe. — Clare se levantou e passou a mão nas calças para tirar a camada espessa de poeira. — E você está certa. Tenho mesmo que fazer uma limpeza. Não sei por que é tão difícil para mim me desfazer das coisas.

— Você sempre foi assim. Quer fossem amigos ou brinquedos, não fazia diferença, você nunca conseguiu se desapegar de nada.

— Amigos? — Clare franziu o cenho. — Como assim, amigos?

Carolyn não respondeu, porque já havia desaparecido escada abaixo. Clare a seguiu e fechou o sótão.

— Lave as mãos, querida, senão vai deixar marcas de sujeira por toda parte.

Algumas vezes a mãe a fazia se sentir com 6 anos de idade.

— Vou lavar as mãos e colocar a chaleira no fogo.

— Enquanto isso vou buscar as fotos. Volto de carro porque são muitas caixas.

— Espere cinco minutos que eu te levo.

— Estou acostumada a dirigir pelas estradas entre as montanhas de Wrynose, Hardknott e Kirkstone. Acho que consigo me virar bem no caminho de volta para a minha própria casa. Mas obrigada.

— Você devia descansar a mão!

— O médico disse que posso ter uma vida normal. Não exagere. — Carolyn desapareceu, deixando Clare ansiosa e orgulhosa ao mesmo tempo.

Seus pais sempre fizeram tudo juntos, mas, depois da morte do pai, Carolyn continuou a fazer tudo, só que agora sozinha. No começo, havia sido uma maneira de honrar a memória dele, mas acabou se transformando em um estilo de vida. Carolyn havia se forçado a ser independente, e com isso construíra uma nova vida.

Clare a respeitava muito.

Não acreditava que conseguiria se sair tão bem se perdesse Todd. Não tinha orgulho de como estava lidando com a morte de Becca.

Esfregou as mãos para tirar as manchas de sujeira e desceu para a cozinha.

Todd, Jack e Molly ainda não tinham voltado, nem Aiden. Clare não fazia ideia de onde estavam Izzy e Flora, apesar de saber que era pouco provável que estivessem juntas.

Decidiu que era uma hora perfeita para apreciar uma xícara de chá e conversar com a mãe, desde que evitassem certos tópicos.

O chá já estava pronto e a mesa posta quando Carolyn chegou, carregando três caixas grandes.

— Pelo amor de Deus, mãe… — Clare se levantou na hora, pegou as caixas e Carolyn flexionou os punhos.

— Acontece que lembranças pesam muito. Tem mais três caixas no carro, rotuladas por ano, e um rascunho de uma lista do conteúdo.

Clare tirou as três caixas do carro e as levou para dentro de casa.

— Você colocou todas em ordem?

— Alguém tinha que fazer, e não seria você. As fotos de seu pai nu estão na caixa de baixo.

Clare ficou paralisada, mas viu os olhos brilhando da mãe.

— Você é terrível!

— E você acredita em tudo. É divertido provocá-la.

Clare deixou as caixas no chão com as outras.

— Sabia que você estava brincando. Duvido que tenha fotos do papai nu.

— Tenho várias fotos assim, mas estão na gaveta da minha cabeceira, e não em caixas. Agora sente-se e vamos aproveitar o chá enquanto está quente. Estou sedenta. Não vou recusar os biscoitos com gotas de chocolate.

Clare serviu o chá, fazendo uma anotação mental para nunca abrir as gavetas da mãe.

— Como conseguiu tempo para separar todas essas fotos?

— Foi no inverno passado, quando ficamos presos por causa da neve. Foi muito aconchegante. Sozinha, com uma bela dose de uísque e todas aquelas lembranças. — Carolyn pegou a caixa de cima da pilha, colocando-a em cima da mesa. — Estas são suas fotos mais antigas com Becca. Tem algumas daquele ano que vocês acamparam no jardim. Lembra?

Sim, Clare lembrava.

— Becca odiou os insetos, foi para dentro de casa no meio da noite e dormiu na sala.

— Ela sempre soube o que queria e não tinha medo de correr atrás.

— Isso é verdade. Dizia que nunca ganharia nada de ninguém, por isso precisava pegar o que queria.

Clare se forçou a abrir a caixa, mesmo com os nervos à flor da pele. Será que aquilo a faria ficar melhor ou pior?

— Ela teve um começo de vida difícil. Nenhuma criança deveria crescer sentindo-se indesejada.

Clare não argumentaria com aquilo. Abriu o primeiro álbum e sorriu. Ali estava Becca, aos 7 anos, com um olhar determinado enquanto incentivava um burrico a andar mais rápido.

— Olhe este rosto. Ela era competitiva até andando de burrico. Sempre me achei tão inadequada. Algumas vezes cheguei a pensar que Becca andava comigo porque sabia que podia me vencer na maioria das coisas.

Carolyn baixou a xícara.

— Clare…

— É verdade.

— Sei que Becca fazia você se sentir desse jeito. Já que estamos sendo sinceras, vou contar que sempre achei isso muito frustrante. Ela fazia você se sentir mal consigo mesma. E você permitia.

— Eu…

— Permitia, Clare. Nunca se impunha. Nunca disse o que esperava da amizade de vocês. Tudo girava em torno de manter Becca feliz. Você era muito tímida quando criança e desabrochou com Becca por perto, e isso me deixou contente por um tempo, mas depois percebi que ela não a tirava da concha, mas a mantinha presa ali. Além disso, você queria tanto ser amiga dela, tinha tanto medo de ser rejeitada, que permitiu que ela se comportasse como bem entendia, desrespeitando regras e limites. Você se deixou dominar. Posso ser sincera? Acho que você tinha medo dela. Foi uma amizade muito desequilibrada. Seu pai e eu sempre conversávamos a respeito disso.

— Vocês… é mesmo?

— Sim. Se Becca tivesse sido um menino, teríamos alertado você sobre relações tóxicas, mas por alguma razão não interferi, e sou culpada também por isso.

— Culpada?

— Você e Becca insistiram muito mais do que deviam nessa amizade, Clare, principalmente já mais velhas. A amizade se manteve em pé apenas por causa das lembranças, das inseguranças dela e da sua incapacidade de aceitar que às vezes é bom se desapegar de algumas coisas.

— Você acha que não deveríamos ser amigas depois de adultas?

— Você não acha? Não é crime, Clare. As pessoas mudam. Amizades mudam. Você a conheceu aos 4 anos de idade. Nenhuma pessoa continua igual dos 4 anos até os 40. Dizer isso em voz alta até soa meio ridículo. — Carolyn tomou um golinho de chá. — Sempre me fascinou o fato de que estamos preparados para terminar um namoro que não está dando certo, mas relutamos em fazer o mesmo com amigos. Nem todas as amizades foram feitas para durar a vida inteira. As pessoas evoluem, e as amizades seguem o mesmo processo.

Clare jamais cogitara deixar de ser amiga de Becca, nem mesmo nos piores momentos.

Mas por que não? Será que tinha sido porque a amava de verdade? Talvez porque não conseguira imaginar uma vida sem Becca? Ou, como a mãe sugerira, fora por medo?

Com o olhar fixo no chá, procurou lembrar o último encontro bom que tivera com Becca. Com certeza não tinha sido no último mês de vida dela. Becca havia exigido demais, deixando-a em uma posição impossível.

Mas não fora só por culpa de Becca, não foi? Era culpa de Clare também, por ter permitido. A mãe tinha razão nesse ponto. Poderia ter recusado, batido o pé, dizendo que não iria apoiá-la daquela vez. Podia ter terminado a amizade.

Sentiu o coração acelerar só de pensar na possibilidade.

— Alguma vez você deixou de ser amiga de alguém?

— Várias vezes. — Carolyn estava calma. — Não vou fingir que foi fácil, mas nunca me arrependi. A vida é muito curta para se cercar de amigos que não se importam com você ou não trazem alegria. Amigos que reclamam, pessoas que sugam sua energia ou usam você, pessoas excêntricas que nunca aparecem conforme o combinado... a menos que esses amigos excêntricos a façam feliz, claro, nesse caso os mantenha. Mas amigos ruins são como roupas velhas no armário. Sempre há uma blusa manchada, uma malha com buraco, um vestido que não serve mais... Não há espaço para eles.

Clare esboçou um sorriso.

— Eu não fazia ideia de como você é cruel.

— Respeitar a si mesmo não é maldade. E ser seletivo, escolhendo com quem você vai passar seu tempo, faz parte de cuidar de si mesma. Acho que tem a ver com envelhecer. O tempo é precioso. Claro que sempre foi, mas quando somos mais jovens nós o desperdiçamos sem dó nem piedade.

Clare teve a impressão de que ela própria não estava dando o devido valor àquilo.

— Então você não só desentulhou a casa, mas a agenda social também.

— Exatamente. Digo com sinceridade que gosto muitíssimo de todos os meus amigos atuais. — Carolyn se inclinou para a frente. — Você gostava de Becca? De verdade? Vocês se divertiam juntas? Riam da mesma coisa? Sabia que ela sempre defenderia e brigaria por você? Acho que não. Amizade tem vários paralelos com o amor romântico...

Quando você ama e se importa com alguém, você se torna generoso. Deseja o melhor para essa pessoa, e não a usa para benefício próprio.

Clare soprou o chá para esfriá-lo. Será que, de alguma forma, Carolyn tinha percebido o peso que estava carregando? Teria adivinhado?

— Becca era complicada.

— Nem vou discutir sobre isso. Não sei o que ela fez que te aborreceu tanto, e talvez seja melhor não me contar, pois pode não fazer bem para a minha pressão, mas chegou a hora de fazer o que não foi capaz quando ela era viva: deixá-la partir. Faça sem culpa. Você tem a minha permissão, se isso ajudar de alguma forma. Não consinta que ela controle sua vida mais. Lembre-se de que nunca é tarde para fazer novas amizades. — Carolyn serviu-se de mais um biscoito. — Falando nisso, como você está se dando com Flora?

Clare sentiu o rosto corar, sabendo que a mãe não se orgulharia de seu comportamento durante o primeiro dia da visita de Flora.

— Você sabe que eu nunca soube interagir com estranhos. Foi um pouco esquisito recebê-la em casa. Tive uma sensação ridícula de que estava sendo desleal com Becca.

— E agora?

Clare se endireitou na cadeira.

— Flora é uma pessoa especial. Uma companhia relaxante. Ela não possui o instinto competitivo de Becca. Nunca me dei conta de como esse lado de Becca era exaustivo.

— Pobre Becca. Ela achava que precisava provar seu valor a todo instante. Deve ter sido cansativo para ela também.

Clare continuou a olhar as fotos. Havia uma de Becca de maiô com o braço sobre os ombros de Clare.

— Me lembro desse dia. Ela me desafiou para uma corrida. Eu ganhei e ela ficou amuada por dois dias. Depois fiz o que pude para não vencer de novo. Não valia a pena.

Nesse sentido, podia ser rotulada como alguém que gostava de agradar às pessoas também. Assim como Flora, tinha tomado o caminho mais fácil para manter alguém feliz.

Era irônico admitir que tivesse mais coisas em comum com Flora do que jamais tivera com Becca. Clare tocou o rosto de Becca na foto.

— Tenho saudade dela. Apesar de estar brava, ainda sinto sua falta. Você está certa quando diz que eu devia ter me afastado, mas eu também perderia o contato com Jack, Izzy e Molly.

— Bem, não precisa mais tomar essa decisão. Você foi uma boa amiga para Becca, Clare. — Carolyn se levantou e levou a xícara para a máquina de lavar louça. — Chegou a hora de deixá-la partir.

Clare sabia que a mãe tinha razão. Tudo que parecera nebuloso e difícil agora estava cristalino. Desejou ter conversado com a mãe antes. Por impulso, atravessou a cozinha e a abraçou.

— Obrigada.

— Pelo quê? Por te salvar das aranhas do sótão? Ou por contar que sua vida sexual ainda será boa aos 70 anos?

Clare deu risada.

— Por ser sempre tão sábia. E por guardar os álbuns de fotografia e ter rotulado tudo. Meu objetivo é chegar ao seu nível de organização.

— É fácil. Só precisa estar preparada para jogar algumas coisas fora.

Clare estava decidida a fazer isso mesmo.

Carolyn abriu a boca para falar, mas ouviram um barulho.

As duas se viraram.

Izzy estava parada à porta e Flora logo atrás com a mão no ombro dela, no que parecia um gesto de apoio.

Clare achou que Izzy fosse dar de ombros, afastando a mão de Flora, mas aquilo não aconteceu. Seria um sinal de trégua?

— Olá para as duas! Desculpem pela demora. Tinha uma fila enorme na nossa frente — disse Clare.

Percebeu que as roupas de Flora estavam amassadas.

— Será que... — Izzy não conseguiu terminar e olhou para Flora, que apertou o ombro da menina. — Eu gostaria de conversar com você. — O cabelo estava encharcado puxado para a lateral e seu rosto pálido. — Não sabia que estava ocupada...

— Ela não está ocupada, querida! Eu é que estou, e não devia estar aqui sentada conversando. — Carolyn foi até a porta e abraçou Izzy na passagem. Depois sorriu para Flora. — Por gentileza, você me acompanharia até Gatehouse? Assim teremos oportunidade de conversar, além de eu estar um pouco zonza depois do acidente.

Clare duvidava que a mãe estivesse se sentindo mal, mas a agradeceu mentalmente pela sensibilidade. Esperava apenas que ela não escandalizasse Flora com fotos nuas e conversa sobre vibradores.

Assim que a porta da cozinha se fechou, Izzy se aproximou, sem jeito.

— Desculpe. Espero que ela não tenha ido embora por minha causa...

— Não foi. Estou muito feliz que ficamos só nós duas. Parece que estamos rodeadas de gente desde a sua chegada e não tivemos tempo de colocar a conversa em dia.

Na verdade, haviam tido várias oportunidades, porém Izzy as ignorara.

Mas não naquele momento.

— Isso é… para ser sincera, é estranho. — Izzy se sentou à mesa da cozinha, cutucando a cutícula da unha. — Nem sei por onde começar.

— Não precisa ficar cheia de dedos. — Clare a serviu de uma xícara de chá. — E não há nada de estranho entre nós, Izzy. Eu a conheço desde que você nasceu.

— Eu sei. E conhecia minha mãe. Você era a melhor amiga dela.

Então era esse o assunto? Becca?

— Sim, eu era.

— Por isso digo que é esquisito. Não quero falar de mim, mas dela. — Izzy começou a cutucar outra unha. — Preciso desabafar sobre minha mãe, sobre uma coisa que aconteceu uma noite antes de ela morrer.

19

Flora

Flora acompanhou Carolyn até Gatehouse sentindo um peso nas costas. Sabia que devia pensar na pobre Izzy, e pensava, mas naquele exato momento não conseguia parar de se perguntar por que Jack não havia confiado nela. Afinal, era algo *importantíssimo*. Saber daquilo antes a teria ajudado a entender Izzy um pouco melhor. Por que ele mantivera segredo? Na concepção dela, o namoro era honesto e aberto, mas parecia que tinha sido a única a acreditar nisso.

O que faria agora? Nos relacionamentos anteriores teria ignorado a situação, fingindo que estava tudo bem até o namoro afundar, mas não podia mais agir dessa forma. Como conseguiria sequer ter esperanças de pertencer àquela família se nem os *conhecia* de verdade?

Lutou para manter o foco enquanto Carolyn falava.

— A pobre Izzy deve ter passado um período difícil.

Carolyn parou na entrada de Gatehouse e arrancou algumas ervas daninhas.

— Sim. — O máximo que ela conseguiu foi dar uma resposta monossilábica.

Esforçou-se para parar de pensar no seu namoro com Jack e concentrar-se no relacionamento dele com a filha mais velha. Parecia que, depois da morte de Becca, Izzy tinha pegado o fato de não ser filha biológica dele e transformado em um cenário no qual Jack não a queria mais.

Como Flora não tinha nem histórico, nem mais informações, aquilo fazia sentido de um jeito meio distorcido.

Mas como Jack não intuiu que a filha talvez se sentisse assim? Havia mais perguntas do que respostas, e Flora se sentia impotente e frustrada por não poder ajudar Izzy.

Carolyn deu um tapinha no braço de Flora, calma e firme.

— Não fique tão preocupada. Ela vai sair dessa, tropeçando como todos nós. Você não acha que a vida é como um jardim? Às vezes glorioso, outras um desastre. É confuso, mas sempre verdadeiro. E, se de vez em quando precisarmos simplesmente seguir em frente, mesmo que pisando em algumas margaridas no caminho, então que seja.

Flora havia desejado algo verdadeiro. Tinha pensado que o namoro com Jack fosse verdadeiro e sincero, mas no final estava errada. A porta ainda estava fechada e, mais uma vez, ficara do lado de fora.

Estivera quase eufórica quando Jack saíra naquela manhã, mas, depois de passar horas com Izzy, não estava mais assim. Sentiu-se como um viciado depois de o efeito da droga passar.

Pediu licença para Carolyn e voltou para Lodge, passou pela cozinha e seguiu direto para o quarto, onde tomou um banho de chuveiro, esfregando o que sobrara do lago na pele e no cabelo. Observou as roupas que trouxera para a viagem com um olhar crítico.

Tentar saber mais sobre Becca, sim. Procurar entendê-la, sim também. Mas vestir-se e agir como ela? De jeito nenhum. Além disso, não podia mais ignorar o fato de que Jack raramente falava sobre Becca. Ele se esquivava, mudava o assunto, ficava inquieto. Flora presumira que esse fosse o jeito dele de enfrentar o luto e que conversaria quando estivesse pronto. Estaria enganada sobre isso também? E se existisse algo mais que também não fora compartilhado? Depois do que Izzy havia contado, era difícil de acreditar que não havia outros segredos.

Dessa vez, não precisou de ajuda para se vestir. Pegou um vestido com uma estampa floral alegre e passou-o pela cabeça.

Ao ouvir vozes no jardim, olhou pela janela e viu Jack, que tinha acabado de chegar com Molly do passeio e, entretido, conversava com Todd, enquanto Molly corria pelo jardim atrás de Fuça.

Flora ponderou a melhor maneira de abordar o assunto. Odiava confrontos. Na realidade, tivera medo de confrontos durante a vida inteira, acreditando que isso só levaria à rejeição. No entanto, agora tinha ciência de que esse temor a impedira de ter relacionamentos honestos. A ironia era que essa visão a levara a se sentir mais solitária, e não menos. Impossibilitou--a de criar conexões com as pessoas e a deixara relutante em se tornar vulnerável. Em vez de seguir com passos confiantes pela vida, havia andado na ponta dos pés. Carolyn estivera certa ao afirmar que algumas vezes era preciso pisar em cima de algumas margaridas.

Flora precisava decidir se o namoro tinha futuro, e para tanto precisava confrontar Jack.

Exporia seus sentimentos com calma e sinceridade, mas antes o faria falar sobre Izzy. Ela era a prioridade.

Flora saiu para o gramado, o vestido mídi roçando-lhe as pernas. Ele chegava até o meio da panturrilha, mas não era tão modesto quando parecia à primeira vista. Viu o desejo reluzir nos olhos de Jack ao ter um vislumbre de perna pela fenda escondida. Se fosse antes, teria ficado lisonjeada, mas aquele não era o momento. Naquele instante ela só tinha uma coisa em mente, e não era tirar a roupa de Jack Parker. A menos que o despir até chegar a seus pensamentos e emoções puros contasse, porque era isso que pretendia.

Jack a enlaçou pela cintura, permitindo um beijo rápido, apesar da presença de Molly.

— Como foi seu dia?

Flora pensou na sobrecarga de emoções. Izzy berrando. Izzy chorando. A louca travessia de barco. Um quase afogamento. As revelações.

— Foi interessante. Podemos conversar em particular em algum lugar, Jack?

Ele deve ter percebido alguma coisa pelo tom de voz dela, pois a encarou, curioso.

— Tudo bem por mim. — Sem tirar o braço da cintura dela, ele sorriu para Molly. — Fique perto do Todd. Não entre na água. Flora e eu voltamos logo.

Todd deu uma piscadinha para os dois. Flora imaginou que não haveria troca de sorrisos masculinos presunçosos se soubessem o motivo pelo qual o tirara do grupo.

Ela pegou o caminho que levava à casa de barcos, sabendo que não havia ninguém por lá. As nuvens escuras tinham voltado, pairando como uma ameaça. Logo viria a trovoada, seguida pela tempestade. O ar estava pesado, permeado pela tensão. Talvez gerado pelo estresse dela.

Quando estavam bem distantes de Lake Lodge, Jack parou e a teria puxado contra si, mas Flora deu um passo para trás.

— Precisamos conversar. — Não seria dissuadida. Não deixaria o medo empurrá-la em outra direção. Não se importaria com a quantidade de margaridas em que tivesse que pisar. — Concordamos em ser sinceros. Compartilhar. Você me disse que era isso que queria. — Percebeu o próprio tom de voz elevado e respirou fundo. A conversa tinha de ser tranquila.

— E é isso que eu quero.

— Então por que não me contou sobre Izzy?

Ela estava esperando que ele ficasse chocado, culpado inclusive, mas nunca confuso.

— O que tem Izzy?

Será que Flora teria de soletrar?

— Sei que você não é o pai verdadeiro dela.

O choque enfim chegou. Jack ficou imóvel.

— Quem contou?

Flora nunca tinha ouvido aquele tom de voz áspero dele.

— Ela mesma.

— Pois não deveria...

— Deveria sim, Jack, é uma informação importante. Estou tentando construir um vínculo com suas meninas, mas como posso fazer isso se existem assuntos relevantes que desconheço? Tenho tateado no escuro tentando entender a Izzy, e agora descubro que ela não é sua filha! Por que não me contou?

— Para ser sincero, nem pensei nisso.

— *Você está falando sério?*

— Sim, estou, porque ela *é* minha filha, Flora.

Os olhos dele flamejavam com tamanha intensidade que ela se perguntou se tinha entendido algo errado.

— Jack...

— Izzy é minha filha em todos os sentidos que importam.

Começou a chover, primeiro alguns pingos, depois ficaram mais constantes a ponto de escorregarem das folhas para o ombro de Flora.

— Como assim "em todos os aspectos que importam"?

Ele a puxou para se abrigarem sob a copa de uma árvore.

— É verdade que Becca estava grávida quando nos casamos. Izzy não é minha filha biológica. Eu sabia. Nunca foi segredo e nós fomos diretos com Izzy desde o momento que ela era velha o suficiente para entender sobre pais e família. Não foi um problema para ela. Não foi um problema para mim. Amei Izzy desde o primeiro instante em que a vi. Se a pergunta é por que não contei antes... a resposta é porque não penso nisso. Nem sequer me ocorreu tocar no assunto. Estou tentando manter tudo em ordem... Tentando me lembrar de não colocar presunto nos sanduíches, me certificar de que as meninas estejam onde têm que estar, se vestindo como têm que se vestir. Passo a maior parte das noites acordado, me perguntando se não estou ferrando tudo e o impacto que isso teria nas duas. Minha cabeça está tão cheia que parece que vai explodir. E entendo por que você esteja chateada, sério. Posso entender o que parece vendo de fora e, se tivesse me ocorrido, eu provavelmente teria contado, mas não ocorreu porque, na minha cabeça e no meu coração, ela é minha filha.

Posso entender o que parece vendo de fora.

Era Flora quem estava do lado de fora, mas não pensaria nisso naquele momento.

Ela estava com o rosto encharcado com uma mistura de chuva e lágrimas. Pena que Izzy não estivesse ali para ouvir o que o pai acabara de dizer. Ela *precisava* ouvir.

— Você não está ferrando com nada, Jack. Sei que sou iniciante quando o assunto é família, mas não acho que tenha a ver com ser perfeito, e nem com acertar sempre. Trata-se de se esforçar ao máximo e de se importar... — Ela precisou fazer uma pausa. — E você faz tudo isso. Faz mesmo. O mais importante é que as meninas saibam o quanto você as ama.

— Não sei por que Izzy levantou esse assunto com você, mas isso não é um problema.

— Para ela é um problema enorme. — A chuva tinha se intensificado, escorrendo através de uma densa camada de folhas. — Izzy está desesperadamente vulnerável e insegura.

— Ela perdeu a mãe.

— E isso fez com que ela questionasse seu lugar na família. Ela está com medo. — Mesmo não querendo aumentar a pressão que ele já sentia, não podia deixar de continuar falando sobre a questão. — Acredito que você não pense nisso. Talvez não importe para você, mas para Izzy importa. E importa para mim! Se eu soubesse antes, teria sido mais fácil entendê-la.

— Não há o que entender. Ela é minha. Fim de papo. Não havia razão para ela ter contado.

As palavras doeram como um tapa no rosto.

— Está dizendo que *nunca* teria me contado? Se Izzy não tivesse mencionado, eu nunca saberia? Ah, Jack... — Flora sentiu o peito inteiro doer e a garganta ardendo de tanta emoção contida. Como poderiam ser uma família um dia? Estivera se enganando. Sua vontade era de se encolher como uma bola e soluçar, mas resistiria porque tinha que pensar em Izzy, e Jack ainda não estava entendendo. — Esquece. Agora é preciso focar na Izzy. Ela precisa conseguir conversar com você.

— Ela sabe que pode conversar comigo!

Ele estava ferido, insultado pela insinuação de que talvez não fosse o pai perfeito que queria ser. Flora o sentiu se afastar mesmo que não tivessem saído do lugar. A vontade dela era de se aproximar e dizer alguma coisa capaz de trazer de volta o ardor do relacionamento.

Ela realmente odiava confrontos. Suas mãos suavam e o coração disparava. De repente, voltou a ter 8 anos em pé diante da tia. Gostaria de dizer o que fosse preciso para diminuir a tensão e manter tudo como estava, mas dessa vez não era o que iria acontecer. Pensou no rosto de Izzy e se endireitou mais um pouco.

— Izzy não sabe disso, Jack. Não se pode conversar com alguém que não queira ouvir, e você não quer ouvir. Você tem certeza de que ela não tem nenhuma questão, mas posso afirmar que o problema é *grande.* Ela está com a cabeça cheia de preocupações. E talvez ela fique brava comigo por estar te contando isso e nunca seja capaz de me perdoar, mas vou assumir os riscos porque isso é mais importante que qualquer coisa.

— Conheci Becca grávida de cinco meses. Participei do nascimento de Izzy, dos primeiros passos, do começo da escola... Sempre estive presente na vida dela. Ela *sabe* que a considero como filha.

— Mas ela também tem consciência de que não é. E está perdida e apavorada.

Como ele não conseguia enxergar?

— Ela não está perdida e apavorada. Venho observando as duas com todo o cuidado desde a morte de Becca. Fiz questão de que elas fizessem terapia, apesar de terem largado bem rápido. Izzy disse que não precisava. Ela segurou a barra melhor do que qualquer um de nós.

A voz de Jack não estava mais tão segura, e ele parecia tão chateado que Flora pensou em não contar o restante. Tinha sido difícil para ele também. E ela odiava a posição em que estava, tendo que dizer o que precisava ser dito, porque se sentia como se estivesse chutando alguém já no chão, mas precisava continuar.

— Sim, ela segurou a barra, mas não porque estava bem, e sim por desespero de não ser mais necessária na família.

— O quê? — Impaciente, Jack passou a mão no cabelo. — Claro que preciso dela por perto.

— Izzy está ansiosa depois da morte da mãe, com medo de você não ter mais motivos para dar um lar para ela.

Os únicos sons eram as batidas incansáveis da chuva e o farfalhar das folhas.

Jack deixou os braços penderem ao lado do corpo. Ele parecia atônito.

— Isso não é… Eu nunca…

— Você disse que poderia se virar bem sozinho e que ela deveria partir e começar uma vida própria. — Ela percebeu que ele revivia tudo o que tinha dito a Izzy e foi visível quando se lembrou das palavras exatas.

— Você sabe que não foi isso o que eu quis dizer.

— Eu sei, mas as palavras alimentaram o medo que Izzy já tinha. Acho que o momento em que foram ditas não foi o melhor. Quando nos conhecemos, você comentou como Izzy tinha tudo sob controle, que ela era sua estrelinha e que estava lidando com tudo melhor do que qualquer um de vocês.

— E estava.

Flora sentiu a água escorregar do cabelo e descer pelo pescoço. Estava quase tão molhada quanto no momento em que caíra no lago, mas não encerraria a conversa enquanto não conseguisse o resultado almejado. Com a nova revelação, as peças se encaixaram na cabeça dela.

— Não acho que estivesse lidando bem, mas sim tentando provar o quanto era indispensável.

— Mas…

— Ela nunca reclamou? Não ficou de mau humor ou teve acessos de raiva? Nunca foi uma adolescente difícil?

Jack balançou a cabeça.

— Quase nunca. — Ele passou a mão no rosto, limpando os pingos de chuva. — Isso não é normal, não é? Deixei passar. Droga, não percebi.

Ele passou de defensivo para humilde em um piscar de olhos. Se ela não estivesse tão aborrecida, teria se impressionado por ele admitir os erros de um jeito tão espontâneo e aberto.

— Não sou especialista, mas imagino que não seja normal mesmo. Como se vê como um fardo, ela vem tentando provar o quanto é útil para você. Ela estava desesperada para ser amada e necessária. E eu ameacei a segurança dela quando me dei bem com Molly, levando-a a crer que a irmã também não precisava mais dela. — Era difícil imaginar como devia ter sido difícil para Izzy ver Molly tão derretida por uma estranha. Flora podia ver com clareza agora. Conforme a relação com Molly se aprofundava, a com Izzy ficava mais fragilizada. — O comportamento dela faz muito mais sentido agora.

E, apesar de Flora estar aliviada com como sua relação com Izzy tinha avançado, sabia que o namoro com Jack não era o que imaginara. Talvez sua tia tivesse razão. Talvez Flora esperasse demais de relacionamentos.

Jack ainda processava os fatos.

— Não consigo entender. Faz dezessete anos que sou pai dela. Por que ela acharia que não tinha um lugar na minha vida?

— Não sei. — Essa parte também não fazia sentido para Flora. — Parece que tem a ver com Becca. Ela achou que, com a morte da mãe, você a rejeitaria.

— Então, toda aquela história de não ir para a faculdade...

— Imagino que esteja tudo ligado.

— Eu não tinha ideia de que tudo isso passava pela cabeça dela. Tem razão, eu devia ter conversado mais sobre Becca com ela. — Ele resmungou baixinho. — Preciso admitir que isso não é fácil para mim também, então, como ela não parecia ter vontade de falar, fiquei aliviado em vez de preocupado. Me esforcei muito para provê-las do apoio necessário, e acabei estragando tudo. Não tem desculpa, mas é difícil desempenhar esse papel sozinho.

Flora queria ressaltar que ele não precisava lidar com aquilo sozinho e que estava ali, disposta a participar, e que, se ele a tivesse incluído, Flora talvez, *só talvez*, poderia ter ajudado. Mas não estaria se iludindo? Talvez Jack não quisesse a incluir.

Talvez a intenção fosse de que ela ficasse para sempre à margem da família, nunca como parte integrante.

Uma estranha.

Flora sentia-se entorpecida. Vazia. A dor viria mais tarde, mas no momento precisava apenas manter o foco em Izzy.

— Acho que você fez um trabalho incrível, Jack, mas precisa conversar com ela.

Jack fixou o olhar no lago, e Flora quase podia ver sua mente trabalhando.

— Quando ela contou para você? Por que decidiu desabafar com você de uma hora para outra?

— Não tem importância. — Não era hora de falar sobre a aventura da travessia até o lago. — Para ser sincera, também não entendo. A menos que... — Ela titubeou, dividida entre a urgência de confidencialidade e a ansiedade por Izzy. — Becca e Izzy brigavam muito?

— Brigas?

— Izzy ficava brava com a mãe com frequência?

Ele balançou a cabeça.

— Nada fora do normal para uma adolescente com sua mãe. Por quê?

— Ela... — Odiava perguntar, pois àquela altura parecia intromissão demais. — Lembro-me de ter ouvido uma conversa da minha tia com alguém ao telefone, no dia seguinte à minha chegada. Ela falava sobre como não queria minha presença, mas que estava fazendo o melhor que podia. Disse que sempre ficava com a bagagem da irmã.

Flora afastou-se quando Jack se aproximou para abraçá-la. Não podia permitir. Não agora. Se não pudesse ser uma integrante da família, não tinha certeza do que o futuro reservava para eles.

Ele parecia devastado.

— Flora…

— Você e Becca brigaram? Alguma discussão que Izzy possa ter ouvido e que a tivesse preocupado?

— Não. — Jack parecia abalado por ter sido rejeitado. — Nenhuma briga.

— Então não sei a causa da insegurança de Izzy. Pode ser que não tenha sido por uma razão específica.

— Talvez haja um motivo — disse Jack com a voz rouca e o rosto horrivelmente pálido. — Não brigamos, mas aconteceram outras coisas.

Flora teve vontade de gritar: *Que outras coisas?* Ela se perguntou várias vezes, claro, se havia algo além do luto que o mantinha em silêncio quando o assunto era Becca, mas nunca quis pensar muito a fundo naquilo. E, mesmo assim, agora tinha uma confirmação. Existiam mais coisas que ele não havia compartilhado.

O coração dela caiu no chão, se partindo.

— Vá conversar com ela, Jack. — Os lábios dela estavam contraídos e as pernas trêmulas.

— Flora…

— Vá, Jack!

Ele parecia dividido.

— Nós dois precisamos conversar. Preciso contar algumas coisas, mas agora preciso ver Izzy. — Olhou para o rosto dela na direção da casa, como se pesando as opções que tinha. — Só me diga que não terminamos. Não posso permitir que isso aconteça.

Será que Jack não conseguia ver que o namoro não podia ser separado da família?

Como ficaria o namoro depois de tudo aquilo?

Incapaz de responder, Flora voltou pela trilha e atravessou o jardim com o vestido colado no corpo e o cabelo cheio de cachos desalinhados. Sabia que devia estar uma bagunça.

Quando saíram do bosque, a chuva tinha parado e o sol aparecia tímido por uma fresta entre as nuvens.

Uma pessoa saiu da casa, mas não era Izzy. Clare.

Seu rosto estava sem cor. Ou ela havia recebido uma notícia terrível, ou estava prestes a dar uma.

— Onde vocês estavam? Nossa, vocês estão encharcados! Eu sugeriria para entrar e se secar, mas precisamos conversar, Jack.

— Mais tarde — disse Jack, passando por Clare na direção de Lake Lodge. — Preciso encontrar Izzy.

Clare o alcançou e apertou-lhe o braço com tanta força que seus dedos esbranquiçaram.

— É importante, Jack.

— Se for sobre Izzy, eu já…

— É sobre Becca.

Flora sentiu o ar escapar de seus pulmões. Clare queria falar sobre Becca?

O que foi agora?

20

Clare

Aquela era a conversa que Clare tanto temia, a que resolvera não ter. Mas agora não havia mais como evitar. A última hora com Izzy havia convencido Clare que não era algo que poderia ser evitado, embora bem no fundo soubesse que o momento chegaria.

Foram para a casa de barco, cenário constante das conversas mais íntimas e particulares.

Clare pegou uma toalha do banheiro e jogou para Jack, perguntando-se sobre o que ele e Flora tinham conversado de tão importante que os impedira de buscar abrigo.

Jack esfregou o cabelo, passou a toalha pelo pescoço para absorver um pouco da água da camiseta e a surpreendeu ao tirar dois copos do armário com uma garrafa de uísque maltado. Depois colocou tudo na mesinha do deque, levando Clare a crer que ele não tinha entendido a seriedade da conversa. Será que ele achou que seria um encontro social? Um papo entre velhos amigos?

— Eu nem sabia que tinha uísque aqui. De onde veio isso?

Clare se sentou com as mãos no colo para esconder o nervosismo, lamentando não ter tido tempo de se maquiar e se trocar. Não se sentia composta o suficiente, e, para uma conversa daquelas, precisava estar.

— Presente dos últimos hóspedes. Todd e eu descobrimos há alguns dias.

— James e Alysson McGuivan.

Eles tinham reservado a casa de barcos por alguns dias durante a viagem da Escócia para Londres. As diárias foram pagas sem nenhum protesto e o lugar ficou tão impecável como haviam encontrado. Quisera Clare que todos os inquilinos fossem tão atenciosos assim...

— Bem, os McGuivan têm bom gosto para uísque maltado e foram generosos em partilhar a paixão. Perfeito para emergências.

— Por que acha que essa é uma emergência?

— Pela expressão do seu rosto. — Ele serviu uísque nos dois copos. — Beba, Clare.

Sem nem se sentar, ele virou a dose de uma vez.

Ela nem tocou na bebida, ciente de que a coragem que precisava tinha que vir de dentro. Também precisava estar com o raciocínio claro para enfrentar o que, sem dúvida, seria a conversa mais difícil de sua vida. Sentiu um enjoo físico e pressionou a mão na barriga. Qual seria o melhor jeito de começar? Será que a ordem das palavras faria diferença no impacto que causariam? Como suavizar algo tão chocante?

— Não é justo que tenha que tomar essa atitude. — Jack colocou o copo sobre a mesa. — Por isso vou falar primeiro. Você vai me contar que Becca estava tendo um caso.

Ela levantou a cabeça para fitá-lo.

— Jack...

— Depois vai me dizer que ela ia me deixar.

Uma garça deslizou na água perto deles e mergulhou, mas nenhum dos dois notou. Naquele momento o mundo dela se concentrava em Jack.

— Você sabia?

— Sabia, sim. — Ele deu de ombros, num gesto que mascarava a dor profunda de uma ferida aberta. — Sabia.

— Ah, Jack...

Empurrando a cadeira para trás, ela ficou em pé também. Não havia nem cogitado que ele pudesse saber. Por que não?

Estava quase certa de que teria percebido alguma coisa errada se fosse com Todd.

Como não encontrou as palavras adequadas, aproximou-se e passou os braços ao redor do corpo dele. Clare nunca havia dado um soco ou ferido ninguém fisicamente, no entanto, se Becca tivesse passado pelo deque naquele momento, teria sido nocauteada.

Ela sentiu os braços de Jack se fecharem ao redor dela, reconfortantes.

— Lamento, Clare. — Jack apertou o abraço. — Sinto muito.

Ela se afastou.

— *Você* lamenta? Por que lamentaria?

— Porque você acabou no meio de tudo isso. Você é uma pessoa gentil e correta. Se eu tivesse sequer imaginado que você sabia, eu teria dito alguma coisa há muito tempo.

— Ela me contou durante as últimas férias, na última noite. Mal estávamos nos falando quando vocês foram embora. Depois ela me escreveu uma carta… — Clare se prendeu àquele homem que se casara com sua amiga e se tornara um amigo. Mais uma vez questionou-se sobre todas as decisões que tomara. — Fiquei sem saber o que fazer. Ela estava morta, Jack. Não vi razão para machucar ainda mais você e as meninas com a verdade. Nem pensei que você podia saber.

Devia ter desconfiado, já que Jack sempre soube quem era Becca. Desde o começo.

— Eu já sabia há algum tempo.

— Algum tempo? Fazia quanto tempo que vinha acontecendo?

— Não tenho certeza. Pelo menos seis meses. Você não sabia desse detalhe?

— Não. Só soube no final. E vocês continuaram juntos?

— Não sou do tipo de desistir fácil, você me conhece. E isso não é uma virtude.

— Lealdade... prender-se a alguma coisa... não é defeito, Jack. Aliás, é uma das suas muitas qualidades.

— Talvez se tivesse afetado só a mim... — Ele deu de ombros. — Quem sabe? Mas eu não estava sozinho. Tinha as meninas.

As meninas. Duas lindas garotas. Clare pensou em Aiden, Todd e na vida familiar feliz e estável que possuíam.

— Estou com tanta raiva dela. — Ela se afastou e fechou as mãos sobre o gradil. Uma família de patos se afastou rapidamente, talvez pressentindo perigo. — Ela tomou algumas decisões malucas na vida, mas essa...

— Você conhecia Becca. Ela precisava vencer, quer fosse nos negócios ou no amor. Sempre precisava de mais, maior, melhor...

— Não existe homem melhor do que você, Jack.

— Mas eu já pertencia a ela. Talvez tenha sido por isso que o casamento acabou. Eu não devia ter mantido uma certa incerteza, insegurança, mas não sou assim. Eu admirava a força e o foco que ela tinha. Amava aquela impetuosidade e a inquietude. Eu entendia. Mas todas as qualidades possuem um lado ruim, não é verdade? No final, foram essas mesmas impetuosidade e inquietude que a levaram a ir embora.

— Houve alguma tentativa... — Ela ia mesmo piorar falando naquilo? — Você tentou impedi-la? Pediu ajuda a alguém? Fez terapia?

— Não. — Jack tirou a toalha do pescoço e a dobrou sobre o gradil. — Eu queria que ela saísse de casa, Clare. As crianças não tinham percebido, mas eu sabia que o casamento não iria durar. Não queria que elas crescessem com isso. Queria que elas tivessem estabilidade. Elas merecem isso. Depois da primeira vez, virou uma questão de princípios para mim. Não dava mais para continuar como estava. Estabeleci limites, e ela sabia quais eram.

— Primeira vez?

— Ela já tinha me deixado antes. — Jack se virou para Clare. — A primeira vez foi quando Izzy estava com três meses.

— Não acredito! Ela teria me contado.

— Becca não contou a ninguém e acabou voltando. Não sei a razão. Claro que tinha a Izzy, mas prefiro pensar que foi porque ela me amava.

— Claro que ela te amava, Jack. Deus, ela te amava de verdade. — *Conheci um homem.* — Tenho certeza do que estou dizendo.

— Eu também acho, mas do jeito dela. Mas não era suficiente. Havia um outro lado, aquele lado ferido e inseguro, que era mais forte. Sempre pairando sobre sua cabeça, afastando-a do que era seguro. Talvez ela não soubesse quem era sem o esforço e as conquistas. Era mais fácil quando ela ainda dançava, porque ela focava todos os seus esforços nisso, mas depois da lesão as coisas foram ladeira abaixo. Tivemos um período curto de estabilidade... Molly foi resultado dessa época.

— Sempre tive curiosidade em saber por que vocês não tiveram filhos logo que se casaram.

— Eu queria, mas ela não. A noção de responsabilidade a assustava. Becca não se achava uma boa mãe. Falava sempre a seu respeito: *Clare saberia como fazer isso. Queria ser mais parecida com ela. Você devia ter se casado com alguém como ela.*

Lágrimas brotaram nos olhos de Clare. Becca nunca tinha tocado nesse assunto com ela.

— Não existe um conceito certo de boa mãe.

— Foi o que eu disse. Mas, quando ela voltou na primeira vez, creio que ficou chocada com a própria atitude de deixar a filha. Ninguém nunca soube, mas a própria Becca não conseguiu esquecer o que tinha feito. Ela não confiava em si mesma. E foi difícil para mim também. Cheguei a questionar sua capacidade de se estabelecer com apenas um homem e um lar, mas ela me garantiu que conseguiria. Deu certo por um tempo. Então ela começou a sair com outro homem, que tinha conhecido no trabalho.

Ele virou o rosto de novo, e Clare só conseguia ver o cabelo escuro e os ombros fortes.

— E ela iria embora de novo.

— Eu falei para ela ir. Eu não queria que a coisa se estendesse, porque sabia que as meninas sofreriam. E eu não correria atrás dela de novo. Não remendaria um vaso com peças que já não colavam mais. Tínhamos intenção de contar para as crianças juntos, mas então... bem, o destino quis que fosse diferente, e no final tive que contar a elas que a mãe estava morta. Não havia necessidade de que elas soubessem o restante. Resolvi deixá-las com as lembranças que tinham.

Clare sentiu o sol no rosto e uma brisa leve balançando o cabelo. Jack achou que a conversa tinha terminado, mas ela sabia que o pior estava por vir. Antes não precisasse falar, mas não tinha alternativa.

— Izzy sabia, Jack.

— Como? — perguntou ele com a voz áspera. — O que está dizendo?

— Não a história inteira que acabou de me contar. Mas sabia que Becca ia deixá-lo. Sabia do caso. Só não sabia que você também sabia. Acredito que seja esta a razão de tanta insegurança. A mãe dela estava saindo de casa, do único lar que ela conhecia. Izzy não conseguiu processar o que isso significava para ela. Ficou sem saber quais seriam as consequências futuras. Becca iria embora sozinha ou levaria ela e Molly? Ou só Izzy? Isso a estava enlouquecendo. Mas então Becca morreu, e ela não pôde mais perguntar.

— Podia ter perguntado para mim. Sou o pai dela.

— Izzy não queria ser a portadora da notícia de que a mãe estava tendo um caso amoroso e que iria deixá-lo. E consigo ver o lado dela. Tomei a mesma decisão. Não foi fácil, acredite, só que no meu caso apenas minha ética e meus princípios saíram feridos. Para Izzy foi mais pessoal. Ficou envergonhada pela mãe, mortificada, chocada, brava... diga um sentimento, ela sentiu. Mas, acima de tudo, ela se sentiu insegura. Achava que não tinha mais o direito de morar na sua casa.

Clare não se lembrava de ouvir Jack xingar antes, mas com certeza estava ouvindo agora.

— Como sabe tudo isso? Eu não sabia que ela estava falando com você, apesar de obviamente estar feliz que estivesse conversando com alguém.

— Só descobri hoje. Procurei-a para conversar algumas vezes, mas ela me afastou. Disse que estava bem.

— Bem... — A frustração dele era perceptível pela voz. — Tenho ouvido muito essa palavra. Estou começando a achar que o significado seja: "Não estou nada bem, mas não quero falar sobre isso". Então, por que hoje? Como conseguiu de repente persuadi-la a começar a falar?

— Não fui eu. Ela veio me dizer que queria falar sobre Becca. Suspeito que você deva agradecer à Flora.

— Flora?

— Engraçado, não é? A pessoa de quem Izzy manteve a maior distância foi justamente aquela que conseguiu chegar ao cerne da questão. Não sei o que ela disse a Izzy. Não sei sobre o que conversaram. O que sei é que alguma coisa que ela falou levou Izzy a se abrir.

Jack começou a andar de um lado para o outro no deque.

— Flora insistia na necessidade de eu conversar com a Izzy, mas achei que não fosse por aí. Pensei que a melhor maneira de lidar com ela fosse lhe dando mais espaço. Presumi que tudo isso fazia parte do processo de adaptação. Algo típico de adolescente.

— Não se martirize. Era uma situação impossível, e não tinha como você saber que Izzy já sabia do caso. Você não quis aborrecê-la contando coisas que ela não precisava saber. Ela não quis aborrecê-lo contando coisas que você não precisava saber. Acho que não é a hora de pensar no passado e no que você poderia ter feito de diferente, Jack. Seguir em frente é o melhor a se fazer agora. Acho que, se você contar a verdade, e estou falando da história completa, isso vai ajudar a todos. Se Izzy souber que Becca já o tinha deixado uma vez, e que você ficou com ela nessa ocasião, talvez se sinta mais segura.

— Se quiser, ela terá um lar ao meu lado para sempre. Pode morar comigo até ficar enrugada e os dentes caírem.

Não havia dúvidas de que Jack estava sendo sincero. Clare sorriu e colocou a mão no braço dele.

— Espero que ela saia de casa e se divirta até não poder mais e tenha muitas aventuras emocionantes. Que aproveite a vida ao máximo e depois volte para casa e relate tudo a você. Tomara que ela apareça por aqui nas nossas férias de verão, nem que seja por alguns dias. Às vezes, só precisamos da certeza de um lar para nos sentirmos seguros. Da certeza de que as pessoas que nos amam estarão lá para nos apoiar. Mas não precisamos estar no mesmo lugar o tempo todo.

Clare conseguia ver que Jack estava considerando o assunto de verdade.

— Entendo agora que levar Flora em casa pode ter sido a gota d'água. — Ele estava fazendo todas as conexões, enxergando as origens do problema. — Foi mais uma prova de que ela estava perdendo o lugar na minha vida.

— É frustrante o que nosso cérebro é capaz de criar, e como os medos distorcem nossos pensamentos e julgamentos. Fico pensando se ela não se sente culpada pelo que Becca fez e está assumindo a responsabilidade.

— Vou falar com Izzy sobre isso e outras coisas. — A decisão já tinha sido tomada. — Talvez o jantar tenha que ser adiado.

— Na nossa casa os horários das refeições sempre foram flexíveis, como você já deve ter percebido. — Clare notou o quanto ele estava ansioso para voltar e conversar com a filha. Assim, foi a primeira a atravessar o deque e pegar a trilha de volta. — Aliás, gosto da Flora. Fico feliz que a tenha trazido.

Jack sorriu pela primeira vez desde o início da conversa.

— Ela é a melhor coisa que aconteceu na minha vida depois de muito tempo.

— Flora deve ser a melhor coisa que já aconteceu no meu jardim depois de muito tempo também.

Clare começou a andar com o coração e o humor mais leves, livre do peso que vinha carregando durante o último ano todo. Sentia intensamente que tinha achado uma amiga. Que ela e Flora seriam mais do que duas pessoas que se conheceram por causa de uma tradição familiar.

O jardim se descortinou diante deles no final da trilha. Enquanto atravessavam o gramado, ouviram gritos.

Jack olhou para ela.

— O que será que está acontecendo?

— Não sei, mas aquele é Aiden. — E ele muito raramente erguia o tom de voz. O instinto maternal a fez apertar o passo até o terraço, onde Aiden gesticulava para Todd. Ele segurava as chaves do carro e os dois pareciam brigar por alguma coisa. — O que aconteceu?

Sempre tinha alguma coisa, pensou. A vida não era uma montanha-russa, e sim uma corrida com obstáculos a serem vencidos sem espaço entre um e outro para respirar.

Aiden parecia estressado.

— Eu estava voltando e passei pela Izzy seguindo na direção oposta.

— Não entendi.

— Em um táxi! Ela estava de táxi! Virou a cabeça quando me viu, mas tenho quase certeza de que estava chorando. Aconteceu alguma coisa?

Jack e Clare se entreolharam. Ela adivinhou o que se passava pela cabeça dele porque pensou o mesmo. Izzy estava partindo por acreditar que havia perdido seu lugar na família.

Se tivesse se deixado levar pela emoção, Clare teria chorado pela garota, mas, por sorte, seu lado racional assumiu o controle.

— Só existe uma empresa de táxi na vila — disse, puxando o celular. — Vou descobrir para onde a levaram.

— Eles não vão divulgar essa informação.

— Nada disso. Todd ampliou a casa do dono da empresa por um ótimo preço e eu faço ioga com a esposa dele. Alô? — Ela foi rápida ao explicar a situação, e a resposta veio com a mesma rapidez. — Eles a levaram para a estação.

Aiden assentiu.

— Vou atrás dela.

Começou a andar em direção ao carro, mas Jack o impediu.

— Aiden, espere. Sei que gosta dela, mas… há muita coisa em jogo. Eu é que preciso buscá-la.

— Ela só vai falar comigo.

A reação do filho convenceu Clare de que Izzy também tinha trocado confidências com ele.

Resolveu que precisava interceder propondo um acordo.

— Aiden devia acompanhá-lo, Jack. Vai ser mais rápido. Ele conhece o caminho e pode esperar no carro enquanto você conversa com a Izzy.

Agora era rezar para que eles chegassem a tempo de ter uma conversa antes que Izzy embarcasse no trem.

21

Izzy

Sentindo-se sozinha e infeliz, Izzy se sentou na pontinha do banco da plataforma da estação, se perguntando onde o trem estaria. Na realidade, nunca tinha viajado sozinha na Inglaterra. Não sabia se se sentia sofisticada ou receosa.

A estação era diferente de tudo o que já vira. Estava acostumada a Manhattan e aos barulhos estrondosos e estridentes da linha subterrânea de metrô, ao caos e à grandiosidade da Grand Central Station, às pessoas se comprimindo, respirando o mesmo ar, empurrando, sempre empurrando para entrar ou sair. Já o ar daquela região era puro e fresco. Ninguém empurrava ninguém. Vislumbrou um passarinho de peito rosado pousar num muro próximo e abriu a boca para chamar a atenção para ele, mas então se deu conta de que não havia ninguém para mostrar.

Não havia mais que três ou quatro pessoas na plataforma, e nem sequer relancearam o olhar para ela, o que era ótimo, porque estava consciente de sua aparência horrível. Havia chorado durante a viagem de táxi e quase morrera de horror quando cruzou com Aiden.

Era quase certo de que a tinha visto, por isso estava ansiosa para que o trem chegasse o quanto antes.

Mas a sorte não estava do lado dela. Verificou o horário no celular e, quando olhou para cima, viu Jack parado diante dela.

Vinha treinando para não pensar nele como "pai".

O primeiro instinto foi de correr para abraçá-lo como fazia quando era pequena ao ouvir o barulho da chave na porta da frente no final do dia. Ansiava por aquela mesma sensação de segurança que a dominava quando ele a envolvia com os braços.

Mas não era mais aquela menininha.

Colocou a expressão mais indiferente que conseguia no rosto.

— O que foi? — perguntou.

— O que foi? Você pegou um táxi para a estação sem deixar nem um bilhete e ainda me pergunta *o que foi*?

— Eu só… Preciso ir. Você não entenderia.

Jack se sentou ao lado dela.

— Experimente.

— Não quero falar sobre isso.

— Dá para perceber, mas é estranho, porque a Izzy que eu conheço, a minha filha, nunca foge de um problema. Ao contrário, ela o encara de frente e resolve. Ou então me pede ajuda, já que esse é o papel do pai: ajudar. O que ela *não* faz é pegar um táxi sem falar com ninguém e entrar em um trem para uma cidade que não conhece.

— Já está na hora de eu começar a ser mais independente.

— Pode ser. Vamos conversar a respeito disso outra hora, mas agora vamos nos ater ao motivo da sua fuga.

— Já disse… Não quero falar sobre isso.

— Bom, eu quero e, como sou seu pai, você tem a obrigação de me ouvir.

— Sabemos que você não é meu pai.

Ela olhou de relance para Jack e seu coração se partiu ao perceber o sofrimento nos olhos dele.

— Quando foi que dei a impressão de que não a considero como filha? Se não fui um bom pai, mereço saber para não repetir os erros no futuro.

— Você foi um bom pai.

— Eu a amei menos do que deveria? Diga, alguma coisa a levou a pensar que não pertencia a nossa família, e preciso descobrir o que é.

Mas que droga, precisaria mesmo ter aquela conversa?

— Não sou sua.

— Ah, querida... — A voz dele ficou rouca. — Você foi minha desde o minuto em que nasceu. Gritando a plenos pulmões, aliás. Se eu quisesse desistir de você ou afastá-la, teria sido naquela hora, mas não foi o que fiz, porque te amei na hora. Nunca acreditei em amor à primeira vista até você aparecer. Eu deveria ter dito que te amava mais vezes, mas sou homem, e nem sempre a gente acerta nesse tipo de declaração. Se pretende ser uma jornalista, e sei que será uma excelente, precisa saber e examinar os fatos. Se investigar mais a fundo, encontrará uma tonelada de provas do que digo.

— Eu não...

— Posso não ter gritado que a amo toda vez que passei pela porta, mas demonstrei o que sentia, Izzy. Me empenhei nisso o tempo todo. Vamos verificar os fatos. Lembra quando você tinha 9 anos e teve uma fase em que estava viciada em dinossauros?

— Você me levou ao Museu Americano de História Natural.

— E, quando voltamos para casa, passei dois dias montando um cenário jurássico para você, inclusive um vulcão de papel-machê.

A lembrança a fez sorrir.

— Foi bem legal. Até você derrubar tinta vermelha em uma cadeira. Mamãe ficou furiosa.

— Ficou mesmo... mas não dei a mínima. Sabe por quê? Porque você se divertiu muito. Seu sorriso alcançava do

Brooklyn até Connecticut. Você brincou com seu mundo de dinossauro por dois meses.

— Até Molly engatinhar em cima e desmoronar tudo.

— Isso mesmo. São os perigos de ter uma irmã bebê. — Jack passou o braço pelos ombros dela. — Não passei horas construindo aquilo por o ver só como um projeto divertido, apesar de ter sido. Fiz porque te amava. Teve também o seu décimo primeiro aniversário, quando você decidiu que queria ir ao topo do Empire State Building. Eu a levei. Lembra?

— E você apertou tanto minha mão que quase a quebrou.

— Não sou muito fã de altura e estava morrendo de medo.

Ela bufou.

— Mentira!

— Apavorado. Parecia uma gelatina. Mas fui porque era isso que você queria. O amor me levou até lá em cima e me trouxe para baixo. Acredita que eu te amo agora, ou preciso continuar?

— Acho que acredito.

— *Acha*?

— Eu… acredito em você. Mas…

— Não tem "mas". Eu te amo. Você é a minha garotinha, e sempre vou te amar. Nada vai mudar isso. Nada do que você fizer. Nada do que sua mãe fez. E agora precisamos conversar sobre outro assunto. — Ele deu uma olhada rápida pela passarela e para as três pessoas que ainda esperavam ali. — Seria bom que estivéssemos em um lugar mais particular, mas aqui é quase isso. Vai servir. Clare me disse que você sabe que sua mãe teve um caso e que iria sair de casa.

Izzy sentiu o pânico sufocá-la.

Olhou para os trilhos, ansiosa para que o trem chegasse logo, mas não havia nada além de árvores, ar fresco e aquela conversa que não queria ter.

— Sei o quanto é difícil, e não precisa dizer nada, querida. — O tom de voz de Jack era gentil. — Deixe essa parte comigo.

Onde estava o trem?

— Não consigo imaginar como deve ter sido esse último ano para você e estou arrasado por não ter conseguido falar comigo, mas entendo seus motivos. Você não queria me ferir. Você me ama. E eu não te contei porque também não queria magoá-la. Te amava demais para fazer isso com você. Veja só, mais provas. Se ela não tivesse morrido, teríamos tido essa conversa na época, mas ela se foi, e não vi por que levantar a questão. Isso, claro, porque eu não sabia que você tinha descoberto. Não sei se isso é prova de como nos importamos um com o outro, ou como somos idiotas. Não consigo decidir.

Ele sabia? Durante todo o tempo que o vinha protegendo ele sabia?

— Eu a ouvi falando sobre isso no celular. Brigamos muito feio antes de ela sair naquela noite. Pensei que teríamos tempo de conversar de novo…

Ao sentir as lágrimas brotando nos olhos, Izzy lutou para contê-las, mas dessa vez seu corpo se recusou a cooperar. As lágrimas correram soltas e vieram acompanhadas por soluços incontroláveis. A emoção era demais. Um nó que tinha se agigantado com o tempo e que precisava ser extirpado.

Sentiu quando ele a puxou e teve a vaga sensação de ser abraçada e da voz distante acalmando-a, dizendo que ia ficar tudo bem, que não precisava se sentir culpada, mas mesmo assim continuou chorando, encharcando a camisa dele. Chorou até não existirem mais lágrimas, e, mesmo quando os soluços pararam, continuou na mesma posição, exaurida e esgotada.

— Pronto… — Ele acariciou o cabelo da filha. — A culpa é minha, querida, não sua. Foi um caos depois que sua mãe morreu. Todos nós tentávamos lidar com a nova realidade e, se não estivéssemos nessa situação, eu teria notado que alguma coisa a preocupava. Mas sempre que percebia um comportamento estranho, presumia que era luto. Entendi errado.

— Não! — Por que nunca haviam conversado abertamente antes? Izzy não queria mais que o trem chegasse, ainda não. Precisava terminar a conversa. — Sinto muito pela traição dela.

— Ah, querida... — Jack ainda a aninhava nos braços. — Você não tem que se lamentar por nada. As decisões foram dela, não suas.

Ela fungou.

— Você perdoa com muita facilidade.

— Não é bem assim. — Jack fez uma pausa. — Quer saber? Estou furioso com ela. É complicado estar de luto por alguém e com raiva ao mesmo tempo... é um sentimento esquisito.

— Eu sei. — Ela levantou a cabeça para observá-lo. — Eu me sinto do mesmo jeito.

— É mesmo? Deveríamos ter compartilhado isso. Podíamos ter ido à academia juntos e esmurrar um saco de pancadas.

Ela se esforçou para sorrir.

— Ainda dá tempo. — A generosidade e a compreensão dele eram tão sem limites que a emoção a engolfou como uma onda inesperada. — Em nenhum momento ela pensou em mim. Era como se eu não importasse. — Parecia que as palavras tinham saído por vontade própria.

Jack estreitou mais o abraço.

— Acho que Becca pensou em você, mas entendo por que você ficou com essa impressão. Ela tinha muitos problemas. Sua mãe não teve uma vida fácil.

— Mas ela se casou com você. Devia ter considerado isso como ganhar na loteria e ela meio que... sei lá. — Izzy agarrou-se à camisa dele. — Ela jogou a oportunidade fora.

— Muita gente acha difícil se desprender do passado. Sei que você tem um diário e um blog. Já escreveu sobre tudo isso?

— Não tudo. Algumas coisas são muito pessoais.

— Escrever é bom. Um dia você vai se beneficiar disso. Talvez os textos a façam entender sua mãe um pouco melhor, ou podem servir de inspiração para seu primeiro best-seller.

— Você acha que sou capaz de escrever um best-seller?

— Se existe alguém com chance para tal, essa pessoa é você. Sabia que fui eu quem comprou sua primeira caneta?

— Não…

— Você rabiscou a parede.

Ela riu.

— Aposto que a mamãe amou.

— Ela estava em uma tour com a companhia de balé. Pintei a parede antes de ela voltar, depois disse que senti vontade de redecorar a cozinha.

— Imagino que isso tenha sido uma prova de amor também.

— Foi sim. Autopreservação também.

— Ela ia embora, ia deixar Molly e eu.

Izzy não conseguia tirar aquilo da cabeça.

— Não vou mentir, senão você nunca mais vai confiar em mim, e não quero que isso aconteça. É verdade, Becca ia nos deixar.

— Quer dizer que não me amava. Aí está a prova.

— Não, ela te amava. Algumas vezes as evidências criam uma trilha falsa. Somente os melhores jornalistas investem mais tempo para se aprofundar. É o "por quê" que conta a história, Izzy. Lembre-se disso. Becca achava que eu seria um pai melhor do que ela como mãe. Foi por isso que se casou comigo.

Izzy ficou chocada.

— Ela te amava.

— De certa forma, sim, até onde ela conseguia amar alguém.

Ela deveria ter sofrido diante do conhecimento de que sua mãe estava disposta a partir sem levá-la, mas Izzy se sentiu aliviada ao saber que teria continuado a morar com Jack.

— Posso dizer uma coisa?

— Qualquer coisa.

— Eu amava minha mãe, mas acho mesmo que ela era totalmente louca.

Jack deu uma risada cansada.

— A melhor resposta que tenho para isso é que, às vezes, as pessoas que amamos fazem coisas que não entendemos ou com as quais não concordamos.

— Falando em pessoas que amamos, Flora contou que foi até a ilha remando?

— Não! Não disse nada. Ela entrou em um barco? Deve ter sido… Quer dizer, por que…

— Ela estava preocupada comigo.

— Ah, certo. Isso explica.

— Ainda por cima caiu na água e se apavorou.

— Não acredito. Acho que ela nunca mais vai chegar perto da água de novo.

— Não consegui acreditar que ela faria algo do tipo por mim.

— Eu consigo. Ela é assim. Não chama a atenção para o que faz. Tem um bom coração, é generosa e se preocupa com você de verdade. Flora também teve uma infância difícil.

— Eu sei. Ela me contou algumas coisas e mostrou foto da mãe dela. — Izzy torceu a ponta da camiseta. — Eu a salvei de se afogar, mais ou menos.

Não tinha a intenção de se gabar, mas sim dizer ao pai que não queria que Flora se afogasse.

Ele se remexeu.

— Fico feliz, gosto muito dela.

— Você não só *gosta* dela, pai. É mais do que isso.

— Está certo. Bom ponto. — Ele deu uma tossidela. — Eu a amo. Isso te deixa chateada?

Izzy se surpreendeu ao descobrir que não, talvez por causa dos seus sentimentos cada vez mais profundos por Aiden. Precisava admitir que o amor era incrível, mesmo que não tivesse as palavras para descrevê-lo. Pensando bem, o amor não tinha muita lógica. Mas descobrira que não era possível escolher quem amar.

Seguindo essa linha de raciocínio, conseguia entender melhor a mãe. O que mesmo tia Clare havia dito? Becca não era uma má pessoa, apenas não fez boas escolhas. Por algum motivo, aquilo fazia sentido para Izzy. Mas o melhor de tudo foi como a conversa com Clare tinha fluído... e ela insistira para ser chamada apenas de Clare. *Não sou sua tia, mas gostaria muito de ser sua amiga.*

Izzy já não se sentia como a única habitante de uma ilha deserta.

— Não fico chateada. Gosto de Flora, mas acho que dificultei muito a vida dela.

— É provável que eu também não tenha facilitado muito. Talvez ela nem queira mais saber de mim, porque estraguei tudo.

— Com Flora? Como?

— Errei ao não ter contado essa história sobre sua mãe. Devia ter compartilhado. Tentei resolver muita coisa sem envolvê-la, e fiz com que ela se sentisse uma estranha, alguém do lado de fora.

Izzy se lembrou da história que ouvira de Flora.

— Isso é um grande problema para ela.

— Eu sei. Deveria ter me aberto e a trazido para participar mais da família.

Izzy sentiu uma pontada de culpa.

— Eu tentei afastá-la, então também sou culpada.

— Não, querida, eu sou o culpado. Não importa o que você disse ou fez… Eu deveria ter falado com ela sobre minhas preocupações, em vez de tentar protegê-la cuidando de tudo. Preciso encontrar uma maneira de convencê-la de que ela faz parte da nossa família. E que a amo.

Era difícil acreditar que o pai estava dizendo aquelas coisas para ela, mas Izzy sentiu-se ridiculamente adulta. Não queria estragar o momento dizendo algo errado. Queria falar algo sábio e útil, não uma besteira qualquer.

— Acho que você só precisa conversar com ela e a ouvir.

— Preciso mesmo começar a ouvir mais. Isto é, se Flora ainda quiser falar comigo.

Izzy tentou imaginar Flora ignorando alguém. Mas, por mais que tentasse, não conseguia ver aquilo acontecendo.

— Flora é muito paciente e gentil. Ela não é daquelas que saem pisando duro da sala sem ouvir. Você só tem que dizer a verdade. Além disso, é louca por flores. Provavelmente vai gostar de ganhar um buquê.

Ele assentiu.

— Bem pensado.

Izzy estava ali, sentada naquele banco, sentindo-se como uma adulta de verdade pela primeira vez na vida.

— Sabe… Estive pensando, e acho que eu talvez possa ir para a faculdade. Digo, faz tempo que você não dá presunto para a Molly, então acho que ela não vai morrer se eu for.

Jack começou a rir e a puxou para si.

— Espero que eu não seja um pai tão ruim a ponto de matar sua irmã por acidente, mas não tenha pressa para decidir. Pense no assunto. Leve o tempo que quiser. Se precisar de um ouvinte, estou aqui. Prometo que não tentarei influenciar em nada.

— E como pretende fazer isso? Sei que sua vontade é que eu vá para a faculdade.

— Só porque quero o melhor para você e acho que vai gostar da experiência. Mas como não vou influenciá-la? — Ele esticou as pernas. — Pretendo ficar bem calmo e neutro em tudo e me esforçar muito para conter o pânico paterno. Ser pai inclui muito pânico interno.

— Então basicamente você vai surtar sem eu perceber?

— Mais ou menos isso.

— Você não é um bom ator. Vou saber exatamente se estiver pirando.

— Vou trabalhar nisso, mas saiba que, se eu me apavorar, é porque te amo e só quero o seu bem. Mas não importa o que você decidir, ou o que quer que aconteça com Flora, sempre estarei presente para apoiá-la. Quero que levante voo, querida, mas não se esqueça de que sempre poderá voltar para casa. Haverá sempre um lar à sua espera onde quer que eu esteja. Espero que saiba disso.

Izzy descobriu que realmente sabia, e a certeza trouxe lágrimas aos seus olhos, embora tivesse a impressão de que fisiologicamente seu corpo estivesse tão seco quanto um deserto.

Piscou várias vezes. Adultos não soluçavam como bebês.

— Obrigada por ter vindo me buscar.

— Sempre, mas da próxima vez espero que me chame antes de chamar um táxi.

— Você lembrou que aqui se dirige do lado esquerdo da estrada?

— Aiden me trouxe.

— Aiden? — Ela levantou a cabeça. — Ele está aqui?

— No carro, esperando para me levar, ou levar nós dois, de volta. Espero que nós dois. — A voz dele vacilou. — Posso te dar um enorme beijo constrangedor ou você prefere pular no trem?

Ela sorriu.

— Bem, já ultrapassei minha cota de vergonha sem a sua ajuda, então estou pouco ligando. — Encostou a cabeça no ombro dele, como tinha feito tantas vezes quando era criança. Sentiu o beijo na cabeça, mas acima de tudo sentiu aquele amor paterno intenso. Difícil acreditar que um dia tivesse duvidado.

— Existem cobras no Vietnã?

— Milhares. Estão por toda parte. É bem capaz de você nem conseguir colocar o pé no chão sem pisar em pelo menos seis. E não estou falando isso para te fazer desistir, nada disso. A decisão é por sua conta. Sem falar que existem aranhas enormes e peludas, que nunca raspam as pernas.

Izzy ficou sem saber se ria ou estremecia.

— Quem sabe vou para a faculdade mesmo.

— Eu a apoiarei no que e quando decidir. Até você encontrar um cara bonitão, claro, e esquecer o pai.

Ela já havia encontrado, mas ainda não estava pronta para revelar aquilo. Talvez logo mais.

De súbito, Aiden apareceu na plataforma, ofegante, desprovido da calma costumeira.

— Vi o trem chegando... Tive medo de você embarcar sem me dar a chance de falar. Eu te amo, Izzy.

Izzy se retraiu inteira. Agora não. *Não na frente do meu pai*. Aquele pensamento veio instintivamente, e logo compreendeu que sempre vira Jack como pai, então não havia mesmo motivo para que ele não a considerasse como filha também.

O pai se levantou.

— Não ganhei muitos prêmios como pai nesses últimos tempos, mas sei a hora de me retirar.

— Não. — Izzy segurou a mão dele. — Não quero que vá.

O trem surgiu por fim e parou na estação. Os três passageiros embarcaram. As portas bateram.

Jack alternou o olhar entre ela e o trem.

— Podemos ficar conversando aqui nessa plataforma de trem, tão charmosa quanto uma plataforma pode ser, ou podemos voltar para casa e continuar essa conversa em algum lugar mais confortável. E eu posso falar com a Flora.

Izzy segurou a mão dele com força, mas olhava para Aiden.

— Vamos para casa.

22

Flora

As marolas do lago batiam incansáveis nos tornozelos de Flora, incentivando-a a entrar mais fundo.

Ela se forçou a continuar andando, mesmo com as pernas tremendo a cada passo. Ofegou quando a água fria chegou no meio da perna. Era verão. Como a água podia estar tão fria no verão?

Procurou não pensar em Jack ou no sonho de pertencer à família dele. Forçou-se a afastar tudo da mente e focar só em uma coisa.

Faria aquilo, sozinha e discretamente, com ninguém por perto para dissuadi-la.

Quando a água chegou na cintura, se fechando ao redor dela, Flora teve vontade de gritar, mas o medo era tanto que a impedia de emitir qualquer som.

Apenas faça, ordenou a si mesma e tentou reunir mais coragem.

Estava tão concentrada em mergulhar que demorou para ouvir o som das vozes atrás dela.

Elas foram ficando mais altas, e enfim ouviu Molly gritando: *Flora, Flora.*

Fechou os olhos, frustrada, quando o coro de vozes em pânico chegou aos seus ouvidos.

Tinha escolhido um horário em que não havia ninguém por perto de propósito. Não queria que qualquer pessoa testemunhasse aquilo. A intenção era entrar no lago sozinha e perder o medo de uma vez por todas sem muito alarde ou incômodo, mas agora não adiantava mais. Famílias, Flora estava descobrindo, vinham acompanhadas de muito drama. Além de não darem muitas oportunidades para um tempo sozinha. Julia sempre reclamava disso e era justamente o que Flora sempre almejara.

Ao se virar, viu Izzy, Molly e Jack avançando na água de roupa e tudo.

Que diabo tinha acontecido para deixá-los tão desesperados?

Levou um tempo para entender que ela era a causa do pânico.

— Flora! Pare. *Pare!* Não faça isso.

Mais água esparramada para os lados, mais gritos. Izzy vinha na frente, seguida por Molly, que nadava igual ao Fuça, e mais atrás Jack.

Flora arfou ao ser banhada por tanta água.

— Você não pode entrar na água! — Molly agitava os braços como um polvo. — Não sabe nadar!

Flora limpou o rosto e segurou Molly, preocupada com a possibilidade de que as duas se afogassem.

— Nunca falei que não sabia nadar. O que disse é que odeio água. Não nado desde aquele dia fatídico e queria experimentar. Já não era sem tempo.

Izzy se aproximou com a camiseta molhada colada no corpo.

— Você ia nadar? E não...

— O quê?

Izzy engoliu em seco.

— Tentar se afogar.

— Me *afogar*? — Foi então que percebeu por que todos tinham corrido para a água. — Essa nunca foi minha intenção, se bem que, como estava chegando mais no fundo depois de mais de duas décadas, o resultado poderia ter sido esse mesmo. Talvez não tenham notado que estou de maiô. Até peguei um par de sapatos impermeáveis porque não gosto da ideia de entrar no lago descalça.

Izzy soluçou e a enlaçou com os braços.

— Pensei que tivesse te magoado de novo. Ou meu pai tivesse levado você a querer se afogar.

Flora ficou na dúvida entre rir e chorar. Na realidade, teve mais vontade de chorar, mas aquilo provavelmente se devia ao fato de Izzy a estar abraçando pela primeira vez. Apertado. Sem soltar. Agarrada.

— Você não me magoou. — Flora a abraçou com força também. — Não sou uma grande conselheira, mas acho que nenhuma mulher deve querer se afogar por causa de um homem.

— Você está brava com o papai? — Molly também se segurava nela com os dedos molhados e escorregadios. — Fico muito brava quando ele me dá presunto de vez em quando. Mas ele faz coisas boas também. Tia Clare sempre diz que ninguém acerta o tempo todo.

— Isso é bem verdade. — Flora olhou para Jack, parado atrás das meninas, completamente vestido e pingando. Não se esqueceria tão cedo da expressão do rosto dele. O amor era visível. Independentemente do que não tinha sido dito, ou dos erros cometidos, ele a amava. — Você se esqueceu de tirar as roupas.

Jack a encarou de volta, sem sorrir.

— Estava com outras coisas na cabeça. Não acredito que você entrou na água sozinha. Ficou maluca?

— Precisava ser assim.

— Ele pirou *total* quando viu você na água. Queria te salvar — disse Molly, sabiamente. — Todo mundo queria te salvar, mas ainda bem que não precisou.

— Por que não me esperou? — Izzy se afastou de Flora e puxou a camiseta encharcada. — Se quisesse nadar, eu poderia ter vindo junto.

— Eu não podia prever qual seria minha reação. Pensei que pudesse surtar e desistir antes de colocar o pé inteiro na água. Teria sido constrangedor.

— Não faria diferença para mim se tivesse surtado — disse Izzy. — Não teria julgado. Mas poderia tê-la salvado.

— Quando a gente não consegue fazer alguma coisa, é só se esforçar mais — disse Molly. — É o que a tia Clare diz.

— Tia Clare está certa.

Molly apertou a mão dela.

— Se quiser tentar de novo, estou aqui para salvá-la caso se afogue.

Flora estava cercada de braços, pernas e amor.

Percebeu que uma família não era formada de uma hora para a outra. Começava-se engatinhando, era preciso paciência, compreensão e disposição para perdoar caso algo desse errado.

— Se continuar grudada nela desse jeito, Molly, Flora *vai* se afogar de verdade. — Com muito carinho, Izzy desprendeu os dedos da irmã do braço de Flora. — Você é um peso morto. Mas Molly tem razão, Flora. Se pretende fazer alguma coisa que a apavora muito, deve estar sempre perto de pessoas que a amam. Então vamos ficar todos aqui e você pode fingir que está sozinha, se preferir.

Flora olhou para os três e para a água.

— Você já está aqui mesmo — disse Molly. — Melhor tentar. Chute forte e use os braços. Eu faço igual o Fuça.

— Por isso que nunca vai ganhar pontos por apresentação — murmurou Izzy.

Flora sentiu-se inibida com todos olhando.

— Não acho…

— Apenas faça — Jack a encorajou. — Vai, amor.

— Já sei, vamos nadar todos juntos.

Molly mergulhou, jogando-se feliz na água, dando um banho em todos.

Izzy soltou um gritinho e mergulhou também.

— Agora você vai tentar nadar em águas agitadas. — Jack parecia exasperado, mas Flora não se importava.

Se estava ali, disposta a tentar, *precisava* tentar, sem se preocupar com os respingos de água. Ainda dava pé onde estava. Jack e Izzy podiam ajudá-la, se fosse preciso. Não havia o menor risco real, apenas na imaginação dela.

Inclinando-se para a frente, Flora foi se abaixando bem devagar, sentindo a água envolvendo-a no peito e nos ombros enquanto batia os pés. O pânico pairava, ameaçador, mas então ela começou a nadar. Nadar de verdade. Não sentia o peso do corpo. O medo foi substituído pela euforia conforme movia-se pela água, esquecendo-se temporariamente do restante do mundo. Nunca se sentira tão próxima da natureza, e de seus medos. O frio na barriga ainda estava lá, mas ela o ignorou e continuou mexendo seus membros em um ritmo firme, fortalecendo-se a cada braçada.

Não saberia dizer por quanto tempo ficou nadando, mas foi o suficiente para que o pânico de antes se transformasse em alegria. Tempo suficiente para confiar que seu corpo não a decepcionaria. Tempo suficiente para saber que o passado não iria mais afundá-la como uma pedra. Tempo suficiente para saber que tinha sido um erro se convencer de que nunca mais nadaria.

A vida não era estática. Se uma pessoa temia alguma coisa, não significava que tinha que temer aquilo para sempre. Ela havia permitido que o medo a aprisionasse. E agora estava evidente que fora este o sentimento por trás do impulso em terminar com Jack. Estava apaixonada, verdade, mas muito apavorada. Apavorada pela vulnerabilidade que mostrara. Apavorada por ter se apaixonado pela família dele, quando ele ainda a via como alguém de fora. Apavorada por ter confiado seus segredos, quando ele não agira da mesma forma. Mas talvez Jack tivesse medo de fazê-lo. Afinal, era tão humano quanto ela. Tinha os próprios receios. Em vez de ter se afastado, deveria ter falado com ele, revelando o que sentira ao descobrir que ainda havia segredos guardados. O momento espinhoso poderia ter sido usado para que eles se entendessem melhor. Assim como a vida não era estática, um relacionamento também não era. Haveria obstáculos pelo caminho, e eles teriam que aprender a ultrapassá-los juntos. Seria um processo lento. Uma descoberta. Uma aventura.

Depois de nadar até cansar os braços, ficou em pé, rindo. Izzy ria também.

— Puxa vida! — O cabelo molhado e brilhante de Izzy estava grudado nos ombros. — Já vencemos essa etapa. Agora vou ensiná-la a andar de caiaque. A primeira lição será sobre não derrubar o remo.

Molly tremia, a pele manchada e azulada de frio.

— Estou com fri-frio. Podemos tomar chocolate quente?

— Boa ideia. Nós duas vamos entrar. — Izzy a pegou no colo e passou a mão pelas costas dela, aquecendo-a. — Papai e Flora precisam conversar.

— Posso conversar também?

Izzy olhou de Flora para Jack.

— Você não foi convidada para esse papo.

— Você deveria ouvir o que papai tem para te dizer, Flora — disse Molly com os braços ao redor dos ombros da irmã conforme seguiam para a margem. — Acho que ele quer que você se case com a gente. Nós também queremos. E, se pudermos ter um cachorro, vai ser bom. Não me importo se for pequeno.

— Ai meu Deus, ninguém se casa com a família inteira, mas com uma pessoa só! — Izzy deu bronca, mas abraçou-a ao mesmo tempo. — Não sei o que pretende ser quando crescer, mas não escolha nada que tenha a ver com diplomacia.

— Não sei o que é isso.

— Isso é bem óbvio — disse Izzy com a superioridade de irmã mais velha. Quando chegaram em terra firme, colocou Molly no chão e a enrolou em uma toalha. — Nós duas vamos fazer chocolate quente.

Molly olhou por cima do ombro para Flora e Jack, que também saíam da água.

— Mas…

— Com chantili.

— Tudo bem, mas talvez fosse melhor…

—… marshmallow e gotas de chocolate.

Foi o que bastou para Molly atravessar o gramado correndo, e Izzy a seguiu.

Flora ficou observando as duas, em parte desejando acompanhá-las. A pele chegava a arder com a água gelada, e o coração estava disparado. Sentia-se enlameada, porém eufórica.

Tinha nadado. Conseguira! Impressionante como a conquista tinha influenciado sua autoconfiança e fé em si mesma. Naquele momento sentia-se invencível.

— Mal acreditei quando a vi no lago. — Jack a enrolou numa toalha e esfregou os braços dela. — Nem lembro qual foi a última vez em que entrei em pânico desse jeito.

— Faz algumas horas, quando soube que Izzy tinha ido para a estação.

Ele riu.

— Foi um dia bem dramático, é verdade.

— Presumo que a conversa tenha sido boa, já que vocês chegaram juntos.

— Foi sim. Falamos sobre uma porção de coisas. Assuntos que devíamos ter conversado há muito tempo. Conversei bastante com Clare também. — Ele segurou a mão dela e a puxou para uma das espreguiçadeiras. — A única pessoa com quem não fui honesto foi com você. Não estou falando do problema todo com Izzy… fui sincero quando disse que era algo que eu nem pensava a respeito. Mas Becca… não contei tudo o que aconteceu, e te devo uma explicação por isso. Você merece saber a história inteira.

— Jack…

— Só peço que ouça o que tenho a dizer antes de falar, e no final, se você decidir que não quer fazer parte disso, tudo bem. Bem, não está bem, mas vou me esforçar ao máximo para aceitar sua decisão e não ficar te amolando para convencê-la do contrário. — Ele apertou mais a toalha ao redor dela. — Conheci Becca em um aeroporto. Estávamos esperando o mesmo voo. Fazia um mês que estávamos namorando quando ela me contou que estava grávida.

— Ela fingiu que era seu?

Não importava o que ele dissesse, Flora tomaria o cuidado de não se mostrar chocada ou ter uma reação exagerada.

Ele balançou a cabeça.

— Não. Becca sempre foi direta. Acho que esperava que eu decidisse me afastar. Assim como quase todas as pessoas que ela havia conhecido na vida até aquele ponto, que se distanciaram em algum momento. Ela não sabia o que era estabilidade ou segurança. Não havia conhecido o amor.

Flora sentiu um lampejo de compaixão. Sua infância tinha sido diferente, claro. Em muitos aspectos, tivera mais sorte do que Becca. Mas isso não mudava o fato de que entendia o que era estar por conta própria sem ninguém para apoiá-la.

— Ela tinha você.

— Sim, e eu não tinha a intenção de deixá-la, porém não posso afirmar se algum dia ela se sentiu totalmente segura comigo. Não era fácil para ela viver em família. Estava sempre à espera de que tudo fosse desmoronar, e, quando isso não aconteceu, ela resolveu se autossabotar.

Flora ouvia calada, e foi um desafio esconder a surpresa ao saber que Becca o tinha deixado quando Izzy tinha apenas três meses de vida. Apesar de ter tentado, foi difícil não a julgar.

Talvez Becca não tivesse sido amada quando criança, mas fora quando adulta. Era possível ter uma vida boa apesar de uma infância ruim. Escolhas influenciavam nisso.

Isso valia para Flora também, claro. Podia ir embora, ou escolher ficar.

Continuou ouvindo Jack contar sobre o caso amoroso mais recente de Becca.

Era a última coisa que podia imaginar da Becca perfeita. Só que ela não era perfeita, não é? Mas um ser humano com falhas, igual a qualquer outra pessoa.

— Ela ia me deixar. Nós. Todos nós.

— Ah, Jack…

Ela colocou a mão sobre a dele. Não era para menos que ele relutava tanto em falar sobre o assunto. Ninguém gostaria.

Mas agora Jack estava falando, contando tudo, ressaltando cada detalhe doloroso daqueles últimos meses e dias, e ela o ouviu sem interromper, sabendo que haveria tempo para as perguntas mais tarde, quando poderia externar seus pensamentos e ouvir os dele.

— As crianças não sabiam… pelo menos eu achava que não, mas acabei descobrindo que Izzy havia ouvido a mãe ao celular. Eu não fazia a menor ideia. Ela não disse nada, e isso nunca passou pela minha cabeça. Izzy pretendia enfrentar a mãe, mas Becca saiu naquela noite e nunca mais voltou. Izzy ficou em uma posição horrível. Presumiu que eu não soubesse do caso e não queria ser a portadora de más notícias. Não havia motivo para nenhum de nós dois falar, já que Becca tinha partido de um jeito ou de outro.

— Então Izzy estava carregando esse segredo enorme desde então.

Flora sentiu o coração apertado pela garota.

— Exatamente.

As peças finais do quebra-cabeça se encaixaram.

— Ela sabia que a mãe estava saindo de casa e achou que o relacionamento entre você e ela também estaria terminado.

— No começo, a ideia não estava tão clara assim. Ela ficou em choque, arrasada pela perda, mas brava com a mãe. Isso consumiu toda noção que ela tinha de segurança. Começou a se sentir culpada, como se de alguma forma fosse responsável pelas atitudes da mãe. Chegou a pensar que eu não a queria mais.

— Ela deve ter sentido que não merecia ficar com você, estava se punindo por Becca. — O rosto de Flora ficou molhado. — Coitadinha. Gostaria que ela tivesse falado com você.

— Eu só consigo ficar aliviado por ela ter se aberto com você, caso contrário seria impossível prever quanto tempo isso ainda duraria, ou como terminaria.

— Ela não me contou essa parte. Eu só pude notar que ela estava brava com Becca.

— Eu deveria ter percebido antes. Ainda mais porque eu mesmo já estava com raiva. Concentrei todas as minhas energias em apoiar as meninas. E então conheci você. — Jack fez uma pausa. — Você foi a coisa mais brilhante e esperançosa que aconteceu comigo em muito, muito tempo, e eu fiquei apavorado.

— Apavorado?

— Sim, porque ainda era muito cedo, era o momento errado, minha prioridade precisava ser as crianças... senti tudo o que você pudesse imaginar. Não era minha intenção chamá-la para um café naquele dia, muito menos convidá-la para almoçar todos os dias seguintes. Mas era tão bom ficar ao seu lado que não consegui parar. Seria o mesmo que negar água a alguém com sede. Mas eu sabia que era muita coisa.

— Muito... para mim?

— Nunca seria um relacionamento simples. Nunca seríamos apenas nós dois.

— Eu sabia que você tinha filhas, Jack. Soube desde o primeiro dia.

— Tive medo de ficar próximo demais, e permitir que as meninas também se aproximassem depois de Becca.

— O luto deixa as pessoas com muito medo de perder mais entes queridos. Não é algo que costumamos pensar. Geralmente vivemos a vida com uma sensação de imortalidade, mas a morte nos força a aceitar que não somos.

— Ainda tenho que decidir até que parte da história conto a Molly, mas isso pode esperar por enquanto. — Jack olhou para ela e balançou a cabeça. — Não acredito que você nadou.

— Eu queria nadar porque... — Será que deveria contar? Seria o momento certo? — Espero que essa tradição de vir para cá todo ano se repita e que eu possa compartilhar.

— Jura? Você quer voltar?

— Sim. Eu amei. — Ela olhou para o lago, enxergando apenas a beleza, e não mais a ameaça. — Acho que fiz um grande progresso. E imagino que você e Izzy também.

— Sim. — Ele apertou a mão dela. — E o que você vai fazer? E nós? Você não pediu para entrar nessa vida familiar louca e complicada. Sei o quanto detesta conflitos.

Flora sorriu.

— Não gosto mesmo, mas o que mais odeio é ser excluída. Ficar do lado errado da porta. Mas agora estou dentro. Quando as meninas correram para dentro do lago, senti que fazia parte dessa sua família louca e complicada, apesar de ainda estarmos descobrindo o que isso significa e como vai SER. Nunca estive tão feliz.

Jack suspirou aliviado.

— Verdade? Achei que tivesse estragado tudo.

— Eu também pensei que tivesse estragado minha relação com a Izzy. Nenhum de nós é perfeito, Jack. Não espero a perfeição, nem quero. Sei o quanto é complicado se abrir e ser sincero com alguém. É apavorante. Não estou acostumada a falar sobre os meus sentimentos. Eu achava que era porque eu nunca tive ninguém com quem compartilhar, mas agora vejo que era por medo de dividir algo muito íntimo com outra pessoa. Era uma maneira de me proteger da rejeição. Se uma pessoa nos conhece a fundo, maiores são as chances de ela nos magoar. Nós estamos aprendendo. Talvez possamos passar juntos por esse processo. Precisamos apenas continuar conversando. Dividindo. Podemos enfrentar qualquer obstáculo que a vida coloque no nosso caminho se estivermos juntos.

— Sinto-me culpado por você ter que lidar com meus problemas de família com tanta frequência. Você não precisa participar. Ainda está em tempo de desistir.

Pelas palavras de Jack, Flora percebeu que ele também tinha inseguranças. Todo mundo tinha, não é? Além do mais, seria impossível que a rejeição de Becca não tivesse deixado cicatrizes. Virou-se e segurou o rosto dele com as duas mãos, sentindo a pele áspera do queixo, e viu preocupação naqueles olhos profundos.

— Você não tem noção do quanto quero fazer parte disso tudo. Pertencer a uma família com todas as suas complexidades, altos e baixos. Não quero ir embora. *Nunca* darei as costas para vocês — afirmou ela de maneira firme, para que não restassem dúvidas. O fato de ele ter tentado protegê-la, pensado nela, causou uma sensação de aconchego diferente de tudo que Flora já sentira. — Você estava mesmo me protegendo?

— Sim. E talvez estivesse me protegendo um pouco também. Fiquei preocupado com a possibilidade de, quando percebesse como a vida em família é intensa e emocionalmente exaustiva, você mudar de ideia sobre ficar comigo. Não quero que isso aconteça. Eu te amo demais.

— E eu te amo.

As palavras soaram estranhas. Desconhecidas. Fazia muito tempo que ela as pronunciara, desde que estivera na cozinha fria do apartamento da tia tentando criar um vínculo.

Não precisamos nos amar, mas apenas aprender a morar juntas.

Flora sempre quisera mais, e agora tinha.

Estava prestes a repetir a declaração quando Jack a puxou e a beijou até deixá-la em um estado de torpor tamanho que ela não conseguia mais se lembrar do próprio nome, muito menos de qualquer outra coisa.

— Você não faz ideia do quanto esperei por essa resposta — disse ele, levantando a cabeça ao final do beijo. — Você me ama?

— Sim. E é uma sensação incrível.

Ele esboçou um sorriso de lado.

— Você me ama mesmo com todas as responsabilidades que me acompanham?

— Se estiver falando de Izzy e Molly, eu as amo também.

— Está disposta a aguentar as explosões hormonais, os longos silêncios e aquela sensação chata de ter dito algo que não devia de novo? É isso mesmo que quer?

— Sim. Aceito. — Parecia que Flora estava ao pé do altar e se afastou de repente, sentindo-se esquisita. — Bem, isso foi...

Ele a puxou de novo e a beijou avidamente.

— Creio que Molly já tenha feito o pedido de casamento. Se estiver esperando tato e sutileza, esqueça. Isso não será possível com uma garota de 7 anos circulando pela casa. Ela fala tudo o que passa pela cabeça.

Flora riu e concluiu que, se havia conseguido encontrar forças para nadar no lago, então poderia também resolver situações esquisitas.

— Não espero que me peça em casamento, Jack. Tudo o que preciso é estar com você. Nada a mais nem menos que isso.

Flora diria alguma coisa se um dia achasse que precisava se casar. Quem sabe ela mesma não fizesse o pedido? Por que não? Mas, por enquanto, só precisava do amor dele, que já havia conquistado. Entendeu o motivo pelo qual Jack não tinha contado a história inteira, e o quanto isso o fizera pensar muito sobre o relacionamento deles. No final, ficou claro para ambos que era preciso amor, consideração e cuidado a fim de manter um relacionamento saudável.

Ao se virar, ainda nos braços de Jack, ela viu um buquê de flores, abandonado no gramado.

Endireitou o corpo, surpresa por não ter visto antes.

— O que é aquilo?

— São para você.

— Você comprou flores para mim? — Nunca ganhara flores de alguém. Sempre precisava comprá-las. Levantou-se e foi buscar o buquê, enterrando o rosto nas pétalas macias e inalando o perfume. — São lindas. Não acredito que você comprou flores para mim.

— Seguindo a linha da honestidade, preciso confessar que foi ideia de Izzy.

Ela ergueu o nariz das flores.

— Izzy?

— Eu estava superpreparado para presenteá-la da maneira mais romântica possível, mas quando a vi dentro do lago... bem, não sei direito o que aconteceu. Devo ter atirado o buquê no gramado....

— Atirado… — Ela alternou o olhar entre ele e as pétalas espalhadas pelo gramado. — Você as atirou.

— O que posso dizer? Entrei em pânico quando a vi. Da próxima vez que comprar flores, vou melhorar a maneira de entregá-las. Mas, sabendo do seu amor por flores, espero que goste delas assim mesmo.

— Ah, Jack…

Ela apertou as flores e soube que, embora faltassem algumas pétalas, seria o buquê mais precioso que jamais ganharia de alguém.

Ele a conhecia tão bem. Sabia o quanto ela amava flores. Sabia que tinha dificuldade com confrontos. Sabia que tinha tanto medo de água quanto de ser rejeitada. Sabia que às vezes ela fazia coisas apenas para agradar às pessoas. Sabia também sobre a solidão profunda que deixara um vazio enorme dentro dela. Sabia de tudo isso. Sabia as coisas importantes.

Ainda segurando as flores, Flora apoiou a cabeça no peito dele.

— Vou sentir saudades deste lugar.

— Eu também. Mas também estou ansioso para chegar em casa. Tenho algumas ideias.

Flora ergueu o rosto e olhou para ele.

— Se importaria em compartilhar?

— Na hora certa. Digo apenas que pode parar de procurar apartamentos. Você vai se mudar para nossa casa enquanto coloco o plano A em ação.

Flora estava quase perguntando qual seria o plano, mas decidiu que não importava. Não precisava saber. O mais importante era a certeza de que fariam qualquer coisa juntos como uma família. E que Jack a amava tanto quanto ela o amava.

E, quando Jack baixou a cabeça para beijá-la novamente, não restavam dúvidas no coração dela.

Epílogo

— Esse quarto é meu! — A voz de Molly ecoou pela casa vazia. — Quero esse que fica no alto. Tem vista para o rio.

— Eu devia ficar com esse, porque sou mais velha. — Ouvia-se Izzy discutindo com a irmã, os pés batendo nas tábuas do piso vazio enquanto corriam uma atrás da outra de quarto em quarto.

— Mas você vai para a faculdade!

— Não é para sempre. Vou voltar sempre para garantir que você está se comportando.

Jack passou os braços pela cintura de Flora e a beijou.

— E você? Já escolheu um quarto? Está a fim de se comportar mal?

Era uma bela casa do século XIX reformada do estilo neogrego, no coração do histórico Hudson River Valley do estado de Nova York. A decisão de mudar para fora da cidade tinha sido um comum acordo. Aquela tinha sido a segunda propriedade que visitavam. Apaixonaram-se pela casa logo na primeira visita, e na segunda visita, menos de vinte e quatro horas depois, levaram as meninas e agora estavam no novo lar.

Quando viram a casa pela primeira vez, era primavera, e Flora tinha se apaixonado pelo pomar, com as árvores de frutas carregadas de flores. Jack vira o potencial da casa e imaginara o antigo celeiro transformado em escritório. Passou horas ao celular com Todd, discutindo como poderiam transformá-lo em um espaço moderno sem deixar de preservar os recursos e características originais.

Mesmo com toda a tecnologia que planejava instalar, Jack ainda teria que passar um tempo na cidade. A demanda pelos serviços dele havia crescido bastante, e em lugares mais distantes, mas a intenção era ser exigente e escolher trabalhos mais próximos a fim de passar o maior tempo possível em casa.

A casa do Brooklyn fora rapidamente vendida e os novos proprietários optaram em comprar boa parte da mobília.

Jack insistira na ideia de recomeço, e que isso significava mobiliar a casa nova juntos. Escolheram sofás, que só chegariam dali a uma semana, e Flora começou a pintar telas para pendurar nas paredes.

Molly já tinha decidido que o tema da decoração de seu quarto seria cavalos, inclusive com uma porta de estábulo. Ela, Izzy e Flora tinham revisto todas as fotos de Becca, e as meninas escolheram as favoritas para colocar nos quartos.

Flora gostou da ideia, lembrando-se do quanto as fotos da mãe tinham significado para ela. Agora Becca era um capítulo do livro da vida delas, não a vida inteira, e muitas de suas histórias ainda estavam para acontecer.

Flora saiu pelas portas francesas que davam para a grande varanda. Jack havia insistido que ela pegasse as chaves, e ela as apertava com tanta força que ficaram marcadas em sua mão.

Lar.

Podia ouvir as meninas rindo e brigando das janelas abertas, ouviu a frase "Vou contar para Flora!" e sorriu porque parecia tão natural e nunca sequer considerara que aquela seria sua vida.

Continuou parada, absorvendo o momento e os detalhes do novo lar da família.

Havia uma cadeira de balanço na varanda e uma árvore de boldo bicentenária sombreando o jardim próximo da casa.

Jack já falava em construir uma piscina, e Flora tinha planos de plantar um canteiro orgânico de ervas e mudas de flores. Do lado de fora da sala de jantar havia um pedaço de terra onde ela planejava um canteiro de vegetais.

Jack parou atrás dela e colocou as mãos em seus ombros.

— Se quiser, podemos experimentar a suíte principal. Pelo menos temos camas, apesar de que vamos nos sentar no piso de madeira por mais uma semana.

Ela sorriu, prevendo como seria a primeira noite na casa nova. As janelas imensas davam vista para o rio e as montanhas Catskill. O proprietário anterior tinha descrito o pôr do sol como sublime.

Ela se virou.

— Não ligo onde vou dormir, contanto que seja com você.

— Papai? — Molly gritou do alto da escada. — Tem um cercado para cavalos. Posso ter um?

— Não deixe! — gritou Izzy. — Nunca mais alguém vai me fazer montar em um cavalo. Não quero alimentar, pentear e muito menos andar em um.

Jack olhou rápido para Flora.

— Ainda quer fazer parte da família? Não mudou de ideia?

Por que ela mudaria?

— Tudo o que sempre quis está bem aqui.

— Ei… — Jack franziu a festa e segurou o rosto dela com as mãos. — O que houve? Está chateada? — Passou o polegar pelo rosto dela. — Posso aguentar tudo nessa vida, menos você chorando.

— São lágrimas de felicidade. — Ela fungou. — Só estava pensando.

— Sobre o quê?

Ele sempre a ouvia, prestava atenção, tentava fazê-la feliz de todas as maneiras possíveis.

— Me lembrei de todas as noites em que me senti sozinha. Fico imaginando se ter passado por esses momentos me fez gostar de tudo isso ainda mais.

Ele a envolveu com os braços, segurando-a com força.

— Querida, tenho o pressentimento de que vai chegar uma hora em que você vai *matar* para conseguir um minuto sozinha.

Flora deu risada por ele provavelmente ter razão, mas sabia que nunca chegaria a ter isso como certo.

— Não acredito que essa seja minha vida.

— Vai acreditar quando as meninas estiverem brigando.

Jack baixou a cabeça e cobriu os lábios dela com os seus, incapaz de se conter, seu beijo urgente e impaciente. Flora retribuiu a carícia envolvendo os braços ao redor do pescoço dele com firmeza, mesmo que ele não demonstrasse intenção nenhuma de parar tão cedo. Jack devorou a boca de Flora, e a língua ávida arrastava todos os pensamentos dela. Ele se afastou apenas para sussurrar palavras que a fizeram corar. Ela amava o tempo que passavam como família, mas também ansiava pelos momentos em que ficavam sozinhos.

— Podemos não estar no quarto… — os beijos se estenderam pela linha do maxilar dela —… mas o que acha do balcão da cozinha? Sei de fontes confiáveis que é feito de pedra-sabão, o que de qualquer forma o torna uma opção muito superior à cama, se não tão confortável.

Flora o desejava tanto que talvez tivesse aceitado a sugestão, mas por sorte ainda restava uma centelha de racionalidade para ouvir a trovoada de passos descendo as escadas.

— Sexo na cozinha terá que esperar.

Ela o empurrou e ajeitou as roupas poucos segundos antes de Molly entrar correndo, animada e com o rosto corado.

— Fui olhar e há espaço suficiente para pelo menos quatro cavalos.

— Quatro? — Izzy chegou logo depois e revirou os olhos. — Se você tiver um cavalo que seja, *definitivamente* vou para a faculdade.

Molly pegou a mão de Flora e as duas saíram dançando e rodopiando pela cozinha.

Entre um arroubo de risos ofegantes, o olhar de Flora cruzou com o de Jack, e eles compartilharam um sorriso de satisfação.

Molly estava dançando de novo, não apenas com braços, pernas e o restante do corpo, mas com o coração.

Izzy se juntou a elas, segurando Flora para que as três dançassem juntas. A certa altura, Jack foi puxado para a roda e Molly reclamou quando ele pisou nos dedos dela, mas o perdoou quando ele a jogou alto no ar. Quando a colocou no chão, Molly escorregou no piso da cozinha como se estivesse numa pista de patinação.

— O que temos para jantar?

— Presunto — respondeu Jack, e se abaixou quando Molly atirou um brinquedo de pelúcia na cabeça dele. — Pensei em sairmos para comer uma pizza. Tem um lugar aqui perto, podemos ir andando.

A sugestão foi aceita por todos. Enquanto as meninas procuravam os sapatos, Flora deu um passo para trás, ofegante e zonza de tanto dançar, apoiando as mãos no balcão da cozinha — *o balcão de cozinha dela* — para se apoiar.

Mas não teve tempo de aproveitar as alegrias de finalmente ter uma casa porque Molly e Izzy estavam brigando sobre a raça de cachorro que deviam ter, apesar de ninguém ter concordado oficialmente em adotar um.

Flora sorriu e colocou os sapatos, pronta para interferir.

Molly a alcançou primeiro.

— Quero um labrador igual ao Fuça.

Izzy pegou um suéter e abriu a porta da frente.

— Deveríamos adotar um cachorro de um abrigo.

— Nossos vizinhos têm um cachorro — disse Jack. — Além de uma filha da sua idade, Izzy. Vocês deveriam se conhecer.

Izzy parou com a mão na porta.

— Talvez.

— Sei que você perdeu contato com a maioria de suas antigas amigas e acho que seria bom se você…

— Pai. — Izzy foi firme. — Eu disse que vou pensar.

— Não quero que fique sozinha. Annie foi para a faculdade também e achei que vocês duas poderiam…

— Jack! — Flora interveio. — Chega.

Sabia o quanto ele se preocupava com Izzy, mas também tinha consciência de que Izzy precisava de espaço para encontrar o próprio caminho. Não havia dúvidas de que faria novos amigos, mas Izzy tinha que construir a própria vida. O papel deles era apoiar e não forçar.

— Tudo bem, pai. — Izzy alisou o cabelo. — Não vou ficar solitária. Você e Flora vão me visitar.

Jack fechou a porta atrás deles e Flora olhou para a casa com uma sensação estranha no peito.

Nunca tivera uma porta da frente.

Seu novo lar.

Sua nova família.

Jack e as meninas tinham preenchido todos os espaços vazios do coração dela.

— Quero um labrador! — Molly elevou o tom de voz porque ninguém estava prestando atenção. — Podemos ter um, por favor?

— Quero um spaniel. — Izzy andava, conversava e mandava mensagens ao mesmo tempo.

Jack entrou na conversa.

— Que tal um dogue alemão?

As três pararam para encará-lo. Izzy foi a primeira a falar:

— Você quer um dogue alemão?

— Não. — Jack colocou as chaves da casa no bolso. — Mas acho que a diversão da noite será brigar por raça de cachorros, por isso quis participar. Não podemos pegar um cachorro sem saber que podemos prover um verdadeiro lar para ele. Temos que pensar mais no assunto. Por exemplo, quem vai passear com ele quando Izzy estiver na faculdade e você na escola, Molly?

— A Flora vai. — Molly jogou a responsabilidade para Flora sem pensar duas vezes.

— E se ela não quiser?

— Todos temos que fazer coisas que não queremos — continuou a menina. — Tenho que limpar meu quarto e tirar a mesa. Faz parte de ser integrante da família.

— Você está pedindo para que ela recolha as fezes do seu cachorro.

— O cachorro não é só meu, mas da família.

Flora nunca pensou que ser considerada como algo garantido seria tão bom. Enquanto os outros discutiam, ela ficou para trás, permitindo-se um tempo para saborear o momento.

Os jardins do bairro remetiam um pouco a Lake Lodge, e ela lembrou que havia prometido fotos para Clare. Elas trocavam e-mails quase todo dia e faziam chamadas por vídeo quase toda semana. Flora já estava ansiosa para passar aquelas semanas preciosas em Lake Lodge no ano seguinte.

Jack, Izzy e Molly ainda discutiam sobre cachorros, ninguém querendo recuar ou se comprometer.

Eles viveriam aquilo muitas vezes, pensou Flora ao observar a interação dos três. Haveria muitas risadas, e provavelmente muitas brigas também. Mas assim era a vida em família. Alguém podia se impor, dizer alto o que pensava e ainda saber que era amada e aceita. Muita gente achava que aquilo era algo natural, uma obrigação, mas Flora sabia que não era.

Jack se virou para procurá-la e parou para esperá-la. Ela sorriu, aquecida pelo fato de sua falta ter sido notada.

Ela correu até ele, ansiosa para que a nova vida a dois começasse.

Agradecimentos

Eu me sinto sortuda por não ser apenas uma escritora, mas também por trabalhar com equipes editoriais incríveis e talentosas, que dão duro para levar meus livros às mãos dos leitores. Há tantas pessoas envolvidas que fica impossível agradecer a todas elas, mas eu dou valor à dedicação que envolve cada parte do processo, da capa às vendas, marketing e divulgação. Obrigado à HQN dos Estados Unidos, em especial a Loriana Sacilotto, Dianne Moggy, Margaret Marbury e Susan Swinwood, e também a Leo MacDonald, Cory Beatty e o resto da equipe fantástica da HarperCollins Canada. No Reino Unido, sou grata à equipe da HQ Stories por seu entusiasmo infinito e trabalho duro. Sou tão sortuda por trabalhar com vocês. Agradecimentos especiais a Lisa Milton e Manpreet Grewal. É fácil escrever sobre mulheres fortes e inspiradoras quando estou cercada de tantos exemplos.

Minha editora Flo Nicoll é uma fonte infinita de encorajamento e ótimas ideias. Sem ela eu não seria capaz de escrever um bilhete de agradecimento, quem dirá um livro.

Minha agente Susan Ginsburg é sábia e sabe me acalmar, qualidades essenciais para equilibrar minha imaginação criadora hiperativa. Eu me sinto sortuda e grata por trabalhar com ela.

Minha família é de uma paciência sem fim quando fico obcecada por um livro, e me dá amor, apoio e comida, e nunca sugere que eu tente uma carreira diferente.

E aos meus leitores, os antigos e os novos, obrigada do fundo do meu coração.

Beijos,
Sarah

Este livro foi impresso pela Lisgráfica, em 2022, para a Harlequin. O papel do miolo é pólen soft 70g/m^2, e o da capa é cartão 250g/m^2.